L'anneau de Cassandra

DANIELLE STEEL

Danielle Steel

L'anneau de Cassandra

Traduit de l'américain
par Jeanine Landré

Éditions J'ai lu

Titre original :

THE RING

L'histoire commence avec Cassandra von Gotthard, une belle prisonnière dans une cage dorée, mariée à l'un des plus grands banquiers de Berlin. Elle a pour amant le célèbre écrivain juif allemand Dolff Sterne, un homme qui croit fermement que son pays ne le trahira jamais. Dans l'Allemagne d'Hitler, leur histoire d'amour se terminera inévitablement en tragédie.

Cette tragédie aura des répercussions sur les êtres qui les entourent, et sur tous les von Gotthard des générations à venir.

L'Anneau est l'histoire d'une famille. C'est l'histoire de Walmar von Gotthard, le mari de Cassandra, qui aimait sa femme d'un amour désintéressé.

D'Ariana, leur fille qui dut fuir l'Allemagne déchirée par la guerre pour se faire une nouvelle vie en Amérique, armée seulement de son chagrin et de la bague en diamant que portait sa mère. Des années plus tard, cette même bague sera portée par une autre femme, et donnera à Ariana un bonheur qu'elle n'attendait plus.

De Paul Liebman, l'Américain qu'Ariana aima trop tard, et trop peu. Il nourrit sa rancune pendant toute sa vie jusqu'au moment où il pourra se venger, non sur Ariana mais sur le fils de celle-ci.

De Noel, le fils d'Ariana, qui ne connut le plus amer secret de sa mère que lorsque celui-ci menaça de détruire son propre bonheur.

Le roman de Danielle Steel s'étend de l'Allemagne des années 30 à l'Amérique de nos jours et raconte comment la passion d'une femme peut finalement modeler le destin d'une famille sur plusieurs générations.

PREMIÈRE PARTIE

Cassandra

1

Tranquillement assise au bord du lac, dans le parc de Charlottenburg (1), Cassandra von Gotthard regardait les ronds concentriques s'éloigner lentement du galet qu'elle venait de lancer dans l'eau. Ses doigts, longs et gracieux, cueillirent un autre petit caillou poli, le soupesèrent un instant, puis le jetèrent à son tour dans le lac. C'était une journée de fin d'été, chaude et ensoleillée. Les cheveux blond vénitien de Cassandra tombaient sur ses épaules en vagues lisses. Ils étaient ramassés sur un côté de son front par un simple peigne d'ivoire, en parfaite harmonie, dans la masse soyeuse et dorée, avec les traits de son visage. Ses yeux immenses, en forme d'amande, étaient du même bleu intense que le massif de fleurs auquel elle tournait le dos. Des yeux qui promettaient le rire en même temps qu'ils murmuraient des choses tendres; des yeux tour à tour caressants et provocants, puis soudain pensifs, comme perdus dans quelque rêve lointain, aussi éloigné du présent que le château de Charlottenburg, de l'autre côté du lac, l'était de la ville trépidante. Intemporel, le vieux château contemplait Cassandra, semblant considérer qu'elle appar-

(1) Situé à la périphérie de Berlin-Ouest *(N.d.T.).*

tenait plus à son époque à lui qu'à son temps à elle.

Allongée sur l'herbe qui bordait le lac, Cassandra paraissait sortir d'un tableau ou d'un songe; ses mains délicates ratissaient doucement l'herbe à la recherche d'un autre caillou à lancer. Non loin d'elle, les canards entraient dans l'eau en se dandinant tandis que deux jeunes enfants battaient des mains avec allégresse. Cassandra observa longuement leurs visages tandis qu'ils s'enfuyaient en riant.

– A quoi pensiez-vous, à l'instant?

La voix qui s'était élevée à ses côtés la tira de sa rêverie et elle tourna la tête avec un léger sourire.

– A rien.

Son sourire s'élargit et elle tendit vers l'homme une main où le soleil faisait scintiller une chevalière gravée, sertie de diamants. Mais il ne remarqua pas la bague. Il ne se préoccupait pas des bijoux qu'elle portait. C'est Cassandra qui l'intriguait, Cassandra qui, à ses yeux, renfermait les mystères de la vie et de la beauté. Elle était une vivante question dont il ne connaîtrait jamais la réponse, un présent qu'il ne posséderait jamais tout à fait.

Ils s'étaient rencontrés l'hiver précédent, au cours d'une réception donnée pour la sortie de son second roman, *Der Kuss* (1). Pendant un temps, son style sans concession avait heurté les Allemands, mais ce livre avait connu un succès encore plus grand que le premier. La profonde sensibilité et l'érotisme du récit paraissaient devoir lui assurer une place au pinacle du mouvement littéraire contemporain en Allemagne. Il était enclin à la polémique, il était moderne, il était parfois scandaleux, mais il avait aussi énormément de talent. A

(1) *Le Baiser.*

8

trente-trois ans, Dolff Sterne était parvenu au sommet. Puis il avait rencontré son rêve.

Le soir où ils s'étaient rencontrés, la beauté de Cassandra lui avait coupé le souffle. Il avait déjà entendu parler d'elle. Tout Berlin savait qui elle était. Elle semblait intouchable, hors d'atteinte et terriblement fragile. Dolff avait ressenti comme une espèce de douleur fulgurante en la voyant vêtue d'une robe tissée d'or, moulante et soyeuse, les cheveux chatoyants à peine couverts d'un minuscule chapeau doré, un manteau de zibeline sur le bras. Mais ce n'était ni l'or ni la zibeline qui l'avait abasourdi. C'était sa présence, son détachement et son silence au milieu du brouhaha de la pièce et, surtout, ses yeux. Quand elle se tourna vers lui en lui souriant, il eut l'impression un instant qu'il allait mourir.

– Mes félicitations.

– A quel propos?

Il l'avait regardée fixement pendant un moment, ne trouvant rien à dire, comme s'il avait dix ans et non pas trente-trois, pour finalement constater qu'elle aussi était nerveuse. Elle n'était pas du tout fidèle à l'image qu'il s'était faite d'elle. Elle était élégante sans être distante. Il la soupçonnait d'avoir peur de tous ces yeux braqués sur elle, de cette foule oppressante. Elle était partie tôt, comme Cendrillon, alors qu'il parlait à de nouveaux invités. Il avait eu envie de courir après elle, de la retrouver, de la revoir, ne serait-ce qu'un instant, de plonger une nouvelle fois son regard dans les yeux lavande.

Ils s'étaient rencontrés à nouveau deux semaines plus tard. Dans ce même parc, ici, à Charlottenburg. Il l'avait contemplée alors qu'elle regardait le château et souriait aux canards.

– Vous venez souvent ici?

Ils étaient restés côte à côte pendant un moment;

lui qui était grand et brun contrastait fortement avec la beauté délicate de la jeune femme. Les cheveux de Dolff étaient de la même couleur que la zibeline; ses yeux d'onyx brillant plongeaient dans les yeux lavande. Elle hocha la tête, puis leva les yeux vers lui avec ce mystérieux sourire enfantin.

– Je venais ici très souvent lorsque j'étais petite.

– Vous êtes de Berlin?

La question paraissait stupide mais il ne savait vraiment pas quoi dire.

Elle éclata d'un rire sans malice.

– Oui. Et vous?

– De Munich.

Elle hocha la tête à nouveau et ils restèrent silencieux pendant un long moment. Il s'interrogeait sur son âge. Vingt-deux ans? Vingt-quatre? C'était difficile à dire. Et puis, soudain, il entendit un rire cristallin. Elle regardait trois enfants occupés à faire des cabrioles avec leur chien; ils échappèrent à leur nurse et se retrouvèrent dans l'eau jusqu'aux genoux, le chien récalcitrant refusant de revenir avec eux sur la rive.

– J'ai fait cela moi aussi, dans le temps. Ma nurse m'avait interdit pendant un mois de revenir ici.

Il lui sourit. Il n'arrivait pas à imaginer la scène. Elle semblait encore assez jeune pour batifoler dans l'eau et, pourtant, la zibeline et le diamant permettaient difficilement de croire qu'elle ait pu être suffisamment libre pour courir dans l'eau après un chien. Et quand cela aurait-il pu se passer? 1920? 1915? Lui, à cette époque, se battait pour mener de front des études et un travail, aidant ses parents à la boulangerie chaque matin avant l'école et de longues heures l'après-midi. Un monde bien éloigné de celui de cette femme éclatante.

Après cette rencontre, il était revenu régulièrement au parc de Charlottenburg, en se donnant comme prétexte qu'il avait besoin d'air et d'exercice après toute une journée de travail assis à son bureau, mais il n'arrivait pas à se mentir à lui-même. En fait, il cherchait ce visage, ces yeux, les cheveux dorés... Et enfin, il l'avait retrouvée, à nouveau au bord du lac. Elle avait paru heureuse de le revoir.

Elle était toujours aussi fascinée de l'écouter parler de son travail d'écrivain, de ses débuts, de ce qu'il avait ressenti lorsque son premier livre avait récolté des louanges unanimes. Dolff avait l'impression que sa célébrité était encore irréelle. Cinq années s'étaient écoulées depuis le succès de sa première œuvre, sept depuis qu'il avait quitté Munich pour Berlin, trois depuis l'achat de sa première Bugatti, deux depuis l'acquisition de la splendide vieille demeure de Charlottenburg... Et, pourtant, rien de tout cela ne lui semblait encore réel.

Les propos de Dolff ensorcelaient Cassandra. A l'écouter parler de ses romans, elle avait l'impression que ceux-ci prenaient vie, que ses personnages prenaient chair. Et elle-même revivait à son contact. Semaine après semaine, Dolff voyait la crainte s'estomper au fond de ses yeux. Maintenant il constatait que quelque chose de nouveau était apparu en elle : quelque chose de gai, jeune et délicieux.

– Savez-vous seulement à quel point je vous aime, Cassandra ? lui avait-il demandé d'un ton badin, un jour qu'ils se promenaient lentement autour du lac, respirant une brise parfumée et printanière.

– Alors, c'est moi l'héroïne de votre prochain livre.

– Qu'en pensez-vous ?

Elle baissa un instant ses yeux lavande, les releva puis secoua la tête.

– Pas grand-chose. Il n'y aurait rien à raconter ; pas de victoires, pas de succès, aucun projet réalisé. Rien. Alors, ma seule chance de célébrité et de gloire est que vous me donniez un rôle dans une histoire, sous la forme de quelque personnage hors du commun issu de votre imagination.

Cela, il l'avait déjà fait, mais n'osait pas vraiment le lui avouer. Pas encore. Il entra dans son jeu.

— D'accord. Dans ce cas, faisons les choses à votre goût. Qu'aimeriez-vous être? Qu'est-ce qui vous paraît vraiment hors du commun? Une espionne? Une chirurgienne? La maîtresse d'un homme très célèbre?

Elle eut une grimace et éclata de rire.

— Ce serait épouvantable, Dolff, et d'un banal! Non, voyons...

Ils s'étaient arrêtés pour s'asseoir dans l'herbe et elle avait ôté son chapeau de paille à large bord pour libérer ses cheveux dorés.

— Une actrice, plutôt, reprit-elle. Vous pourriez faire de moi une vedette de la scène londonienne. Et puis, je pourrais aller en Amérique et devenir une star là-bas.

— En Amérique? Où?

— A New York.

— Vous y êtes déjà allée?

— Oui, avec mon père quand j'ai eu dix-huit ans. C'était fabuleux. Nous avons...

Elle s'arrêta net. Elle avait failli lui dire qu'ils avaient été les invités des Astor à New York et ensuite ceux du Président à Washington, D.C. (1), mais cela ne lui avait pas semblé être la chose à faire. Elle ne voulait pas l'impressionner. Elle voulait au contraire qu'il soit son ami. Elle l'aimait trop pour jouer ainsi avec lui. Quelle que fût sa célébrité, la vérité était qu'il ne ferait jamais partie de leur monde. Ils le savaient tous les deux, même s'ils n'en discutaient jamais.

— Quoi? demanda-t-il, les yeux fixés sur elle.

_____

(1) District of Columbia.

– Nous sommes tombés amoureux de New York. Moi, du moins, fit-elle en soupirant, d'un air songeur.

– Est-ce que cela ressemble à Berlin?

Elle secoua la tête, les yeux plissés, comme pour faire disparaître le château de Charlottenburg.

– Non, pas du tout. C'est formidable. C'est neuf, moderne, grouillant d'animation, excitant.

– Et, évidemment, Berlin est si ennuyeux.

Il ne pouvait s'empêcher de la taquiner parfois. Pour lui, Berlin était encore comme l'image que Cassandra se faisait de New York.

– Vous vous moquez de moi.

Le reproche était dans sa voix, pas dans ses yeux. Elle aimait être avec lui. Elle aimait le rite de leurs promenades de l'après-midi. De plus en plus, maintenant, elle se libérait de ses obligations quotidiennes pour venir le rencontrer dans le parc.

– C'est vrai, je me moque de vous; est-ce que cela vous ennuie?

– Bien sûr que non, fit-elle en secouant la tête lentement. J'ai l'impression de vous connaître maintenant mieux que n'importe qui.

Cela semblait étrange, mais il ressentait la même chose. Pourtant, pour lui, elle était encore un rêve, une illusion, et elle lui échappait constamment, sauf ici, dans le parc.

– Comprenez-vous ce que je veux dire? interrogea-t-elle.

Il hocha la tête, ne sachant vraiment pas quoi répondre. Il craignait de l'effrayer. Il ne voulait pas qu'elle mette fin à leurs promenades.

– Oui, je comprends.

Beaucoup mieux qu'elle ne pouvait l'imaginer. Et puis, dans un élan de folie, il prit sa main longue et fine, chargée de bagues.

– Cela vous ferait-il plaisir de venir chez moi prendre le thé?

– Maintenant?

Le cœur de Cassandra se troubla étrangement. Elle en avait très envie mais elle n'était pas sûre... elle ne pensait pas...

– Oui, maintenant. Aviez-vous d'autres projets?

– Non, fit-elle en secouant la tête.

Elle aurait pu lui dire qu'elle était occupée, qu'elle avait un rendez-vous, qu'elle était attendue ailleurs pour le thé. Mais elle ne voulait pas. Elle leva vers lui ses immenses yeux lavande.

– D'accord, allons-y.

Ils marchèrent côte à côte en bavardant gaiement mais le fait de quitter pour la première fois leur paradis les rendait secrètement nerveux. Il lui raconta des histoires drôles et elle riait de bon cœur, en balançant son chapeau. Ils étaient en fait pressés d'atteindre le but, comme si c'était l'aboutissement de tous ces mois de promenades dans le parc.

La porte surchargée de moulures s'ouvrit lentement et ils pénétrèrent dans un grand vestibule en marbre. Le tableau suspendu au-dessus d'un bureau Biedermeier (1) était gigantesque et de toute beauté. Cassandra suivit Dolff, leurs pas résonnant sur le sol.

– Ainsi, c'est ici que vit le célèbre écrivain.

Il lui sourit nerveusement et posa son chapeau sur le bureau.

– La maison est beaucoup plus célèbre que moi. Elle a appartenu à un quelconque baron du dix-septième siècle et elle a eu des propriétaires beaucoup plus illustres que moi, jusqu'à maintenant.

Il regarda autour de lui, fièrement, puis lui adressa un sourire radieux. Cassandra contempla le plafond rococo puis tourna les yeux vers Dolff.

_____

(1) Style de la période transitoire entre le néo-classicisme et le romantisme.

– C'est magnifique! s'exclama-t-elle.

Elle semblait très calme. Il lui prit la main.

– Venez, je vais vous montrer le reste.

Le reste de la maison était en accord avec le vestibule : hauts plafonds merveilleusement sculptés, splendides parquets en marqueterie, petits lustres en cristal, grandes fenêtres élégantes donnant sur un jardin rempli de fleurs aux vives couleurs. Un grand salon et un plus petit qui lui servait de cabinet de travail occupaient le centre du rez-de-chaussée. Les autres pièces : la cuisine, la salle à manger et une petite chambre de bonne où il rangeait une bicyclette et trois paires de skis. Au-dessus, deux belles chambres immenses avec vue sur le château et le parc. Chaque chambre possédait un joli balcon et dans la plus vaste se trouvait, dans un coin, un étroit escalier en spirale.

– Qu'y a-t-il là-haut? demanda-t-elle, intriguée.

Il lui sourit. Il était si heureux de lire l'admiration et la satisfaction dans les yeux de la jeune femme.

– C'est ma tour d'ivoire. C'est là que je travaille.

– Je croyais que vous travailliez en bas, dans le petit salon.

– Non, j'y reçois mes amis. Cette pièce me met encore un peu mal à l'aise. Là-haut, je me sens bien.

– Je peux aller voir?

– Bien sûr, si vous pouvez vous frayer un chemin au milieu des papiers.

En fait, il n'y avait pas de papiers autour du bureau bien rangé. C'était une petite pièce, harmonieusement proportionnée, avec une vue panoramique. Il y avait un coin autour de la cheminée, très douillet, et des livres un peu partout. On aurait très bien pu vivre là. Cassandra s'installa dans un grand fauteuil de cuir rouge.

– Quel endroit divin! s'exclama-t-elle avec un

15

soupir de contentement, les yeux fixés sur leur château.

— C'est pour cela que j'ai acheté la maison, pour ma tour d'ivoire et pour la vue.

— Je comprends, mais le reste aussi est très bien.

Elle avait replié une jambe sous elle et Dolff ne lui avait jamais vu ce regard paisible.

— Comment comprenez-vous cela? Je me sens chez moi, enfin. C'est comme si j'avais attendu toute ma vie le moment où je viendrais ici.

— Peut-être que cette maison vous attendait, elle aussi, tout comme moi.

Sa voix n'était qu'un doux murmure. Les paroles qui venaient de lui échapper l'ébranlèrent. Il n'avait pas eu l'intention de lui avouer cela. Pourtant, les yeux de Cassandra n'exprimèrent aucune colère.

— Excusez-moi, ajouta-t-il.

— Cela ne fait rien, Dolff.

Quand elle tendit la main vers lui, le diamant de sa chevalière étincela dans le soleil. Dolff prit cette main tendrement et, sans s'arrêter de penser, il attira la jeune femme très lentement dans ses bras. Ils restèrent ainsi serrés l'un contre l'autre, à échanger des baisers sous le ciel printanier d'un bleu éclatant. Elle l'embrassait avec une fougue et une passion qui ne faisaient qu'attiser l'ardeur de Dolff. Leur étreinte se prolongea une éternité.

— Cassandra... fit-il en se dégageant, les yeux à la fois ravis et angoissés.

Elle se leva et lui tourna le dos pour regarder le parc.

— Ne dis rien, murmura-t-elle. Ne me dis pas que tu es désolé. Je ne veux pas l'entendre... Je ne peux pas.

Puis elle se retourna vers lui; leurs regards étaient aussi douloureux l'un que l'autre. Elle ajouta :

– J'avais envie de cela depuis si longtemps.

– Mais...

Il s'en voulait de ses propres hésitations mais il fallait qu'il le dise, ne serait-ce que pour elle.

Elle avança la main pour le faire taire.

– Je comprends. Cassandra von Gotthard ne dit pas des choses comme cela, n'est-ce pas? (Ses yeux se durcirent.) C'est exact. Je ne dis pas des choses comme cela. Mais j'en avais envie. Dieu, que j'en avais envie! Je n'avais pas réalisé combien j'en avais envie jusqu'à maintenant. Cela ne m'était jamais arrivé. Jusqu'à présent, j'ai toujours vécu comme il fallait. Sais-tu ce que je possède, Dolff? Rien. Sais-tu qui je suis? Personne. Je suis vide. (Elle ajouta, les yeux embués de larmes :) J'attendais que tu remplisses mon âme. Excuse-moi.

Elle se détourna une nouvelle fois. Il s'approcha d'elle doucement et enlaça sa taille.

– Ne dis plus jamais cela. Arrête immédiatement de penser que tu es vide. Tu es tout pour moi. Tous ces mois, je ne pensais qu'à une chose, te connaître mieux, être avec toi, te donner quelque chose de moi, partager quelque chose avec toi. Je ne veux pas te faire de mal, Cassandra. Je ne veux pas t'attirer dans mon monde au risque de te rendre la vie impossible dans le tien. Je n'en ai pas le droit. Je n'ai pas le droit de te retenir dans un endroit où tu ne pourrais pas être heureuse.

– Quoi? Ici? fit-elle en le regardant, incrédule. Tu crois que je pourrais être malheureuse ici avec toi? Ne serait-ce qu'une heure?

– Mais c'est exactement cela le problème. Pour combien de temps, Cassandra? Pour une heure? Deux? Un après-midi?

– C'est déjà suffisant. Un seul moment comme cela dans toute ma vie serait suffisant. (Elle inclina la tête; ses lèvres délicates tremblaient.) Je t'aime, Dolff... Je t'aime...

D'un baiser il la fit taire, puis ils redescendirent lentement l'étroit escalier. Ils s'arrêtèrent là. Il la conduisit jusqu'à son lit en la tenant par la main, puis il enleva la belle robe de soie grise, les dessous de satin crème, la dentelle fine, jusqu'à ce qu'il atteigne le velours de sa peau. Pendant des heures, ils mêlèrent leurs mains, leurs lèvres, leurs corps et leurs cœurs.

Quatre mois avaient passé depuis ce jour-là et leur liaison les avait changés tous les deux. Les yeux de Cassandra étincelaient; elle le taquinait, jouait avec lui et s'asseyait les jambes croisées dans son magnifique lit sculpté en lui racontant des histoires drôles sur ce qu'elle avait fait la veille. Quant à Dolff, son travail avait pris une texture nouvelle, une plus grande profondeur, et l'énergie qui se dégageait du jeune homme semblait venir du fond intime de son être. Ils partageaient quelque chose qu'à leurs yeux personne n'avait partagé auparavant. Ils mélangeaient le meilleur de leurs deux mondes : lui, son combat déterminé, de tout instant, pour être le meilleur; elle, ses fragiles soubresauts pour briser ses chaînes dorées.

De temps à autre, ils allaient encore se promener dans le parc, mais plus rarement, et, à présent, lorsqu'ils quittaient sa maison, Dolff trouvait à Cassandra un air triste. Il y avait trop de monde qui flânait dans le parc, trop d'enfants, trop de nou-nous, trop de couples. Elle voulait être seule avec lui dans leur univers. Elle ne voulait rien voir qui lui rappelât un autre monde qu'ils ne partageraient pas.

— Tu veux rentrer?

Il la contemplait tranquillement depuis un moment. Elle était allongée gracieusement sur la pelouse, sa robe de voile mauve pâle lui couvrant les jambes. Le soleil jouait dans l'or de ses cheveux. Un lourd rang de perles ornait son cou et, derrière elle, dans l'herbe, gisaient ses gants de chevreau et un sac de soie mauve à fermoir d'ivoire, assorti à sa robe.

– Oui, rentrons. (Elle se redressa vivement, un sourire sur les lèvres.) Qu'est-ce que tu regardais, à l'instant?

– Toi.

– Pourquoi?

– Parce que tu es incroyablement belle. Tu sais, si j'avais à te décrire dans un roman, j'aurais bien peur de me trouver à court d'épithètes.

– Alors contente-toi de dire que je suis affreuse, idiote et grosse, rétorqua-t-elle avec une grimace.

– Cela te plairait?

– Enormément, fit-elle, retrouvant son ton taquin et malicieux.

– Eh bien, au moins personne ne te reconnaîtrait si je t'arrangeais de cette manière.

– Réellement, tu comptes écrire quelque chose sur moi?

Il demeura songeur pendant un long moment.

– Un jour, sûrement. Mais pas tout de suite.

– Pourquoi?

– Parce que je suis encore trop submergé de bonheur pour pouvoir écrire trois lignes sensées, répondit-il en lui souriant. Et il se peut que je ne le puisse plus jamais.

Leurs après-midi étaient sacrés et, souvent, ils n'arrivaient pas à se décider sur la manière de les occuper : rester au lit ou s'installer confortablement dans la tour d'ivoire à discuter de son travail. Cassandra était la femme qu'il avait attendue la moitié de son existence. Et, avec Dolff, Cassandra avait trouvé ce dont elle avait toujours eu si désespérément besoin, quelqu'un capable de comprendre les étranges méandres de son âme, ses aspirations, son esprit de rébellion envers les contraintes de son milieu. Ils en étaient arrivés à des concessions mutuelles, sachant tous deux que, pour le moment, il n'y avait pas d'autre choix.

– Un peu de thé, chéri?

Elle jeta son chapeau et ses gants sur le bureau de l'entrée et prit son peigne dans son sac. Un peigne d'onyx incrusté d'ivoire, ravissant et coûteux comme tout ce qu'elle possédait. Elle le remit dans son sac et se tourna vers Dolff en souriant.

– Arrête tes grimaces, idiot!... Alors, du thé?

– Hmmm... comment? Oui. Je veux dire, non. En fait, je m'en fiche, Cassandra! fit-il en lui saisissant fermement la main. Allons là-haut.

– Tu as un nouveau chapitre à me montrer?

Un sourire qui n'appartenait qu'à elle fleurit sur ses lèvres et des petites lueurs dansèrent dans ses yeux.

– Bien sûr! J'ai un nouveau roman dont je souhaite t'entretenir longuement.

Une heure plus tard, alors qu'il dormait paisiblement à ses côtés, elle le contempla avec des larmes dans les yeux. Elle se glissa doucement hors du lit. Le quitter lui était toujours aussi insupportable mais il allait être bientôt six heures. Elle referma sur elle, sans bruit, la porte de la vaste salle de bains de marbre blanc dont elle émergea dix minutes plus tard, rhabillée, avec sur son visage une expression de désir et de grande tristesse. Elle s'arrêta un moment près du lit et, comme s'il avait senti sa présence, Dolff ouvrit les yeux.

– Tu t'en vas?

Elle hocha la tête puis échangea avec lui un regard douloureux.

– Je t'aime.

– Moi aussi. (Il s'assit dans le lit et lui tendit les bras.) A demain, ma chérie.

Elle sourit, l'embrassa et lui envoya un autre baiser depuis l'encadrement de la porte avant de descendre en hâte l'escalier.

2

Le trajet jusqu'à Grunewald, qui se trouvait plus loin du centre de Berlin que Charlottenburg, prit moins d'une demi-heure à Cassandra. Mais en poussant à fond son petit coupé Ford bleu marine, elle aurait pu le faire en quinze minutes exactement. Depuis longtemps, Cassandra avait repéré la route la plus rapide jusque chez elle. En regardant sa montre, son cœur se mit à battre un peu plus vite.

Aujourd'hui, elle était en retard, mais elle avait encore le temps de se changer. Cela l'ennuyait de se sentir si nerveuse. C'était absurde, à son âge, de se sentir comme une gosse de quinze ans ayant dépassé la permission de minuit.

Les rues étroites et tortueuses de Grunewald furent bientôt en vue. Sur sa droite, le lac de Grunewald était immobile et lisse comme un miroir.

Elle freina brusquement devant l'entrée de sa propriété, bondit hors de la voiture, ouvrit à la volée les deux battants du portail, remonta dans la voiture et s'engagea dans l'allée. Elle enverrait quelqu'un refermer le portail, plus tard. Le gravier crissa sous les pneus tandis qu'elle inspectait la maison d'un œil exercé. C'était une bâtisse construite à la française, s'étalant sans fin de part et d'autre de l'entrée principale. Sa façade de pierre grise, sans fioritures, comportait trois étages dont le dernier, aux plafonds plus bas, était niché sous un

élégant toit mansardé. Cet étage abritait les servi-
teurs. Les fenêtres du deuxième étage, elle le constatait seulement maintenant, étaient presque toutes
éclairées. Au premier se trouvaient ses propres
appartements ainsi que ceux de son mari et deux
jolies bibliothèques qui donnaient l'une sur le parc
et l'autre sur le lac. Une seule lampe brillait dans
ses appartements. Enfin, le rez-de-chaussée, éclairé
a giorno, comprenait la salle à manger, le salon de
réception, une grande bibliothèque et un petit
fumoir lambrissé de bois sombre et garni de livres
de prix. Un instant elle se demanda pourquoi on
avait allumé toutes les lampes du rez-de-chaussée,
puis elle se souvint et porta brusquement sa main à
sa bouche.

– Oh, mon Dieu! Oh, non!

Les battements de son cœur se précipitèrent et
elle abandonna sa voiture devant la maison. La
pelouse, immense et parfaitement entretenue, était
déserte et, tandis qu'elle grimpait en courant les
marches du perron, les massifs de fleurs abondam-
ment garnis semblaient l'accompagner de leurs
reproches. Comment avait-elle pu oublier! Qu'allait-
il dire? Saisissant son chapeau et ses gants d'une
main, son sac à main coincé cavalièrement sous son
bras, elle introduisit fébrilement sa clef dans la
serrure de la porte principale. C'est à ce moment
que la porte s'ouvrit sur le visage intransigeant de
Berthold, le maître d'hôtel. Son crâne chauve luisait
à la lumière des lustres du vestibule, sa cravate
blanche et sa queue-de-pie étaient comme toujours
impeccables; ses yeux étaient trop froids pour laisser percer une quelconque réprobation. Derrière
lui, vêtue d'un uniforme noir, d'un tablier et d'une
coiffe de dentelle blanche, une domestique traversa
en hâte le vestibule.

– Bonsoir, Berthold.
– Madame.

La porte claqua sèchement dans son dos presque en même temps que les talons de Berthold. Cassandra jeta un regard inquiet dans le salon de réception. Grâce à Dieu, tout était prêt! Ce dîner de seize couverts lui était complètement sorti de l'esprit. Par chance, elle s'en était occupée en détail avec sa femme de charge le matin précédent. Frau Klemmer avait veillé à tout, comme toujours. Saluant d'un signe de tête le personnel sur son passage, Cassandra se précipita dans l'escalier.

Elle s'arrêta sur le palier, parcourant des yeux le long vestibule tapissé de gris. Autour d'elle, tout était gris perle : la soie sur les murs, l'épaisse moquette, les tentures de velours. Des portes se présentaient de chaque côté, une seule d'entre elles laissant filtrer une faible lueur. Cassandra traversa le vestibule à toute allure vers sa chambre. Au moment où elle l'atteignait, elle entendit une porte s'ouvrir derrière elle et un flot de lumière illumina le couloir.

– Cassandra?

La voix dans son dos était menaçante mais, lorsqu'elle se retourna vers l'homme, elle constata que les yeux ne l'étaient pas. Grand, souple, encore beau à cinquante-huit ans, ses yeux étaient d'un bleu plus clair que les siens et la couleur de ses cheveux mêlait le sable à la neige. Un visage magnifique – semblable à ceux que l'on voyait dans les anciens portraits teutons – et des épaules larges et carrées.

– Je suis absolument désolée... un contretemps... j'ai été terriblement retardée...

– Je comprends. (Et c'était vrai. Beaucoup plus vrai qu'elle ne le pensait.) Pourras-tu te débrouiller? Ce serait fâcheux si tu étais en retard.

– Cela ira, je te le promets.

Elle le contempla avec tristesse. Une tristesse

dont la cause n'était pas ce dîner oublié, mais les joies qu'ils ne partageaient plus.

Par-delà l'étendue désertique qui semblait séparer leurs deux existences, il lui adressa un sourire.

– Dépêche-toi! Et... Cassandra... (Il s'interrompit et elle sut ce qu'il allait dire; un sentiment de culpabilité lui noua la gorge.) Es-tu montée?

– Pas encore, répondit-elle en secouant la tête. Je vais y aller avant de descendre.

Walmar von Gotthard hocha la tête et referma doucement la porte. Derrière cette porte se trouvaient ses appartements privés; une grande chambre dépouillée, meublée d'antiquités allemandes et anglaises en bois sombre; un tapis persan couleur lie-de-vin et bleu océan couvrait le splendide parquet. Les murs de cette chambre étaient lambrissés, tout comme ceux du bureau qui lui servait de sanctuaire. Il avait en plus un grand cabinet de toilette et une salle de bains privée. Les appartements de Cassandra étaient encore plus vastes. Ils reflétaient étrangement la personnalité de leur occupante, de même que ceux de Walmar ressemblaient à ce dernier. Tout y était doux et lisse, ivoire et rose, satin et soie; les mousseuses draperies la protégeaient du monde. Son cabinet de toilette était presque aussi grand que sa chambre et les nombreux placards débordaient de vêtements luxueux, de chaussures faites sur mesure, de boîtes à chapeaux en satin rose. Derrière une petite toile d'un impressionniste français se cachait le coffre où elle mettait ses bijoux. Contigu au cabinet de toilette, un petit salon donnait sur le lac. Là se trouvaient une chaise longue qui avait appartenu à sa mère, un minuscule petit bureau français, des livres qu'elle ne lisait plus, une esquisse à laquelle elle n'avait pas touché depuis mars. C'était un peu comme si elle ne vivait plus ici. Elle ne vivait réellement que dans les bras de Dolff.

Elle ôta les escarpins en chevreau ivoire et déboutonna rapidement la robe mauve. Puis elle ouvrit les portes de deux placards en faisant mentalement l'inventaire de ce qu'ils contenaient. Tout à coup, les yeux fixés sur la rangée de vêtements, le souffle lui manqua. Qu'était-elle en train de faire? Qu'avait-elle fait? Dans quelle folie s'était-elle engagée? Quel espoir avait-elle de vivre vraiment avec Dolff? Elle était pour toujours la femme de Walmar. Elle le savait bien, elle l'avait toujours su depuis qu'elle l'avait épousé, à dix-neuf ans. Il avait alors quarante-huit ans et le mariage avait paru si convenable. Il était directeur de la seconde banque du père de Cassandra; ce mariage avait été également une association. Pour des personnes telles que Cassandra et Walmar, c'était quelque chose de tout à fait raisonnable. Ils avaient le même style de vie, ils connaissaient les mêmes gens. Leurs familles s'étaient déjà unies par le mariage une ou deux fois auparavant. Tout aurait dû marcher. La différence d'âge n'avait pas d'importance : Walmar n'était ni très vieux ni impotent. Il avait toujours été exceptionnel, et dix ans après leur mariage, il l'était toujours autant. De plus, il la comprenait. Il comprenait son détachement du monde, il savait avec quel soin on l'avait cloîtrée et éduquée dans sa jeunesse. Il entendait bien la protéger dans les moments difficiles.

Ainsi la vie de Cassandra était toute tracée, selon un modèle bien traditionnel. Tout ce qu'elle avait à faire, c'était de répondre à l'attente des autres, et Walmar la chérirait, la protégerait, la guiderait et continuerait à entretenir le cocon qui avait été tissé pour elle à sa naissance. Elle n'avait rien à craindre de Walmar; en fait, elle n'avait rien à craindre du tout, sinon elle-même. Cela, elle le savait bien, maintenant.

Elle avait fait un minuscule trou dans le cocon qui la protégeait et elle s'était enfuie, sinon physiquement, du moins en esprit. Pourtant, elle devait quand même rentrer le soir, jouer son rôle, être ce que l'on attendait d'elle : la femme de Walmar von Gotthard.

– Frau von Gotthard?

Cassandra se retourna nerveusement quand elle entendit la voix derrière elle dans le cabinet de toilette.

– Oh! Anna... Merci, je n'ai pas besoin d'aide.

– Fräulein Hedwig m'a demandé de vous dire que les enfants aimeraient vous voir avant de se coucher.

– Je vais monter dès que je serai prête. Merci.

Le ton de sa voix imposait à la jeune femme de se retirer. Cassandra connaissait à la perfection les tons à employer; les intonations convenables et les mots justes faisaient partie de sa nature. Jamais de grossièretés, jamais de colères, jamais de brusqueries : elle était une dame. C'était son monde. Mais quand la domestique referma doucement la porte, Cassandra, au bord des larmes, s'effondra dans un fauteuil. Elle se sentait désemparée, brisée, tiraillée. C'était le monde de ses devoirs, l'existence conforme à son éducation. C'était exactement ce qu'elle fuyait tous les jours lorsqu'elle allait rejoindre Dolff.

Walmar était sa famille, maintenant. Walmar et les enfants. Elle n'avait personne d'autre vers qui se tourner. Son père était mort. Sa mère, morte deux ans après son père, avait-elle été à ce point solitaire? Personne ne pouvait le dire à présent et de toute façon personne ne lui aurait dit la vérité.

Dès le début, Walmar et elle avaient maintenu une distance respectable. Walmar avait suggéré des chambres séparées. Ils passaient certaines soirées dans son boudoir à boire du champagne tenu frais dans des seaux d'argent, ce qui les conduisait finalement dans le même lit. Mais ces soirées s'étaient raréfiées depuis la naissance de leur dernier enfant alors que Cassandra avait vingt-quatre ans. Le bébé était né par césarienne et elle avait failli mourir. Walmar était inquiet sur l'issue d'une autre maternité et Cassandra également. Après cette naissance, le champagne fut de moins en moins fréquent et, depuis mars, il n'y avait plus de soirées dans le boudoir. Walmar ne posait pas de questions. Il avait été facile à la jeune femme de se faire comprendre; elle avait mentionné quelques visites chez le médecin, prétextait une douleur, un malaise, une migraine. Elle se retirait tôt dans sa chambre le soir. Tout semblait parfait, Walmar était compréhensif. Mais, à vrai dire, quand Cassandra revenait dans cette maison, dans la maison de Walmar, dans sa chambre à elle, elle se rendait bien compte que tout était loin d'être parfait. Qu'allait-elle faire à présent? Est-ce que c'était cela que la vie lui réservait? Est-ce que cela allait continuer ainsi indéfiniment? Probablement. Jusqu'à ce que Dolff se fatigue. Car il était évident que cela allait arriver. C'était inévitable. Cassandra le savait déjà, même si Dolff l'ignorait encore. Qu'arriverait-il alors? Trouverait-elle quelqu'un d'autre? Puis quelqu'un d'autre encore? Elle se regarda dans le miroir, l'air lugubre. Elle n'était plus certaine de rien. La jeune femme si sereine cet après-midi-là dans la maison de Charlottenburg avait perdu toute son assurance. Elle avait conscience d'avoir trompé son mari et son univers.

Elle respira profondément, se leva et se dirigea vers le placard. Ses sentiments importaient peu pour le moment, il fallait qu'elle s'habille. Avoir l'air décent à son dîner, c'était le moins qu'elle puisse faire pour lui. Les invités étaient des collègues banquiers accompagnés de leurs épouses. Elle était toujours la plus jeune à toutes les réceptions mais elle se comportait bien.

Cassandra eut soudain envie de claquer la porte du placard et de courir à l'étage au-dessus pour retrouver ses enfants – ces merveilles qu'on lui cachait. Les enfants qui jouaient au bord du lac de Charlottenburg les lui rappelaient et cela lui faisait toujours de la peine de réaliser qu'elle connaissait aussi peu ses propres enfants que ces petits étrangers riant au bord du lac. Fräulein Hedwig leur servait de mère à présent. Elle avait toujours été leur mère, le serait toujours. Cassandra se sentait une étrangère pour ce petit garçon et cette fillette qui ressemblaient tant à Walmar et si peu à elle.

– Ne sois pas stupide, Cassandra. Tu ne peux pas t'occuper d'elle.

– Mais je le veux. Elle est à moi.

Elle regardait tristement Walmar le lendemain de la naissance d'Ariana.

– Elle n'est pas à toi. Elle est à nous. (Il lui avait souri doucement et des larmes avaient inondé les yeux de Cassandra.) Que veux-tu faire, veiller toutes les nuits pour changer les couches? Tu serais épuisée au bout de deux jours. Il n'en est pas question. C'est... absurde.

L'espace d'un instant, il avait paru ennuyé. Non, cela n'était pas absurde. C'était ce qu'elle voulait et elle savait qu'elle ne serait jamais autorisée à le faire.

La nurse était arrivée le jour où Cassandra était revenue de l'hôpital avec le bébé et Ariana avait été emportée précipitamment au deuxième étage. Ce soir-là, quand Cassandra était montée la voir, elle avait été sermonnée par Fräulein Hedwig parce qu'elle dérangeait le bébé. C'était l'enfant qui devait lui être amenée, selon Walmar, et il n'y avait aucune raison pour que Cassandra ait à monter des escaliers. Mais la petite fille ne lui était amenée qu'une seule fois, le matin, et lorsque Cassandra apparaissait dans la chambre d'enfant, plus tard, elle s'entendait toujours dire qu'il était trop tôt ou trop tard, que le bébé était endormi, ou qu'il faisait des caprices. La jeune femme était ainsi renvoyée se morfondre dans ses appartements.

– Attends que l'enfant soit plus âgée, lui disait Walmar. Tu pourras alors jouer avec elle autant que tu le voudras.

Mais il fut alors trop tard. Cassandra et l'enfant étaient déjà des étrangères l'une pour l'autre. La nurse avait gagné. Cassandra était la jolie dame qui portait de belles robes et sentait bon le parfum. Elle les gâtait en cachette de gâteaux et de sucreries, dépensait des fortunes en jouets extravagants mais elle n'avait pas la permission de leur donner ce dont ils avaient besoin; quant à ce qu'elle attendait d'eux en retour, ils le réservaient depuis longtemps à la nurse.

Elle ravala ses larmes, prit une robe dans le placard et traversa la pièce pour trouver une paire de chaussures en daim noir. Elle en possédait neuf paires pour le soir mais elle choisit celle qu'elle venait d'acheter. Les bas de soie crissèrent lorsqu'elle les sortit de la boîte en satin. Elle les enfila à la place des bas couleur ivoire qu'elle avait portés toute la journée. Elle était heureuse d'avoir pris le temps de se baigner chez Dolff. Elle se glissa avec précaution dans sa robe noire, en constatant combien la maison de Charlottenburg paraissait loin, comme un rêve. C'était ici la réalité. Le monde de Walmar von Gotthard. Elle était condamnée à être sa femme, irrémédiablement.

Sa robe, tombant jusqu'aux pieds, était un long fourreau étroit de crêpe à manches longues et col montant. Cette robe sombre moulait la superbe silhouette de Cassandra et l'effet était saisissant. Un décolleté ovale, semblable à une gigantesque larme, dénudait son dos, du cou jusqu'à la taille. Sa peau ivoire brillait comme un clair de lune sur un océan sombre par une nuit d'été.

Elle posa sur ses épaules une courte cape de soie pour protéger sa robe puis elle se brossa soigneusement les cheveux avant de les tordre en chignon qu'elle piqua de longues épingles de jais et de corail. Satisfaite de son apparence, elle essuya le mascara qui avait coulé sous ses yeux et refit son maquillage; elle jeta un dernier coup d'œil au miroir et accrocha deux grosses poires de diamant à ses oreilles. Aux doigts, elle avait l'émeraude qu'elle portait souvent le soir et la chevalière en diamant qui ne la quittait pas. Cette bague était portée par les femmes de sa famille depuis quatre générations. Les initiales de son arrière-grand-mère y étaient gravées. Elle scintillait dans la lumière.

Elle savait qu'elle était, comme à l'ordinaire, superbement belle et calme. Personne n'aurait pu soupçonner la tempête intérieure qui l'agitait. Personne n'aurait pu deviner qu'elle avait passé l'après-midi dans les bras de Dolff.

Elle s'arrêta un moment dans le long couloir silencieux, au pied de l'escalier conduisant au deuxième étage. Dans un coin, une horloge sonna. Cassandra n'était pas en retard. Il était sept heures et les invités étaient attendus à sept heures trente. Il lui restait une demi-heure à passer avec Ariana et Gerhard avant qu'ils n'aillent se coucher. Trente minutes pour jouer son rôle de mère. En montant l'escalier, la jeune femme se demandait combien de minutes de présence cela représenterait dans toute leur vie. Combien de demi-heures multipliées par combien de jours? Mais, après tout, avait-elle vu sa propre mère plus souvent? Elle avait déjà répondu à cette dernière question en arrivant en haut de l'escalier. Elle ne l'avait pas vue plus souvent. Ce qui lui restait d'elle de plus tangible et de plus vivant, c'était sa chevalière.

Elle frappa à la porte de la grande salle de jeux. Pas de réponse, mais elle entendit des cris et des rires. Ils devaient avoir pris leur bain et dîné depuis longtemps. Fräulein Hedwig avait dû leur faire ranger les jouets et la femme de chambre les aider dans cette tâche importante. Mais, au moins, ils étaient revenus maintenant – car ils avaient passé le plus gros de l'été à la campagne et Cassandra ne les avait pas vus du tout. Cette année, pour la première fois, Cassandra n'avait pas voulu quitter Berlin à cause de Dolff. Une œuvre de charité était venue à point lui fournir l'excuse qu'elle avait désespérément cherchée.

Elle frappa à nouveau et, cette fois-ci, ils l'entendirent. Fräulein Hedwig la pria d'entrer. Quand elle s'avança, il y eut un silence subit : les enfants s'arrêtèrent de jouer, tout intimidés. C'était ce que Cassandra supportait le moins. Ils la regardaient comme s'ils ne l'avaient jamais vue ici auparavant.

– Bonsoir, tout le monde.

Cassandra sourit en leur tendant les bras. Personne ne bougea et il fallut que Fräulein Hedwig le pousse pour que Gerhard s'avance le premier. Il ne lui aurait fallu qu'un léger encouragement pour qu'il se précipite dans les bras de sa mère. Mais la voix de Fräulein Hedwig l'arrêta rapidement.

– Gerhard, ne touche pas. Ta mère est habillée pour la soirée.

– Cela ne fait rien, répondit Cassandra, les bras toujours tendus.

L'enfant recula, hors de portée.

– Bonsoir, maman.

Ses yeux étaient aussi grands et aussi bleus que ceux de Cassandra mais son visage ressemblait à celui de Walmar. Il avait de jolis traits, un joyeux sourire, des cheveux blonds et, malgré ses cinq ans proches, son corps était encore potelé, comme celui d'un bébé.

— Je me suis fait mal au bras aujourd'hui, fit-il en le lui montrant.

Elle le toucha doucement.

— Fais-moi voir. Oh! c'est affreux. Cela t'a fait très mal?

Il avait une petite écorchure et un léger héma-tome, mais pour lui c'était important.

— Oui, répondit-il en regardant la dame en noir. Mais je n'ai pas pleuré.

— Tu es très courageux.

— Je sais.

Il paraissait content de lui. Il s'en alla chercher un jouet qu'il avait laissé dans une autre pièce. Cassandra se retrouva seule avec Ariana qui continuait à sourire timidement aux côtés de Fräulein Hedwig.

— Tu ne m'embrasses pas aujourd'hui, Ariana?

L'enfant hocha la tête et s'approcha d'un pas hésitant. Sa beauté promettait de surpasser même celle de sa mère.

— Comment vas-tu? demanda Cassandra.

— Très bien, maman.

— Pas d'écorchures, pas de coupures que je pour-rais soulager d'un baiser?

Ariana fit signe que non et elles échangèrent un sourire. Gerhard les faisait parfois rire toutes les deux. Il ressemblait tellement à l'image qu'on se fait d'un petit garçon. Ariana, elle, était différente. Pen-sive, calme, beaucoup plus timide que son frère. Cassandra se demandait souvent si cela aurait été différent s'il n'y avait jamais eu de nurse.

— Qu'as-tu fait aujourd'hui?

— J'ai lu, et j'ai fait un dessin.

— Je peux le voir?

— Il n'est pas encore fini.

Il n'était jamais fini.

– Cela ne fait rien. J'aimerais bien le voir quand même.

Mais Ariana rougit très fort et secoua la tête. Cassandra se sentit encore plus étrangère : elle aurait bien voulu, comme d'habitude, qu'Hedwig et la femme de chambre disparaissent, dans une autre pièce au moins, pour qu'elle et sa fille puissent être seules. Elle n'était vraiment seule avec les enfants qu'en de rares occasions. Hedwig était toujours là pour éviter que les enfants ne dépassent certaines limites.

– Regarde! fit Gerhard en les rejoignant, un grand chien en peluche dans les bras.

– Où as-tu eu cela?

– C'est la baronne von Vorlach qui me l'a apporté cet après-midi.

– Ah bon! s'exclama Cassandra, médusée.

– Elle a dit qu'elle t'avait invitée pour le thé mais tu as oublié.

Cassandra ferma les yeux.

– Mon Dieu! J'ai fait cela? Je vais l'appeler. En tout cas, ce chien est magnifique. Comment s'appelle-t-il?

– Bruno. Et Ariana, elle, a un grand chat blanc.

– Vraiment?

Ariana avait gardé obstinément le secret. Quand se feraient-elles des confidences? Quand sa fille serait plus grande, peut-être seraient-elles amies? Maintenant, il était trop tard ou trop tôt.

En bas, l'horloge sonna et Cassandra regarda ses enfants avec angoisse. Gerhard avait les yeux fixés sur elle; il était si petit, si bébé encore.

– Il faut que tu partes?

– Je suis désolée. Papa a invité des gens à dîner.

– Tu ne dînes pas, toi? demanda Gerhard d'un air curieux.

Elle sourit.

– Bien sûr que si. Mais ce sont des gens de sa banque et d'autres banques.

– Cela va être ennuyeux.

– Gerhard! s'exclama Hedwig en guise de réprimande.

Mais Cassandra éclata de rire. Elle baissa la voix d'un air de conspirateur.

– Cela va être évidemment très ennuyeux, mais ne le dis à personne. C'est notre secret.

– Tu es très jolie, en tout cas, fit-il d'un air approbateur.

– Merci, répondit Cassandra en embrassant sa petite main potelée.

Elle l'attira dans ses bras et déposa un baiser sur la tête blonde.

– Bonne nuit, trésor. Tu vas dormir avec ton nouveau chien?

– Hedwig a dit non.

Cassandra regarda la nurse en souriant.

– Je pense que ce serait possible.

– Très bien, madame.

Le visage de Gerhard s'illumina et ils échangèrent à nouveau un sourire complice. Cassandra se tourna vers Ariana.

– Toi aussi, tu vas dormir avec ton nouveau chat?

– Oui, fit-elle en regardant successivement Hedwig puis sa mère.

Cassandra sentit son cœur se serrer.

– Il faudra que tu me le montres demain.

– Oui, madame.

Le mot la blessa profondément mais elle n'en montra rien lorsqu'elle se pencha pour embrasser sa fille. Elle fit ensuite un dernier petit signe de la main aux enfants et referma doucement la porte.

Cassandra descendit l'escalier aussi vite que sa robe le lui permettait et arriva en bas juste au moment où Walmar accueillait les premiers invités.

– Ah! te voici, ma chérie, fit-il en lui souriant.

Son air approbateur confirmait qu'elle était toujours aussi belle. Il fit les présentations. C'était un couple que Cassandra avait déjà rencontré à des réceptions données par la banque mais qui n'était encore jamais venu chez eux. Elle les accueillit chaleureusement et prit le bras de Walmar pour entrer dans le grand salon.

La soirée se passa en mondanités; la chère était abondante et les vins français de haute qualité. Les invités parlèrent banque et voyages. Les enfants et la politique ne faisaient pas partie de leurs conversations en dépit du fait qu'on était en 1934, et que la mort du président von Hindenburg avait laissé le champ libre à Hitler. Le sujet ne valait pas la peine d'être abordé. Depuis qu'Hitler était devenu chancelier, l'année précédente, les banquiers du pays avaient maintenu leurs positions. Ils avaient une place importante dans le IIIe Reich, ils avaient leur travail à faire et Hitler le sien. Bien que certains eussent une piètre opinion de lui, il ne les inquiétait nullement. Vivre et laisser vivre. Et puis, il y avait ceux qui étaient satisfaits du régime hitlérien.

Walmar, lui, ne partageait guère leur satisfaction mais il faisait partie de la minorité. Il avait été surpris par le pouvoir croissant des nazis et il avait plusieurs fois averti ses amis en privé que cela conduirait à la guerre. Pourtant, il n'y avait pas de raison d'en discuter ce soir-là. Les crêpes flambées, arrosées de champagne, semblaient beaucoup plus importantes que le IIIe Reich.

Le dernier invité ne partit qu'à une heure et demie du matin. Walmar se tourna alors vers Cassandra en bâillant.

– C'était un dîner tout à fait réussi, ma chérie. J'ai préféré le canard au poisson.

– Vraiment?

Elle prit note mentalement de le signaler à la cuisine le lendemain matin. Les dîners étaient toujours gargantuesques : entrées, potage, poisson, viande, salade, fromage, dessert, fruits. C'était la tradition, et ils s'y conformaient.

– La soirée a été agréable pour toi? demanda-t-il doucement en montant l'escalier.

– Oui, très. Et pour toi?

Elle était touchée par sa question.

– Elle a été utile. Cette affaire belge dont nous avons parlé va probablement aboutir. Il était important que Hoffmann soit là ce soir. Je suis heureux qu'il ait pu venir.

– C'est parfait.

Elle le suivait dans l'escalier en se demandant si cela avait été son but de l'encourager dans cette affaire belge, et d'encourager aussi Dolff à écrire son nouveau livre. Etait-ce donc cela? Devait-elle les aider tous les deux à la réalisation de leur projet, quel qu'il fût? Mais alors, pourquoi pas aussi les enfants? Et pourquoi pas elle-même?

– J'ai trouvé sa femme très jolie.

Walmar haussa les épaules. Sur le palier, il lui sourit mais ses yeux étaient tristes.

– Pas moi. Je crains bien de n'avoir vu que toi.

– Merci, fit-elle en répondant à son sourire.

Il y eut un moment de gêne. C'était l'heure de se séparer. C'était plus facile les soirs où ils n'avaient rien eu à faire. Lui se retirait dans son bureau, elle allait lire dans sa chambre. Mais monter l'escalier ensemble les mettait mal à l'aise et augmentait leur sentiment de solitude. Auparavant, ils savaient qu'ils pourraient se voir plus tard dans la chambre de Cassandra mais, maintenant, il était clair pour tous les deux que c'était impossible. C'était comme un adieu chaque fois qu'ils atteignaient le palier. Beaucoup plus qu'un simple « bonne nuit ».

– Tu sembles mieux ces temps-ci, ma chérie. Je ne parle pas de ton aspect. Je parle de ta santé.

– Oui, en effet.

Mais elle détourna les yeux. L'horloge sonna le quart.

– Il est tard. Il faut vite aller te coucher.

Il déposa un baiser sur le sommet de sa tête et marcha résolument vers la porte de sa chambre. Il lui tournait déjà le dos lorsqu'elle murmura doucement « bonne nuit ».

3

Dolff et Cassandra se promenaient le long du lac de Charlottenburg. Le vent était vif cet après-midi-là et ils étaient seuls dans le parc. Les enfants étaient retournés à l'école; les amoureux et les vieillards qui venaient donner à manger aux oiseaux avaient été découragés par le froid. Mais Dolff et Cassandra étaient heureux de se promener seuls.

– Tu as assez chaud? demanda-t-il en souriant.

– Avec cela? Je serais gênée d'avouer le contraire, fit-elle en riant.

– C'est vrai.

Il jeta un coup d'œil admiratif sur le long manteau de zibeline tout neuf qui chatoyait à ses côtés. Cassandra portait une toque assortie, qu'elle avait inclinée d'un côté de la tête, et les cheveux dorés et lisses étaient attachés en chignon bas. Le froid avait rosi ses joues et ses yeux paraissaient plus violets que jamais. Dolff avait passé un bras autour de ses épaules et il la regardait avec fierté. C'était le mois de novembre et Cassandra lui appartenait depuis plus de huit mois.

– Comment te sens-tu maintenant que tu as fini le livre?

– C'est comme si j'étais au chômage.

– Les personnages te manquent beaucoup?

– Ils m'ont beaucoup manqué au début, répondit-il en déposant un baiser sur ses cheveux. Ils me manquent moins quand je suis avec toi. Tu veux rentrer maintenant?

Elle fit signe que oui et ils accélérèrent le pas jusqu'à ce qu'ils atteignent la porte de la maison de Dolff. Il la fit entrer. Elle se sentait de plus en plus chez elle ici. La semaine précédente, ils s'étaient même aventurés dans quelques boutiques d'antiquités pour acheter deux nouveaux fauteuils et un petit bureau.

– Tu veux du thé? demanda-t-elle avec un chaud sourire.

Il hocha la tête en la suivant dans la cuisine. Elle mit la bouilloire à chauffer et avança une chaise.

– Est-ce que vous réalisez combien c'est formidable que vous soyez là, chère madame?

– Est-ce que vous réalisez combien c'est formidable d'être là pour moi?

Sa mauvaise conscience commençait à s'apaiser. C'était tout simplement sa façon de vivre sa vie et elle avait appris tout à fait par hasard et avec grand plaisir, quelques mois auparavant, qu'une de ses tantes avait eu un amant pendant trente-deux ans. C'était peut-être cela sa destinée à elle aussi. Vieillir en compagnie de Dolff et de Walmar, être utile à tous deux, être irrémédiablement liée à Dolff et protégée par les bras de Walmar. Etait-ce si épouvantable après tout? L'un des trois souffrait-il vraiment? Elle n'éprouvait plus que très rarement de la peine. Seulement quand elle était avec les enfants mais cette peine-là, elle l'avait ressentie déjà bien avant de connaître Dolff.

– Tu as l'air sérieuse à nouveau. A quoi pensais-tu?

– Oh! à nous.

Elle replongea dans ses pensées. Comme c'était différent ici dans cette confortable cuisine! Cela n'avait rien à voir avec le cérémonial de la maison de Grunewald quand elle invitait des amis pour le thé, sous l'œil sévère de Berthold, le maître d'hôtel.

– Et c'est le fait de penser à nous qui te rend aussi sérieuse?

Elle se tourna vers lui en lui tendant sa tasse.

– Quelquefois. Tu sais, je prends cela très au sérieux.

– Je sais. Moi aussi, fit-il d'un air grave.

Il eut soudain envie de lui dire quelque chose qu'il ne lui avait jamais dit auparavant.

– Si les choses étaient... différentes... je veux que tu saches que... je voudrais toujours de toi.

– Et maintenant? demanda-t-elle, les yeux dans les siens.

La voix de Dolff fut comme une caresse.

– Je te veux maintenant et pour toujours. (Et il ajouta en soupirant :) Mais je ne peux rien faire.

– Je n'exige rien de toi. Je suis heureuse ainsi.

Elle s'assit en face de lui, et lui adressa un doux sourire.

– C'est avec toi que je vis la partie la plus importante de ma vie, lui avoua-t-elle pour la première fois.

Elle occupait une place essentielle dans sa vie. Tant de choses avaient changé dans son existence pendant l'année qui venait de s'écouler. Et le reste du monde changeait autour d'eux, il en était beaucoup plus conscient qu'elle. Elle lui toucha la main, pour le tirer de ses pensées.

– Parle-moi de ton manuscrit. Qu'a dit ton éditeur?

– Pas grand-chose, répondit Dolff, d'un air bizarre.

– Il ne l'a pas aimé? fit Cassandra, choquée.

Ce roman était merveilleux. Elle l'avait lu, confortablement installée dans leur lit, par les froids après-midi d'hiver. Elle insista :

– Qu'a-t-il dit?

– Rien. Il n'est pas vraiment sûr qu'il sera publié.

Ainsi, c'était donc cela, l'ombre qu'elle avait vue dans son regard lorsqu'elle était arrivée juste après le déjeuner. Pourquoi ne le lui avait-il pas dit plus tôt? Mais cela lui ressemblait de taire ses soucis. Il voulait toujours avoir de ses nouvelles d'abord.

– Mais il est fou. Le succès de ton dernier livre est déjà oublié?

– Cela n'a rien à voir.

Il se détourna et se leva pour poser sa tasse dans l'évier.

– Dolff, je ne comprends pas.

– Moi non plus, mais je pense que nous allons bientôt comprendre. Notre chef bien-aimé va nous éclairer.

– De quoi parles-tu?

Elle fixait son dos puis elle vit la colère dans ses yeux quand il se retourna.

– Cassandra, tu ne te rends pas compte de ce qui se passe dans notre pays?

– Tu veux parler d'Hitler?

Il acquiesça d'un signe de tête.

– Cela va passer. Les gens vont se fatiguer de lui et il tombera en disgrâce.

– Vraiment? C'est ce que tu penses? C'est ce que pense aussi ton mari? ajouta-t-il avec amertume.

Cette allusion à Walmar la troubla.

– Je ne sais pas. Il n'en parle pas beaucoup. Du moins pas avec moi. Les gens sensés n'aiment pas

Hitler, mais je ne crois pas qu'il soit aussi dangereux qu'on le pense.

– Tu plaisantes, Cassandra?

Il ne lui avait encore jamais parlé sur ce ton. Elle découvrit une colère et une amertume qu'il avait dissimulées jusqu'alors.

– Est-ce que tu veux savoir pourquoi mon éditeur hésite? Ce n'est pas parce que mon dernier livre ne s'est pas vendu, ce n'est pas parce qu'il n'aime pas le nouveau manuscrit – il a été assez stupide pour me faire savoir combien il l'aimait, avant de paraître moins chaud. Non. C'est à cause du Parti... Parce que je suis juif, Cassandra, parce que je suis un juif. – (Sa voix n'était plus qu'un murmure à peine audible. Il ajouta :) Un juif n'est pas supposé avoir du succès; il n'est pas supposé obtenir des récompenses nationales. Il n'y aura plus de place du tout pour les juifs dans la Nouvelle Allemagne, si Hitler agit à sa guise.

– Mais c'est une folie!

Le visage de Cassandra montrait son incrédulité. Ils n'avaient jamais abordé ce sujet. Il lui avait parlé de ses parents, de son passé, de son enfance, de la boulangerie, mais il ne lui avait pas parlé de sa qualité de juif, de ce que cela signifiait pour lui. Elle en avait déduit qu'il l'était, sans plus y réfléchir. Et, dans les rares occasions où elle s'en était souvenue, cela lui avait plu; cela lui avait semblé différent et original. Pourtant, Dolff, lui, n'avait pas oublié leur différence. Et la vraie signification de cette différence devenait de plus en plus précise.

Cassandra réfléchissait.

– Tu ne peux pas dire vrai. C'est impossible.

– Impossible? C'est ce qui commence à arriver à quelques-uns. Je ne suis pas le seul. Mais cela n'arrive qu'aux juifs. Nos livres ne seront pas édités, nos articles ne seront pas publiés, nos appels ne seront pas entendus. Crois-moi, Cassandra, je dis la vérité.

— Alors, va voir un autre éditeur.

— Où? En Angleterre? En France? Je suis allemand et je veux publier mon livre ici.

— Eh bien, où est le problème? Les éditeurs allemands ne sont quand même pas tous stupides.

— Ils ne sont pas stupides. Ils sont beaucoup plus sensés que tu ne le penses. Ils pressentent ce qui va arriver et ils ont peur.

Cassandra n'en croyait pas ses oreilles. Cela ne pouvait pas être aussi horrible qu'il le disait. Dolff était seulement bouleversé par le fait que son roman avait été refusé. Elle soupira et mit sa main sur la sienne.

— Même si tout cela est vrai, cela ne va pas durer. Les éditeurs se sentiront peut-être plus tranquilles quand ils constateront qu'Hitler n'est pas aussi menaçant qu'ils le pensaient.

— Qu'est-ce qui te fait croire cela?

— Le pouvoir est encore en bonnes mains. L'armature du pays, ce sont les banques, les affaires, les vieilles familles. Elles ne vont pas se laisser prendre à toutes les bêtises qu'il raconte. Les classes inférieures s'y laisseront peut-être prendre mais c'est sans conséquence.

Dolff prit un air sinistre pour répondre.

— Les « vieilles familles », comme tu le dis, ne s'y laisseront peut-être pas prendre, mais si elles ne s'y opposent pas ouvertement, nous sommes perdus. Et tu as tort également sur un autre point. Le pouvoir, c'est le petit individu, des quantités de petits individus, des hommes qui n'ont pas de pouvoir individuellement mais qui sont forts quand ils sont unis, des gens qui sont fatigués de « l'armature » du pays dont tu parles, fatigués des classes supérieures et des « vieilles familles » et des banques. Ces gens croient en chaque mot prononcé par

Hitler. Ils pensent avoir trouvé un nouveau dieu. Et s'ils s'unissent, ce seront eux le vrai pouvoir de ce pays. Dans ce cas, nous aurons tous de gros ennuis; pas seulement les juifs mais les gens comme toi aussi.

Cassandra était terrifiée. Et s'il avait raison... Mais cela n'était pas possible... pas possible.

Elle lui adressa un sourire et se leva pour caresser lentement sa poitrine.

— Fort heureusement, rien ne sera aussi désastreux que ce que tu prédis.

Il l'embrassa tendrement et la conduisit à l'étage, un bras passé autour de sa taille. Elle avait envie de lui demander ce qu'il allait faire pour son nouveau livre mais elle ne voulait pas le pousser dans ses retranchements, faire resurgir ses angoisses. Et, pour un écrivain de sa classe, il paraissait improbable que le préjugé d'Hitler contre les juifs et les écrivains juifs eût une quelconque importance. Après tout, il s'appelait Dolff Sterne.

Ce soir-là, Cassandra retourna pensivement à Grunewald, tournant dans son esprit les paroles de Dolff. Son regard la hantait quand elle rentra chez elle. Elle avait une heure de liberté avant le dîner mais, au lieu d'aller voir les enfants, elle chercha refuge dans sa chambre. S'il avait raison, qu'est-ce que cela signifierait pour eux? Pourtant, en se glissant lentement dans un bain chaud, elle décida que cela n'avait pas de sens. Le livre serait édité. Il obtiendrait une nouvelle récompense. Les artistes étaient un peu fous quelquefois. Elle souriait encore quand elle entendit frapper à la porte. Cela devait être la femme de chambre.

— Cassandra?

Ce n'était pas Anna. C'était la voix de son mari dans l'autre pièce.

— Walmar? Je suis dans mon bain.

Elle avait laissé les portes ouvertes et elle se demandait s'il entrerait. Mais la voix qui répondit ne s'était pas rapprochée.

– Pourras-tu venir lorsque tu seras prête?

Il semblait sérieux et, l'espace d'un moment, Cassandra sentit une angoisse lui étreindre le cœur. Allait-il la mettre devant la réalité? Elle ferma les yeux et retint sa respiration.

– Tu veux entrer?

– Non, viens me voir avant le dîner.

Au son de sa voix, il paraissait plus inquiet qu'en colère.

– J'arrive dans quelques minutes.

– Parfait.

Elle entendit la porte se refermer et expédia sa toilette. Elle mit peu de temps à se maquiller et à se coiffer. Quand elle arriva devant la porte de son mari, elle frappa doucement et, après quelques secondes, elle entendit la voix de Walmar.

– Entre.

Elle passa le seuil, la soie de sa robe bruissant sur ses jambes. Walmar était assis dans un des confortables fauteuils en cuir brun de son bureau et il posa vivement le dossier qu'il était en train de lire.

– Tu es très belle ainsi, Cassandra.

– Merci.

Elle chercha son regard et y lut la vérité, la douleur. Elle eut envie d'aller vers lui, de l'interroger, de le réconforter. Mais elle comprit qu'elle ne pouvait pas l'approcher. Elle était là, à le regarder de l'autre côté d'un abîme. C'était Walmar qui s'était reculé.

– Assieds-toi, je t'en prie. Tu veux du sherry?

Elle secoua la tête et tendit ses mains à la douce chaleur du feu. Elle ne trouvait rien à lui dire. Que pouvait-elle faire? Lequel des deux serait-elle obligée d'abandonner? Elle avait besoin des deux et elle les aimait.

– Cassandra?

Elle garda un moment les yeux fixés sur le feu puis se tourna enfin vers lui.

– Oui, fit-elle péniblement.

– Il faut que je te dise quelque chose, commença-t-il, d'un air embarrassé. Quelque chose qui m'est très pénible à dire et je suis sûr que ce sujet est aussi désagréable pour toi. (Le cœur de Cassandra battait si fort qu'elle entendait à peine ce qu'il disait. Sa vie était finie.) Mais il faut absolument que je t'en parle. Pour ton bien. Pour ta sécurité. Et peut-être pour notre sécurité à tous les deux.

– Ma sécurité? dit-elle dans un murmure en le fixant, très mal à l'aise.

Il s'assit dans son fauteuil en soupirant. Elle vit même briller dans ses yeux des larmes retenues.

– Ecoute-moi. Je sais... Je suis conscient que, depuis plusieurs mois, tu t'es engagée dans une... situation difficile. Je veux que tu saches que je suis... que je comprends.

La jeune femme l'avait d'abord écouté les yeux fermés.

– Walmar... Je ne veux pas... je ne peux pas... fit-elle, les larmes coulant lentement de ses grands yeux tristes.

– Arrête, je t'en prie. Ecoute-moi plutôt.

Il avait un ton assez paternel. Après un soupir, il continua :

– Ce que je vais te dire est très important. Je veux aussi que tu saches que, même si ta situation est connue de tout le monde, je t'aime quand même. Je ne veux pas te perdre, quoi que tu puisses penser de moi, à présent.

Cassandra secoua la tête et sortit son mouchoir de dentelle.

– Je n'ai que du respect pour toi, Walmar. Et je t'aime, moi aussi.

C'était vrai. Elle l'aimait et elle était bouleversée d'être le témoin de sa douleur.

– Alors, écoute bien ce que je vais te dire. Il faut que tu arrêtes de voir ton... ami. (Cassandra le regardait silencieusement, horrifiée.) Et pas pour les raisons que tu crois. J'ai vingt-neuf ans de plus que toi, ma chérie, et je ne suis pas stupide. Ce genre de choses peut arriver et cela peut faire très mal aux gens concernés mais si la situation est bien prise en main, on peut se remettre de l'épreuve. Mais ce n'est pas de cela que je parle. A cause de notre mariage, tu dois arrêter de voir... Dolff. Et même si tu n'étais pas mariée, si tu ne l'avais jamais été, tu ne pourrais plus te permettre d'avoir une liaison avec lui.

– Que veux-tu dire? fit-elle en se levant vivement.

Elle avait déjà oublié combien elle était reconnaissante à Walmar pour sa bienveillance. Elle continua :

– Pourquoi? Est-ce parce qu'il est écrivain? Le prends-tu pour un bohémien? Mais, Walmar, c'est un homme très correct, merveilleux.

Elle ne se rendait même pas compte de l'absurdité de défendre son amant devant son mari.

– J'espère que tu ne me crois pas assez étroit d'esprit pour écarter tous les écrivains et les artistes et les compter comme quantité négligeable. On ne peut pas me reprocher d'avoir jamais eu une telle attitude, Cassandra. Reconnais-le. Non, je ne parle pas de cela. (Il enchaîna avec une soudaine véhémence :) Tu ne peux absolument pas te permettre de fréquenter cet homme, d'être avec lui, d'être vue chez lui, non pas parce qu'il est écrivain, mais parce qu'il est juif. Cela me rend malade d'avoir à te le dire parce que je pense que ce qui se trame dans notre pays est tout simplement répugnant. Pourtant, on ne peut pas nier que ce soit vrai et, étant donné que tu es ma femme et la mère de mes enfants, je ne tiens pas à ce que tu te fasses tuer ou jeter en prison. Tu comprends cela, bon sang? Tu comprends combien c'est important?

Cassandra n'arrivait pas à y croire. C'était comme si le cauchemar de l'après-midi continuait.

– Veux-tu dire qu'on pourrait le tuer?

– Je ne sais pas, je ne sais même plus ce que je pense. Mais, dans la mesure où nous menons une vie calme et restons en dehors de ce qui se passe, nous sommes en sécurité, tu es en sécurité, Ariana et Gerhard sont en sécurité. Cet homme, lui, ne l'est pas. Cassandra, je t'en supplie, si quelque chose lui arrive, je ne veux pas que tu y sois mêlée. Si la situation était différente, si nous vivions en d'autres temps, j'aurais de la peine pour ce que tu fais mais je fermerais les yeux. Maintenant, cela n'est pas possible. Il faut que je t'arrête. Il faut que tu t'arrêtes.

– Et lui, qu'en fais-tu?

Elle avait trop peur pour pleurer à nouveau. L'importance des paroles de Walmar avait clarifié ses pensées.

Son mari secoua la tête.

– On ne peut rien faire pour l'aider. S'il est sensé et si les choses continuent ainsi, il serait sage pour lui de quitter l'Allemagne. Dis-le-lui, ajouta-t-il en regardant la jeune femme.

Cassandra fixait le feu, ne sachant trop quoi dire. La seule chose dont elle était sûre, c'est qu'elle ne l'abandonnerait pas. Pas maintenant, pas plus tard, jamais.

Elle rencontra le regard de Walmar et en même temps que la colère, elle y lut une grande tendresse. Elle alla vers lui et déposa un baiser sur sa joue.

– Merci de ta gentillesse.

Il ne lui avait fait aucun reproche pour son infidélité. Il était seulement inquiet pour sa sécurité et peut-être même pour celle de Dolff. Quel homme extraordinaire! Pendant un moment, son amour pour lui fut plus vif qu'il ne l'avait été depuis des années. Elle considéra son mari, une main posée sur son épaule.

– Est-ce que la situation est aussi grave que cela?

– Elle est peut-être encore pire, fit-il en hochant la tête. Personne n'en sait rien, pour le moment. Mais nous ne tarderons pas à être fixés.

– Je n'arrive pas à y croire.

– Est-ce que tu vas faire ce que je t'ai demandé, Cassandra?

Elle avait envie de le lui promettre, mais quelque chose avait imperceptiblement changé entre eux. Il savait la vérité et c'était mieux ainsi. Elle n'avait plus à lui mentir.

– Je n'en sais rien.

– Tu n'as pas le choix! s'exclama-t-il avec colère. Cassandra, je t'en supplie.

Mais elle avait quitté la pièce.

4

Six semaines plus tard, un des amis de Dolff, écrivain comme lui, disparut. Il était beaucoup moins célèbre que Dolff mais lui aussi avait rencontré des difficultés pour publier son dernier ouvrage. Son amie, affolée, appela Dolff à deux heures du matin. Ce soir-là, elle revenait de chez sa mère qui vivait à Munich et elle avait constaté que l'appartement avait été mis à sac. Helmut était parti et il y avait du sang par terre. Le manuscrit sur lequel il travaillait était éparpillé dans la pièce. Les voisins avaient entendu des cris et des hurlements. C'était tout ce qu'elle savait. Dolff lui avait fixé rendez-vous, près de l'appartement d'Helmut, puis l'avait ramenée chez lui. Le lendemain, elle avait trouvé refuge chez sa sœur.

Quand Cassandra arriva en fin de matinée, elle trouva Dolff au bord de la dépression et profondément affecté par la disparition d'Helmut.

— Je ne comprends pas, Cassandra. Peu à peu, les gens deviennent fous. C'est comme si un poison lent circulait dans les veines de ce pays. Il va finir par atteindre le cœur et nous tuer. Remarque, je n'ai pas à m'inquiéter pour cela.

Il la regardait d'un air sombre et elle fronça les sourcils.

— Que veux-tu dire?

— D'après toi, combien de temps me reste-t-il avant qu'on ne vienne me chercher? Un mois? Six mois? Un an?

— Ne sois pas stupide. Helmut n'était pas romancier. C'était un écrivain très politisé qui a ouvertement critiqué Hitler depuis son arrivée au pouvoir. Tu te rends quand même compte de la différence. Qu'est-ce qu'on pourrait te reprocher dans ton cas? Un roman tel que *Der Kuss*?

— Tu sais, je ne suis pas bien sûr de voir la différence, Cassandra.

Il jeta un regard mal assuré autour de la pièce. Il ne se sentait même plus en sécurité chez lui. C'était comme s'il s'attendait qu'on vienne le chercher à n'importe quel moment.

— Dolff, chéri, je t'en prie, sois raisonnable. Cette disparition est épouvantable mais cela ne peut pas t'arriver à toi. Tout le monde te connaît. On ne peut pas te faire disparaître comme cela, en pleine nuit.

— Pourquoi pas? Qui pourrait l'empêcher? Toi?

Quelqu'un d'autre? Bien sûr que non. Qu'ai-je fait pour Helmut la nuit dernière? Rien. Absolument rien, bon sang!

— Alors, de grâce, pars. Va en Suisse. Tu pourras publier ton livre là-bas. Et tu seras en sécurité.

— Cassandra, je suis allemand, répondit-il d'un air sinistre. C'est mon pays, ici. J'ai autant le droit d'être ici que n'importe qui. Pourquoi serais-je obligé de partir?

— Eh bien, qu'est-ce que tu me racontes, alors?

C'était leur première querelle.

— J'essaie de te faire comprendre que mon pays est en train de se détruire en même temps que ses habitants et cela me rend malade.

— Tu n'y peux rien et si c'est ce que tu crois, alors pars avant qu'il ne te détruise.

— Et toi, Cassandra? Tu penses être intouchable, probablement?

— Je ne sais pas... je ne sais plus. Je ne comprends plus.

La jeune femme était fatiguée depuis des semaines. Cette fatigue venait des deux hommes et elle se sentait impuissante face à leurs angoisses. Elle se tournait vers eux pour quêter un réconfort alors qu'ils lui affirmaient que tout était en train de changer. Walmar désirait qu'elle cesse de voir Dolff et Dolff, lui, se révoltait contre une chose à laquelle personne ne pouvait rien.

Il continua à divaguer pendant une demi-heure et Cassandra bondit soudain sur ses pieds, furieuse.

— Qu'est-ce que tu veux que je fasse? Qu'attends-tu de moi?

— Rien, sacrebleu, rien. (Il pleurait son ami perdu et attira Cassandra dans ses bras, en sanglotant.) Cassandra... Seigneur!...

Elle le tint serré contre elle, maternellement.

— Tout va bien, chéri, calme-toi. Je t'aime.

C'était tout ce qu'elle pouvait dire et la peur

qu'elle avait refoulée jusqu'à maintenant commença à ramper le long de son dos. Et si Dolff était traîné, hurlant, dans la nuit? Qu'aurait-elle fait à la place de l'amie d'Helmut? Mais ces choses-là n'arrivaient qu'aux autres...

Lorsqu'elle rentra chez elle en fin d'après-midi, Walmar l'attendait, non pas dans son bureau, mais dans le grand salon. Il lui fit signe de venir le rejoindre et referma doucement les deux battants de la porte.

– Cassandra, cela devient impossible.

– Je ne veux pas en discuter. Ce n'est pas le moment.

Elle lui tourna le dos et regarda le feu sous le portrait du grand-père de Walmar qui semblait toujours vous suivre des yeux.

– Cela n'est jamais le moment. Si tu ne fais pas ce que je t'ai demandé, je te forcerais à partir.

– Je ne partirai pas. Je ne peux pas le quitter maintenant.

C'était de la folie de discuter de ce sujet avec son mari mais elle n'avait pas le choix. Sa liaison était connue depuis deux mois et, quoi que cela coutât à Cassandra, elle entendait bien rester ferme sur sa décision. Elle avait abandonné trop de choses dans sa vie. Ses rêves de théâtre, ses enfants; elle n'abandonnerait pas Dolff.

Elle se tourna vers Walmar.

– Je ne sais que faire. J'ai du mal à croire tout ce que j'entends. Que nous arrive-t-il? Qu'arrive-t-il à l'Allemagne? Est-ce que tout cela est dû à ce petit homme stupide?

– Il semblerait. Ou bien a-t-il éveillé une folie latente que nous cachions jusque-là dans notre âme? Peut-être que tous ces gens qui l'ont accepté attendaient quelqu'un comme lui, qui les dirigerait.

– N'y a-t-il personne pour l'arrêter avant qu'il ne soit trop tard?

– Il est peut-être déjà trop tard. Hitler enthousiasme les gens. Il leur promet le progrès, l'argent, le succès. Pour ceux qui n'y ont jamais goûté, c'est excitant. Ils ne peuvent pas résister.

– Et les autres?

– Nous, nous attendons. Mais pas ton ami, Cassandra. Si cela continue, il ne pourra plus se permettre d'attendre. Mon Dieu, écoute-moi, je t'en supplie. Va chez ma mère pendant quelques jours. Réfléchis. Cela te donnera le temps de réfléchir, loin de nous deux.

Mais elle ne voulait pas s'éloigner d'eux. Et surtout, elle ne voulait pas quitter Dolff.

– Je vais y penser.

Pourtant, Walmar comprit au ton de sa voix qu'elle ne céderait pas. Il ne pouvait rien faire de plus. Pour la première fois de sa vie, Walmar von Gotthard connaissait la défaite. Cassandra le regarda se lever et marcher vers la porte. Elle tendit doucement la main.

– Walmar, ne te mets pas dans cet état. Je suis désolée.

Mais il se contenta de se tourner vers elle.

– Tu es désolée, Cassandra, et moi aussi. Et les enfants le seront aussi avant que tout cela ne soit fini. Ce que tu fais va te détruire, nous détruire tous.

Cassandra von Gotthard n'était pas de cet avis.

5

Ce fut en février que Walmar et Cassandra assistèrent au bal de printemps. Le froid était encore glacial et il était réconfortant de célébrer la venue du printemps. Cassandra portait une longue hermine par-dessus une robe blanche en velours, merveilleuse de simplicité; ses cheveux tombaient en boucles délicates. Elle était plus jolie que jamais, et ne laissait rien paraître des soucis qui la tourmentaient. Pourtant, Dolff avait été de mauvaise humeur toute la journée à cause de son manuscrit refusé et elle et Walmar se parlaient à peine en raison de leur différend. Entraînée depuis le berceau à ne se montrer que gracieuse en dehors du sanctuaire de sa chambre, elle souriait gentiment à chaque personne qu'on lui présentait et dansa très volontiers avec tous les amis de Walmar. Comme toujours, l'entrée du couple avait fait sensation, sensation due autant à l'élégance de Cassandra qu'à sa beauté saisissante.

— Vous êtes ravissante, Frau Gotthard. Vous ressemblez à une princesse de conte de fées.

Le compliment émanait d'un homme qu'elle venait de rencontrer : un banquier peut-être. Walmar l'avait salué et avait acquiescé quand l'homme lui avait demandé la permission d'escorter Cassandra jusqu'à la piste de danse. Pendant qu'ils valsaient, la jeune femme aperçut Walmar qui bavardait avec quelques amis.

— Vous semblez connaître mon mari.

— Un peu. Nous avons eu le plaisir de faire des affaires ensemble une ou deux fois. Mais mes... activités sont de nature un peu moins commerciales depuis un an.

— Ah? Vous vous êtes accordé une année de congé? fit Cassandra en souriant aimablement.

— Pas du tout. Je me suis efforcé d'aider notre chef en ce qui concerne les finances du IIIe Reich, répondit-il avec une telle force que Cassandra le regarda, interloquée.

— Je vois. Cela doit vous occuper énormément.

– Oui. Et vous, comment vous occupez-vous?

– Mes enfants et mon mari occupent le plus clair de mon temps.

– Et le reste du temps?

– Que voulez-vous dire?

La jeune femme se sentait de plus en plus mal à l'aise dans les bras de cet inconnu indiscret.

– J'ai cru comprendre que vous étiez une protectrice des arts.

– Vraiment?

Il lui adressa un sourire aimable mais il y avait quelque chose de glacial au fond de ses yeux.

– Si j'étais vous, je ne perdrais pas mon temps ainsi. Voyez-vous, notre conception des arts va beaucoup changer sous le IIIe Reich.

– Ah! s'exclama Cassandra, sur le point de défaillir.

Cet homme était-il en train de l'avertir au sujet de Dolff? Ou bien devenait-elle aussi folle que Dolff, sentant des menaces partout?

– Oui. Nous avons actuellement tant d'artistes dépourvus de talent, tant d'écrivains à l'esprit malade. Mais cela va changer.

Il faisait sans nul doute allusion à Dolff. Elle sentit la colère monter en elle.

– Le changement a déjà eu lieu. On ne publie plus les livres des mêmes auteurs, actuellement, n'est-ce pas?

Mon Dieu, que faisait-elle? Que dirait Walmar s'il l'entendait? Mais la danse s'achevait. Elle allait être libérée de cet individu malfaisant.

– Ne vous occupez pas de cela, Frau Gotthard.

– Cela n'est pas du tout mon intention.

– Eh bien, c'est encourageant!

Que sous-entendait-il? Il la raccompagna vers Walmar et elle ne le revit plus ce soir-là. Quand ils rentrèrent chez eux, Cassandra eut envie d'en parler à son mari, mais elle craignit de l'irriter ou, pire, de l'inquiéter. Et le lendemain, Dolff était de si bonne humeur qu'elle ne le lui raconta pas non plus. Après tout, cet homme devait être un quelconque banquier stupidement entiché d'Hitler et du IIIᵉ Reich. Quelle importance cela pouvait-il avoir?

Dolff avait pris une décision. Il allait continuer à écrire, qu'on le publie ou non. Et il allait continuer à essayer d'être publié. Même s'il était condamné à mourir de faim, il resterait. Personne ne le ferait partir. Il avait le droit d'être chez lui, même s'il était juif.

– Est-ce qu'une promenade près du château te ferait plaisir?

C'était la première fois qu'ils sortiraient se promener depuis deux semaines.

– Enormément, répondit-elle.

Ils marchèrent pendant près de deux heures, le long du lac près du château. Ils regardèrent les enfants jouer et sourirent aux autres promeneurs.

– Sais-tu ce que je pensais lorsque je te cherchais ici? fit Dolff en serrant la main de Cassandra dans la sienne.

– Non.

– Je pensais que tu étais la femme la plus mystérieuse et la plus insaisissable que j'aie jamais connue, et que si je pouvais passer une seule journée avec toi, je serais heureux pour le restant de mes jours.

– Et maintenant, tu es heureux?

– Je n'ai jamais été aussi heureux. Et toi, l'année que tu viens de passer a été très dure, n'est-ce pas?

Il se tourmentait beaucoup pour elle. C'était elle en effet qui subissait les pressions, avec Walmar et les enfants, spécialement depuis que Walmar était au courant. Cassandra lui avait parlé de l'avertissement de son mari.

– Mais non, cela n'a pas été dur. Cela a été merveilleux au contraire. Je ne pouvais rien espérer de plus dans ma vie.

– Tu m'auras toujours, Cassandra. Toujours. Même après ma mort.

– Ne dis pas des choses pareilles, fit-elle en le regardant d'un air malheureux.

– Petite sotte, cela c'est pour quand j'aurai quatre-vingts ans. Je n'ai pas l'intention de partir sans toi.

Ils se mirent à courir le long du lac, main dans la main. Sans se concerter, ils revinrent tout naturellement chez Dolff et montèrent à l'étage après s'être fait du thé. Ils le burent rapidement car ils avaient d'autres choses en tête. Leur étreinte fut passionnée, comme s'ils avaient désespérément besoin l'un de l'autre. En fin d'après-midi, ils s'endormirent dans les bras l'un de l'autre.

Dolff fut le premier à bouger; il avait entendu des coups à la porte en bas. Puis il y eut des bruits de pas montant l'escalier. Il écouta un bref instant, puis complètement réveillé, il s'assit dans le lit. Cassandra sentit Dolff remuer et ouvrit les yeux tout grands, comme si elle avait senti le danger. Sans dire un mot, le jeune homme rabattit les couvertures sur elle et sauta du lit. Il était au milieu de l'immense chambre quand on poussa la porte. A première vue, il semblait s'agir d'une armée d'uniformes bruns et de brassards rouges. En fait, ils n'étaient que quatre. Dolff resserra la ceinture de sa robe de chambre.

– Que se passe-t-il? demanda-t-il d'un ton ferme.

Ils se contentèrent de rire, l'agrippèrent brutalement et lui crachèrent au visage.

– Ecoutez donc ce juif!

Deux d'entre eux le maintinrent de chaque côté et un troisième lui assena un coup violent en plein ventre. Dolff gémit de douleur et se courba en deux.

Il reçut alors un coup de pied et le sang gicla de sa bouche. Le quatrième homme inspectait calmement la pièce.

– Voyons donc ce qu'il y a sous ces couvertures. Une putain de juive qui tient chaud à notre illustre écrivain.

Il tira brutalement les couvertures et Cassandra se trouva nue, détaillée de la tête aux pieds par les yeux inquisiteurs.

– Et elle est jolie, en plus. Lève-toi!

Elle resta immobile, puis s'exécuta. Elle s'assit d'abord très droite puis glissa élégamment ses jambes hors du lit. Son corps souple tremblait légèrement et ses yeux écarquillés de terreur fixaient Dolff. Les quatre hommes la regardaient. Puis le quatrième s'adressa aux trois autres.

– Sortez-le d'ici, ricana-t-il. A moins qu'il ne préfère regarder.

Dolff retrouva ses esprits tout d'un coup; son regard chercha celui de Cassandra.

– Non, ne la touchez pas! hurla-t-il.

– Et pourquoi pas, Monsieur le Cèlèbre Ecrivain? Elle a la chaude-pisse?

Cassandra suffoquait mais les hommes, eux, éclatèrent de rire. Elle venait de comprendre ce qui l'attendait. Dolff fut traîné hors de la chambre et un instant plus tard, le craquement des marches lui apprit que Dolff venait d'être poussé dans l'escalier. Cassandra entendit des cris de colère et les hurlements de Dolff. Il appelait son nom en essayant de se défendre contre ses ravisseurs. Mais une série de coups violents le réduisirent vite au silence et Cassandra perçut le bruit d'un corps que l'on traînait. Elle regarda alors l'homme qui était sur le point de défaire son pantalon.

– Vous allez le tuer... Mon Dieu! Vous allez le tuer.

Elle recula, son cœur battait sauvagement dans sa

poitrine. Elle ne pensait même plus à elle mais à Dolff qui était peut-être déjà mort.

– Et alors? répondit l'homme d'un air amusé. Ce n'est pas une grande perte pour notre société. Ce n'est peut-être pas non plus une grande perte pour toi. Il n'est qu'un petit juif. Et toi, ma belle, sa jolie princesse juive?

– Comment osez-vous? s'écria Cassandra.

Ses yeux lavande étaient dilatés par la colère et la terreur. Elle se détacha du mur et se jeta sur lui, toutes griffes dehors. Mais l'homme la gifla du dos de la main et quand il s'adressa à elle, sa voix était calme malgré son visage tendu.

– Ça suffit maintenant. Tu as perdu ton amant, petite juive, mais tu vas voir à présent ce que c'est que d'être possédée par une race supérieure. Je vais te donner une petite leçon, trésor.

Il déboucla son ceinturon et s'en servit pour la frapper rudement sur la poitrine. La jeune femme sentit une douleur mordante et elle serra ses bras sur ses seins en courbant la tête. Elle savait ce qu'il lui restait à faire. Autrement, il la tuerait après l'avoir violée. Elle devait le lui dire, elle n'avait pas le choix. Elle n'était pas aussi courageuse que Dolff.

– Je ne suis pas juive, fit-elle en levant des yeux furibonds sur son bourreau.

– Ah bon? répondit-il en s'approchant.

Le ceinturon était prêt à s'abattre à nouveau et Cassandra constata l'évidente érection sous le pantalon. Le calme de l'instant d'avant allait bientôt faire place à une sauvagerie incontrôlable.

– Mes papiers sont dans mon sac. Je suis Cassandra von Gotthard. Mon mari est le président de la banque Tilden.

L'homme marqua une pause, en la regardant avec colère et suspicion. Il ne savait que faire.

– Et votre mari ne sait pas que vous êtes ici? fit-il.

Cassandra trembla. Avouer qu'il était au courant impliquerait que Walmar soit mêlé à l'affaire.

– Ma femme de charge sait précisément où je suis.

– Très adroit!

Le ceinturon reprit lentement sa place dans les boucles du pantalon.

– Vos papiers?

– Là-bas.

Il saisit le sac en crocodile brun et l'ouvrit précipitamment, fouilla à l'intérieur et trouva le portefeuille. Il en tira le permis de conduire, la carte d'identité et les jeta par terre en ricanant. Il avança alors vers elle d'un air menaçant. Cela n'avait pas marché. Il se fichait de qui elle était. Cassandra s'attendait au pire. Il se planta devant elle et la contempla pendant un moment interminable. Il la frappa alors en plein visage.

– Putain! Immonde putain! Si j'étais votre mari, je vous tuerais. Et un jour, vous mourrez comme ça, exactement comme ce salaud de juif. Vous êtes une ordure, une injure pour votre race, votre pays. Sale garce!

Il la quitta alors. Ses bottes résonnèrent dans l'escalier et elle entendit la porte claquer. C'était fini... fini... Elle tomba à genoux par terre en tremblant. Le sang coulait de ses seins, son visage était meurtri, les larmes ruisselaient de ses yeux. Elle éclata en sanglots.

Elle prit soudain conscience de ce qui pourrait arriver. Ils pourraient bien revenir et détruire la maison. Elle enfila alors ses vêtements en toute hâte et sortit en courant de la chambre. C'est en bas de l'escalier qu'elle vit la traînée de sang. Dolff avait été tiré, inconscient, hors de la maison.

Elle ne comprit jamais comment elle avait réussi

à rentrer à Grunewald, agrippée au volant, secouée de sanglots. Elle avait grimpé l'escalier, claqué la porte de sa chambre. Elle était revenue chez elle. C'était la chambre rose qu'elle avait vue si souvent... la chambre rose... rose... Tout tourna autour d'elle et elle tomba, évanouie.

6

Quand Cassandra revint à elle, elle était allongée sur son lit, une compresse froide appliquée sur le front. La pièce était sombre et elle entendait un bourdonnement étrange. Elle réalisa un moment plus tard que ce bruit était en fait dans sa tête. A une certaine distance se tenait Walmar qui la regardait fixement. Il lui posa quelque chose d'humide et de lourd sur le visage. Puis, elle sentit qu'on lui enlevait son corsage. La douleur qu'elle éprouva fut atroce. On lui appliqua sur les seins des compresses tièdes et des bandages. Une éternité passa avant qu'elle ne puisse le voir clairement et, enfin, le bourdonnement cessa. Walmar était assis, tranquille et silencieux, dans un fauteuil près de son lit. Elle reposait, les yeux fixés au plafond, incapable de parler. Il ne lui demanda rien. Il se contentait de changer les compresses de temps à autre. La chambre restait dans l'obscurité, et quand on venait frapper à la porte, Walmar renvoyait la personne. Il était minuit lorsqu'elle se réveilla. Une faible lueur brillait au loin dans son boudoir et Walmar était toujours là, muet, à son poste de garde.

Mais il ne put retarder encore le moment car il se rendit compte à son regard qu'elle était consciente, que le choc était passé. Il fallait qu'il sache ce qui était arrivé, pour son bien à elle, à lui.

– Cassandra, il faut que tu parles à présent. Raconte-moi.

– Je t'ai déshonoré, murmura-t-elle.

– Ne sois pas stupide, fit-il en lui prenant la main. Chérie, tu dois me dire ce qui s'est passé. Il faut que je le sache.

Anna était venue en hurlant lui annoncer que quelque chose de terrible était arrivé à Frau von Gotthard et qu'elle était allongée mourante sur le plancher de sa chambre. Il s'était précipité et l'avait trouvée non pas agonisante mais en état de choc et meurtrie. Il avait tout compris.

– Il allait me tuer... me violer. Je lui ai dit... qui j'étais.

Walmar frémit de peur.

– Qui était-ce?

– Ils l'ont pris... ils ont pris Dolff... ils l'ont battu... il saignait... et puis ils l'ont traîné en bas de l'escalier.

Elle s'assit sur son lit et eut un haut-le-cœur. Walmar resta assis, impuissant, en lui tendant une serviette rose monogrammée. Quand le malaise fut passé, elle fixa ses yeux vides sur son mari.

– L'un d'eux est resté avec moi. Je lui ai dit... Il pensait que j'étais juive, fit-elle d'un ton pathétique.

– Tu as eu raison de leur dire qui tu étais. Si tu ne l'avais pas fait, tu serais morte à présent. Il se peut qu'ils ne le tuent pas mais toi, ils t'auraient tuée.

Il savait bien que le contraire était plus vraisemblable mais il devait lui mentir.

– Que vont-ils lui faire?

Il la prit alors dans ses bras et elle sanglota pendant près d'une heure. Les sanglots l'épuisèrent. Il la reposa sur l'oreiller puis il éteignit la lumière.

– Il faut dormir maintenant. Je vais rester près de toi.

Il resta en effet près d'elle mais quand elle se réveilla le lendemain matin, il était enfin parti se reposer. Pendant qu'elle prenait son bain, il jeta un coup d'œil angoissé au journal. Il s'attendait à y trouver un article sur « l'accident » qui était arrivé à Dolff. C'est ce qui se passait d'habitude. Mais cette fois-ci, il n'y avait rien dans les faits divers qui s'y rapportât. Seulement quelques lignes qu'il ne remarqua pas, à la dernière page.

Quand il retourna dans la chambre de Cassandra, deux heures plus tard, elle était de nouveau couchée, silencieuse, le regard vide. Elle avait entendu son mari rentrer mais elle ne tourna pas les yeux vers lui.

— Tu te sens mieux?

Pas de réponse.

— Tu as besoin de quelque chose?

Elle secoua la tête.

— Si jamais ils viennent vous tuer, toi et les enfants?

Elle ne pensait qu'à cela depuis qu'elle était réveillée.

— Allons, bien sûr que non.

Mais elle savait bien maintenant qu'ils étaient capables de tout. Ils tiraient les gens de leur lit et les tuaient ou du moins ils les emmenaient.

— Cassandra, ma chérie, nous sommes tous en sécurité.

Walmar mentait une fois encore. Personne n'était à l'abri. Un jour, ils ne s'en prendraient pas seulement aux juifs.

— Ce n'est pas vrai. Ils vont te tuer. Parce que je leur ai dit qui j'étais. Ils vont venir ici...

— Mais non. Réfléchis. Je suis banquier. Ils ont besoin de moi. Ils ne peuvent faire de mal ni à moi ni à ma famille. Ne t'ont-ils pas laissée partir hier quand ils ont su qui tu étais?

— Je t'ai déshonoré, répéta-t-elle.

– Arrête. Tout cela est fini. C'était un cauchemar. Un cauchemar horrible, épouvantable. Mais c'est terminé. Il faut te réveiller à présent.

Se réveiller pourquoi? Dolff était parti. Il ne restait plus que le vide, la douleur, l'horreur qu'elle n'oublierait jamais. Tout ce qu'elle souhaitait, c'était dormir. Pour toujours. S'endormir d'un profond sommeil dont elle ne se réveillerait jamais.

– Il faut que j'aille au bureau deux heures pour cette affaire belge. Ensuite, je vais revenir et je resterai avec toi toute la journée. Cela va aller?

Elle hocha la tête. Il se pencha alors et déposa un baiser sur les longs doigts fins de sa main gauche.

– Je t'aime, Cassandra. Tout va redevenir comme avant.

Il pria Anna de préparer pour sa femme un petit déjeuner léger, de laisser le plateau près du lit et de s'en aller. La domestique porta le plateau au chevet de Cassandra une demi-heure plus tard. La jeune femme ne dit rien, mais quand Anna eut quitté la pièce, Cassandra remarqua le journal sur le bord du plateau. Il fallait qu'elle y jette un coup d'œil; elle y verrait peut-être un entrefilet, quelques mots qui la renseigneraient sur le sort de Dolff. Elle se leva sur un coude, péniblement, et déplia le journal qu'elle lut du début à la fin. C'est alors qu'elle vit l'entrefilet en dernière page. On disait seulement que Dolff Sterne, romancier, avait eu un accident avec sa Bugatti et qu'il avait trouvé la mort. Cassandra poussa un cri.

Elle resta allongée dans un silence complet pendant près d'une heure, puis s'assit résolument au bord du lit. Encore chancelante, elle se dirigea vers la salle de bains et ouvrit le robinet. Elle se regarda dans la glace et y vit les yeux que Dolff avait aimés, les yeux qui l'avaient vu traîné hors de la pièce, hors de la maison, hors de leurs vies.

La baignoire se remplit très rapidement. Elle

ferma doucement la porte. C'est Walmar qui la trouva une heure plus tard, les poignets taillardés, morte. La baignoire était pleine de son sang.

7

L'Hispano-Suiza brun foncé transportant Walmar, Ariana, Gerhard et Fräulein Hedwig roulait lentement derrière le corbillard noir. C'était une matinée froide de février et, depuis l'aube, ce n'était que pluie et brume. Le jour était aussi sinistre que Walmar et les enfants assis très droits, tenant fermement la main de leur nurse bien-aimée. Ils avaient perdu leur belle dame aux cheveux dorés et aux yeux lavande. Seul Walmar comprenait ce qui s'était passé.

Pendant le cruel trajet, Walmar jeta un coup d'œil sur la nurse à qui appartenaient maintenant ses enfants. Elle avait un visage irrégulier et résolu, des yeux aimables, des mains fortes. Elle avait été auparavant la gouvernante de son neveu et de sa nièce. Fräulein Hedwig était une brave femme, mais Walmar était conscient qu'elle était en partie responsable de la mort de sa femme. Cassandra n'avait plus aucune raison de vivre après la tragédie de la veille. La perte de Dolff avait été pour elle un tel choc, la peur de ce qui allait peut-être arriver à son mari était trop insupportable. Son suicide avait été un acte de lâcheté ou de folie et pourtant Walmar savait que c'était aussi autre chose. Le mot qu'elle avait laissé près de la baignoire avait été écrit d'une main tremblante. « Adieu. Pardonne-moi. C. » Les yeux de Walmar s'emplirent de larmes. *Auf Wiedersehen*, ma chérie, adieu.

L'Hispano-Suiza s'arrêta enfin devant les grilles

du cimetière de Grunewald dont les douces pentes verdoyantes étaient couvertes de fleurs éclatantes et parsemées çà et là de belles pierres dressées solennellement sous la pluie qui recommençait à tomber.

– On va laisser maman ici? demanda Gerhard, horrifié.

Fräulein Hedwig hocha la tête. Les grilles s'ouvrirent et Walmar fit signe au chauffeur d'entrer.

A l'église luthérienne, la cérémonie s'était déroulée rapidement et dans l'intimité, en présence des enfants et de la mère de Walmar. Les journaux du soir mentionneraient la mort de Cassandra, due à une maladie soudaine, une inexplicable attaque de grippe. Elle avait toujours paru si fragile que les gens n'auraient pas de mal à y croire. Et les autres, les officiels qui étaient au courant, seraient trop intimidés par Walmar pour révéler la vérité.

Le pasteur les avait suivis au cimetière dans sa voiture personnelle.

Gerhard pleurait doucement, serrant la main de sa nurse et celle de sa sœur. Quant à Ariana, elle regardait autour d'elle. Il y avait tant de plaques commémoratives, tant de noms, tant de grosses pierres, tant de grandes statues, tant de collines, tant d'arbres étranges. Au printemps, ce serait vert et joli, mais ce jour-là, tout était horrible et parfaitement lugubre. Elle savait déjà qu'elle n'oublierait jamais cette journée. La nuit d'avant, elle avait pleuré sa mère. Ariana avait toujours eu un peu peur de sa beauté saisissante, de ses grands yeux tristes, de ses cheveux brillants. Fräulein Hedwig disait toujours de ne pas la toucher car il ne fallait pas faire de taches sur sa robe. Cela semblait si étrange de la laisser ici à présent, dans cette boîte, sous la pluie. La petite fille était triste à la pensée que sa mère allait rester toute seule sous un de ces monticules verts.

Cassandra devait reposer dans le caveau de la famille von Gotthard. Le caveau avait déjà accueilli le père de Walmar, son frère aîné, ses grands-parents et trois tantes. Il allait donc laisser là avec les autres sa merveilleuse épouse, sa femme si fragile au sourire lointain et aux yeux étonnants. Son regard glissa vers les enfants. Ariana ressemblait vaguement à sa mère, Gerhard pas du tout. Ils étaient tout ce qui lui restait à présent, et il se jura mentalement de les protéger contre le mal qui avait si brutalement détruit Cassandra. Rien ne devait leur arriver, quoi qu'il se passe dans le pays, quoi qu'il doive faire. Il les tiendrait à l'abri du venin nazi jusqu'à ce que l'Allemagne soit enfin libérée d'Hitler et des gens de son espèce. Cela ne pouvait durer très longtemps et quand la tempête serait passée, ils seraient tous trois à nouveau en sécurité chez eux.

... Gardez votre enfant, Père, dans la paix éternelle qu'elle a trouvée à vos côtés. Puisse-t-elle reposer en paix. Amen.

Les cinq personnes firent en silence le signe de la croix en regardant la boîte en bois noir. Les parapluies de Walmar et du pasteur étaient ouverts car la pluie redoublait, mais personne ne semblait prendre garde à ces rideaux de pluie qui les enveloppaient. Enfin, Walmar hocha la tête et toucha doucement les épaules des enfants.

– Allons, les enfants, il faut s'en aller.

Gerhard ne voulait pas partir. Il secoua la tête et Fräulein Hedwig dut le porter dans la voiture. Ariana les suivit rapidement en jetant un dernier coup d'œil au cercueil et à son père, seul, à présent que la grand-mère était partie ainsi que le pasteur. Walmar n'arrivait pas lui non plus à se détacher de ce cercueil couvert de ces fleurs blanches qu'elle aimait : orchidées, roses, muguet.

Il eut envie de l'emmener avec lui, de ne pas la

laisser là avec les autres qui ne lui avaient jamais ressemblé. Elle était si jeune encore. Cassandra von Gotthard, morte à trente ans. Walmar n'arrivait pas à croire qu'elle n'était plus de ce monde.

Ce fut Ariana qui vint le chercher. Il sentit les petits doigts s'accrocher aux siens et il la regarda : son manteau bleu au col d'hermine était trempé de pluie.

– Il faut que nous partions maintenant, papa. On va t'emmener à la maison.

Elle semblait si naïve, si sage, si tendre et ses grands yeux bleus lui rappelèrent vaguement d'autres yeux qu'il avait connus. Il hocha la tête en silence, le visage inondé de larmes et de pluie.

Il ne se retourna pas, l'enfant non plus. Main dans la main, ils montèrent dans l'Hispano-Suiza et le chauffeur referma la porte. Les employés du cimetière de Grunewald commencèrent alors à recouvrir lentement le cercueil de Cassandra von Gotthard qui ne deviendrait plus qu'un monticule vert parmi tant d'autres.

DEUXIÈME PARTIE

Ariana-Berlin

8

– Ariana? Ariana?

Il attendait au bas de l'escalier. Ils allaient être en retard si elle ne se dépêchait pas. L'étage des enfants avait été transformé en pièces plus adaptées à des adolescents. De temps à autre, Walmar avait pensé installer Ariana et Gerhard au premier, près de lui, mais ils étaient habitués à leur étage et lui ne s'était jamais décidé à ouvrir l'appartement de sa femme. Les portes des pièces où Cassandra avait vécu étaient restées fermées pendant ces sept années.

L'horloge sonna la demie et, en réponse, la lumière inonda le couloir au-dessus. Quand Walmar leva les yeux, Ariana se tenait sur le palier en robe à volants en organdi blanc, des roses blanches minuscules piquées dans sa chevelure dorée. Son long cou ivoire se dégageait de la robe de neige, ses traits étaient comme un parfait camée sculpté, ses yeux bleus étincelaient. Elle descendit lentement l'escalier. Gerhard rompit le charme en criant de l'ancienne salle de jeux :

– Elle n'est pas mal, hein, pour une fille?

Ariana et son père sourirent. Walmar hocha la tête.

– Je dirais même qu'elle est sensationnelle, pour une fille!

Walmar venait d'avoir soixante-cinq ans ce printemps-là. Et les temps étaient difficiles, pas seulement pour un homme de son âge, mais pour tout le monde à cette époque. Le pays était en guerre depuis trois ans. Cela n'avait pas changé leur vie. Berlin était une ville toujours aussi belle et tellement grouillante d'activités que cela ressemblait à de la frénésie : réceptions, théâtre, opéra, distractions infinies que Walmar trouvait fatigantes. De plus, il devait faire de constants efforts pour maintenir l'ordre dans sa famille, gérer la banque, ne pas avoir d'ennuis et mettre ses enfants à l'abri du poison qui circulait maintenant librement dans le sang du pays. Non, cela n'avait pas été facile. Mais jusqu'à présent, il avait réussi. La banque Tilden tenait bon, ses relations avec le Reich étaient bonnes, son mode de vie n'avait pas changé et grâce à son importance en tant que banquier, dans la mesure où il continuait d'être utile au Parti, personne ne l'inquiéterait, ni lui ni ses enfants.

Quand Ariana et Gerhard avaient été en mesure d'avoir une vie sociale avec les jeunes de leur âge, on avait discrètement laissé entendre que le jeune garçon avait des problèmes dans ses études, qu'il était asthmatique et affreusement timide avec les enfants de son âge. Depuis la mort de sa mère... bien sûr, vous comprenez... Quant à Ariana, on n'était pas bien sûr qu'elle se remette jamais du choc. Un noble veuf de l'aristocratie, deux jeunes enfants, une banque. On n'avait besoin de rien d'autre pour survivre en Allemagne, sinon la patience pour supporter, la sagesse de se taire, la volonté d'être aveugle et muet.

Il se souvenait encore de l'horreur qu'avait éprouvée Ariana lorsqu'elle était allée chez le fourreur de Cassandra trois ans après la mort de la jeune femme. Quand elle était petite, le fourreur, qui s'appelait Rothmann, lui donnait toujours du chocolat et des gâteaux et aussi, de temps en temps, de petites queues de vison. Mais ce jour-là, elle avait découvert une douzaine d'hommes avec des brassards qui montaient la garde devant le magasin. C'était sombre et vide; la marquise était déchirée, les fenêtres brisées et sur la vitrine un seul mot – *Juden*.

Ariana avait couru à la banque de son père en pleurant. Il avait fermé la porte et lui avait parlé d'un ton ferme.

– Tu ne dois raconter cela à personne, Ariana. Personne. Tu ne dois pas en discuter, pas poser de questions. Tu as entendu?

– Mais d'autres gens l'ont vu, fit-elle d'un air interloqué en fixant son père. Les soldats étaient devant la boutique. Ils avaient des fusils... Papa... j'ai vu du sang.

– Tu n'as rien vu, Ariana. Tu n'y es jamais allée.

– Mais...

– Tais-toi. Tu as déjeuné aujourd'hui avec moi, dans le Tiergarten, et puis nous sommes revenus à la banque. Nous y sommes restés un moment, tu as bu une tasse de chocolat chaud, et puis le chauffeur t'a reconduite à la maison. C'est clair?

Elle n'avait jamais vu son père ainsi auparavant et elle ne comprenait pas. Etait-ce possible qu'il ait peur? Il était pourtant intouchable. Et puis, il n'était pas juif. Et où avaient-ils emmené Rothmann? Qu'allait-il advenir de son magasin?

– Tu m'as entendu, Ariana? insista son père durement, presque avec colère, bien que sa fille sentît que cette colère n'était pas dirigée contre elle.

– Oui, je comprends. Mais pourquoi? ajouta-t-elle d'une petite voix.

Walmar von Gotthard soupira et s'adossa à son fauteuil. Le bureau était grand, impressionnant et en face de son père, en dépit de ses douze ans, Ariana semblait si petite. Que pouvait-il lui dire? Comment pouvait-il lui expliquer?

Un an après cet incident, le pire était arrivé. En septembre, la guerre avait éclaté. Depuis, il avait bien mené sa barque. Les enfants étaient bien protégés. Gerhard avait douze ans et demi maintenant et Ariana tout juste seize. Très peu de choses avaient changé pour eux; ils soupçonnaient leur père de détester Hitler, mais ils n'en discutaient jamais, même pas entre eux. Il était dangereux d'admettre qu'on haïssait Hitler, tout le monde le savait.

Ils vivaient toujours à Grunewald, allaient aux mêmes écoles, fréquentaient la même église mais ils rendaient rarement visite à leurs amis. Walmar leur avait expliqué qu'ils devaient faire très attention et ils pouvaient comprendre cela. Après tout, le pays était en guerre. Partout ce n'était qu'uniformes, soldats joyeux, jolies filles, et la nuit, ils entendaient quelquefois de la musique quand leurs voisins donnaient des réceptions pour des officiers et des amis. Ils se rendaient compte qu'en dépit de l'allégresse apparente, il y avait aussi une certaine tristesse. Plusieurs de leurs amis avaient déjà perdu leur père ou leur frère à la guerre. Mais, pour Ariana et Gerhard, malgré les taquineries des autres enfants, c'était un soulagement de savoir que leur père était trop vieux. Ils avaient déjà perdu leur mère, c'était suffisant.

— Mais tu n'es pas trop vieux pour sortir le soir, avait dit Ariana à Walmar d'un ton plaintif.

C'était au printemps de sa seizième année et elle avait très envie d'assister à son premier bal. Elle se souvenait que, du vivant de sa mère, ses parents sortaient beaucoup. Mais depuis sept ans, Walmar avait partagé sa vie entre la banque, la maison et quelques parties de cartes avec ses enfants.

– Alors, papa? Je peux aller au bal? S'il te plaît!

Walmar avait souri devant son ton si implorant.

– Un bal? Maintenant? Pendant la guerre?

– Papa, tout le monde sort le soir. Même ici à Grunewald, les gens s'amusent.

C'était vrai, même dans leur quartier résidentiel, les festivités se prolongeaient tard dans la nuit.

– N'es-tu pas un peu jeune pour cela?

– Pas du tout, dit-elle fièrement. J'ai seize ans.

Appuyée par Gerhard, elle avait fini par gagner et, à présent, elle se tenait devant son père, telle une princesse vêtue d'une robe d'organdi blanc faite entièrement à la main par l'habile Fräulein Hedwig.

– Tu es vraiment merveilleuse, ma chérie.

Elle sourit à son père en admirant l'habit de cérémonie.

– Toi aussi, tu es très beau.

Mais Gerhard continuait à les regarder et il se mit à ricaner.

– Je trouve que vous avez l'air idiot, tous les deux.

En fait, il était très fier d'eux.

– Va te coucher, petit monstre, cria gaiement Ariana.

L'Hispano-Suiza avait été remplacée juste avant la guerre par une Rolls noir et gris. Elle attendait devant la porte d'entrée, le chauffeur debout à côté de la portière ouverte. La réception avait lieu à l'Opéra et, quand ils arrivèrent, toutes les lumières brillaient. Le grand boulevard était plus beau que jamais, Unter den Linden n'avait pas changé avec la guerre.

Walmar contemplait sa fille avec admiration. Elle ressemblait vraiment à une princesse de conte de fées, assise à côté de lui dans la Rolls.

– Tu es impatiente?

– Très.

La perspective de son premier bal l'enchantait. Et la réalité dépassa ses espérances. L'escalier de l'Opéra était garni d'un tapis rouge, la grande salle au splendide plafond étincelait de mille feux. Les femmes portaient des robes du soir et des diamants, les hommes, eux, étaient en uniforme avec leurs décorations, ou en habit de cérémonie. Pour Walmar, la seule ombre de la soirée fut le grand drapeau rouge avec l'emblème noir et blanc du Reich.

La musique douce arriva jusqu'à eux et une multitude de créatures chamarrées et couvertes de bijoux tournoyèrent autour d'eux. Les yeux d'Ariana ressemblaient à deux aigues-marines dans le fin visage blanc dont la bouche rubis était délicatement dessinée.

Elle dansa d'abord avec son père. Puis Walmar s'empressa de l'attirer vers un groupe d'amis à lui : des banquiers rassemblés à une table près de la piste de danse.

Ariana bavardait avec eux depuis une vingtaine de minutes quand Walmar s'aperçut de la présence d'un grand jeune homme, un militaire, près de la table. Il regardait la jeune fille avec grand intérêt tout en conversant tranquillement avec un ami. Walmar détourna son regard et invita sa fille à danser une nouvelle fois. Il sentait que ce n'était pas tout à fait juste d'agir ainsi mais il devait essayer de retarder l'inévitable le plus longtemps possible. Il savait bien avant de venir qu'elle danserait avec d'autres hommes. Pourtant, les uniformes... mais c'était inévitable. Il espérait seulement qu'on la trouverait trop jeune pour être vraiment attirante.

Mais, alors qu'ils évoluaient sur la piste, il savait qu'elle pouvait attirer le regard des hommes. Elle était jeune, fraîche, jolie et, en plus, il y avait en elle une force tranquille, un pouvoir de séduction, rien que dans ses profonds yeux bleus. C'était comme si elle détenait les réponses d'un secret. Il avait vu la réaction de ses propres amis. C'était une qualité qui hypnotisait la plupart des hommes. Il y avait le visage calme d'Ariana, ses yeux doux et puis, soudain, un sourire semblable à un rayon de soleil sur un lac, l'été.

Quand ils regagnèrent leur table, le jeune officier se décida à s'approcher. Walmar se raidit sans rien dire.

– Herr von Gotthard?

Walmar inclina la tête poliment et le bras droit du jeune homme surgit pour la formule familière : « *Heil Hitler.* » Walmar fit un nouveau signe de tête mais cette fois-ci avec un sourire glacé.

– Je pense que c'est votre fille?

Walmar eut envie de le gifler mais il se retint.

– Elle est un peu trop jeune pour être ici ce soir mais j'ai accepté à condition qu'elle reste avec moi.

Ariana fut choquée par les paroles de son père mais elle ne protesta pas. Quant au jeune homme, il fit signe qu'il comprenait. Il était grand, avec des épaules larges, des hanches minces et des jambes longues. Son physique avantageux était mis en valeur par l'uniforme et les bottes luisantes. Il avait des dents parfaitement blanches, des lèvres bien dessinées et un beau sourire. Le bleu de ses yeux était un peu semblable à celui d'Ariana mais ses cheveux étaient aussi noirs que ceux de la jeune fille étaient blonds.

– Werner von Klaub, Herr von Gotthard, se présenta-t-il en faisant claquer ses bottes.

Et il ajouta en adressant un sourire étincelant à Ariana :

– Je vois que Fräulein von Gotthard est une très jeune fille, mais je serais très honoré si vous acceptiez qu'elle danse une seule fois avec moi.

Walmar hésita. Il connaissait la famille de ce garçon et il se rendait compte que lui refuser ce qu'il demandait serait une offense à son nom et à l'uniforme qu'il portait. Et puis, cela semblait faire tellement plaisir à Ariana.

– Je suppose que je ne peux pas refuser, n'est-ce pas? fit-il en jetant à sa fille un regard chargé de tendresse.

– Je peux vraiment?

– Oui.

Von Klaub s'inclina mais, cette fois, devant Ariana et ils commencèrent à danser. Ils formaient un couple parfait, tels le Prince Charmant et Cendrillon. Un homme, près de Walmar, fit remarquer que c'était un plaisir de les regarder. Mais cela n'en était pas un pour Walmar. Il venait de réaliser qu'une nouvelle menace allait peser sur sa vie, et plus encore sur celle d'Ariana. A mesure que les années passaient, elle deviendrait plus jolie et il ne pourrait la garder éternellement prisonnière. Il finirait par la perdre et peut-être bien pour l'un d'« eux ».

Quand la danse se termina, Ariana regarda son père, une question évidente dans les yeux. Il fut sur le point de refuser mais il sentit qu'il ne pouvait pas lui faire cela. Il fit donc signe qu'il acceptait. Les danses se succédèrent ainsi. Et puis, au bout de trois, le jeune officier allemand la raccompagna sagement vers son père, s'inclina et souhaita une bonne nuit à Ariana. Mais, à son sourire, Walmar en déduisit que ce n'était pas la dernière fois qu'il voyait Werner von Klaub.

– Quel âge a-t-il, Ariana? Te l'a-t-il dit?

– Il a vingt-quatre ans. Il est très gentil, tu sais. Tu l'as trouvé sympathique?

– Il ne s'agit pas de moi, mais de toi.

Elle haussa les épaules sans répondre et son père se mit à rire pour la première fois de la soirée.

— Alors, c'est parti. Ma chérie, tu vas briser des milliers de cœurs.

Tout ce qu'il espérait c'est que, parmi ces cœurs, il n'y aurait pas le sien.

Mais elle ne le trahit pas, et elle ne trahit pas non plus ses principes au cours des années qui suivirent. Werner von Klaub était bien venu leur rendre visite mais seulement une ou deux fois. Il l'avait trouvée charmante mais aussi un peu jeune et un peu trop timide. Elle était loin d'être aussi amusante que les femmes séduites par son uniforme. Ariana n'était pas prête et Werner von Klaub n'avait pas envie d'attendre.

Walmar fut soulagé quand il cessa ses visites, et Ariana ne sembla pas particulièrement attristée. Elle était heureuse de la vie qu'elle menait chez elle avec son père et son frère et elle avait beaucoup d'amis de son âge à l'école. En dépit de l'accroissement considérable des bombardements sur Berlin depuis 1943 et du temps qu'elle passait dans la cave avec Gerhard, son père et les domestiques pendant les raids aériens, la jeune fille ne connut rien des souffrances de la guerre avant l'âge de dix-huit ans, au printemps 1944.

Ce printemps-là, les Alliés avaient accru leurs efforts et Hitler venait de faire paraître de nouveaux décrets confirmant son engagement dans la guerre totale.

Quand Ariana était revenue de l'école ce jour-là, elle avait trouvé son père enfermé dans le grand salon; avec un ami, d'après Berthold, qui était maintenant assez âgé et également très sourd.

— A-t-il dit qui il était? demanda Ariana avec un gentil sourire.

— Oui, mademoiselle, répondit Berthold.

Il fit un signe de tête comme s'il avait compris mais la jeune fille sut immédiatement que cela n'était pas le cas. Habituée à sa surdité, elle parlait très fort, au contraire de Gerhard qui le taquinait souvent sur ce plan. Mais de « Monsieur Gerhard », Berthold acceptait tout. Il était son chouchou.

— Je vous ai demandé si mon père avait dit qui était là.

— Ah non, mademoiselle. Frau Klemmer l'a fait entrer. Moi j'étais en bas pour aider monsieur Gerhard qui faisait de la chimie.

— Mon Dieu, encore!

— Quoi?

— Non, rien. Merci, Berthold.

Ariana traversa rapidement le vestibule. La maison et les domestiques avaient toujours été pour elle une constante dans sa vie. Elle n'aurait pas pu imaginer de vivre ailleurs. Elle rencontra Frau Klemmer au premier étage. Elles avaient toutes les deux abordé un sujet secret le matin même : la réouverture des appartements de Cassandra. Cela faisait neuf ans maintenant qu'elle était morte et Ariana allait sur ses dix-huit ans. Cela l'ennuyait de partager le second étage avec Gerhard qui était bruyant et toujours plongé dans des expériences de chimie – il essayait de fabriquer de petites bombes. Elle et son père avaient décidé qu'elle remettrait ses études universitaires à plus tard, après la guerre. Aussi, dans deux mois, quand l'école finirait, elle allait s'occuper à la maison. Elle avait déjà prévu de faire du bénévolat : d'ailleurs, elle travaillait déjà deux jours par semaine dans un hôpital. La perspective d'occuper l'appartement de sa mère lui plaisait beaucoup, mais il fallait obtenir le consentement de son père.

— Est-ce que vous le lui avez demandé? murmura Frau Klemmer d'un air de conspiratrice.

Ariana secoua la tête.

— Pas encore. Ce soir. Si j'arrive à me débarrasser de Gerhard après le dîner, soupira-t-elle. Il est tellement odieux par moments.

Gerhard venait d'avoir quinze ans.

– Je pense que si vous donnez à votre père le temps de s'habituer à l'idée, il acceptera. Cela lui plaira de vous savoir plus près de lui. Cela l'épuise de grimper tous ces étages pour aller vous voir.

C'était une bonne raison, mais Ariana n'était pas certaine que ce serait celle qui le déciderait. A soixante-huit ans, son père n'aimait pas qu'on lui rappelle son âge.

– Je vais bien trouver quelque chose. Je voulais lui en parler maintenant, mais il a une visite. Savez-vous qui c'est? Berthold m'a dit que vous l'aviez fait entrer.

– C'est exact. C'est Herr Thomas, et il ne paraît pas bien du tout.

Mais qui était bien ces derniers temps? Même Walmar semblait fatigué quand il revenait de la banque. Le Reich pressait de plus en plus les banquiers pour obtenir des fonds qu'ils ne possédaient pas.

Frau Klemmer la laissa et Ariana réfléchit un moment. Allait-elle descendre rejoindre son père? Elle avait envie de retourner dans la chambre de sa mère qui la fascinait tant, mais elle aurait le temps plus tard. Elle préférait aller saluer l'ami de son père.

Herr Thomas avait près de trente ans de moins que Walmar mais, en dépit de la différence d'âge, son père avait une grande tendresse pour son ami. Herr Thomas avait travaillé quatre ans à la banque de Walmar puis il avait décidé de faire du droit. Pendant ses études de droit, il s'était marié avec une étudiante et ils avaient eu trois enfants en quatre ans. Le plus jeune avait maintenant trois ans mais Herr Thomas ne l'avait pas vu depuis qu'il avait quatre mois. Sa femme était juive et elle lui avait été enlevée ainsi que ses enfants.

Pendant les deux premières années de la guerre,

Max avait réussi à écarter les nazis mais il n'avait pu ensuite s'opposer à l'inévitable. En 1941, trois ans auparavant, on avait pris Sarah et les enfants. Le choc de cette perte l'avait presque détruit et, à présent, il paraissait quinze ans de plus que son âge. Il s'était battu pour les retrouver et il n'avait toujours pas perdu espoir.

Elle frappa doucement à la porte mais elle n'entendit qu'un murmure de conversation. Elle était sur le point de faire demi-tour quand elle entendit son père lui dire d'entrer.

Elle entrouvrit la porte et passa la tête à l'intérieur avec un doux sourire.

– Papa, je peux entrer?

Ce qu'elle vit alors l'abasourdit et elle ne sut si elle devait refermer la porte ou bien rester. Maximilien Thomas était assis, les épaules tremblantes, la tête dans les mains. Ariana regarda son père, s'attendant à être congédiée mais, à sa grande surprise, il lui fit signe d'entrer. Il se sentait perdu. Il trouvait si peu de choses à dire. Peut-être sa fille pourrait-elle mieux réconforter Max. C'était la première fois que Walmar réalisait qu'Ariana n'était plus une enfant. Si Gerhard avait ouvert la porte, il lui aurait fait signe de partir. Mais Ariana avait la douceur d'une femme. Quand elle s'approcha, Max retira les mains de son visage. Elle y lut alors le désespoir le plus complet.

– Max, que s'est-il passé?

Elle tomba à genoux près de lui et, sans réfléchir, elle lui tendit les bras. Tout aussi impulsivement, il se jeta dans les bras de la jeune fille en sanglotant. Enfin, il s'essuya les yeux et s'écarta.

– Merci, excusez-moi.

– Nous comprenons.

Walmar alla vers une longue table rustique où se trouvait un plateau d'argent sur lequel étaient posées plusieurs bouteilles de cognac et de whisky.

Sans demander à Max ce qu'il préférait, il lui versa un verre de cognac et le lui tendit. Max prit le verre et but lentement tout en essuyant ses larmes qui continuaient à couler.

– Il s'agit de Sarah? demanda Ariana.

Avait-il eu des nouvelles? Il cherchait à obtenir des informations des nazis depuis si longtemps.

Le regard de Max et la douleur qu'elle y lut confirmèrent ses craintes.

– Ils sont tous... morts. (Il respira profondément et but une gorgée de cognac.) Tous les quatre... Sarah... et les garçons.

Ariana le regarda. Elle avait envie de lui demander pourquoi. Mais elle savait la réponse. Parce qu'ils étaient juifs... *Juden.*

– Mon Dieu! En êtes-vous sûr?

– Ils m'ont dit que je devais leur être reconnaissant, que maintenant, je pouvais recommencer une nouvelle vie avec une femme de ma race.

Ils se jetèrent à nouveau dans les bras l'un de l'autre, et, cette fois, les larmes coulaient également des yeux d'Ariana.

– Max, écoutez-moi, fit Walmar. Il faut que vous réfléchissiez à présent. Qu'allez-vous faire?

– Que voulez-vous dire?

– Pouvez-vous rester ici? Maintenant? Maintenant que vous savez?

– Je ne sais pas. Il y a longtemps que je veux partir. En 38, j'en avais parlé à Sarah... mais elle ne voulait pas, à cause de ses sœurs, de sa mère. Et après, je suis resté pour la retrouver. Je pensais que si je la retrouvais, je pourrais marchander avec eux. Mon Dieu, j'aurais dû savoir...

– Cela n'aurait rien changé, fit Walmar. Et maintenant que vous savez la vérité, si vous restez, ils vont vous harceler. Ils vont surveiller vos faits et gestes, vos déplacements, vos relations. Vous êtes suspect depuis des années, à cause de Sarah. Il faut absolument que vous partiez.

Max Thomas secoua la tête. Walmar savait trop bien de quoi il parlait. Par deux fois, les bureaux de Thomas avaient été détruits et ils avaient inscrit « Aime les juifs » sur tous les meubles et les murs. Pourtant, il était resté.

– Je suppose que je n'ai pas encore bien réalisé que tout est fini, qu'elle... que je n'ai plus personne à chercher. Et puis, où irais-je?

– N'importe où. En Suisse, si vous arrivez jusque-là. Et ensuite, aux Etats-Unis. Mais quittez l'Allemagne, Max, je vous en prie; sinon elle vous détruira.

« Juste comme elle a détruit Cassandra... et Dolff avant elle. » En contemplant le visage du jeune homme, le souvenir revenait à la surface.

– Je ne peux pas partir, fit Max en secouant la tête.

– Et pourquoi pas? s'exclama Walmar soudain furieux. Parce que vous êtes patriote? Parce que vous aimez votre pays qui a été si aimable avec vous? Bon sang, qu'y a-t-il d'intéressant ici? Fichez le camp.

Ariana n'avait jamais vu son père dans cet état.

– Max, papa a peut-être raison. Vous pourriez revenir ici plus tard.

– Si vous étiez sensé, précisa Walmar, vous n'envisageriez rien de tel. Commencez une nouvelle vie ailleurs. N'importe où mais pas ici. Vu le désordre qui règne, vous pourriez disparaître tout simplement. En fait, si vous le faisiez immédiatement, on pourrait même penser que la nouvelle vous a fait perdre la tête. Vous pourriez vous être enfui, suicidé. Ils ne soupçonneront rien tout de suite. Plus tard, cela pourrait être différent.

– Que suis-je supposé faire? Quitter votre maison cette nuit et commencer à marcher vers la frontière? Avec quoi? Mon sac, mon manteau et la vieille montre de mon grand-père?

– Peut-être, fit Walmar calmement, en continuant à réfléchir.

– Tu es sérieux? demanda Ariana, choquée par tout ce qu'elle venait d'entendre.

Walmar regarda Max. Il avait un plan.

– Oui, je suis très sérieux. Je pense que vous devriez partir maintenant.

– Cette nuit?

– Peut-être pas cette nuit mais dès que les papiers seront prêts. Pourtant, je maintiens que cette nuit serait la meilleure solution. Qu'en pensez-vous?

Max avait écouté avec attention et il savait que le vieil homme avait prononcé des paroles raisonnables. Il acquiesça.

– Vous avez raison. Je vais partir. Mais je ne sais ni où ni comment, répondit-il, le regard rivé à celui de son ami.

Walmar regarda alors sa fille.

– Ariana, peux-tu nous laisser seuls, maintenant?

– Tu veux vraiment que je parte, papa?

Elle n'avait aucune envie de sortir. Elle tenait à rester avec son père et Max.

– Tu peux rester si tu le veux, mais uniquement si tu comprends qu'il est indispensable de garder le secret. Il ne faudra en parler à personne. Personne. Même pas à Gerhard ni aux domestiques. Il ne faudra même pas en parler avec moi. Quand tout sera terminé, ce sera comme si cela n'était jamais arrivé. C'est clair? Tu me comprends, Ariana?

– Parfaitement, papa.

– Très bien, alors.

Il ferma les yeux un moment puis se tourna vers Max.

– Vous partirez d'ici ce soir, par la porte d'entrée,

l'air aussi tourmenté que lorsque vous êtes arrivé, et vous disparaîtrez. Vous marcherez vers le lac. Plus tard, vous reviendrez. Je vous ferai entrer quand la maison sera dans l'obscurité. Vous resterez ici pendant un jour ou deux. Et puis vous vous en irez. Tranquillement. Vers la frontière suisse. Vous serez alors parti pour de bon, mon ami. Une vie nouvelle commencera pour vous.

– Et comment me débrouillerai-je sur le plan financier? Pouvez-vous retirer mon argent de la banque? demanda Max, inquiet.

– Ne vous tourmentez pas pour cela. La seule chose qui doit vous préoccuper, c'est de revenir ici cette nuit, et ensuite de gagner la frontière. Je me charge de l'argent et des papiers.

Ce vieil ami respectable impressionnait Max.

– Croyez-vous tout cela possible?

– Oui. Je me suis renseigné il y a environ six mois au cas où... le besoin s'en ferait sentir. Voulez-vous rester pour dîner? Vous pourrez partir tout naturellement après.

– D'accord. Mais où allez-vous me cacher?

Walmar garda le silence. Il s'était posé la même question. Cette fois-ci, ce fut Ariana qui fournit la réponse.

– Dans l'appartement de maman.

Walmar la regarda, très mécontent, et Max remarqua sa réaction.

– Papa, c'est le seul endroit où personne ne va.

A part elle et Frau Klemmer qui y étaient allées le jour même, c'est pourquoi l'idée lui était venue si rapidement à l'esprit. Ordinairement, la famille et les domestiques faisaient presque semblant de croire que les appartements de Cassandra ne faisaient plus partie de la maison von Gotthard.

– Papa, c'est vrai. Max y serait en sécurité. Et je pourrai tout remettre en place après son départ. Personne ne soupçonnera quoi que ce soit.

Walmar resta silencieux pendant un long moment. La dernière fois qu'il avait mis les pieds dans cet appartement, sa femme était allongée dans la baignoire pleine de sang...

— Je suppose qu'il n'y a pas le choix.

— Je suis désolé de vous poser des problèmes, Walmar.

— Ne soyez pas ridicule. Nous voulons vous aider. (Et il ajouta avec un petit sourire :) Peut-être qu'un jour, c'est vous qui nous aiderez.

Un long silence régna dans la pièce. C'est Max qui l'interrompit.

— Walmar, vous pensez vraiment partir ?

— Je ne suis pas sûr de pouvoir, répondit-il d'un air pensif. Je suis plus en vue que vous. Ils m'observent. Ils me connaissent. Ils ont plus besoin de moi que de vous. Je leur fournis des fonds. La banque Tilden est importante pour le Reich. Pourtant, si un jour je dois partir, je procéderai de la même façon que vous.

Ariana n'en revenait pas. Elle n'avait jamais pensé que son père songerait à s'enfuir un jour.

Berthold frappa et annonça que le dîner était servi. Ils quittèrent tous les trois le salon en silence.

9

Walmar von Gotthard marcha sur la pointe des pieds et attendit dans le vestibule. Il avait dit à Max de traverser le jardin pieds nus, pour ne pas faire de bruit sur le gravier. Il lui avait même donné la clé de la grille d'entrée. Max les avait quittés vers onze heures. Maintenant, il était presque trois heures du matin. C'était la pleine lune et Walmar le vit courir sur la pelouse. Les deux hommes se contentèrent de se saluer en silence et Max s'essuya les pieds avec ses chaussettes. La boue des parterres aurait laissé des traces sur le sol en marbre blanc. Walmar était satisfait de voir que Max pensait à tout. Il ne ressemblait plus à l'homme qui sanglotait dans le salon quelques heures plus tôt. Maintenant, sa fuite dépendait de sa rapidité d'esprit et de son sang-froid.

Ils se dirigèrent rapidement vers l'escalier. Ariana les attendait et ouvrit la porte aussitôt. Max entra vivement. Après un temps d'hésitation, Walmar le suivit : il était peut-être temps pour lui aussi de tourner la page. Walmar referma la porte sans bruit et les deux hommes suivirent Ariana dans la petite pièce qui servait de bureau à Cassandra et dont le rose était un peu passé. La chaise longue était toujours dans le coin; Ariana y avait mis des couvertures pour que Max puisse y dormir.

– J'ai pensé que si Max dormait ici, il serait encore plus en sécurité, murmura-t-elle. Si jamais quelqu'un jetait un coup d'œil dans l'appartement, il ne le verrait pas dans la chambre.

Walmar regarda Max une dernière fois, hocha la tête et sortit. Ariana le suivit de près. Walmar avait promis qu'il obtiendrait les papiers aussi rapidement que possible, le lendemain soir, espérait-il.

Le père et la fille se séparèrent dans le couloir sans dire un mot, perdus dans leurs propres pensées. Ariana retourna dans sa chambre en pensant à Max et au voyage solitaire qu'il allait entreprendre. Elle se souvenait encore de la petite Sarah, une femme minuscule aux yeux sombres et rieurs. Elle avait toujours des histoires drôles à raconter et avait toujours été gentille avec Ariana lorsqu'elles s'étaient rencontrées. Il y avait si longtemps, semblait-il.

Max était perdu dans les mêmes pensées. Sarah

avait été une femme merveilleuse, avec des cheveux cuivrés. Elle avait illuminé sa vie et, maintenant, elle était morte. D'une grippe, lui avaient-ils dit. Mais il sentait bien qu'il y avait une autre cause à sa mort.

Dans sa chambre, Walmar regardait le lac sous le clair de lune mais ce n'était pas le lac qu'il voyait, c'était sa femme. La belle, l'éclatante Cassandra, la femme qu'il avait tant aimée il y avait de cela des années et les rêves qu'ils avaient partagés dans cette chambre. C'était le passé maintenant. Mais cela l'avait déchiré, cette nuit, de franchir cette porte avec l'homme qu'il cachait, et Ariana avait des yeux bleu lavande qui rappelaient tellement ceux de sa mère. Il se retourna avec tristesse, se déshabilla et finit par se coucher.

— Vous lui avez demandé? interrogea Frau Klemmer lorsqu'elle rencontra Ariana après le petit déjeuner.

— Demandé quoi?

Ariana avait tellement d'autres choses en tête.

— Au sujet de la chambre. L'appartement de votre mère.

Quelle étrange fille, si distante, si réservée par moments. Avait-elle déjà oublié?

— Ah oui... Je veux dire non. Il a dit non.

— Etait-il fâché?

— Non. Il était seulement inflexible. Je pense que je vais rester où je suis.

— Pourquoi n'insistez-vous pas un peu? Il y réfléchirait peut-être et finirait par accepter.

— Il a assez de problèmes comme cela, répondit Ariana d'un ton déterminé.

La femme de charge haussa les épaules et s'éloigna. Elle avait parfois du mal à comprendre cette fille mais, après tout, sa mère avait été étrange, elle aussi.

Quand Ariana partit pour l'école ce matin-là, Walmar avait déjà quitté la maison dans sa Rolls. Elle avait exprimé le désir de passer la journée à la maison – à cause de Max – mais son père avait insisté pour qu'elle ne change rien à ses habitudes et pour être sûr que Max serait bien à l'abri, il avait refermé lui-même la porte de Cassandra.

La journée sembla très longue à Ariana. Elle la passa à se demander ce que faisait Max, comment il allait. Pauvre homme, cela devait lui sembler bizarre d'être prisonnier dans une maison qui n'était pas la sienne. Enfin, l'heure du retour arriva. Elle entra d'un pas tranquille dans le vestibule, salua Berthold et monta l'escalier. Elle refusa la tasse de thé que lui offrit Anna et alla dans sa salle de bains remettre un peu d'ordre dans sa coiffure. Elle attendit un quart d'heure avant d'oser s'aventurer à l'étage au-dessous. Elle s'arrêta un bref instant à la porte de la chambre de son père puis continua son chemin avec la clé qu'elle avait empruntée à Frau Klemmer, deux jours auparavant.

Elle ouvrit la porte de l'appartement de sa mère et se glissa doucement à l'intérieur. Elle traversa la chambre en courant sans bruit et se planta sur le seuil de la pièce en souriant à un Max fatigué et non rasé.

– Bonjour, murmura-t-elle.

Il l'invita à s'asseoir.

– Vous avez mangé?

Il secoua la tête.

– C'est bien ce que je pensais. Regardez ce que je vous ai apporté.

Elle sortit un sandwich de la poche de sa robe.

– Je vous monterai un peu de lait plus tard.

Le matin, elle lui avait laissé un pichet d'eau. Ils avaient recommandé à Max de ne pas faire marcher les robinets. Les tuyaux devaient être rouillés main-

tenant et ils grinceraient horriblement, ce qui aler-
terait les domestiques.

– Tout va bien?

– Oui, fit-il en avalant le sandwich. Il ne fallait pas
vous soucier de moi. Mais je suis content que vous
m'ayez apporté ce sandwich.

Il paraissait plus jeune d'une certaine façon,
comme si les années de souci s'étaient effacées de
son visage. Il avait l'air fatigué et différent avec sa
barbe d'un jour mais il n'avait plus l'air douloureux
de la veille.

– Comment s'est passée cette journée d'école?

– C'était épouvantable. J'étais inquiète pour
vous.

– Vous aviez tort. Je suis bien, ici.

C'était étrange mais il se sentait déjà coupé du
monde alors qu'il ne se cachait que depuis quelques
heures. Tout lui manquait : les bus, le bruit, son
bureau, le téléphone, même le bruit terrifiant des
bottes dans la rue. De ce boudoir en satin rose, tout
paraissait si loin.

Les yeux de Max et d'Ariana se rencontrèrent.

– Comment était-elle, votre mère?

– Je ne sais pas exactement. Je ne l'ai jamais
vraiment connue. J'avais neuf ans quand elle est
morte. Elle était très belle, c'est tout ce dont je me
souviens.

– Je l'ai vue une fois. Elle était incroyable. Je
n'avais jamais vu de femme aussi exquise.

– Elle venait nous voir en robe du soir et parfumée. Ses mouvements s'accompagnaient toujours
de froufroutements de soie, de taffetas, de satin.
Elle me paraissait terriblement mystérieuse, et le
restera probablement toujours.

Ariana regarda Max de ses grands yeux tristes.

– Est-ce que vous savez où vous irez? murmura-
t-elle, telle une enfant lui demandant un secret.

– Plus ou moins, répondit Max en souriant. Je

pense que votre père a raison. Je vais aller en Suisse d'abord. Et puis, quand la guerre sera finie, je verrai si je peux me rendre aux Etats-Unis. Mon père a un cousin là-bas. Je ne sais même pas s'il est toujours vivant. Mais c'est un début.

– Vous ne reviendrez pas ici?

Il fit signe que non.

– Jamais, Max?

– Jamais, soupira-t-il. Je ne veux plus revoir ce pays. Est-ce que vous et votre père, vous viendrez me voir en Amérique après la guerre?

– Cela me paraît très loin dans le temps, fit-elle en riant doucement.

– J'espère que non.

Et puis sans réfléchir, il lui prit la main. Il la tint pendant un long moment et Ariana se pencha lentement pour l'embrasser sur le front. Ils n'avaient plus besoin de parler. Il la congédia finalement en lui faisant remarquer qu'il était dangereux pour elle d'être là. En fait, il pensait seulement à l'impensable alors qu'il se cachait dans la maison de son vieil ami.

Plus tard dans la soirée, Walmar vint le voir. Il paraissait beaucoup plus fatigué et déprimé que Max. Il avait déjà réussi à obtenir les papiers de voyage et un passeport allemand au nom d'Ernst Josef Frei. La photo était celle du passeport de Max et le tampon officiel semblait authentique.

– Beau travail, n'est-ce pas? fit Max en regardant le passeport avec fascination.

Ses yeux se reposèrent sur Walmar assis dans un fauteuil rose, l'air mal à l'aise.

– Et quoi encore?

– Une carte, de l'argent. Je vous ai également procuré un permis de voyager. Vous pourrez ainsi atteindre la frontière. Après, mon ami, il faudra vous débrouiller seul. Mais vous devriez pouvoir y arriver... avec ceci. (Il lui tendit une enveloppe remplie d'argent. C'était suffisant pour vivre à l'aise pendant plusieurs semaines.) Je n'ai pas osé retirer davantage car quelqu'un aurait pu se douter de quelque chose.

— Y a-t-il par hasard une chose à laquelle vous n'ayez pas pensé, Walmar? fit Max avec admiration.

Le vieux von Gotthard était un homme tellement remarquable!

— J'espère que non. J'ai bien peur de ne pas être habitué à ce genre de choses. C'est un bon entraînement.

— Vous pensez réellement partir? Pourquoi vous?

— Pour beaucoup de raisons. Qui sait ce qui peut arriver? Il faut que je pense à Gerhard à présent. Il aura seize ans à l'automne. Si la guerre ne se termine pas bientôt, ils vont le mobiliser. Alors, nous partirons.

Max hocha la tête doucement. Il comprenait. S'il avait eu encore un fils à protéger des nazis, il ferait la même chose.

Mais il n'y avait pas que Gerhard qui inquiétait Walmar, il y avait Ariana. Elle était si jolie, si attirante par son calme et sa réserve. Si jamais ils lui faisaient du mal, s'ils s'emparaient d'elle ou, pire, si un officier haut placé se toquait de sa fille? Plus elle avançait en âge, plus Walmar se tourmentait. Dans quelques mois, elle quitterait l'école. Et son travail bénévole à l'hôpital Martin Luther l'inquiétait plus que tout.

— Walmar, comment puis-je vous remercier?

— En vous mettant à l'abri. Commencez une nouvelle vie. Si vous réussissez, ce sera ma récompense.

— Est-ce que je peux vous faire savoir où je suis?

— Discrètement. Juste une adresse. Pas de nom. Je

comprendrai. Le train quitte la gare à minuit. (Walmar mit la main dans sa poche et lui tendit des clés de voiture.) Dans le garage derrière la maison, vous trouverez un coupé Ford bleu; c'était la voiture de Cassandra. Mais elle marche encore, par chance, j'ai vérifié ce matin. Je pense que les domestiques la font rouler de temps en temps pour l'entretenir. Prenez-la et laissez-la à la gare. Demain matin, je signalerai qu'on me l'a volée. Vous, vous serez loin. Ce soir, nous irons nous coucher tôt. Il n'y aura pas de problème. Tout le monde sera endormi lorsque vous partirez, à onze heures et demie. Ah! une chose encore.

Walmar se dirigea vers la chambre de Cassandra et enleva deux tableaux au mur. L'un d'eux était un petit Renoir qui avait appartenu à sa mère, l'autre un Corot qu'il avait acheté à sa femme lors de leur lune de miel à Paris, vingt ans plus tôt. Il enleva les toiles de leur cadre et les roula très serrées avant de les tendre à Max.

— Prenez-les et faites-en ce que vous voudrez : vendez-les, mangez-les, troquez-les. Elles valent très cher et pourront vous permettre de commencer une nouvelle vie.

— Walmar, je ne veux pas. L'argent qui me reste sur mon compte ne peut absolument pas les payer.

Il avait dépensé le plus gros de son argent pour essayer de retrouver Sarah et les garçons.

— Il le faut. Et puis, elles ne servent à rien ici. Vous en avez besoin et moi... je ne pourrais plus les regarder. Elles sont à vous. Acceptez-les d'un ami.

A ce moment, Ariana entra dans la pièce et elle fut surprise de voir des larmes dans les yeux de Max. C'est alors qu'elle vit les cadres vides.

— Vous partez maintenant, Max?

— Dans quelques heures. Votre père vient de... Je ne sais que dire, Walmar.

– *Wiedersehen*, Maximilien. Bonne chance.

Ils se serrèrent la main chaleureusement. Max retenait ses larmes. Walmar sortit quelques instants plus tard et Ariana resta un peu. Mais, avant qu'ils ne se séparent, Max la retint et ils s'embrassèrent.

Le dîner se déroula normalement; Gerhard jeta de petites boulettes de mie de pain dans le dos de Berthold. Réprimandé par son père, il fit une grimace et en jeta une un moment plus tard dans le dos de sa sœur.

– Si tu continues, je vais te renvoyer prendre tes repas avec Fräulein Hedwig.

– Excuse-moi, papa.

Malgré son bavardage amical, Gerhard ne réussit pas à beaucoup faire parler son père et sa sœur, et il finit par se taire lui aussi.

Après le dîner, Walmar retourna dans son bureau, Ariana dans sa chambre et Gerhard à ses fredaines. Ariana avait envie de revoir Maximilien mais elle avait peur : son père avait insisté pour qu'ils ne prennent pas le risque d'attirer l'attention des domestiques. Aussi resta-t-elle dans sa chambre; elle éteignit les lumières à dix heures et demie selon les instructions de son père. Elle attendit alors en silence jusqu'à ce qu'elle ne puisse plus tenir et, à onze heures vingt, elle descendit l'escalier sur la pointe des pieds jusqu'à la porte de l'appartement de sa mère.

Elle entra sans bruit et le trouva en train d'attendre, comme s'il avait su qu'elle viendrait. Il l'embrassa longtemps et avec fougue, la serrant dans ses bras à l'étouffer. Puis il s'écarta et boutonna son manteau.

– Il faut que je parte maintenant, Ariana, fit-il en souriant tendrement. Prenez bien soin de vous, ma chérie. Jusqu'à notre prochaine rencontre.

– Je vous aime, murmura-t-elle, comme si les

mots venaient plus des yeux que de la bouche. Dieu vous protège.

Il hocha la tête et prit son sac.

– Nous nous reverrons quand tout cela sera fini. Peut-être à New York.

– Vous êtes fou, fit-elle en riant.

– Peut-être. Mais... je vous aime, moi aussi.

Et c'était vrai. Elle l'avait touché, elle était venue à lui à un moment où il avait besoin d'une douce amie.

Il s'en alla alors sans bruit et descendit l'escalier. Ariana alla se réfugier dans sa chambre. Elle entendit alors le bruit de la voiture de sa mère.

– *Auf Wiedersehen*, mon chéri.

Elle regarda par la fenêtre pendant près d'une demi-heure, songeant au premier homme qu'elle ait jamais embrassé, et se demandant s'ils se reverraient jamais.

10

Au petit déjeuner, rien ne pouvait laisser penser que quelque chose clochait, dans l'attitude de Walmar et d'Ariana. Et l'après-midi, quand le chauffeur annonça solennellement que la vieille Ford de Frau von Gotthard avait été volée, Walmar téléphona immédiatement à la police. La voiture fut retrouvée le soir même, abandonnée en bon état près de la gare. On suggéra discrètement que Gerhard pouvait être le coupable et qu'il était allé faire un petit tour. Les policiers essayèrent de cacher leur amusement et l'air outragé de Gerhard quand on l'appela était tout à fait naturel. On classa l'affaire et la voiture fut remise au garage.

– Mais je ne l'ai pas prise, papa! s'exclama Gerhard en rougissant.

– Ah bon? Eh bien, dans ce cas, tout est parfait.

– Mais tu m'as soupçonné.

– Cela n'a pas d'importance. La voiture est revenue au garage. Mais, dorénavant, fais en sorte que ni toi ni tes amis n'essayiez... d'emprunter la voiture de ta mère.

Walmar n'aimait pas agir ainsi envers son fils mais il n'avait pas le choix. Ariana le comprenait et elle essaya de consoler son frère en le faisant sortir de la pièce.

– C'est vraiment injuste. Au fait, c'est peut-être toi qui l'as fait?

– Bien sûr que non. Ne sois pas stupide. Je ne sais pas conduire.

– Je parie que cela n'est pas vrai.

– Gerhard, tu exagères.

Ils éclatèrent soudain de rire et ils montèrent l'escalier bras dessus, bras dessous, Gerhard étant convaincu que sa sœur était la coupable.

En dépit de son attitude joviale avec son frère, Ariana avait changé et Walmar le remarqua. Elle était plus calme qu'à l'ordinaire le matin et, quand elle revenait de l'école ou de son travail bénévole, elle disparaissait aussitôt dans sa chambre. Il était difficile de bavarder avec elle et enfin, une semaine après le départ de Max, elle alla rejoindre son père qui était seul dans son bureau. Son visage était inondé de larmes.

– As-tu des nouvelles, papa?

Il comprit tout de suite. C'était bien ce qu'il avait craint.

– Non, rien. Mais cela va venir. Il faut lui laisser le temps de s'installer.

Elle s'effondra dans un fauteuil près du feu.

– On ne sait rien. Il est peut-être mort.

– Peut-être, fit-il d'une voix triste et douce. Mais peut-être pas. Ariana, il est parti, maintenant. Il a disparu pour nous. Tu ne peux pas t'accrocher à lui. Nous faisons partie de son ancienne vie.

Il craignait de la regarder mais il ne put s'empêcher d'ajouter :

– Est-ce que tu es amoureuse de lui, Ariana?

Cette question la bouleversa. Elle n'avait jamais pensé que son père pouvait demander ce genre de choses.

– Je ne sais pas, répondit-elle en fermant les yeux. J'étais seulement inquiète. Il aurait pu...

Elle rougit légèrement et fixa le feu, bien décidée à ne pas lui révéler le fond de sa pensée.

– Je vois. J'espère, en effet, que tu n'es pas amoureuse de lui. Il est difficile de contrôler ces choses mais, à l'époque que nous vivons, il est préférable de réserver l'amour pour des jours meilleurs. Pendant les guerres, dans des circonstances difficiles, les sentiments sont souvent trompeurs et éphémères. Il se peut que tu ne revoies Max que dans des années et qu'il t'apparaisse tout à fait différent.

– Je comprends, papa. Je le sais.

C'est pourquoi elle évitait de nouer quelque relation que ce fût avec les blessés à l'hôpital.

– Parfait, soupira-t-il. En plus, il pourrait être dangereux d'aimer un homme dans la situation de Max. Il est en fuite et, un jour, les nazis le poursuivront peut-être. Et même si toi tu es en sécurité, le chagrin pourrait te détruire, tout comme le chagrin d'avoir perdu Sarah a presque détruit Max.

– Comment peuvent-ils punir les gens d'aimer? Comment peut-on savoir ce qui est bien et ce qui est mal? demanda-t-elle, furieuse.

Cette question enfantine, si naïve et pourtant si juste, ramena Cassandra à la mémoire de Walmar. Il l'avait avertie, elle savait...

– Père?

Walmar semblait perdu dans ses pensées.

– Il faut que tu l'oublies, dit-il. Cela pourrait être dangereux pour toi.

Il regardait sa fille d'un œil sévère mais Ariana ne baissait pas les yeux.

– C'était dangereux pour toi de l'aider, père.

– C'est différent. Pourtant, en un sens, tu as raison. Mais je ne suis pas attaché à lui par le même lien, le lien de l'amour. Et j'espère que cela n'est pas ton cas non plus.

Elle ne répondit pas et son père se dirigea vers la fenêtre donnant sur le lac. Il pouvait presque apercevoir le cimetière de Grunewald. Mais, dans son esprit, il voyait son visage. Son visage lorsqu'il l'avait avertie. Son visage, la nuit où elle s'était suicidée.

– Ariana, je vais te dire quelque chose que je n'ai jamais voulu te dire jusqu'à présent. A propos du prix de l'amour. A propos des nazis, à propos de ta mère.

La voix de son père était douce. Ariana attendit, déconcertée, les yeux fixés sur le dos de Walmar.

– Ce n'est pas un jugement que je porte sur elle, ou une critique. Je ne suis pas en colère. Je ne vais pas te dire tout cela pour que tu aies honte. Nous nous aimions profondément, ta mère et moi. Mais nous nous sommes mariés alors qu'elle était très jeune. Je l'aimais mais je ne l'ai pas toujours comprise. Par certains côtés, elle était différente des femmes de son époque. Elle avait dans son âme une sorte de flamme paisible. (Walmar se retourna.) Sais-tu que, lorsque tu es née, elle voulait s'occuper de toi, elle ne voulait pas de nurse? C'était tout à fait inhabituel, et moi je trouvais cela stupide. J'ai donc engagé Fräulein Hedwig et quelque chose est arrivé à ta mère. Après cela, elle a toujours paru un peu perdue.

Il se retourna à nouveau vers la fenêtre, et garda le silence un moment avant de poursuivre.

— Après dix ans de mariage, elle a rencontré quelqu'un, un homme plus jeune que moi. C'était un écrivain célèbre, il était beau, intelligent, et elle en est tombée amoureuse. Je l'ai su presque dès le début. Peut-être même avant. Des gens m'ont dit qu'ils les avaient vus. Et puis, il y avait quelque chose de changé dans son regard. Quelque chose d'heureux, de vivant, de merveilleux. Et je crois que, dans un sens, je l'ai aimée encore davantage. La tragédie de Cassandra, ce n'était pas d'aimer un autre que son mari, mais son pays était tombé aux mains des nazis et l'homme qu'elle aimait était juif. Je l'ai avertie, pour leur bien à tous deux, mais elle n'a pas voulu le quitter. Elle ne voulait ni le quitter ni me quitter. A sa façon, elle était loyale envers les deux. Je ne peux pas dire que j'ai vraiment souffert de l'attachement qu'elle portait à cet homme. Elle m'était dévouée comme toujours. Elle lui était dévouée, même quand ils ont refusé de publier ses livres, même quand ils l'ont humilié... même quand ils l'ont tué.

» Elle était avec lui le jour où ils l'ont pris. Ils l'ont traîné hors de chez lui, ils l'ont battu et, quand ils ont trouvé ta mère, ils... l'ont battue... ils l'auraient probablement tuée si elle ne leur avait pas dit qui elle était. Elle est revenue ici. Quand je suis rentré, tout ce qu'elle a trouvé à me dire, c'est qu'elle m'avait déshonoré et qu'elle avait peur qu'ils nous fassent du mal. Elle sentait qu'elle devait sacrifier sa vie pour sauver la nôtre... et elle ne pouvait survivre à ce qu'ils lui avaient fait, à lui. Je suis allé à une réunion de deux heures et à mon retour, elle était morte. Dans la baignoire de sa salle de bains.

» Voilà, Ariana, l'histoire de ta mère qui aimait un homme dont les nazis voulaient la mort. Elle n'a pas pu supporter de vivre la laideur, la brutalité, la peur. C'est eux qui l'ont tuée. Et ils pourraient te tuer si tu choisissais de prendre le risque d'aimer Max. Ne fais pas cela, Ariana, je t'en prie.

Il couvrit son visage de ses mains et Ariana le vit pour la première fois pleurer. Elle se dirigea vers lui en tremblant et le serra très fort dans ses bras.

– Je suis désolée, papa. Je suis désolée.

Elle répéta cela encore et encore, horrifiée par ce que son père venait de lui raconter. Cependant, pour la première fois, sa mère était devenue réelle.

– Papa, ne pleure pas, je t'en prie, je suis désolée. Je ne sais pas comment cela s'est passé, je suis un peu perdue. Cela faisait si drôle de le voir là, dans cette chambre, dans notre maison. Il avait peur. Je voulais l'aider. J'avais de la peine pour lui.

– Moi aussi. Mais il faut le chasser de ton esprit. Il y aura un autre homme pour toi, un jour. Un homme bon et j'espère que ce sera celui qu'il te faut.

Elle hocha la tête en silence, essuyant les larmes qui coulaient sur son visage.

– Tu penses que nous le reverrons un jour?

– Peut-être. Je l'espère, fit-il en la prenant dans ses bras. Je t'en prie, ma chérie, fais attention, surtout pendant la guerre.

– D'accord, je te le promets. Et puis, je ne veux pas te quitter, jamais, fit-elle avec un petit sourire.

– Cela, ma chérie, cela changera bientôt.

Deux semaines plus tard, Walmar reçut une lettre à son bureau. L'enveloppe ne mentionnait pas le nom de l'expéditeur et contenait une simple feuille de papier sur laquelle on avait griffonné à la hâte une adresse. Max était à Lucerne. Ce fut la dernière fois que Walmar von Gotthard entendit parler de lui.

11

L'été passa pour eux sans problème. Walmar travaillait à la banque. Ariana s'occupait à l'hôpital trois matinées par semaine. Comme il n'y avait plus d'école, elle avait le loisir de se consacrer à son travail bénévole et aux affaires domestiques. Gerhard et elle partirent une semaine pour la montagne et, à leur retour, le garçon atteignit ses seize ans. Son père annonça avec amusement, le matin de son anniversaire, que maintenant son fils était un homme. C'était également l'opinion de l'armée d'Hitler car, pendant la dernière poussée de l'automne 1944, tous les hommes et les garçons furent mobilisés, sans distinction. Quatre jours après cet anniversaire fêté avec tant de joie, Gerhard reçut sa feuille de mobilisation. Il avait trois jours pour se présenter.

– Je ne peux pas y croire, fit Gerhard, en fixant des yeux la lettre qu'il venait de recevoir.

C'était pendant le petit déjeuner et le jeune garçon était déjà en retard pour l'école.

– Mais ils n'ont pas le droit, n'est-ce pas, père?

– Je n'en suis pas sûr, répondit Walmar d'un air sombre. Nous verrons.

Plus tard dans la matinée, Walmar alla voir un vieil ami, un colonel, et apprit de lui qu'on ne pouvait rien faire.

– Nous avons besoin de lui, Walmar. Nous avons besoin de tous les hommes.

– A ce point?

– C'est pire.

– Je vois.

Ils parlèrent de la guerre, de la femme du colonel et de la banque de Walmar, et puis Walmar retourna à son bureau d'un air résolu. Il ne voulait pas perdre son fils. Il avait déjà assez perdu.

Une fois à la banque, il donna deux coups de téléphone. Puis il rentra chez lui à l'heure du déjeuner, prit des papiers dans le coffre de son bureau et retourna à la banque. Il ne revint chez lui qu'après six heures; ses enfants étaient au deuxième étage dans la chambre de Gerhard. Ariana avait pleuré et le visage de son fils reflétait la peur et le désespoir.

– Ils ne peuvent pas le prendre, n'est-ce pas, père?

Ariana pensait que son père était capable de soulever des montagnes. Mais son regard exprimait le peu d'espoir qu'elle conservait.

– Si, répondit doucement Walmar.

Gerhard ne dit rien. Il était assis, accablé. Il avait lu cent fois la lettre posée sur son bureau. Les autres garçons de sa classe avaient, eux aussi, reçu la leur. Mais lui n'avait rien dit. Son père lui avait ordonné de garder le silence, car il était possible qu'il puisse intervenir.

– Alors, je vais partir? fit-il d'une voix triste.

– Oui, Gerhard. Tu dois être fier de servir ton pays.

– Es-tu devenu fou? s'exclama le garçon d'un air horrifié.

– Du calme!

Il ferma alors la porte de la chambre et mit un doigt sur ses lèvres avant de murmurer :

– Tu n'auras pas à partir.

– Ah bon? Tu as réussi à annuler ma mobilisation? demanda-t-il, plein d'espoir.

– Non, répondit Walmar d'un air sérieux. C'est impossible. Nous allons partir.

– Quoi? Comment allons-nous partir?

Gerhard était stupéfait, mais Walmar et Ariana

échangèrent un regard complice. C'était comme la fuite de Max, quelques mois plus tôt.

— Je vais t'emmener en Suisse demain. Nous dirons que tu es malade et que tu dois garder la chambre. Tu ne dois te présenter que jeudi, nous avons donc trois jours devant nous. Je vais t'accompagner jusqu'à la frontière et je te laisserai chez des amis que j'ai à Lausanne, ou à Zurich peut-être. Puis je reviendrai ici chercher ta sœur.

Il regarda Ariana et lui tapota la main. Peut-être reverrait-elle Max, après tout.

— Pourquoi ne vient-elle pas avec nous? demanda Gerhard, intrigué.

— Je ne peux pas tout préparer aussi rapidement et si elle reste ici, personne ne soupçonnera que nous fuyons pour de bon. Je reviendrai le lendemain et, ensuite, je repartirai avec elle définitivement. Mais il faut absolument garder le secret sur tout cela. Notre vie en dépend. Vous comprenez?

Ils acquiescèrent d'un signe de tête.

— Gerhard, je t'ai commandé un nouveau passeport. Nous l'utiliserons à la frontière si nécessaire. Mais d'ici là, je veux que tu aies l'air résigné à partir à l'armée. Je veux même que tu aies l'air content. Même ici, dans la maison.

— Tu ne fais pas confiance aux domestiques?

Malgré ses seize ans, le garçon était encore naïf. Il n'avait pas remarqué l'engagement de Berthold dans le Parti et la foi aveugle de Fräulein Hedwig en Hitler.

— Absolument pas, si nos vies sont en jeu.

— D'accord, fit Gerhard en haussant les épaules.

— Ne fais pas tes valises. Nous achèterons tout ce dont nous aurons besoin.

— On va emporter de l'argent?

— J'ai déjà préparé l'argent. Je regrette seulement que nous ayons attendu si longtemps. Nous n'aurions jamais dû revenir de vacances.

Walmar soupira, mais Ariana essaya de le consoler.

– Tu ne pouvais pas savoir. Quand reviendras-tu de Suisse?

– Aujourd'hui, c'est lundi. Nous partirons demain matin. Je reviendrai mercredi soir. Toi et moi, nous partirons jeudi soir car il faudra que j'aille à la banque dans la journée. Nous dirons que nous sortons dîner et nous ne reviendrons jamais. Il va falloir faire preuve de diplomatie pour faire croire aux domestiques que Gerhard est parti à l'armée sans dire au revoir. Dans la mesure où tu pourras tenir Anna et Hedwig à l'écart de sa chambre, demain et mercredi, nous dirons que jeudi matin il est parti trop tôt pour voir qui que ce soit. Si toi et moi, nous sommes ici, rien ne paraîtra suspect. J'essaierai de revenir à temps pour le dîner.

– Que leur as-tu dit à la banque?

– Rien. Je n'aurai pas à justifier mon absence. Il y a suffisamment de réunions secrètes ces temps-ci pour pouvoir me servir de couverture. Tout est clair pour vous deux? La guerre est presque finie et quand elle finira, les nazis entraîneront tout dans leur chute. Je ne veux pas que vous soyez ici à ce moment-là. Gerhard, tu m'attendras dans le café du coin, près de mon bureau, à onze heures, demain matin. Nous irons ensemble à la gare.

– D'accord, fit le garçon gravement.

– Ariana, tu resteras ici demain pour t'occuper de Gerhard.

– Bien sûr, papa. Mais comment quittera-t-il la maison sans être vu?

– Il partira à cinq heures avant que les autres ne se lèvent. Entendu?

– Entendu, père.

– Mets des vêtements chauds pour le voyage. Nous aurons à marcher, dans la dernière partie du trajet.

– Toi aussi, père? demanda Ariana, inquiète.

– Moi aussi. J'en suis parfaitement capable. Probablement plus capable que ce garçon.

Il caressa les cheveux de Gerhard et s'apprêta à quitter la chambre. Il leur sourit mais ce sourire resta sans réponse.

– Ne vous tourmentez pas. Tout ira bien. Et un jour, nous reviendrons.

Quand il referma la porte, Ariana se demanda s'il disait vrai.

12

– Frau Gebsen, fit Walmar von Gotthard en regardant sa secrétaire d'un air impérieux, je vais être absent le reste de la journée. Je serai en réunion. Vous me comprenez...

– Bien sûr, Herr von Gotthard.

– Très bien.

Il sortit vivement de la pièce. Elle n'avait aucune idée de l'endroit où il se rendait. Mais elle pensait deviner. Au Reichstag, évidemment, pour voir une fois encore le ministre des Finances. Et s'il ne revenait pas le lendemain matin, cela voudrait dire qu'il y avait une autre réunion. Elle comprenait ces choses.

Walmar savait qu'il avait planifié sa sortie juste au bon moment. Le ministre était à Munich pour une réunion secrète et il était peu probable qu'il appelle ou qu'on puisse l'appeler.

Il avait dit à son chauffeur, le matin, de ne pas l'attendre. Il se dirigea donc vers le café du coin. Gerhard avait quitté la maison à cinq heures juste, après avoir embrassé sa sœur, et il avait jeté un dernier coup d'œil à la maison qui l'avait vu grandir, puis il avait parcouru les dix-huit kilomètres qui le séparaient du centre de Berlin.

Quand Walmar entra, il vit son fils mais ne montra aucun signe de reconnaissance. Il alla directement vers les toilettes le visage un peu caché par son chapeau, son sac à la main. Il poussa le verrou de la porte, enleva rapidement son costume et mit à la place un vieux pantalon de travail qu'il avait pris dans le garage; par-dessus sa chemise, il enfila un pull. Il ajouta une casquette et une vieille veste chaude, et mit son costume dans le sac. Il alla ensuite rejoindre Gerhard et, après un vague signe de tête et un banal bonjour, il lui signala qu'il était temps de partir.

Ils prirent un taxi pour aller à la gare et se perdirent dans la foule. Vingt minutes plus tard, ils étaient dans le train en partance pour la frontière, les papiers de voyage en règle, un masque sur le visage. Walmar était de plus en plus fier de Gerhard qui avait joué son rôle à merveille. Il était devenu en une nuit un fugitif expérimenté.

– Fräulein Ariana?... Fräulein Ariana?

On frappa d'un coup à la porte. C'était Fräulein Hedwig qui dévisagea Ariana lorsque celle-ci ouvrit doucement la porte. Mais la jeune fille mit rapidement un doigt sur ses lèvres pour faire taire Hedwig et la rejoignit dans le couloir.

– Que se passe-t-il? demanda Hedwig.

– Chut! Vous allez le réveiller. Gerhard ne se sent pas bien du tout.

– A-t-il de la fièvre?

– Je ne pense pas. Il a seulement un rhume épouvantable.

– Laissez-moi le voir.

– C'est impossible. Je lui ai promis que nous le laisserions dormir toute la journée. Il a peur d'être trop malade pour aller à l'armée jeudi. Il désire beaucoup dormir pour être en forme.

– Bien sûr. Je comprends. Vous ne pensez pas qu'il faudrait faire venir le docteur?

– Non, pas si cela n'empire pas.

Fräulein Hedwig hocha la tête : elle était contente que son jeune protégé soit si impatient de servir son pays.

– C'est un brave garçon.

– Grâce à vous, fit Ariana avec un grand sourire, en embrassant la vieille femme sur la joue.

Hedwig rougit du compliment.

– Dois-je lui monter du thé?

– Non, tout va bien. Je lui en ferai plus tard. En ce moment, il dort.

– Eh bien, faites-moi savoir quand il aura besoin de moi.

– C'est promis. Merci.

– *Bitte schön.*

Et Fräulein Hedwig s'en alla.

Deux fois cet après-midi-là et une fois le soir, elle offrit à nouveau ses services à Ariana mais, chaque fois, Ariana répondit que son frère s'était réveillé plus tôt, qu'il avait mangé quelque chose et qu'il s'était rendormi. C'était le mardi soir et il lui fallait jouer le jeu jusqu'au mercredi soir. Après, son père serait de retour.

Elle était fatiguée et son corps était douloureux lorsqu'elle descendit tard ce mardi soir. Cela l'avait épuisée d'avoir à écarter Hedwig et Anna, et de monter la garde près de la chambre de Gerhard. Elle avait besoin de s'échapper un peu du deuxième étage, ne serait-ce que pour quelques minutes. Elle entra donc dans le bureau de son père et s'assit en regardant fixement les cendres de la cheminée. Puis elle se leva et contempla le lac en se remémorant les dernières paroles de son père avant son départ :

– Ne t'inquiète pas. Je serai de retour après-demain et Gerhard sera en sécurité.

– Je ne m'inquiète pas pour Gerhard, mais pour toi.

– Ne sois pas ridicule. Tu n'as pas confiance en ton vieux père?

– Si, une entière confiance.

– Bon, c'est parfait. C'est pourquoi, ma chérie, je vais te montrer certaines choses qui pourraient t'être très utiles à l'avenir. Il y a des choses que tu dois savoir.

Il lui avait montré le coffre secret dans le mur de sa chambre, un autre dans la grande bibliothèque et le troisième dans la chambre de Cassandra, où il gardait encore tous ses bijoux.

– Un jour, ils seront à toi.

– Pourquoi me montres-tu tout cela maintenant? s'exclama Ariana, les larmes aux yeux.

– Parce que je t'aime et je veux que tu puisses te débrouiller seule si c'est nécessaire. Si quelque chose arrivait, tu dois leur dire que tu n'étais au courant de rien. Tu leur diras que tu croyais que Gerhard était malade dans sa chambre et que tu ne savais pas qu'il était parti. Dis-leur n'importe quoi. Mens. Protège-toi en te servant de ton intelligence et de ceci. (Il lui montra un petit pistolet et une douzaine de liasses de billets tout neufs.) Si l'Allemagne est vaincue, ces billets ne vaudront plus rien mais les bijoux de ta mère pourront t'aider à vivre.

Il lui montra alors le faux livre de Shakespeare dans lequel se trouvaient la grosse émeraude qui avait été la bague de fiançailles de Cassandra et la chevalière en diamant qu'elle portait à la main droite. Ariana tendit la main pour la toucher. Son éclat lui était familier. Elle se souvenait de l'avoir vue à la main de sa mère, il y avait de cela tant d'années.

– Elle la portait toujours, fit son père, rêveur.

– Je m'en souviens.

– Vraiment? N'oublie pas qu'elle est ici et garde-la, ma chérie, en souvenir de ta mère.

Elle réalisa soudain que le fait d'être dans le bureau de son père n'allait pas le faire revenir plus tôt. Il fallait qu'elle se lève tôt le lendemain matin pour reprendre sa garde, au cas où Fräulein Hedwig ferait preuve d'un excès de zèle et insisterait pour voir Gerhard de ses yeux.

Ariana éteignit la lumière du bureau et remonta au deuxième étage.

A la gare de Müllheim, Walmar secoua doucement Gerhard qui dormait paisiblement sur son siège. Ils étaient dans le train depuis douze heures et le garçon s'était endormi quatre heures auparavant. Les soldats étaient montés à bord dans plusieurs gares et leurs papiers avaient été vérifiés deux fois. Walmar avait présenté Gerhard comme un jeune ami. Les papiers avaient paru en règle et c'est avec déférence qu'il s'était adressé aux soldats. Gerhard avait peu parlé : il s'était contenté de les regarder avec respect et l'un d'eux lui avait ébouriffé les cheveux en le taquinant. Gerhard avait souri et les soldats s'étaient éloignés.

A Müllheim, personne ne monta et l'arrêt fut bref, mais Walmar voulait que son fils se réveille avant d'arriver à Lörrach, leur dernier arrêt. Ils devraient ensuite parcourir treize kilomètres et – ce serait la partie la plus difficile de leur expédition – traverser la frontière et arriver à Bâle le plus tôt possible. Là, ils prendraient un train pour Zürich. Walmar avait décidé de laisser son fils là. Il serait à l'abri en Suisse. Il reviendrait deux jours plus tard avec Ariana et ensuite, ils partiraient tous ensemble pour Lausanne.

A une heure et demie du matin, ils descendirent

du train avec quelques autres personnes; pendant un instant, Walmar sentit ses jambes trembler sous lui. Il n'en dit rien à Gerhard. Il enfonça sa casquette, remonta son col, fit un signe vers la gare et ils avancèrent. Un vieil homme et un jeune garçon qui rentraient chez eux. Dans leurs vêtements de travail, ils ne détonnaient pas à Lörrach. Seuls les mains soigneusement manucurées de Walmar et ses cheveux bien coupés auraient pu les faire repérer mais il avait porté la casquette tout le temps et il s'était sali les mains dans la gare poussiéreuse avant de quitter Berlin.

— Tu as faim? demanda-t-il à Gerhard qui bâilla en haussant les épaules.

— Ça va. Et toi?

— Tiens, mange.

Il sortit de sa poche une pomme qu'il avait soustraite au déjeuner qu'ils avaient pris dans le train. Gerhard la croqua en marchant. Il n'y avait personne en vue.

Ils mirent cinq heures pour faire les treize kilomètres. Gerhard aurait mis moins de temps mais Walmar ne marchait pas aussi vite que lorsqu'il était plus jeune. Cependant, pour un homme de près de soixante-dix ans, il ne s'était pas trop mal débrouillé. Ils parvinrent à la frontière : des kilomètres de clôture et de barbelés. Dans le lointain, ils entendirent des patrouilles frontalières. Deux heures plus tôt, ils avaient quitté la route. Dans l'obscurité qui précédait l'aube, ils ressemblaient à deux fermiers matinaux. Pas de valises qui attireraient l'attention, seulement le sac de Walmar qu'il jetterait dans les buissons s'il entendait quelqu'un. De sa poche, il tira une paire de pinces pour couper les barbelés. En quelques minutes, il pratiqua un trou suffisamment grand pour ramper.

Walmar sentit son cœur battre. S'ils les attrapaient maintenant, c'était la mort. Il ne se souciait pas de sa propre vie, mais le garçon... Ils passèrent très rapidement et un instant plus tard, ils se retrouvèrent en Suisse, près d'un bouquet d'arbres. Walmar fit un signe et ils se mirent tous deux à courir sous les arbres pendant ce qui leur sembla être des heures. Enfin, ils s'arrêtèrent. Personne ne les avait suivis, personne ne les avait entendus. Walmar savait qu'un an ou deux auparavant, il aurait été plus difficile de traverser, mais ces derniers mois l'armée avait tant besoin de soldats que les patrouilles à la frontière suisse étaient dégarnies.

Ils marchèrent encore pendant une demi-heure, et atteignirent Bâle aux premières lueurs de l'aube. Le lever du soleil était magnifique au-dessus des montagnes; Walmar mit son bras autour des épaules de Gerhard et ils s'arrêtèrent pour admirer les teintes mauve et rose du ciel. A ce moment, Walmar ne s'était jamais senti aussi libre. La vie serait agréable pour eux trois ici, jusqu'à la fin de la guerre et peut-être même après.

Leurs pieds commençaient à les faire souffrir mais ils réussirent néanmoins à atteindre la gare à temps pour prendre le premier train. Walmar acheta deux billets pour Zürich et s'installa sur son siège pour se reposer. Il ferma les yeux et sentit le sommeil le gagner. Pendant le voyage de quatre heures et demie, Gerhard ne le dérangea pas et regarda le magnifique paysage.

— Papa, je pense que nous sommes arrivés, fit le garçon en serrant le bras de son père.

Walmar, les yeux lourds de sommeil, regarda la familière Bahnhof Platz et la cathédrale Grossmünster au loin avec, en arrière-plan, les montagnes de l'Uetliberg.

— Nous sommes arrivés, en effet.

En dépit de son dos fatigué et de ses jambes douloureuses, Walmar eut envie de prendre son fils

dans ses bras et de danser, quand ils se retrouvèrent sur le quai. Il se contenta d'esquisser un léger
sourire. Ils avaient réussi. Ils étaient libres. Gerhard
ne servirait jamais dans l'armée d'Hitler. Ils ne
tueraient jamais son fils.

Ils se dirigèrent vers une petite pension dont
Walmar se souvenait vaguement. Il y avait pris un
déjeuner une fois en attendant un train. C'était un
endroit où il pourrait laisser Gerhard en toute
sécurité pendant ses quelques heures d'absence.

Ils prirent un petit déjeuner pantagruélique.
Ensuite, Walmar accompagna son fils jusqu'à sa
chambre. Il jeta un coup d'œil satisfait autour de lui
puis il se tourna vers son fils. Ce fut un moment
d'intense émotion.

— Merci, papa, merci, fit Gerhard, les yeux humi-
des, en se jetant au cou de son père.

— Tout va bien pour toi à présent. Tu vas être
bien, ici.

Il alla vers le petit bureau, en sortit une feuille de
papier.

— Je vais te donner l'adresse et le numéro de
téléphone de Herr Müller, au cas où Ariana et moi
serions retardés. C'est une simple précaution.

Il n'était pas question de lui donner l'adresse de
Max. C'était trop dangereux. L'autre homme était
un banquier que Walmar connaissait bien.

— Je vais également te laisser mon sac. Il y a des
papiers et un peu d'argent. Je ne pense pas que tu
en aies besoin pendant ces deux jours.

Il n'allait remporter avec lui qu'une petite bourse
remplie d'argent liquide, rien qui pourrait servir à
l'identifier s'ils l'arrêtaient en chemin. Le retour à
Berlin allait être plus difficile. Il ferait grand jour
mais il ne voulait pas prendre de retard. Il tenait à
être près d'Ariana le soir même.

Il se tourna vers son fils et vit qu'il pleurait. Ils
s'étreignirent une dernière fois.

– N'aie pas l'air aussi tourmenté. Essaie de dormir. Quand tu te réveilleras, prends ton dîner, promène-toi et vois ce qu'il y a à voir ici. Tu es dans un pays libre, pas de nazis, pas de soldats. Profites-en. Ariana et moi, nous devrions être ici demain soir.

– Tu penses qu'Ariana pourra faire le trajet depuis Lörrach?

– Bien sûr. Je vais lui dire de ne pas mettre ses chaussures à hauts talons.

– Je peux t'accompagner à la gare?

– Non, jeune homme, toi, tu te mets au lit.

– Et toi?

– Je dormirai dans le train de Bâle et ensuite jusqu'à Berlin.

Ils se regardèrent une dernière fois. Ils n'avaient plus rien à se dire.

– *Wiedersehen*, papa, fit-il d'une voix douce.

Son père descendit vivement l'escalier. Il avait dix minutes pour attraper le train de Bâle. Il arriva juste à temps. Gerhard était déjà endormi.

13

– Alors, comment va-t-il? demanda Fräulein Hedwig, inquiète, à Ariana.

Ariana sourit à la vieille nurse d'un air rassurant.

– Il va beaucoup mieux, mais il tousse encore un peu. Je pense qu'après une autre journée au lit, il sera tout à fait bien.

– Oui, et en plus avec une visite du docteur, Fräulein Ariana. Il ne va pas se présenter à l'armée avec une pneumonie. Cela ne serait pas très utile au Reich.

– Il ne s'agit pas de pneumonie, fit Ariana aimablement mais avec une certaine hauteur. Et si sa mauvaise humeur est un signe de meilleure forme, il devrait être en très bonne santé pour le Reich.

Elle s'apprêta à rentrer dans l'appartement avec le plateau du petit déjeuner pour son frère. Elle comptait revenir chercher le sien après, mais Fräulein Hedwig s'en était déjà emparée.

– Laissez-le, dit la jeune fille, je reviendrai le prendre tout à l'heure.

– Ne soyez pas aussi indépendante, Ariana. Si vous vous êtes occupée de ce garçon depuis hier, maintenant, vous avez besoin d'aide.

Elle entra en marmonnant et posa le plateau d'Ariana dans le petit salon.

– Merci, Fräulein, fit Ariana attendant manifestement qu'Hedwig se décide à partir.

– *Bitte*, répondit Fräulein Hedwig en s'emparant du plateau qu'Ariana tenait encore. Je vais aller lui porter.

– Cela ne va pas lui plaire. Vous feriez mieux de vous abstenir. Vous savez combien il déteste être traité en bébé.

– Il n'est pas question de bébé, Fräulein Ariana, mais de soldat. C'est le moins que je puisse faire.

Elle s'accrochait au plateau.

– Non, merci, Fräulein Hedwig. J'ai des ordres. Il m'a fait promettre de ne laisser entrer personne.

– Je ne suis quand même pas n'importe qui, répondit Hedwig en se raidissant.

En d'autres occasions, Ariana aurait été intimidée. Mais là, il n'était pas question de se laisser manœuvrer par la vieille nurse.

– Bien sûr que vous n'êtes pas n'importe qui, mais vous le connaissez.

– Il est encore pire qu'avant, à ce qu'il semble. Je pense que l'armée va lui faire du bien.

– Je lui rapporterai vos paroles, dit Ariana en souriant gaiement.

Elle porta le plateau dans la chambre de Gerhard et referma la porte, contre laquelle elle s'appuya de tout son poids au cas où Fräulein Hedwig insisterait. Mais, un moment plus tard, elle entendit la porte du salon claquer et elle poussa un soupir de soulagement. Elle souhaitait que son père arrive comme prévu le soir. Il serait impossible de tenir plus longtemps la nurse à l'écart.

Elle resta assise dans le salon ce matin-là et finit par sortir les deux plateaux sur lesquels elle avait pris un peu de nourriture. Elle remercia Anna pour une pile de serviettes propres et pria Dieu qu'Hedwig ne revînt que tard dans l'après-midi.

– Comment va-t-il?

– Beaucoup mieux. Je pense qu'il sera prêt pour l'armée demain. Il se peut même qu'il fasse sauter sa chambre d'ici là. Il parle de sortir son matériel de chimie pour l'essayer une dernière fois.

– On a bien besoin de cela! fit Hedwig d'un air désapprobateur.

Elle n'appréciait pas l'attitude hautaine d'Ariana. A dix-neuf ans, elle était peut-être une femme mais pas à ses yeux.

– Dites-lui qu'il me doit des explications pour se cacher ainsi dans sa chambre comme un écolier mal élevé.

– Je vais le lui dire, Fräulein Hedwig.

– Je l'espère bien.

Elle se retira, très raide, et monta au troisième étage. Vingt minutes plus tard, on frappa à nouveau à la porte. S'attendant à voir Hedwig, elle ouvrit avec un sourire tendu. Mais cette fois-ci, c'était Berthold, haletant d'avoir monté les deux étages.

– Un coup de téléphone du bureau de votre père. C'est urgent, apparemment. Est-ce que vous descendez?

Ariana hésita un peu – allait-elle abandonner son poste de garde? Mais, après tout, Hedwig avait déjà été renvoyée. Tout serait calme pour quelques minutes encore. Elle suivit précipitamment Berthold et prit la communication dans l'alcôve du couloir.

– Oui?

– Fräulein von Gotthard?

C'était Frau Gebsen, la secrétaire de son père à la banque.

– Oui. Est-ce qu'il y a quelque chose qui ne va pas?

Elle avait peut-être des nouvelles de son père. Y avait-il un changement dans les plans?

– Je ne sais pas. Je suis désolée... Je ne veux pas vous inquiéter mais votre père... Il a mentionné quelque chose quand il est parti hier matin. J'en ai déduit qu'il était avec le ministre des Finances mais je sais maintenant qu'il n'y était pas.

– En êtes-vous sûre? Il est peut-être à une autre réunion. Est-ce que c'est important?

– Je ne sais pas. Nous avons reçu un appel urgent de Essen et il fallait que je le joigne, mais il n'était pas là. Le ministre est déjà à Munich depuis une semaine.

– Alors, peut-être avez-vous mal compris ce qu'il vous a dit? Où est-il à présent? demanda Ariana dont le cœur battait très fort.

– C'est la raison pour laquelle je vous ai appelée. Il n'est pas venu ici ce matin et s'il n'était pas avec le ministre des Finances, alors où est-il? Le savez-vous?

– Bien sûr que non. Il est sans doute à une autre réunion. Je suis certaine qu'il va vous appeler plus tard.

– Mais il n'a pas appelé de la journée et... Berthold m'a dit qu'il n'était pas rentré la nuit dernière.

– Frau Gebsen, me permettrez-vous de vous rappeler que les faits et gestes de mon père, la nuit, ne vous concernent absolument pas; ce n'est pas non plus l'affaire de Berthold ni la mienne.

Ariana avait pris un ton convenablement outragé mais, en fait, c'était de l'angoisse qu'elle éprouvait.

– Naturellement, Fräulein. Je vous dois des excuses, mais l'appel de Munich, vous comprenez, m'a inquiétée. J'ai pensé qu'il pouvait avoir eu un accident. Votre père n'a pas pour habitude de ne pas téléphoner.

– Sauf s'il est en réunion secrète, Frau Gebsen. Le ministre des Finances n'est pas le seul homme d'importance avec qui mon père disparaît. Je ne comprends pas pourquoi cela semble si important. Dites à Munich que vous ne pouvez pas joindre mon père pour l'instant. Dès qu'il rentrera, je lui dirai de vous téléphoner. Cela ne va pas être bien long.

– J'espère que vous dites vrai.

– J'en suis certaine.

Ariana raccrocha lentement, en espérant que la terreur ne se lisait pas sur son visage, et elle remonta l'escalier l'air excédé. Elle s'arrêta sur le palier pour respirer puis, parvenue au second étage, elle vit la porte du salon entrouverte. Elle la poussa vivement et découvrit Berthold et Hedwig en grande conversation devant la porte de la chambre de Gerhard qui était ouverte.

– Que faites-vous ici! s'exclama-t-elle.

– Où est-il? fit Hedwig d'un ton accusateur, les yeux glacés.

– Comment voulez-vous que je le sache? Il est probablement caché en bas. Mais je vous rappelle que je vous ai posé une question : je vous ai clairement demandé...

– Et où est votre père? demanda Berthold à son tour.

– Je vous demande pardon. Les allées et venues de mon père ne me regardent pas, Berthold, ni vous non plus.

Le visage d'Ariana devint mortellement pâle. Elle pria pour que sa voix ne tremble pas et la trahisse ainsi devant Hedwig qui la connaissait si bien.

– Quant à Gerhard, poursuivit-elle, il est probablement parti quelque part. Il était là la dernière fois que je suis allée dans sa chambre.

– Et quand était-ce? fit Hedwig, le regard soupçonneux. Ce garçon n'a jamais fait son lit de sa vie.

– Je l'ai fait pour lui. Et maintenant, si vous voulez bien m'excuser tous les deux, j'aimerais me reposer un peu.

– Mais certainement, Fräulein.

Berthold s'inclina et fit signe à Hedwig de le suivre. Quand ils furent partis, Ariana s'assit, pâle et tremblante, dans le fauteuil favori de Gerhard. Mon Dieu, qu'allait-il arriver à présent? Les yeux fermés, les mains sur la bouche, des milliers d'images terrifiantes lui traversèrent l'esprit. Mais rien d'aussi terrifiant que ce qui arriva une demi-heure plus tard quand un coup sec fut frappé à sa porte.

– Pas maintenant. Je me repose.

– Vraiment, Fräulein! Alors, excusez mon intrusion dans vos appartements privés.

L'homme qui parlait n'était pas un domestique mais un lieutenant de l'armée du Reich.

– Je vous demande pardon, fit-elle en se levant avec surprise.

Venait-il pour Gerhard? Que faisait-il ici? Et il n'était pas seul – alors qu'il allait et venait dans la pièce avec assurance, trois autres soldats arpentaient le couloir du deuxième étage.

– C'est moi qui vous demande pardon, Fräulein.

– Mais je vous en prie, lieutenant.

Elle se redressa d'un air décidé en lissant son chignon blond. Puis elle jeta un gilet de cachemire bleu foncé sur ses épaules et se força à marcher sans hâte vers la porte.

– Il serait peut-être préférable de descendre pour bavarder, dit-elle.

– Certainement, répondit-il d'un ton plaisant. Vous prendrez votre manteau au passage.

– Mon manteau?

– Oui. Le capitaine a pensé que cela irait sûrement plus vite si vous veniez le voir à son bureau, plutôt que de rester ici à discuter autour d'une tasse de thé.

Les yeux du lieutenant brillaient de façon désagréable et elle se surprit à détester ce regard gris acier. Cet homme était un vrai nazi, des plis de son uniforme jusqu'au tréfonds de son âme.

– Y a-t-il un problème, lieutenant?

– Peut-être. On va vous demander de nous l'expliquer.

Avaient-ils pris Gerhard et son père? Mais non, c'était impossible. Elle ne voulait pas se laisser aller à penser cela. Elle les suivit donc, apparemment calme, jusqu'au premier étage et là, elle comprit. Ils étaient venus pour l'interroger mais ils ne savaient rien. Pas encore. Et elle ne devait rien leur dire. Quoi qu'il arrive.

14

– Et vous pensiez que votre père était en réunion secrète, Fräulein von Gotthard? Vraiment? Comme c'est intéressant. Avec qui?

Le capitaine Dietrich von Rheinhardt regardait Ariana avec intérêt. C'était une jolie fille. Hildebrand l'avait averti avant de la faire entrer. Et elle avait la tête froide pour une fille aussi jeune. Elle était tout à fait imperturbable, une dame de la tête aux pieds.

– Avec qui avez-vous dit que votre père était en réunion?

Cela durait depuis près de deux heures, depuis qu'on l'avait fait descendre de la grosse Mercedes noire arrêtée sur la Königsplatz, là où s'élevait le Reichstag. Elle était maintenant dans le bureau de l'officier commandant qui en avait terrifié plus d'un avant elle. Mais Ariana ne montrait ni terreur, ni colère, ni exaspération. Elle répondait seulement à leurs questions avec la politesse, le calme, le sang-froid d'une dame du monde.

– Je ne sais absolument pas, capitaine. Il ne me confie pas ses secrets professionnels.

– Et vous pensez qu'il a des secrets?

– Seulement dans la mesure où il travaille avec le Reich.

– Quelle charmante expression! (Il s'adossa et alluma une cigarette.) Voulez-vous du thé?

Elle eut envie de le gifler mais elle se contenta de secouer la tête.

– Non, merci, capitaine.

– Du sherry peut-être?

Ces politesses n'avaient aucun effet sur Ariana. Elle ne pouvait se sentir à l'aise ici, avec un portrait d'Hitler grandeur nature qui la fixait.

– Non, merci, capitaine.

– Alors, ces réunions secrètes de votre père... parlez-m'en.

– Je n'ai pas dit qu'il avait des réunions secrètes. Tout ce que je sais, c'est que certains soirs, il revient tard à la maison.

La fatigue la submergeait peu à peu et, malgré elle, la tension commençait à apparaître.

– Une dame, peut-être?

– Je suis désolée, capitaine, je ne sais pas.

– Bien sûr que non. Comme je suis grossier! fit-il avec quelque chose de laid, de furieux, de méchant dans le regard. Et votre frère, Fräulein? Lui aussi va à des réunions secrètes?

– Absolument pas. Il a à peine seize ans.

– Il n'assiste pas non plus à des réunions de jeunes? N'est-ce pas, Fräulein? Est-il possible, alors, que votre famille ne soit pas aussi attachée au Reich que nous l'avions pensé?

– C'est faux, capitaine. Mon frère a eu beaucoup de problèmes dans ses études, il a de l'asthme et, évidemment, depuis la mort de ma mère...

Elle espérait ainsi décourager le capitaine mais sans grand espoir.

– Et quand votre mère est-elle morte?

– Il y a dix ans, capitaine.

« A cause de gens comme vous. »

– Je vois. C'est très touchant d'apprendre que le garçon se souvient encore de sa mère. Il doit être très sensible. Trop sensible pour l'armée, Fräulein? Serait-ce possible que lui et votre père aient fui leur pays?

– Impossible. S'ils avaient fait cela, pourquoi m'auraient-ils laissée ici?

– C'est à vous de me le dire, Fräulein. Et puisqu'on a abordé ce sujet, peut-être pourrez-vous me donner des nouvelles de Max? Maximilien Thomas. Un jeune homme qui venait rendre visite à votre père de temps à autre. Mais peut-être était-ce vous qu'il venait voir?

– C'était un vieil ami de mon père.

– Qui s'est enfui de Berlin, il y a cinq mois. Il est intéressant de constater qu'il a disparu la nuit même où une des voitures de votre père a été volée puis retrouvée intacte juste devant la gare de Berlin. Une étrange coïncidence, n'est-ce pas?

Mon Dieu, étaient-ils au courant pour Max? Avaient-ils fini par coincer son père, après tout?

– Je ne pense pas que le vol de la voiture ait quoi que ce soit à voir avec Max.

– Bon, revenons à votre frère, fit le capitaine en tirant une longue bouffée de sa cigarette. Où est-il, d'après vous? J'ai cru comprendre que vous avez soigné son gros rhume pendant les deux derniers jours. (Ariana hocha la tête, affirmativement.) Et ensuite, pendant que vous êtes descendue répondre au téléphone, il a disparu comme par magie. C'est embêtant, vous ne trouvez pas? Je me demande s'il n'a pas plutôt disparu depuis un moment. Hier matin par exemple, au moment où votre père a été vu pour la dernière fois à son bureau. Pourrait-on faire un rapprochement, d'après vous?

– C'est très improbable. Mon frère était à la maison hier toute la journée, la nuit dernière et ce matin, dans sa chambre.

– Comme il a de la chance d'avoir une sœur aussi dévouée. Vous semblez l'avoir gardé comme une jeune lionne garde ses petits.

Ariana eut froid dans le dos. Il n'avait pu savoir cela que d'une seule façon : Hedwig et Berthold le lui avaient dit. Elle en eut la nausée. Et puis, la furie s'empara d'elle à la pensée de leur trahison. Pourtant, elle ne pouvait lui laisser voir ses sentiments. Il fallait qu'elle joue le jeu, à tout prix.

– Vous savez, Fräulein, reprit le capitaine impitoyablement, ce que je n'arrive pas à comprendre, c'est qu'ils se soient enfuis en vous laissant ici. Ils se sont enfuis tous les deux, peut-être pour éviter au garçon d'aller à l'armée, ou peut-être pour des raisons encore plus viles. Mais quelle que soit cette raison, ils semblent vous avoir abandonnée, ma chère. Et pourtant, vous les protégez. Est-ce que ça signifierait que votre père va revenir? Exact? Autrement, je ne comprendrais pas votre refus de parler.

Ariana s'emporta pour la première fois. Cet interrogatoire mettait ses nerfs à rude épreuve.

– Cela fait deux heures que nous parlons et je n'ai tout simplement pas les réponses aux questions que vous me posez. Vos accusations sont fausses et vos présomptions sont ridicules. Pourquoi auraient-ils fui sans moi?

– Chère mademoiselle, moi non plus je n'y crois pas. C'est pourquoi nous allons attendre, et quand votre père reviendra, lui et moi, nous parlerons affaires.

– Quel genre d'affaires?

– Disons plutôt un marché. Sa charmante fille pour... enfin, on ne va pas discuter les détails maintenant. J'arrangerai cela avec votre père, à son retour. A présent, Fräulein, vous allez m'excuser, le lieutenant Hildebrand va vous accompagner jusqu'à votre chambre.

– Ma chambre? Je ne retourne donc pas chez moi?

Elle devait faire un effort pour refouler ses larmes. Mais le capitaine secoua la tête avec le même sourire insupportablement faux.

– Non, Fräulein, nous préférons vous garder ici jusqu'à ce que votre père revienne. Vous serez bien installée ici, avec nous.

– Je vois.

– Oui, je pense que, maintenant, vous me comprenez. Si j'ai la chance de voir votre père, il faudra que je le complimente. Il a une fille charmante, intelligente, surprenante et extraordinairement bien élevée. Vous n'avez ni pleuré, ni supplié, ni imploré. En fait, j'ai trouvé notre après-midi très agréable.

Elle eut envie de le gifler. Il appuya sur une sonnette à côté de son bureau et attendit le lieutenant Hildebrand. Après un long moment, il sonna à nouveau.

– Ce brave lieutenant semble être occupé. Je vais être obligé de trouver quelqu'un d'autre pour vous accompagner à votre chambre.

Il parlait de cette chambre comme s'il s'agissait d'un appartement à l'hôtel Danieli à Venise, mais Ariana savait bien que ce qui l'attendait n'était pas une chambre d'hôtel mais une cellule de prison. Les bottes du capitaine brillèrent à la lumière de la lampe lorsqu'il se dirigea vers la porte, l'air très irrité. Il était presque sept heures du soir et le lieutenant Hildebrand était apparemment parti chercher quelque chose à manger. Le seul officier présent en dehors du bureau était un homme grand au visage sévère et balafré.

– Von Tripp, où sont les autres, bon sang?

– Je suppose qu'ils sont allés manger. Il se fait tard.

– Les porcs! Ils ne pensent qu'à bouffer. Bon, tant pis. Vous ferez l'affaire. Au fait, pourquoi n'êtes-vous pas avec eux?

Von Tripp jeta un regard agacé au capitaine qui lui répondit par le même regard agacé et son petit sourire glacé.

– Je suis de service ce soir, monsieur.

– Emmenez-la en bas, fit le capitaine en montrant la femme dans son bureau. J'en ai fini avec elle.

– Bien, monsieur.

Il se leva, fit un salut. Ses talons claquèrent et il entra dans le bureau.

– Levez-vous, dit-il sèchement.

Ariana sursauta sur sa chaise.

– Pardon?

Les yeux du capitaine von Rheinhardt lancèrent des éclairs de méchanceté lorsqu'il entra à son tour dans la pièce.

– Le lieutenant vous a ordonné de vous lever,

Fräulein. Soyez gentille de le faire. Autrement, j'ai bien peur que... enfin vous comprenez...

Il toucha la cravache qui pendait à sa ceinture. Ariana se leva sur-le-champ. Qu'allaient-ils faire d'elle ? Le grand officier blond avait l'air terrifiant et la vilaine petite cicatrice sur sa joue n'était guère encourageante. Sa froideur et sa rigidité le faisaient ressembler à un automate.

– Bonne soirée, Fräulein, minauda von Rheinhardt dans son dos.

Ariana ne répondit pas et, une fois sorti du bureau, le lieutenant lui agrippa fermement le bras.

– Vous allez me suivre et faire ce que je vous dis. Je n'aime pas me quereller avec les prisonniers, et encore moins quand il s'agit de femmes. Rendez-moi donc les choses faciles, ce sera également mieux pour vous.

L'avertissement était sans appel; elle le suivit donc aussi rapidement que possible, malgré ses longues enjambées. Elle était prisonnière maintenant. Rien de plus. Il lui vint à l'idée soudain que même son père ne pourrait peut-être pas la tirer de cette situation.

Le lieutenant lui fit suivre deux longs couloirs, descendre un escalier et ils se retrouvèrent dans une partie du bâtiment froide et humide. Ils attendirent alors l'ouverture d'une lourde porte en fer. La porte se referma derrière eux. Ils descendirent alors un autre escalier. C'était comme si elle était conduite dans un souterrain, idée qui se confirma quand elle vit la cellule.

Le lieutenant garda le silence pendant que la gardienne fouillait Ariana. La jeune fille fut priée d'entrer et le lieutenant resta là quand la gardienne ferma la porte à clé. Dans les autres cellules, des femmes appelaient et pleuraient. Ariana crut même entendre les gémissements d'un bébé. Mais elle ne pouvait rien voir. Les portes métalliques étaient trouées de judas de quelques centimètres. L'endroit était terrifiant et, dans la cellule sombre, Ariana devait se retenir pour ne pas crier et perdre le contrôle d'elle-même. Le mince rayon de lumière qui venait du judas lui permit de voir ce qui semblait être les toilettes, et elle découvrit peu de temps après que ce n'était en fait qu'une grande bassine blanche en métal. Elle était donc bel et bien prisonnière. Elle en avait maintenant la preuve.

Elle commença à pleurer doucement et elle s'effondra dans un coin, la tête dans ses bras, secouée de sanglots.

15

Quand Walmar von Gotthard quitta la gare de Bâle ce matin-là, il regarda attentivement autour de lui avant d'entamer sa longue marche vers Lörrach où il prendrait le train de Berlin. Tous les muscles de son corps lui faisaient mal et il était finalement aussi sale et négligé qu'il avait fait semblant de l'être le matin précédent. Il ne ressemblait plus du tout au banquier de la Tilden, qui s'asseyait à des réunions au côté du ministre des Finances et était en fait le banquier le plus éminent de Berlin. Il était seulement un vieil homme fatigué qui avait fait un long voyage, et personne n'aurait soupçonné la quantité d'argent liquide qu'il cachait sur lui.

Il atteignit la frontière à midi, sans incident. Venait à présent la partie la plus difficile du voyage. En rampant sous les barbelés qu'il avait coupés, il se disait qu'il avait de la chance d'avoir tenu le coup jusque-là. Une seule chose comptait pour lui : sauver Ariana et Gerhard. Il avait fait tout ce qui était en son pouvoir, et même plus, pour eux.

Il s'arrêta à nouveau, regarda autour de lui en prêtant l'oreille. Il se précipita alors vers l'abri des arbres. Mais cette fois-ci, il n'eut pas autant de chance que la première fois; il entendit des pas dans le buisson à quelques mètres de lui. Il essaya de s'enfoncer davantage dans les fourrés mais les deux soldats le suivirent.

– Salut, grand-père. Où allez-vous? Rejoindre l'armée à Berlin?

Il tenta de sourire bêtement mais l'un des deux hommes appuya le canon de son fusil sur sa poitrine.

– Où allez-vous?

– A Lörrach, répondit-il avec un fort accent de la campagne.

– Pour quoi faire?

– Ma sœur vit là-bas.

Le cœur de Walmar battait fort dans sa poitrine.

– Ah bon?

Il fit signe à l'autre soldat de commencer à le fouiller. Ils ouvrirent la veste d'un coup sec, palpèrent les poches, puis la chemise.

– Mes papiers sont en règle.

– Oui? Voyons.

Il commença à les chercher mais le soldat qui l'avait fouillé sentit quelque chose de long et lisse caché sous le bras droit de Walmar.

– Qu'est-ce que c'est, grand-père? Vous avez essayé de nous cacher quelque chose?

Ils n'avaient pas de raisons de le soupçonner, lui, un vieil homme de la campagne. Mais ce qu'ils trouvèrent dans le portefeuille les impressionna, car il y avait là une vraie fortune en grosses et petites coupures. Les yeux des soldats s'agrandirent de surprise.

– Vous portiez ça au Führer ? firent-ils en éclatant de rire.

Walmar ne leva pas les yeux de crainte qu'ils ne découvrent la colère qui l'habitait et espérant qu'ils se contenteraient de prendre l'argent. Mais les deux soldats savaient ce qu'ils avaient à faire en temps de guerre. L'un d'eux tira. Walmar von Gotthard tomba sans vie dans l'herbe haute.

Ils le traînèrent par les pieds jusqu'au fourré le plus épais, lui prirent ses papiers, empochèrent l'argent et retournèrent dans leur baraque où ils comptèrent les billets avec soin. Ils jetèrent ensuite les papiers du vieil homme dans le feu, sans même prendre la peine de les lire. Qui il était importait peu. Sauf pour Gerhard qui attendait dans une chambre d'hôtel à Zürich. Et pour Ariana, terrorisée dans sa cellule à Berlin.

16

Le lieutenant von Tripp fit signe au soldat qui portait le trousseau de clés d'ouvrir la cellule d'Ariana. La porte s'ouvrit lentement en grinçant et les deux hommes se continrent pour ne pas réagir à la puanteur qui se dégageait de l'intérieur. Toutes les cellules étaient ainsi à cause de l'humidité et aussi, bien sûr, parce qu'elles n'étaient jamais nettoyées.

La lumière vive aveugla d'abord Ariana. Elle ne savait pas depuis combien de temps elle était ici. Tout ce qu'elle savait, c'était qu'elle avait pleuré la plupart du temps. Mais quand elle avait entendu qu'on venait, elle avait séché rapidement ses larmes et essayé de nettoyer le mascara sous ses yeux avec un coin de son jupon de dentelle. Elle remettait de l'ordre dans ses cheveux quand la porte s'ouvrit. Ils avaient peut-être des nouvelles de Gerhard et de son père? Ses yeux s'habituèrent peu à peu à la lumière et elle vit le grand lieutenant blond qui l'avait conduite ici la veille.

– Sortez d'ici et venez avec moi.

Elle se leva en tremblant et dut s'appuyer contre le mur. Il eut envie de l'aider. Elle semblait si incroyablement petite et fragile. Mais les yeux qu'il rencontra un moment plus tard n'étaient pas ceux d'une fragile beauté implorant du secours. C'étaient les yeux d'une jeune femme déterminée qui cherchait désespérément à survivre et essayait de garder un air digne dans des conditions impossibles. Son chignon s'était défait, et ses cheveux pendaient maintenant comme une gerbe de blé. Sa jupe était froissée mais élégante et, en dépit de l'horrible saleté dans laquelle elle était depuis vingt-quatre heures, ses cheveux dégageaient encore un léger parfum.

– De ce côté, je vous prie, Fräulein.

Il s'écarta puis marcha derrière elle pour être sûr qu'elle n'allait pas s'échapper. Elle avançait la tête haute et elle ne faiblit qu'une seule fois. Il ne dit rien et attendit. Quelques secondes plus tard, elle reprit sa marche, reconnaissante vis-à-vis de ce lieutenant qui ne l'avait pas poussée et ne lui avait pas crié d'avancer.

Mais Manfred von Tripp n'était pas comme les autres. Ariana ne pouvait pas le savoir. Il était aussi gentleman qu'elle était femme du monde et il ne lui serait jamais venu à l'idée de la bousculer, de crier après elle ou de la fouetter. Il y en avait même qui lui en tenaient rigueur. Von Rheinhardt lui-même n'aimait pas particulièrement von Tripp. Mais cela n'avait pas trop d'importance puisque von Rheinhardt était le capitaine et qu'il pouvait s'il le voulait envoyer promener von Tripp.

En haut des dernières marches, le lieutenant agrippa le bras d'Ariana et la conduisit le long du couloir familier au bout duquel le capitaine attendait comme la veille, une cigarette à la main et un sourire aux lèvres. Le lieutenant salua talons joints et disparut.

– Bonjour, Fräulein. Avez-vous passé une agréable nuit? J'espère que vous n'étiez pas... euh... trop mal installée dans votre chambre? Asseyez-vous, je vous en prie.

Ariana s'assit sans mot dire, les yeux fixés sur lui.

– J'ai le regret de vous informer que nous n'avons pas eu de nouvelles de votre père et j'ai bien peur que certaines de mes suppositions se révèlent exactes. Votre frère non plus n'a pas reparu, ce qui fait de lui à présent un déserteur. Chère mademoiselle, vous me semblez plutôt abandonnée, pour le moment. Et à notre merci, en quelque sorte. Alors, vous allez peut-être accepter de nous dire ce que vous savez.

– Je ne sais rien de plus qu'hier, capitaine.

– Comme c'est dommage! Dans ce cas, je ne vais pas perdre de temps avec vous. Vous allez retourner dans votre cellule, pendant que nous attendrons des nouvelles.

« Mon Dieu, pendant combien de temps? » Elle eut envie de hurler mais rien ne parut sur son visage.

Il appuya sur la sonnette, et un moment plus tard, von Tripp réapparut.

– Mais où diable est Hildebrand? Chaque fois que je l'appelle, il est ailleurs.

– Je suis désolé, monsieur. Je suppose qu'il est sorti déjeuner.

En fait, Manfred n'avait aucune idée de l'endroit où il se trouvait et il ne s'en préoccupait pas. Hildebrand était toujours parti en balade, laissant aux autres le soin de le remplacer dans son fichu travail de garçon de courses.

— Raccompagnez la prisonnière dans sa cellule, alors. Et dites à Hildebrand que je veux lui parler quand il reviendra.

— Très bien, monsieur.

Ariana sortit de la pièce. C'était de la routine maintenant, les longs couloirs interminables. Au moins, elle pouvait respirer, bouger, voir, toucher. Elle aurait voulu que le trajet dure des heures. Tout sauf l'horreur de la minuscule cellule repoussante de saleté.

Ce fut dans le deuxième escalier qu'ils rencontrèrent Hildebrand, qui souriait en chantonnant gaiement. Il regarda von Tripp d'un air surpris puis il posa un regard intéressé sur Ariana, comme il l'avait fait le matin précédent lorsqu'il était entré dans la chambre de la jeune fille.

— Bonjour, Fräulein. Vous faites un séjour agréable ici?

Elle ne répondit rien mais ses yeux auraient pu percer des trous dans du roc. Il lui renvoya un regard irrité et sourit à Manfred.

— Vous la raccompagnez?

Manfred se contenta de hocher la tête affirmativement. Parler avec Hildebrand ne l'intéressait pas. Il ne supportait ni cet homme ni les autres avec qui il travaillait, mais depuis qu'il avait été blessé au front, il fallait qu'il s'accommode de ce genre de poste.

— Le capitaine désire vous voir. Je lui ai dit que vous étiez allé déjeuner.

— C'est exact, mon cher Manfred. J'étais en effet allé déjeuner.

Il grimaça un sourire, fit un bref salut et continua son chemin. Ariana et Manfred reprirent le leur, jusqu'à la porte de la cellule. Non loin de là, une femme hurlait. Ariana se boucha les oreilles et fut presque soulagée lorsqu'elle s'effondra enfin sur le sol de sa cellule.

Trois jours plus tard, elle fut reconduite près du capitaine qui lui répéta que ni son père ni son frère n'étaient revenus. Elle ne comprenait plus : soit on lui mentait – ils les avaient en fait retrouvés – soit quelque chose avait mal tourné. Après un bref moment dans son bureau, le capitaine la renvoya.

Cette fois-ci, ce fut Hildebrand qui la conduisit le long des couloirs, les doigts pressant fortement sa chair, et la main placée suffisamment haut pour qu'il puisse toucher son sein. Il s'adressait à elle comme à un quelconque animal qu'il fallait faire avancer à coups de pied ou de fouet si c'était nécessaire. Quand ils arrivèrent dans le souterrain, il n'attendit pas que la surveillante procède à la fouille. Il glissa lentement les mains le long de son corps. La répulsion qu'éprouva Ariana passa dans son regard. La porte de la cellule claqua.

– Bonne nuit, Fräulein.

Elle l'entendit s'éloigner.

Pendant les semaines qui suivirent, elle vit régulièrement le capitaine qui l'informa chaque fois qu'il était sans nouvelles de son père et de son frère. A la fin de la troisième semaine, elle était épuisée, sale, affamée. Une question la hantait : von Rheinhardt mentait-il ou bien Gerhard et son père avaient-ils été faits prisonniers? La seule réponse qu'elle acceptait d'envisager était la pire : ils avaient été tués.

Après sa dernière visite au capitaine à la fin de ces trois semaines, le lieutenant Hildebrand la raccompagna dans sa cellule. Elle était à bout de forces et trébucha trois ou quatre fois. Ses cheveux tombaient en une masse désordonnée sur son dos et son visage. Ses ongles étaient cassés et elle ne sentait plus le parfum depuis longtemps. Ses vêtements étaient déchirés et sales : elle avait jeté depuis un moment déjà sa paire de bas. Hildebrand regardait tout cela avec grand intérêt, comme un homme qui évalue une bête. Dans un des escaliers, ils rencontrèrent le lieutenant Manfred von Tripp. Celui-ci salua sèchement Hildebrand en évitant le regard d'Ariana. Il regardait toujours au-dessus d'elle, comme s'il ne voyait aucun intérêt particulier à son visage.

– Bonjour, Manfred, fit Hildebrand avec une étrange désinvolture.

Mais von Tripp fit un salut et murmura seulement :

– Bonjour.

Et puis, il se retourna et jeta un regard appuyé sur le couple. Ariana était trop fatiguée pour le remarquer mais Hildebrand le regarda avec un sourire entendu. Von Tripp reprit alors le chemin de son bureau. Mais quand il s'assit, la colère bouillonnait en lui. Hildebrand mettait beaucoup de temps à revenir travailler. Cela faisait presque vingt minutes qu'il les avait rencontrés. A moins que... la vérité lui apparut en un éclair. Quel idiot! Savait-il seulement qui était le père de cette fille, et de quel monde elle venait? N'avait-il pas compris qu'elle était allemande, qu'elle avait de la classe et de l'éducation, où que soit son père et quoi qu'il ait fait? Il pouvait peut-être se conduire de façon infâme avec certaines prisonnières mais sûrement pas avec une fille comme elle. Et quelles que soient les victimes, la conduite outrageante d'Hildebrand écœurait Manfred. Sans réfléchir, il se précipita dans les couloirs et les escaliers, priant pour qu'il n'arrive pas trop tard.

Il arracha la clé des mains de la gardienne et lui intima l'ordre de ne pas bouger. Il ajouta :

– Hildebrand est-il en bas?

La femme fit oui de la tête. Manfred descendit alors le dernier escalier en faisant résonner ses talons. D'après les bruits à l'intérieur de la cellule, il sut qu'Hildebrand s'y trouvait. Il tourna la clé et ouvrit la porte. Ariana était presque nue, les vêtements éparpillés autour d'elle, du sang coulant d'une coupure au visage. Hildebrand avait le visage luisant, les yeux brillants de désir, le fouet dans une main, l'autre accrochée aux cheveux emmêlés d'Ariana. A en juger par la jupe encore vaguement enroulée sur le corps et à la lutte qu'il lisait dans les yeux de la jeune fille, Manfred en déduisit que le pire n'était pas arrivé. Il était heureux de ne pas être arrivé trop tard.

– Sortez!

– De quoi vous mêlez-vous, nom de Dieu! Elle est à nous.

– Elle n'est pas à « nous ». Elle appartient au Reich, exactement comme vous et moi, comme tout le monde.

– Je m'en fous! Vous et moi, nous ne sommes pas prisonniers.

– Ainsi, vous la violez?

Les deux hommes se fixaient avec une colère sauvage. Ariana reprenait sa respiration dans un coin et se demandait si son agresseur n'allait pas se mettre à fouetter également le lieutenant qui lui donnait des ordres. Mais il n'était pas assez fou pour cela. Von Tripp parla le premier, le dos contre la porte.

– Je vous ai dit de sortir d'ici. Je vous verrai là-haut.

Hildebrand ricana en passant devant lui. Dans la cellule sombre, il se fit un long silence. Puis, Ariana essuya les larmes de ses joues, repoussa les cheveux de son visage et tenta de se couvrir pendant que Manfred gardait les yeux fixés au sol. Quand il la sentit plus calme, il leva les yeux sur elle, sans éviter cette fois les douloureux yeux bleus.

– Fräulein von Gotthard, je suis désolé... J'aurais

dû deviner. Je vais faire en sorte que cela ne se reproduise pas. Nous ne sommes pas tous ainsi. Vous ne pouvez pas savoir combien je suis désolé.

Et c'était vrai qu'il l'était. Il avait eu une jeune sœur qui avait plus ou moins l'âge d'Ariana bien que lui eût trente-neuf ans.

– Vous sentez-vous mieux?

Elle hocha la tête affirmativement et il lui tendit son mouchoir pour qu'elle éponge le sang coulant encore sur son visage.

– Je pense que cela va aller. Merci.

Elle lui était encore plus reconnaissante qu'il ne pouvait l'imaginer. Elle avait pensé que Hildebrand allait la tuer, et quand elle avait compris qu'il voulait la violer, elle avait souhaité qu'il la tue plutôt.

Manfred contempla Ariana un long moment et soupira profondément. Il avait cru en la guerre au début mais il en était venu à la détester. Elle avait corrompu tout ce qu'il avait autrefois défendu et adoré. C'était comme si la femme qu'il avait aimée était devenue une prostituée.

– Puis-je faire autre chose pour vous?

Elle lui sourit de ses grands yeux tristes, en serrant son gilet sur son buste.

– Vous avez déjà fait tout ce que vous pouviez. La seule chose que vous pourriez faire pour moi, c'est de retrouver mon père. Est-ce qu'il est ici? Dans le Reichstag?

– Nous n'avons eu aucune nouvelle de lui, fit-il en secouant lentement la tête. Mais peut-être qu'il va revenir. Ne désespérez pas, Fräulein. Ne perdez jamais espoir.

– Merci, répondit-elle, en lui adressant un sourire.

Il sortit en la regardant d'un air grave et referma la porte à clé. Ariana s'affaissa sur le sol. Sa haine pour Hildebrand fut un peu atténuée par la gratitude qu'elle éprouvait pour ce que von Tripp avait fait pour elle. Ces gens étaient bizarres. Elle n'arriverait jamais à les comprendre.

Elle ne revit aucun des deux hommes avant la fin de la semaine suivante. Elle était maintenant enfermée dans sa cellule depuis un mois exactement.

Un officier qu'elle n'avait jamais vu vint la tirer de sa cellule avec rudesse. Il la poussa dans les escaliers et jura quand elle trébucha. Elle pouvait à peine marcher à cause de la fatigue, de la faim et du manque d'exercice. Quand elle arriva au bureau de Dietrich von Rheinhardt, elle n'était plus du tout la jeune femme qui s'était assise là, un mois auparavant, calme et équilibrée. Le capitaine la regarda avec une sorte de répulsion, mais en dépit de la crasse, il savait qu'Ariana n'avait pas changé. C'était toujours une belle jeune femme, bien élevée et intelligente, qui aurait fait un magnifique cadeau pour n'importe quel homme du Reich. Pas pour lui cependant, car il avait d'autres plaisirs, d'autres besoins. Mais elle conviendrait à quelqu'un d'autre. Il ne savait pas encore à qui.

Il ne perdait plus son temps en « Fräulein » et autres fioritures. Elle n'était plus d'aucune utilité pour eux.

– Vous ne nous êtes plus utile. Un prisonnier maintenu ici pour une rançon devient une charge lorsqu'il n'y a personne pour payer cette rançon. Nous n'avons plus de raison de vous héberger et de vous nourrir. Notre hospitalité prend donc fin.

Alors, ils allaient la tuer. Mais cela lui était égal à présent. Elle préférait cela. Elle ne tenait pas à se transformer en prostituée pour officiers et elle n'était plus assez forte pour récurer les planchers. Elle avait perdu sa famille, sa raison de vivre. S'ils la tuaient, tout serait fini. Elle était presque soulagée d'entendre les paroles du capitaine.

Mais von Rheinhardt n'avait pas terminé.

– On va vous conduire chez vous pour une heure. Vous pourrez prendre vos effets, puis vous partirez. Vous n'aurez pas le droit de prendre d'objets de valeur, pas d'argent, pas de bijoux, seulement les affaires personnelles dont vous pourrez avoir besoin dans un avenir proche. Après, vous vous débrouillerez.

Ainsi, ils n'allaient pas la tuer? Pourquoi? Elle le regarda, incrédule.

– Vous allez vivre dans une caserne de femmes et vous travaillerez comme tout le monde. Quelqu'un va vous emmener à Grunewald dans une heure. D'ici là, vous pouvez attendre dans le couloir.

Comment pouvait-elle attendre dehors, à la vue de tous, dans cette tenue? Elle était à moitié nue avec ses vêtements déchirés par Hildebrand. C'étaient vraiment des sauvages.

– Qu'allez-vous faire de la maison de mon père, à présent?

Elle avait du mal à parler car elle avait eu très peu l'occasion d'utiliser sa voix pendant les dernières semaines.

Von Rheinhardt s'affairait avec les papiers posés sur son bureau. Il leva enfin les yeux.

– Elle va être occupée par le général Ritter et son personnel. (Ce personnel consistait en quatre femmes volontaires qu'il avait recrutées au cours des cinq années passées.) Je suis sûr qu'il y sera très heureux.

– J'en suis certaine.

Eux aussi y avaient été heureux : son père, son frère, sa mère et elle. Avant que ces salauds ne viennent détruire leurs vies. Et voilà que, maintenant, ils volaient leur maison de Grunewald. Des larmes lui montèrent aux yeux. Peut-être que des bombes les tueraient tous – elle pensait avec espoir aux raids aériens de plus en plus nombreux.

– C'est tout, Fräulein. Présentez-vous à votre caserne, vers cinq heures cet après-midi. Je dois ajouter que le logement à la caserne est facultatif. Vous êtes libre de loger ailleurs, mais dans les limites de l'armée, évidemment.

Elle savait ce qu'il voulait dire. Elle pouvait proposer de devenir la maîtresse du général et il lui permettrait de rester dans sa propre maison. Elle s'assit, engourdie, sur un long banc de bois dans le couloir. Sa seule consolation était que, quand elle retournerait à Grunewald avec ses vêtements en loques, amaigrie, couverte de bleus, Hedwig et Berthold verraient ce qu'ils avaient fait. C'était cela le précieux Parti que ces vieux fous vénéraient. Voilà ce que donnait le « *Heil Hitler* ». Ariana était perdue dans ses pensées et elle ne vit pas von Tripp approcher.

– Fräulein von Gotthard ?

Elle leva les yeux vers lui, surprise. Elle ne l'avait pas revu depuis qu'il l'avait sauvée des mains et du fouet de Hildebrand.

– J'ai cru comprendre que je devais vous emmener chez vous.

– Voulez-vous dire que c'est vous qui allez m'emmener à la caserne ? fit-elle froidement.

Elle regretta aussitôt sa colère et soupira. Ce n'était pas la faute de ce lieutenant.

– Excusez-moi, ajouta-t-elle.

– Le capitaine m'a dit de vous accompagner à Grunewald pour que vous preniez vos affaires.

Elle acquiesça d'un signe de tête. Et alors, comme si Manfred n'avait pu s'en empêcher, il sembla se courber un peu et sa voix se fit aimable.

– Avez-vous déjeuné ?

Déjeuné ? Elle n'avait même pas pris de petit déjeuner ni de dîner la veille. Les repas dans la prison arrivaient une fois par jour et méritaient si peu le nom de repas. C'était tout juste bon pour les cochons mais, à la longue, la faim l'avait forcée à manger. Elle ne lui répondit pas mais il savait ce qu'elle pensait.

– Je comprends. Nous devrions y aller maintenant.

Les genoux d'Ariana tremblèrent légèrement quand elle se leva du banc, et la lumière l'aveugla un peu. Quand elle se glissa dans la voiture à côté de Manfred, elle tourna la tête pour qu'il ne la voie pas pleurer. Ils roulèrent pendant quelques minutes puis il arrêta la voiture.

– Je reviens tout de suite, Fräulein.

Von Tripp revint peu de temps après avec un petit sac fumant qu'il tendit à Ariana sans un mot. Deux grosses saucisses enveloppées dans du papier, avec de la moutarde et un grand morceau de pain brun. Elle regarda le paquet puis leva les yeux vers Manfred. C'était un homme étrange, quand même. Tout comme elle, il parlait peu mais voyait tout. Comme elle également, il avait les yeux tristes comme s'il supportait toute la douleur du monde et sa douleur à elle.

– J'ai pensé que vous aviez peut-être faim.

Elle aurait voulu le remercier de sa gentillesse. Mais elle se contenta d'incliner la tête en prenant le paquet. Quelle que soit son attitude, elle ne pouvait oublier qui il était ni ce qu'il était en train de faire. C'était un nazi et il l'emmenait chez elle prendre ses affaires... Quelles affaires ? Ariana commença à grignoter pendant qu'ils reprenaient la route.

– Est-ce près du lac de Grunewald ?

– C'est là, un peu plus loin sur la gauche, répondit Ariana en cachant ses larmes. Nous y sommes.

Von Tripp ralentit à l'approche de la maison. Ariana la regarda avec chagrin et regret, Manfred avec respect et admiration. Il voulait lui dire qu'elle était belle et que lui aussi avait vécu autrefois dans une demeure semblable. Que sa femme et ses enfants étaient morts dans cette maison près de Dortmund pendant les bombardements de la Ruhr. Que lui non plus à présent n'avait nulle part où aller. Le château qui avait appartenu à ses parents avait été « emprunté » par un général au tout début de la guerre, laissant ses parents sans abri jusqu'à ce qu'ils rejoignent sa femme et ses enfants à Dortmund. Tous étaient morts maintenant. Morts sous les bombes des Alliés. Le général, lui, était en sécurité dans le château.

Le bruit que la Mercedes fit sur le gravier était familier à Ariana. Elle l'avait entendu des milliers de fois.

– Vous avez une demi-heure.

Il n'aimait pas le lui rappeler mais tels étaient les ordres de von Rheinhardt. Ils avaient perdu assez de temps avec cette fille. « Ayez l'œil sur elle, avait dit le capitaine, pour qu'elle ne prenne aucun objet de valeur. » Il était également possible qu'il y ait des coffres secrets et des murs coulissants. Tout ce que Manfred pourrait découvrir serait bien utile. Ils avaient déjà inspecté la maison mais Ariana pouvait peut-être les conduire à trouver quelque chose d'autre.

La jeune fille sonna à la porte, hésitante, se demandant si elle allait voir le visage familier de Berthold, mais ce fut en fait l'aide de camp du général qui ouvrit. Il regarda d'un air sévère la fille en haillons qui se tenait devant lui. Puis son regard se porta sur Manfred. Les deux hommes se saluèrent.

– Fräulein von Gotthard, monsieur. Elle vient chercher quelques vêtements, expliqua von Tripp.

– Il ne reste pas grand-chose, vous savez, fit-il en s'adressant plus à Manfred qu'à Ariana.

Pas grand-chose? Des quatre placards remplis de vêtements? Ils avaient été bien gourmands et très rapides.

– Je ne pense pas avoir besoin de grand-chose, répondit Ariana en réprimant sa fureur.

Elle entra. Tout semblait pareil et pourtant différent. Les meubles étaient là mais il n'y avait ni les visages familiers ni les bruits qu'elle avait toujours connus : le pas traînant de Berthold, le boitillement d'Anna, le bruit des courses et des claquements de portes de Gerhard, la marche pleine de dignité de son père dans le grand vestibule en marbre. Elle s'attendait à voir Hedwig – étant donné son attachement au Parti – mais elle ne la vit pas lorsqu'elle monta l'escalier. Il n'y avait que des hommes en uniforme entrant et sortant du bureau, plusieurs attendant à la porte du grand salon; des domestiques qui portaient des plateaux de schnaps et de café et des femmes de chambre inconnues. C'était comme faire irruption dans une autre vie. Elle accéléra le pas dans l'escalier. Le lieutenant von Tripp gardait une certaine distance entre eux, mais il était toujours là.

Elle s'arrêta sur le premier palier, le regard fixé sur la porte de la chambre de son père.

– C'est ici, Fräulein? dit von Tripp d'une voix douce.

– Pardon? s'exclama Ariana, en se retournant, comme si elle venait de découvrir un intrus dans sa maison.

– Est-ce que c'est dans cette pièce que vous allez prendre vos affaires?

– Non, ma chambre est là-haut. Mais il faudra que je revienne ici après.

Elle venait de s'en souvenir. S'il n'était pas trop tard. Le livre avait peut-être déjà disparu. Mais peut-être pas. Cela n'avait pas une grande importance.

– Très bien. Nous n'avons pas beaucoup de temps, Fräulein.

Elle monta rapidement l'escalier jusqu'à la porte

de sa chambre en évitant de regarder celle de Gerhard, de l'autre côté du couloir. Elle n'avait pas de temps pour la nostalgie et cela lui aurait fait trop mal.

Après un moment, elle sortit de la chambre pour aller chercher une valise dans le débarras, à l'étage des domestiques, et c'est là qu'elle la vit, la traîtresse, marchant vite, tête baissée, vers sa propre chambre.

– Hedwig! cria Ariana, comme une flèche lancée dans le dos de la femme qui battait en retraite.

La vieille femme s'arrêta puis reprit sa marche rapide sans se retourner vers la jeune fille qu'elle avait élevée. Mais Ariana ne se laissa pas faire. Elle ne se laisserait plus jamais faire.

– Vous ne pouvez plus me regarder en face ? Vous avez donc si peur ?

Les mots ressemblaient à une caresse vénéneuse, une invitation à boire du poison, une machette cachée dans une fourrure. La femme s'arrêta et se retourna.

– Oui, Fräulein Ariana.

Elle essaya de regarder la jeune fille avec calme mais ses yeux étaient craintifs, ses mains tremblaient sur la pile de linge à raccommoder qu'elle emportait dans sa chambre.

– Vous faites de la couture pour eux ? Ils doivent vous être reconnaissants. Comme nous, autrefois. N'est-ce pas, Hedwig ?

Pas de « Fräulein », plus de respect, seulement de la haine. Ariana avait les mains serrées, les doigts semblables à des griffes. Elle continua :

– Dites-moi, quand vous aurez fini votre couture, quand vous aurez élevé leurs enfants, s'ils en ont, est-ce que vous les trahirez, eux aussi ?

– Je ne vous ai pas trahie, Fräulein von Gotthard.

– Mon Dieu, comme vous êtes solennelle. Alors, c'est donc Berthold qui a appelé la police?

– C'est votre père qui vous a trahie, Fräulein. Il n'aurait jamais dû s'enfuir ainsi. Gerhard aurait dû avoir la possibilité de servir son pays. Fuir n'était pas la chose à faire.

– Qui êtes-vous donc pour vous permettre de porter un jugement?

– Je suis allemande. Tout Allemand peut porter un jugement sur un autre Allemand.

Alors, on en était là : frère contre frère.

– C'est notre devoir, poursuivit-elle, notre privilège de nous surveiller mutuellement et de veiller à ce que l'Allemagne ne soit pas détruite.

– L'Allemagne est déjà morte, cracha Ariana, tuée par des gens comme vous; vous avez détruit mon père, mon frère, mon pays, et je vous hais tous.

Sa voix n'était plus qu'un murmure et les larmes ruisselaient sur son visage. Elle tourna le dos à la vieille nurse, et se précipita dans le débarras pour prendre la valise où elle allait mettre les dernières affaires personnelles qui restaient encore dans la maison. Von Tripp la suivit en silence jusqu'à sa chambre et la regarda empiler en hâte pull-overs, jupes, chemisiers, sous-vêtements, chemises de nuit et plusieurs paires de chaussures robustes. Il n'y avait plus de place pour les toilettes raffinées. La vie d'Ariana von Gotthard était sans fioritures maintenant. Pourtant, même les effets qu'elle mettait dans la valise étaient d'une finesse, d'un luxe à peine compatibles avec la vie qui l'attendait dans la caserne. Elle jeta un coup d'œil par-dessus son épaule en mettant une brosse en argent et ivoire dans la valise.

– Pensez-vous qu'ils trouveront à redire si j'emporte cela? C'est la seule brosse que je possède.

Manfred eut l'air gêné et haussa les épaules. Cela lui faisait drôle de la voir remplir cette valise. Il était évident pour lui qu'elle était ici chez elle. Elle se déplaçait avec une assurance, une autorité qui inspiraient le respect. Cela avait été pareil pour lui à Dortmund. La maison était seulement légèrement plus petite et les domestiques y étaient plus nombreux. Elle avait appartenu au père de sa femme et quand celui-ci était mort, deux ans après leur mariage, ils en avaient hérité. Aussi, la vie d'Ariana ne lui était pas étrangère, et il comprenait la peine qu'elle avait ressentie en quittant sa maison. Il entendait encore sa mère pleurer quand elle avait appris qu'elle devait abandonner le château pour la durée de la guerre.

– Et comment pouvons-nous être certains que nous le récupérerons? avait-elle demandé à son père en sanglotant.

– Nous le récupérerons, Ilse. Ne sois pas stupide.

Maintenant, ils étaient tous morts. Et le château appartiendrait à Manfred quand les nazis partiraient à la fin de la guerre. Mais il n'y attachait plus d'importance. Il n'avait plus de famille à présent. Plus de maison dans laquelle il voudrait vivre. Pas sans eux – sa femme Marianna et les enfants.

– Vous projetez de faire de la marche, Fräulein von Gotthard? fit-il en se forçant à sourire, comme pour chasser son chagrin.

– Je vous demande pardon? Vous croyez peut-être que je vais nettoyer des salles de bains en robe du soir? C'est ce que font les femmes nazies? demanda-t-elle d'un ton sarcastique, en jetant un autre pull en cachemire dans la valise. Je ne pensais pas qu'elles étaient aussi formalistes.

– D'accord, elles ne le font peut-être pas, mais je doute fort que le capitaine ait l'intention de vous faire récurer les planchers jusqu'à la fin de la guerre. Votre père avait des amis, ils vous inviteront. D'autres officiers...

– Du style du lieutenant Hildebrand? coupa Ariana. (Il y eut un long silence et elle se détourna.) Excusez-moi.

– Je comprends. Je pensais seulement que...

Elle était si jeune, si jolie et elle aurait sûrement l'occasion de faire autre chose que récurer des planchers. Mais elle avait raison. Elle serait mieux, cachée dans la caserne. Car il y aurait des officiers semblables à Hildebrand. Beaucoup d'autres maintenant qu'elle était libre. Ils allaient la voir nettoyer les boutons de portes, ramasser les feuilles, nettoyer les toilettes... Ils allaient voir les grands yeux bleus, le profil de camée, les jolies mains. Et ils allaient la désirer. Elle était accessible à présent, rien ne pourrait les arrêter. Elle était sans défense, presque aussi démunie que dans la cellule fétide. Elle appartenait au IIIe Reich; elle était à eux, un objet, comme un lit ou un fauteuil, et elle pouvait être utilisée comme tel, selon leur bon plaisir. Manfred von Tripp en était écœuré.

– Peut-être avez-vous raison.

Il n'ajouta rien. Elle termina sa valise et la posa par terre. Elle avait laissé sur le lit une épaisse jupe en tweed brun, un pull en cachemire marron, un manteau chaud, des sous-vêtements et une paire de chaussures en daim à talons plats.

– Ai-je le temps de me changer?

Il fit oui de la tête et elle disparut. Officiellement, il aurait dû la suivre mais il ne tenait pas à lui imposer cette épreuve ni à lui-même. Elle n'était plus prisonnière. C'était le genre de stupidité auquel se serait livré Hildebrand, pas Manfred von Tripp.

Elle ressortit de la salle de bains quelques instants plus tard, habillée tout de marron; seule sa chevelure d'or mettait un rayon de lumière dans cet ensemble sombre. Elle enfila le manteau et Manfred dut se contenir pour ne pas l'aider. Il dut également la laisser porter sa valise. C'était aller contre tout ce qu'on lui avait enseigné, contre tout ce qu'il ressentait pour cette fragile jeune fille qui quittait sa maison pour la dernière fois. Il lui avait donné à manger, l'avait sauvée d'un viol. C'était tout ce qu'il pouvait faire, du moins pour le moment.

Ariana s'arrêta sur le premier palier, regardant à nouveau vers la porte de son père.

– J'aimerais...

– Qu'y a-t-il là-dedans? demanda von Tripp en fronçant les sourcils d'un air mal à l'aise.

– Le bureau de mon père.

Mon Dieu, qu'allait-elle chercher? De l'argent? Un trésor quelconque? Un petit pistolet qu'elle pointerait sur la tempe d'un agresseur ou même sur sa propre tempe quand ils retourneraient à Berlin?

– Est-ce que cela a une valeur sentimentale? Fräulein, c'est le bureau du général à présent. Je devrais...

– Je vous en prie.

Elle avait l'air tellement perdu, tellement faible, qu'il ne pouvait pas refuser. Il ouvrit la porte avec précaution, en soupirant. Un domestique était en train de déposer l'uniforme de cérémonie du général.

– Y a-t-il quelqu'un d'autre? lui demanda Manfred.

– Non, lieutenant.

– Merci, nous n'allons rester qu'un bref instant.

Ariana entra rapidement, sans toucher à rien, et se dirigea vers la fenêtre qui donnait sur le lac.

– Fräulein, fit Manfred après quelques instants. (Elle fit mine de ne pas l'entendre, les yeux rivés au tranquille lac bleu.) Il faut que nous partions.

C'est alors qu'elle se souvint de la raison qui l'avait amenée là. Le livre. Elle jeta un regard distrait vers la bibliothèque. Le lieutenant l'observait, espérant qu'elle ne ferait rien qui le forcerait à faire un rapport ou à la remettre dans sa cellule.

Mais elle se contenta de toucher un ou deux vieux livres reliés de cuir.

– Je peux en prendre un?

– Je suppose. (Il n'y avait pas de mal à cela et il fallait absolument qu'il retourne à son bureau de Berlin.) Mais dépêchez-vous. Cela fait presque une heure que nous sommes ici.

– Oui, excusez-moi. Je vais prendre celui-ci.

Elle avait fixé son choix sur un volume de Shakespeare, traduit en allemand et très usé. Manfred regarda le titre, hocha la tête et ouvrit la porte. Elle passa devant lui, la tête haute, priant pour que son air triomphant ne la trahisse pas. Dans le livre, en effet, se trouvait le seul trésor qu'elle possédait encore : la chevalière en diamant et la bague de fiançailles en émeraude. Elle glissa rapidement le livre dans la poche de son manteau, là où personne ne pouvait le voir, où elle ne pourrait pas perdre tout ce qui lui restait sur cette terre : les bagues de sa mère et le livre de son père. La tête d'Ariana était remplie de souvenirs lorsqu'elle marcha d'un pas calme dans le long couloir.

Soudain, une porte s'ouvrit sur sa droite et un homme en uniforme, croulant sous les décorations, apparut bientôt.

– Fräulein von Gotthard, comme je suis heureux de vous voir.

Elle le regarda, étonnée, trop surprise pour éprouver du dégoût. Il s'agissait du vieux général Ritter qui était maintenant le maître de la maison de son père. Il lui tendit la main comme s'il l'avait rencontrée pour une tasse de thé.

– Moi aussi, répondit-elle machinalement.

Il lui prit rapidement la main, plongeant son regard dans les profonds yeux bleus. Un sourire illumina alors son visage comme s'il venait de découvrir quelque chose qui le satisfaisait pleinement.

– Je suis vraiment très content de vous revoir. Cela faisait très longtemps.

– Ah bon?

Elle ne se souvenait même pas de l'avoir jamais rencontré.

– Oui, je crois que la dernière fois, vous aviez environ seize ans, c'était à un bal à l'Opéra. Vous étiez ravissante.

Ses yeux brillaient. Pendant un instant, Ariana eut un air absent. C'était son premier bal. Elle avait alors rencontré cet officier qu'elle aimait tant... et que son père aimait nettement moins... Comment s'appelait-il?

– Je suis sûr que vous ne vous en souvenez pas. C'était il y a trois ans.

Elle s'attendait presque à ce qu'il lui pince la joue et elle en eut la nausée. Mais elle remerciait son éducation qui l'avait entraînée à subir aussi bien qu'à feindre. Elle le devait à Hedwig, après tout.

– Si, je m'en souviens, dit-elle d'une voix terne.

– Vraiment? s'exclama-t-il, très satisfait. Eh bien, il faudra revenir. Pour une petite réception peut-être.

Sa voix était tellement mielleuse qu'Ariana crut qu'elle allait vomir. Elle mourrait plutôt. En fait, la perspective de la mort devenait de plus en plus attirante à mesure qu'elle réalisait ce qui l'attendait vraiment. Elle ne lui répondit pas et détourna les yeux au moment où il s'apprêtait à lui toucher le bras.

– Oui, j'espère bien vous revoir. Nous allons faire de petites fêtes, Fräulein. Il faudra venir avec nous. Après tout, c'était votre maison.

« C'*est* ma maison, salaud, et non pas c'était! » Elle aurait voulu le crier mais elle se contenta de baisser les yeux pour qu'il ne voie pas la fureur qui faisait rage dans son cœur.

– Merci.

Le général regarda von Tripp d'un air significatif, puis il fit un signe vague à son aide de camp, près de lui.

– N'oubliez pas de téléphoner à von Rheinhardt et dites-lui... euh... donnez-lui une... euh... invitation pour Fräulein von Gotthard. S'il n'y a pas déjà d'autres invitations pour elle.

Il était prudent cette fois-ci. La dernière concubine qu'il avait ajoutée à sa collection avait été enlevée à un autre général. Cela lui avait causé beaucoup trop d'ennuis et la femme n'en valait pas la peine. Celle-ci était jolie mais il avait assez de soucis par ailleurs. Deux de ses cargaisons de tableaux en provenance de Paris venaient d'être bombardées. Aussi, cette jolie petite vierge n'était pas l'affaire la plus urgente. Pourtant, il aurait bien voulu se l'approprier. Il lui sourit une dernière fois, salua et disparut.

La valise mise dans le coffre, ils partirent. La jeune fille se tenait très droite et les larmes ruisselaient sur son visage. Elle ne se souciait même pas de les cacher au lieutenant. Qu'il voie. Qu'ils voient tous ce qu'elle éprouvait. Mais Ariana ne vit pas qu'il y avait aussi des larmes dans les yeux de Manfred von Tripp. Il avait très clairement compris le message du général. Ariana von Gotthard devait être ajoutée au harem de ce vieux saligaud. A moins que quelqu'un ne la réclame avant lui.

17

– Vous en avez fini avec la fille ? demanda von Rheinhardt d'un ton irrité lorsqu'il passa devant son bureau en fin d'après-midi.

– Oui, monsieur.

– Vous l'avez emmenée à Grunewald pour qu'elle prenne ses affaires?

– Oui, monsieur.

– C'est une jolie maison, n'est-ce pas? Le général a de la chance. J'aimerais bien avoir une maison comme celle-là.

Mais il n'avait pas à se plaindre : une famille, dont la maison avait vue sur le lac de Charlottenburg et le château, avait eu la « chance » de la lui céder.

Von Rheinhardt continua de parler de choses et d'autres. Hildebrand répondait au téléphone. Manfred se demandait si l'un des appels ne venait pas de l'aide de camp du général au sujet d'Ariana. Mais, après tout, qu'est-ce que cela pouvait bien lui faire? Elle n'était rien pour lui, juste une jeune femme qui vivait des temps difficiles, qui avait perdu sa famille et sa maison. Et alors? Des tas de gens étaient dans le même cas. Et si elle était suffisamment jolie pour attirer l'œil d'un général, il lui faudrait apprendre à se débrouiller dans cette situation. Une chose était de la protéger contre la brutalité d'un jeune officier qui projetait de la violer, une autre était de la voler à un général. Cela lui causerait des ennuis.

Pendant toute la guerre, Manfred von Tripp avait pris soin d'éviter les problèmes avec ses supérieurs et les autres officiers. Il n'approuvait pas la guerre mais il servait son pays. Il était allemand avant tout et, plus que beaucoup d'autres, il avait payé cher son dévouement au Reich. Pourtant, il ne discutait pas, il se taisait et encaissait tout. Et puis, un jour, tout serait terminé, il retournerait à la terre de ses parents et le château serait à lui. Il voulait redonner à ce château sa splendeur médiévale, louer les fermes, redonner vie aux terres environnantes. Et c'est là qu'il se souviendrait de Marianna, de ses enfants, de ses parents. Il ne demandait rien de plus que de survivre à la guerre, pour cela. Il ne voulait rien des nazis, ni tableaux inestimables, ni bijoux, ni voitures, ni butin, ni récompenses, ni or, ni argent. Tout ce à quoi il tenait, il l'avait déjà perdu.

Ce qui troublait pourtant Manfred, c'était l'innocence et la jeunesse d'Ariana. D'une certaine façon, leurs vies se ressemblaient à présent, mais lui avait trente-neuf ans et elle dix-neuf. Il avait tout perdu mais il n'avait jamais été aussi isolé qu'Ariana. Il avait été brisé, angoissé mais jamais effrayé et seul. Manfred était très au courant de ce qui se passait. Il savait à quelles sortes de jeux se livraient le général, les filles ensemble, lui et les filles : un peu de perversion, un peu de brutalité, un peu de sadomasochisme, un peu de fouet, un peu de... Cela lui donnait la nausée. De quoi étaient-ils donc faits ? Qu'arrivait-il aux hommes lorsqu'ils étaient en guerre ? Bon sang, il en avait assez. Il était fatigué de tout cela.

Quand le capitaine von Rheinhardt sortit du bureau, il jeta son crayon et s'adossa à son fauteuil en soupirant. C'est alors qu'arriva l'appel du général ou plutôt de son aide de camp. Hildebrand souriait au téléphone. Il raccrocha après avoir inscrit que le capitaine devait le rappeler le lendemain matin.

— Il s'agit d'une femme. Bon Dieu, ce vieux fou va finir la guerre avec sa propre armée – une armée de femmes.

— Son aide de camp a-t-il dit de qui il s'agissait ?

— Non, il veut arranger cela avec le capitaine. A moins qu'il ne soit déjà trop tard. Il a seulement dit que c'était une merveille qui surpasserait bien vite toutes les autres, d'après le général. Mais elle est peut-être déjà partie. Connaissant Ritter, elle aurait alors de la chance. Je me demande qui c'est.

— Impossible de savoir.

Manfred s'impatientait dans son fauteuil. Hildebrand s'en alla et Manfred se retrouva à son bureau pendant deux heures. Il n'arrivait pas à détacher son esprit d'Ariana et des paroles d'Hildebrand. Le général voulait la jeune fille... à moins que la merveille ne soit déjà partie... Il resta figé sur place un long moment puis il prit en hâte son manteau, éteignit la lumière, descendit l'escalier en courant, sortit du bâtiment et traversa la rue.

18

Le lieutenant Manfred von Tripp trouva facilement Ariana von Gotthard à la caserne. Il avait pensé devoir demander au bureau mais ce ne fut pas nécessaire. Elle était dehors en train de ramasser des feuilles par brassées dans une brouette, feuilles qu'elle devait ensuite brûler. Il était facile de voir que c'était la première fois de sa vie qu'elle effectuait un travail manuel.

– Fräulein von Gotthard.

Il avait un air officiel, les épaules carrées, la tête droite, comme un homme sur le point d'annoncer quelque chose de la plus haute importance. Si Ariana l'avait mieux connu, elle aurait vu que, dans les yeux bleu-gris, se cachait aussi la peur. Mais elle ne le connaissait pas aussi bien. En fait, elle ne le connaissait pas du tout.

– Oui, lieutenant? fit-elle d'un ton las en repoussant de ses yeux une mèche de cheveux blonds.

Elle portait une paire de gants fins pour travailler; c'était la seule paire qu'elle possédait. Elle supposait qu'il venait encore lui donner des ordres. Depuis l'après-midi, elle avait nettoyé deux salles de bains et les plateaux de la cafétéria, transporté des boîtes de l'étage supérieur au sous-sol, et, à présent, elle ratissait les feuilles. Elle n'avait pas perdu de temps.

– Auriez-vous l'obligeance d'aller chercher votre valise.

– Ma quoi? s'exclama-t-elle, abasourdie.

– Votre valise.

– Je ne peux pas la garder ici?

Pour quelle raison? Sa valise avait-elle plu à quelqu'un? Elle portait toujours sur elle le petit livre en cuir avec le faux compartiment. Et quand elle devait le laisser dans sa chambre, elle le cachait dans une pile de linge sous le lit. C'était le seul endroit auquel elle avait pensé dans sa hâte d'aller travailler. La gardienne était une grande et grosse femme, avec une voix forte. Elle avait terrifié Ariana tout l'après-midi. Mais, à présent, Ariana regardait Manfred d'un air dégoûté.

– Alors, quelqu'un veut ma valise. Eh bien, ils peuvent l'avoir. Je ne vais aller nulle part dans l'immédiat.

– Vous ne comprenez pas, fit-il d'une voix douce, mais ferme. En fait, Fräulein Gotthard, vous avez tort. Vous allez quelque part.

– Vraiment?

Elle le regarda d'abord d'un air terrifié. Qu'allait-il se passer? Qu'avaient-ils projeté pour elle? Elle allait être enfermée dans un camp? Et puis, ce fut l'interrogation mêlée d'espoir :

– Est-ce qu'ils ont retrouvé mon père?

L'air consterné de Manfred lui fournit la réponse.

– Je suis désolé, Fräulein.

Il avait vu la terreur sur son visage. Sa voix se fit apaisante.

– Vous serez en sécurité.

Du moins, pour un temps. C'était déjà cela, par les temps qui couraient. C'était mieux que rien. Et qui était en sécurité? Pendant cette année de raids aériens, les bombes n'arrêtaient pas de tomber.

– Que voulez-vous dire par là? demanda-t-elle, à la fois effrayée et pleine de soupçons, en s'accrochant à son râteau.

– Faites-moi confiance, dit-il d'une voix douce, en secouant la tête. Maintenant, soyez gentille, allez faire votre valise. Je vous attends dans l'entrée.

Elle le regarda avec désespoir. Mais, après tout, rien n'avait plus d'importance maintenant.

– Que dois-je dire à la gardienne? Je n'ai pas fini mon travail.

– Je le lui expliquerai.

Elle hocha la tête et se dirigea vers le bâtiment. Manfred la regarda en silence. Que diable était-il en train de faire? Etait-il aussi fou que le général? Non, il voulait seulement protéger cette fille. Pourtant, il devait s'avouer que lui aussi avait été attiré par la beauté qui se cachait sous les vêtements ternes et la détresse. Il en faudrait peu pour que le diamant retrouve son éclat antérieur. Mais là n'était pas la raison pour laquelle il l'emmenait à Wannsee ce soir-là. Il l'emmenait pour la soustraire au général, pour faire disparaître la merveille. Ariana von Gotthard serait en sécurité à Wannsee, quoi qu'il arrive.

Manfred expliqua brièvement à la gardienne que la fille était déplacée. Il réussit à lui faire comprendre subtilement qu'il s'agissait plus du bon plaisir de quelqu'un que d'une décision militaire concernant la fille. La gardienne comprenait parfaitement. La plupart des filles comme Ariana étaient demandées par des officiers au bout de quelques jours. Seules, les laides restaient pour l'aider et, quand elle avait vu Ariana, elle avait tout de suite su qu'elle ne resterait pas longtemps. C'était aussi bien. La fille était trop petite et trop fragile pour travailler beaucoup. Elle salua le lieutenant et commanda à une autre fille d'aller ratisser les feuilles.

Ariana revint dans l'entrée moins de dix minutes

plus tard, tenant sa valise d'une main ferme. Manfred ne dit rien; il se retourna et sortit du bâtiment, en s'attendant qu'Ariana le suive. Ce qu'elle fit. Il ouvrit la porte de la Mercedes, prit la valise et la mit à l'arrière, puis il s'installa au volant et démarra. Pour la première fois depuis longtemps, Manfred von Tripp avait l'air content.

Ariana ne comprenait toujours pas ce qui se passait et elle se contentait de regarder la ville. Vingt minutes passèrent avant qu'elle ne réalise qu'ils roulaient en direction de Wannsee. Ils étaient presque arrivés chez Manfred. Alors, tout fut clair pour elle. C'était donc pour cela qu'il l'avait sauvée ce soir-là dans la cellule. Est-ce qu'il utilisait un fouet lui aussi? C'était peut-être à cela qu'il devait la cicatrice sur sa joue.

Quelques instants plus tard, ils s'arrêtèrent devant une petite maison. Elle avait l'air respectable mais sans luxe et, à l'intérieur, tout était sombre. Manfred lui fit signe de descendre. Il prit la valise pendant qu'elle avançait vers la porte d'entrée, raidie de peur. Comme il avait bien arrangé les choses! Apparemment, elle devait donc lui appartenir. Pour toujours ou seulement pour une nuit?

Sans autre cérémonie, il ouvrit la porte, la fit entrer et entra à son tour. Il referma la porte derrière eux, alluma quelques lumières et jeta un coup d'œil autour de lui. La femme de ménage était venue le matin et tout était rangé et propre. Le salon était simple mais accueillant, avec beaucoup de livres et de plantes et une pile de bois coupé près de la cheminée où il faisait du feu chaque soir. Il y avait également des photos, de ses enfants surtout, et un journal sur son bureau. Les grandes fenêtres donnaient sur un jardin rempli de fleurs. Même vue de la cuisine, du petit bureau et de la minuscule salle à manger. Toutes ces pièces occupaient le rez-de-chaussée de la maison. Un étroit escalier en bois recouvert d'un beau tapis un peu usé menait à un palier au plafond bas.

Comme s'il tenait à ce qu'elle comprenne ses intentions, Manfred alla d'une pièce à l'autre, sans dire un mot; ils se retrouvèrent au pied de l'escalier. Il regarda alors d'un air hésitant les grands yeux bleus furibonds. Elle portait toujours son manteau et ses gants. Ses cheveux s'échappaient de son chignon étroitement serré. La valise était derrière eux, près de la porte d'entrée.

– Je vais vous faire visiter l'étage, fit-il calmement.

Il lui fit signe de passer devant lui. Il n'avait pas encore suffisamment confiance en elle pour la laisser derrière lui. Elle avait trop peur, elle était trop en colère et il sentait qu'il devait se protéger, même contre une enfant.

En haut, il n'eut pas grand-chose à lui montrer. Une salle de bains et deux portes. Il ouvrit la porte de sa chambre : une pièce simple et dépouillée dans les tons brun et bleu. Rien dans la maison n'était très original, mais c'était confortable et c'était ce qu'il avait souhaité précisément quand il avait décidé de s'établir à Berlin. Là, il pouvait échapper à tout le reste, s'asseoir en paix le soir, regarder le feu, fumer une pipe, lire. Sa pipe favorite était sur la table, près de la cheminée, où il s'asseyait dans un bon vieux fauteuil. Mais Ariana était indifférente au côté accueillant des lieux. Elle était figée sur place, les yeux agrandis de peur.

– C'est ma chambre.

– Oui.

Il toucha doucement son bras, passa devant elle et ouvrit une porte qu'elle avait prise pour un placard. Il entra et disparut.

– Suivez-moi, je vous prie.

C'est ce qu'elle fit, toute tremblante, et elle découvrit qu'il s'agissait d'une autre petite pièce : un lit,

155

un fauteuil, une table, un minuscule bureau, de jolis petits rideaux, un couvre-lit décoré de roses qui s'accordait avec la tapisserie. Cette pièce avait quelque chose de rassurant.

— Et voici *votre* chambre, Fräulein, fit-il en la regardant avec chaleur.

Il constata cependant qu'il n'avait toujours pas réussi à apaiser ses craintes. Il soupira profondément.

— Fräulein von Gotthard, pourquoi ne vous asseyez-vous pas? Vous paraissez épuisée. (Il lui montra le lit, où elle finit par s'asseoir, toute raide.) J'aimerais vous expliquer quelque chose. Je ne crois pas que vous compreniez.

Il paraissait soudain différent, non plus le sévère officier qui lui donnait des ordres mais le genre d'homme qui revient chez lui le soir, mange puis s'assoit auprès du feu et finit par s'endormir sur son journal. Il paraissait sincère mais Ariana le redoutait toujours autant.

— Je vous ai amenée ici ce soir, reprit-il, parce que j'ai pensé que vous couriez un danger. Vous êtes très jolie, Fräulein von Gotthard. Quel âge avez-vous? Dix-huit ans? Dix-sept? Vingt?

— Dix-neuf, réussit-elle à articuler.

— Je n'étais pas bien loin, mais, vous savez, il y a des gens qui ne se préoccuperaient pas de votre jeune âge. Des gens comme notre ami Hildebrand, par exemple. Cela lui serait égal que vous ayez douze ans. Et puis, il y a tous les autres...

Il ressemblait plus à un père qu'à un homme qui était sur le point de l'emmener dans son lit pour la violer. Lui la revoyait dans la cour de la caserne en train de ratisser les feuilles. Elle paraissait alors avoir quatorze ans.

— Vous me comprenez, Fräulein?

— Non, monsieur, fit-elle très pâle, les yeux exorbités.

Elle avait disparu, la jeune femme qui avait essayé au début de garder la tête haute devant von Rheinhardt. Ce n'était pas une femme que Manfred avait devant lui, c'était une enfant.

– Voilà, j'ai su ce soir que vous risquiez d'être obligée de... euh... d'aller chez le général. J'ai pensé alors que ce ne serait pas un très bon départ dans votre vie. Aussi, Fräulein, je vous ai amenée ici.

– M'emmènerez-vous chez lui demain? demanda-t-elle, désespérée.

– Non, absolument pas. Le général ne se donne jamais de mal pour quoi que ce soit. Si vous aviez encore été à la caserne, il vous aurait prise avec lui à Grunewald mais, si vous êtes déjà partie, il n'y a rien à craindre. Qu'en pensez-vous? Est-ce que cela aurait valu la peine de le suivre juste pour vous retrouver dans votre propre maison?

Elle secoua la tête tristement.

– Cette maison ne ressemble plus à celle que j'ai connue, ainsi peuplée d'inconnus, et j'aimerais mieux mourir plutôt que d'être avec lui.

Manfred hocha la tête et il la vit le regarder alors d'un œil critique, comme si elle voulait deviner ce qu'elle avait gagné au change. Il ne put s'empêcher de rire. Il savait alors exactement ce qu'elle regardait. Du moins, elle avait compris qu'il n'allait pas déchirer ses vêtements avant d'arriver à la chambre.

– Est-ce que cela vous convient, Fräulein?

– Je suppose, répondit-elle avec un léger soupir. Qu'attendait-il? Des remerciements pour le fait de devenir sa maîtresse et non pas celle du général? songea-t-elle.

– Je suis désolé pour toutes ces choses. Cette guerre a été horrible pour nous tous, fit-il d'un air pensif. Venez, je vais vous montrer la cuisine.

Il la questionna alors sur ses dons de cuisinière.

– Je n'ai jamais fait la cuisine, répondit-elle en souriant. Je n'en avais pas besoin.

Il y avait toujours eu des domestiques à Grunewald.

– Aucune importance, je vais vous apprendre. Vous n'allez pas ramasser des feuilles ou nettoyer les toilettes – j'ai une femme de ménage qui vient faire tout cela – mais ce serait bien, si, en contrepartie, vous faisiez la cuisine. Pensez-vous que ce soit possible?

Il avait l'air si sérieux et elle était si fatiguée, soudain. Elle était sa concubine à présent. Une esclave en quelque sorte.

– Je pense. Et le linge?

– Vous ne vous occuperez que du vôtre. Vous ne serez en fait responsable que de la cuisine.

Cela n'était pas cher payer pour sa sécurité. La cuisine et son plaisir. Jusqu'ici, elle comprenait.

Elle se tint près de lui, tranquillement, pendant qu'il lui apprenait à préparer les œufs, à couper le pain, à cuire les carottes et les pommes de terre. Ensuite, il la laissa laver les plats dans l'évier. Elle l'entendit mettre du bois et allumer le feu puis s'installer paisiblement à son bureau pour écrire.

– Voulez-vous du thé, monsieur?

Elle se sentait dans la position d'une domestique dans sa propre maison mais, au souvenir de l'angoissante cellule au Reichstag, elle bénit le ciel d'être plutôt dans la maison du lieutenant.

– Monsieur? répéta-t-elle.

– Oui, Ariana?

Il rougit alors vaguement. C'était la première fois qu'il l'appelait par son prénom. Mais il avait l'esprit ailleurs. Pendant un instant, elle ne fut même pas sûre d'avoir entendu Ariana ou Marianna.

– Excusez-moi.

– Cela ne fait rien. Je vous ai demandé si vous vouliez du thé?

– Oui, merci. (Il aurait préféré du café, mais c'était presque impossible à trouver en ces temps de guerre.) En voulez-vous aussi?

Elle n'avait pas osé en prendre une tasse mais, comme il insistait, elle courut à la cuisine se verser du précieux breuvage. Elle en respira le parfum avec délices. Pendant un mois, elle avait rêvé de ce luxe oublié.

– Merci.

Pendant un grand moment, il pensa à son rire. Allait-il jamais l'entendre? Deux fois ce soir-là, il avait réussi à gagner son sourire éblouissant. En l'observant ainsi, son cœur frémissait dans sa poitrine. Elle était si désespérément sérieuse, si malheureuse, ses yeux et son visage étaient tellement marqués par son épreuve récente. Ariana regardait alors la pièce; ses yeux s'arrêtèrent sur les photos des enfants.

– Vos enfants, lieutenant? demanda-t-elle.

Il ne sourit pas. Il se contenta d'incliner la tête et lui fit signe de se servir une autre tasse de thé. Il alluma sa pipe et allongea ses longues jambes vers le feu.

Ils restèrent ainsi ensemble paisiblement jusqu'à environ onze heures; ils parlèrent peu. Ariana se familiarisait peu à peu avec l'environnement et Manfred jouissait du plaisir de sentir un autre être humain près de lui dans la maison. A onze heures, il se leva et commença à éteindre les lumières.

– Je dois me lever tôt demain matin.

Elle se leva à son tour, à nouveau apeurée. Qu'allait-il se passer à présent? Le moment qu'elle redoutait était arrivé.

Il attendit qu'elle sorte de la pièce et la suivit. Quand ils arrivèrent devant la porte de la chambre de Manfred, il hésita un long moment et, avec un petit sourire, il lui tendit la main. Elle le regarda alors avec étonnement et en oublia presque de lui serrer la main. C'était tellement inattendu pour elle!

— J'espère qu'un jour nous serons amis, Fräulein. Vous n'êtes pas prisonnière ici, vous savez. Cela semblait être seulement la chose la plus sage à faire pour votre bien. J'espère que vous comprenez.

Les yeux d'Ariana brillèrent lentement et elle lui sourit.

— Vous voulez dire que...

— Oui, fit-il avec un regard tendre. Pensiez-vous vraiment que je pouvais avoir les mêmes intentions que le général? Vous ne croyez pas que ç'aurait été un peu fort? Je vous répète que vous n'êtes pas ma prisonnière. En fait (il s'inclina et fit claquer ses talons) je vous considère comme mon invitée.

Ariana le fixait, abasourdie.

— Bonne nuit, Fräulein.

La porte se referma doucement derrière lui. Ariana se dirigea alors sans bruit vers sa chambre, complètement médusée.

19

— Eh bien, où est-elle passée? demanda Rheinhardt en fixant Hildebrand avec exaspération. Von Tripp m'a dit qu'il l'avait emmenée là-bas hier. Avez-vous interrogé la gardienne?

— Non, elle n'était pas dans son bureau.

— Alors, retournez-y! J'ai mieux à faire que de m'inquiéter pour ces stupidités, bon Dieu!

Hildebrand retourna voir la gardienne et revint faire son rapport au capitaine une heure plus tard alors que von Tripp s'occupait à des tâches qu'il avait négligées la veille.

— Qu'a dit la gardienne? s'enquit le capitaine.

Tout allait de travers pour lui ce jour-là. Et il se fichait du général et de cette demoiselle von Gotthard. Ils en avaient fini avec elle, et ce qui lui arrivait maintenant ne l'intéressait absolument pas. Si le général en pinçait pour elle, c'était son problème. Il n'avait qu'à envoyer son aide de camp à sa recherche.

– Elle est partie.

– Qu'est-ce que cela veut dire « elle est partie »? Est-ce qu'elle s'est enfuie? s'exclama-t-il d'un air soudain furieux.

– Pas du tout, capitaine. Quelqu'un est venu la chercher. La gardienne a dit qu'il s'agissait d'un officier mais elle ne savait pas qui c'était.

– Avez-vous regardé le registre des sorties?

– Non. Dois-je y retourner?

– Aucune importance. Si elle est partie, elle est partie. Il en trouvera une demi-douzaine d'autres s'il le veut, la semaine prochaine. Et, après tout, cette petite merveille ne valait peut-être pas la peine. Il y a toujours le risque que son père reparaisse un jour. Et il y aurait des comptes à rendre si Ritter l'avait incluse dans son harem.

Von Rheinhardt fit une grimace et Hildebrand éclata de rire.

– Vous pensez que le vieux est toujours en vie? fit-il avec intérêt.

– Non. Il n'y a guère de chances.

Le capitaine haussa les épaules et ordonna à Hildebrand de retourner à son travail. Plus tard dans l'après-midi, il alla lui-même à la caserne pour bavarder avec la gardienne. Elle lui montra le registre des sorties et von Rheinhardt apprit alors ce qu'il voulait savoir. Von Tripp reprenait peut-être goût à la vie, après tout. Il avait cru qu'il ne se remettrait jamais de la perte de sa femme et de ses enfants, et de la blessure qu'il avait reçue juste avant Noël. A cette époque, Manfred semblait avoir perdu le goût de vivre. Il n'était plus que l'ombre de lui-même, ne sortait jamais. Mais peut-être que maintenant... c'était intéressant. Il avait soupçonné quelque chose de ce genre, c'est pourquoi il était allé consulter le registre. Peu de choses échappaient à l'attention de Dietrich von Rheinhardt.

— Von Tripp?

— Oui, monsieur, fit Manfred en levant les yeux, surpris.

Il n'avait pas entendu le capitaine entrer et, pire, il ne l'avait pas vu sortir une demi-heure auparavant. Il était alors occupé de l'autre côté du couloir, à la recherche de dossiers égarés.

— J'aimerais vous parler dans mon bureau.

Manfred le suivit, mal à l'aise. Le capitaine ne perdit pas de temps.

— Manfred, je viens de regarder dans le registre des sorties.

— Ah bon?

— Oui. C'est vous qui l'avez?

— C'est exact.

— Puis-je vous en demander la raison?

— Je la voulais, monsieur.

C'était le genre de réponse abrupte que von Rheinhardt comprenait facilement.

— Je vous comprends tout à fait mais vous saviez que le général Ritter la voulait, lui aussi.

— Non, monsieur, je ne le savais pas. Nous l'avons rencontré dans le couloir à Grunewald hier. Mais il n'avait pas laissé entendre...

— Bon, cela ne fait rien. (Les deux hommes s'observèrent un long moment.) Je pourrais vous ordonner de la rendre au général, vous le savez.

— J'espère que vous n'allez pas le faire, monsieur.

— En effet, von Tripp. C'est agréable de vous voir reprendre goût à la vie! C'est formidable de constater que quelque chose compte pour vous. Cela fait trois ans que je vous répète que c'est de cela que vous avez besoin.

– Oui, monsieur, répondit Manfred avec un sourire convaincant. Merci, monsieur.

Il avait surtout envie de gifler son supérieur.

– Ne me remerciez pas, ricana le capitaine. Cela sera une bonne leçon pour Ritter. Il est le plus vieux ici et c'est toujours lui qui a les filles les plus jeunes. Ne vous tourmentez pas, j'en ai une autre à lui envoyer. Elle devrait le contenter pour quelques semaines.

Le capitaine congédia alors Manfred.

Ainsi donc, il la gardait et avec la bénédiction du capitaine, finalement. Il soupira profondément et vit qu'il était l'heure de rentrer chez lui.

– Lieutenant?

Le visage d'Ariana apparut dans l'entrée. Ses jolis cheveux blonds étaient ramassés sur le sommet de la tête et ses grands yeux bleus cherchaient à voir qui était là.

– Bonsoir, Ariana.

Il avait l'air tout à fait solennel en face de la jeune fille qui le regardait avec anxiété.

– Est-ce que...

Les mots avaient du mal à sortir et Manfred comprit tout de suite.

– Ça va. Tout est arrangé.

– Etaient-ils très fâchés?

– Non, tout va bien. Vous serez en sécurité ici maintenant.

Elle aurait voulu lui demander pour combien de temps mais elle n'osa pas.

– Merci. Voulez-vous une tasse de thé?

– Oui. Vous en prendrez une, vous aussi?

Elle fit signe que oui et disparut dans la cuisine. Elle revint peu de temps après avec un plateau et deux tasses fumantes. Pour elle, c'était un des plus grands luxes dans la maison de Manfred, après ce mois passé dans la cellule. Pouvoir se laver et boire du thé. En fait, elle avait déjà bu une tasse de thé toute seule dans l'après-midi et avait erré dans le salon à regarder les livres en pensant à son père et à Gerhard. Elle n'arrivait pas à les chasser de son esprit. L'inquiétude et le chagrin se lisaient encore dans ses yeux. Manfred la regardait gentiment. Il pouvait lui dire si peu de choses. Il savait trop bien ce que c'était que de porter le poids de la perte d'êtres chers. Il soupira et prit une de ses pipes.

– Qu'avez-vous fait aujourd'hui, Fräulein?

– Rien. J'ai regardé certains de vos livres.

Cela le fit penser à la splendide bibliothèque qu'il avait vue chez elle la veille, et à la sienne autrefois. Il décida de prendre le taureau par les cornes. Il alluma sa pipe en regardant Ariana fixement.

– C'est une très belle maison, Fräulein.

Elle sut immédiatement de quelle maison il parlait.

– Merci.

– Et, un jour, elle sera à vous à nouveau. La guerre ne peut pas durer éternellement. La maison de mes parents a été réquisitionnée également.

– Ah bon? s'exclama-t-elle, une lueur d'intérêt dans les yeux. Où est-elle, lieutenant?

– Près de Dortmund, répondit-il, le regard triste.

Il lut aussitôt la question dans les yeux de la jeune fille.

– Elle n'a pas été touchée par les bombardements.

Le château n'avait pas été touché, mais tout le reste, tout le monde : les enfants, Theodor et Tatiana, Marianna, sa femme, ses parents, sa sœur, tous... partis. Comme le père et le frère d'Ariana, probablement. Pour toujours.

– C'est une chance.

164

Il leva les yeux, surpris, et se rappela soudain que ces mots s'appliquaient au château.

– Oui.

– Et votre famille?

– J'ai eu moins de chance, de ce point de vue, fit-il après avoir respiré profondément.

Il ajouta après un silence :

– Mes enfants, ma femme et mes parents étaient tous dans la ville.

Il se leva et se dirigea vers la cheminée. Ariana ne voyait que son dos.

– Ils ont tous été tués.

– Je suis tellement désolée, murmura-t-elle doucement.

Il se tourna alors vers elle.

– Moi aussi, je suis vraiment désolé pour vous, fit-il en la regardant dans les yeux.

– Est-ce que... Est-ce que vous avez eu des nouvelles?

Il secoua lentement la tête. Il était temps qu'elle regarde la réalité en face. Il sentait que quelque chose dans son cœur, dans son esprit, l'en empêchait.

– Fräulein, je ne pense pas que votre père vous ait simplement abandonnée ou oubliée. D'après ce que j'ai entendu, ce n'était pas ce genre d'homme.

– Non, je sais. Il doit leur être arrivé quelque chose.

Elle leva alors les yeux vers lui, d'un air de défi, avant d'ajouter :

– Je les retrouverai après la guerre.

Il la regarda tristement, les yeux brouillés.

– Je ne le pense pas. Il faut que vous compreniez cela maintenant. L'espoir, le faux espoir, peut être très cruel.

– Alors, vous avez eu des nouvelles? fit-elle, le cœur battant.

– Non. Mais... bon sang, réfléchissez. Il est parti pour éviter l'armée à votre frère, n'est-ce pas?

Elle ne répondit rien. C'était peut-être méchant d'essayer de la faire trahir son père. Elle ne le ferait pas de toute façon. Pas même devant cet homme en qui elle avait une certaine confiance.

– Bon, ne me dites rien. En tout cas, c'est ce que j'en ai déduit. C'est ce que j'aurais fait. Ce que tout homme sain d'esprit aurait fait pour sauver son fils. Mais il devait avoir l'intention de revenir pour vous, Ariana. Et seule la mort aurait pu l'en empêcher. Et la mort de votre frère. Ils n'auront pas pu aller en Suisse, il n'aura pas pu revenir. Je suis sûr que les gardes-frontières les ont pris. C'est très probable.

– Je l'aurais su alors? murmura-t-elle, tandis que des larmes coulaient sur ses joues.

– Pas nécessairement. Nous n'avons pas là-bas les troupes les plus raffinées. S'ils les ont tués, et c'est malheureusement certain, ils auront ensuite disposé de leurs corps. J'ai déjà essayé de me renseigner, mais en vain. Je crois que vous devez vous faire à cette idée. Ils doivent être morts, à présent.

Elle se détourna de lui, la tête penchée, les épaules tremblantes. Il quitta la pièce sans bruit. Un moment plus tard, elle entendit la porte de sa chambre se refermer.

Elle s'allongea alors sur le divan et se laissa aller complètement pour la première fois depuis son cauchemar. Quand la crise fut passée, elle se sentit vidée.

Elle ne revit Manfred que le lendemain matin et elle évita son regard. Elle ne voulait pas voir sa pitié, sa compassion, son propre chagrin. Elle avait assez à s'occuper avec le sien.

Pendant les semaines qui suivirent, Ariana le vit souvent regarder les photos de ses enfants et elle sentit alors le chagrin étreindre son cœur en pensant à son père et à son frère, qu'elle ne reverrait jamais. Et lorsque, l'après-midi, elle était assise, seule, dans le salon, les visages souriants des enfants la hantaient, comme s'ils lui reprochaient d'être là avec leur père, alors qu'eux ne pourraient plus jamais y être. Mais à ses yeux, ils rendaient le lieutenant plus humain, plus réel en quelque sorte. Et elle ne voulait pas qu'il le fût. Elle ne voulait rien savoir de lui; en dépit de ce qu'il avait dit quand il l'avait amenée à Wannsee, dans un sens, il était son geôlier. Elle ne tenait pas à connaître ses rêves, ses espoirs, ses chagrins; elle ne tenait pas non plus à lui dire quoi que ce fût sur elle. Il connaissait déjà trop de choses sur sa vie, sur son chagrin, sur sa vulnérabilité. Elle ne partagerait plus rien avec qui que ce soit. Manfred von Tripp avait deviné cela également.

Elle était chez lui depuis trois semaines lorsqu'un soir il se tourna soudain vers elle et se leva en posant sa pipe.

– Vous aimeriez aller vous promener, Fräulein?

– Maintenant? fit-elle, surprise et un peu effrayée.

Etait-ce un piège? Où allait-il l'emmener et pourquoi? L'expression de son regard blessa Manfred car il comprit qu'elle n'avait toujours pas confiance en lui après tous ces jours de calme.

– Vous n'aimeriez pas prendre un peu d'exercice?

Il savait qu'elle ne s'était encore jamais aventurée en dehors du jardin. Sa peur n'avait pas disparu.

– Et s'il y a un raid aérien?

– On courra jusqu'à l'abri le plus proche. Ne vous inquiétez pas. Vous serez en sécurité avec moi.

Elle se sentit ridicule de discuter avec lui dont la voix était si calme, si profonde, et les yeux si doux.

D'accord. Ce serait sa première sortie depuis deux mois.

Il la regarda enfiler son manteau. Ariana ne savait pas qu'il était ainsi avec Tatiana, sa fille, quand il savait qu'elle avait peur.

– Tout va bien, dit-il. L'air va nous faire du bien à tous les deux.

Toute la soirée, il s'était débattu avec ses propres pensées. Et cela lui arrivait de plus en plus souvent. Cela n'était pas seulement des pensées sur ses enfants, sa femme, mais sur Ariana.

– Vous êtes prête?

Elle acquiesça, les yeux agrandis, et lorsqu'ils sortirent dans le froid, il glissa la main de la jeune fille sous son bras. Il fit mine de ne pas remarquer que cette main s'accrochait fermement à sa manche.

– C'est joli, n'est-ce pas? fit-elle remarquer en levant les yeux vers le ciel, un sourire aux lèvres.

Son sourire était si beau, si rare, que Manfred sourit lui aussi.

– Oui. Et comme vous le voyez, pas de raid aérien.

Mais une demi-heure plus tard, alors qu'ils commençaient à revenir vers la maison, les sirènes retentirent et les gens coururent vers les abris. Dès qu'il entendit les sirènes, Manfred mit un bras autour des épaules d'Ariana et ils rejoignirent les autres.

Ariana courait elle aussi, mais au fond d'elle-même, elle se souciait peu d'être à l'abri ou non. Sa vie n'avait plus grand intérêt.

Dans l'abri, des femmes criaient, des bébés hurlaient et des enfants jouaient comme à l'habitude. C'étaient toujours les adultes qui avaient peur. Les enfants, eux, avaient grandi avec la guerre. Manfred ne quittait pas Ariana des yeux. Il fixait son visage calme, ses yeux tristes. Il tendit la main vers elle.

Elle ne dit rien; elle se contentait de tenir la grande main douce dans la sienne en regardant les gens autour d'eux.

– Je pense que c'est fini maintenant, Fräulein.

Il continuait à l'appeler ainsi la plupart du temps. Il se leva et elle le suivit. Cette fois, ils marchèrent rapidement vers la maison. Il était pressé de mettre Ariana en sécurité. Dans l'entrée, ils restèrent face à face, en silence, les yeux dans les yeux. Il y avait quelque chose de nouveau, de différent dans leurs regards. Puis Manfred hocha la tête et monta l'escalier.

20

Quand il rentra chez lui le lendemain soir, Ariana était debout sur une chaise de la cuisine, essayant désespérément d'atteindre une boîte métallique placée sur une étagère élevée. Il s'approcha aussitôt, saisit la boîte et puis sans réfléchir, il lui passa les mains autour de la taille pour la faire descendre de la chaise. Ariana rougit légèrement en le remerciant avant d'aller lui faire sa tasse de thé habituelle. Mais elle sentait qu'il y avait quelque chose de différent, une sorte de courant électrique, qui avait peut-être toujours existé mais soigneusement dissimulé. Cette fois-là, lorsqu'elle lui tendit sa tasse, elle avait oublié le sucre et elle rougit à nouveau en se détournant.

Le dîner fut calme et tendu et, après le repas, Manfred proposa une nouvelle promenade. Celle-ci se passa sans incident et il n'y eut de raids aériens que beaucoup plus tard dans la nuit. Ils se réveillèrent tous les deux en sursaut mais trop tard pour fuir : ils durent chercher refuge dans la cave, emmitouflés dans leur robe de chambre et en grosses chaussures. Manfred avait toujours une valise prête dans la cave avec des vêtements de rechange au cas où il devrait partir en hâte, mais il réalisa soudain qu'il n'avait jamais demandé à Ariana d'en descendre une pour elle. Il lui suggéra alors de le faire et elle haussa doucement les épaules. Ce geste le surprit d'abord puis il comprit.

– Vous ne vous préoccupez pas de vivre, Ariana?

– Pourquoi le devrais-je?

– Parce que vous êtes si jeune. Vous avez toute la vie devant vous. Quand la guerre sera finie, tout pourra recommencer pour vous.

Elle n'eut pas l'air convaincu.

– Quelle importance cela a-t-il? Cela ne finira jamais.

Ils écoutèrent ensemble le fracas des bombes dans le lointain. Mais Ariana ne semblait pas effrayée, seulement désespérément triste. Elle voulait que les bombes tuent tous les nazis, alors elle serait libre – ou morte.

– Cela finira un jour, Ariana; bientôt même, je vous le promets.

La voix de Manfred était aussi douce que le soir précédent et il lui prit la main en silence. Mais cette fois-ci, la jeune fille sentit tout son corps tressaillir. Il garda sa main longtemps dans la sienne et puis il attira Ariana lentement vers lui. Elle se sentit incapable de résister et ne désirait pas le repousser. Elle se retrouva entourée de bras puissants et, tandis que la bouche de Manfred s'appuyait lentement sur la sienne, elle eut l'impression qu'elle souhaitait cela depuis toujours. Le bruit des bombes s'évanouit et elle n'entendit plus que le battement dans ses oreilles pendant que Manfred l'étouffait de baisers et de caresses. Hors d'haleine, elle s'écarta. Il y eut alors un bref silence embarrassé et il soupira.

– Je suis désolé, Ariana, je n'aurais pas dû...

Mais cette fois-ci, ce fut au tour de Manfred d'être surpris car elle l'embrassa puis elle quitta la cave sans bruit pour regagner sa chambre. Le lendemain matin, ni l'un ni l'autre ne firent allusion à ce qui s'était passé la veille. Mais, à mesure que les jours passaient, l'attirance mutuelle était de plus en plus forte et finalement, un matin, Ariana se réveilla et trouva son hôte dans sa chambre.

– Manfred? fit-elle d'un ton ensommeillé, sans remarquer qu'elle l'avait appelé pour la première fois par son prénom. Quelque chose ne va pas?

Il secoua la tête et avança vers le lit. Il portait un pyjama bleu sous une robe de chambre en soie bleu foncé. Elle ne comprit pas immédiatement ce qu'il voulait et puis, soudain, elle sut en le regardant qu'elle désirait passionnément cet homme. Elle était tombée amoureuse de son geôlier, le lieutenant von Tripp.

Il la désirait de ses yeux tristes. Il comprit soudain qu'il avait fait une terrible erreur et, avant qu'elle ait pu dire quoi que ce fût, il fit demi-tour et se dirigea en hâte vers la porte.

– Manfred. Que faites-vous? Où...

– Je suis désolé. Je n'aurais pas dû... Je ne sais pas ce que...

Mais elle lui tendit les bras. Pas les bras d'une enfant, ceux d'une femme. Il s'avança alors vers elle doucement en secouant la tête.

– Non, Ariana. Vous n'êtes qu'une enfant. Je ne sais pas ce qui m'a pris. J'étais dans mon lit, je pensais à vous depuis des heures et... je crois que j'ai perdu un peu la tête.

Elle se glissa hors du lit et attendit qu'il vienne à elle, qu'il comprenne.

– Ariana? s'exclama-t-il, n'arrivant pas à croire ce qu'il lisait dans ses yeux. Chérie?...

Il vint vers elle, l'enveloppa dans ses bras en l'embrassant. Elle se blottit tendrement contre lui.

– Je vous aime, Manfred.

Quelques instants plus tard, ils étaient allongés côte à côte et il la prit avec toute la tendresse d'un homme amoureux. Il l'aima avec passion, encore et encore.

Manfred et Ariana menèrent ainsi une vie délicieuse jusqu'à Noël. Ariana passait ses journées dans la maison et le jardin, occupée à ranger et à lire et, le soir, ils dînaient tranquillement puis se détendaient près du feu un moment avant de monter à l'étage beaucoup plus rapidement que par le passé, Manfred enseignant à Ariana les merveilleux plaisirs de l'amour. L'amour qu'ils partageaient était profond et romantique et, en dépit de la perte de son père et de son frère, Ariana n'avait jamais été aussi heureuse de sa vie. Quant à Manfred, il était revenu à la vie avec enthousiasme, joie et humour. Ceux qui l'avaient connu depuis la mort de sa femme et de ses enfants ne pouvaient vraiment pas croire qu'il s'agissait du même homme. Mais, pendant ces deux derniers mois, lui et Ariana avaient été infiniment heureux et maintenant seulement, l'approche de Noël commençait à les inquiéter un peu, avec les fantômes du passé qui n'étaient plus là pour partager leur nouvelle joie.

– Eh bien, qu'allons-nous faire à Noël? Je ne tiens pas à ce que nous restions là à nous morfondre en pensant au passé. (Manfred la regardait sagement par-dessus la tasse de thé qu'ils prenaient maintenant au lit le matin.) Je tiens même beaucoup, au contraire, à célébrer ce que nous avons, plutôt qu'à pleurer sur ce que nous n'avons plus. Au fait, que veux-tu pour Noël?

Elle lui sourit et ses yeux étaient comme une caresse.

– Tu sais ce que je veux à Noël, Manfred?

– Quoi, ma chérie?

Elle le rendait fou lorsqu'elle était ainsi, ses cheveux d'or éparpillés sur l'oreiller, ses délicats seins nus, ses yeux où il lisait à la fois l'amour et l'invitation.

– Je veux un enfant. Ton enfant.

Il garda le silence un moment. C'était une chose à laquelle il avait déjà pensé plus d'une fois.

– Tu parles sérieusement, Ariana?

Elle était encore si jeune. Tant de choses pouvaient changer. Et après la guerre...

– Certainement, mon amour. Rien ne me donnerait plus de bonheur.

Il la tint serrée contre lui, un long moment, incapable de parler. Il désirait un enfant lui aussi. Mais pas maintenant. Pas pendant ces jours épouvantables.

– Ariana, je te promets que, lorsque la guerre sera finie, nous aurons un bébé. Je te ferai cadeau d'un fils.

– Est-ce vraiment une promesse? fit-elle en lui adressant un sourire rayonnant.

– Une promesse solennelle.

Elle s'accrocha alors à lui et éclata du rire argentin qu'il aimait tant.

– Je ne veux rien d'autre pour Noël. Cette promesse me suffit.

– N'y a-t-il rien d'autre que tu souhaiterais avoir?

– Non. A l'exception d'une chose.

– Et qu'est-ce que c'est?

Elle hésitait à le dire. Parler d'un enfant était une chose mais demander à un homme de se marier en était une autre. Aussi, elle tourna autour du pot, biaisa, taquina mais ne voulut pas répondre bien qu'il la menaçât de le lui faire avouer par tous les moyens. Mais Manfred avait ses propres idées à ce sujet. Il souhaitait vivement épouser Ariana mais il voulait attendre que le pays ait retrouvé la paix. La guerre ne pouvait pas durer toujours et il préférait de beaucoup se marier dans le château familial.

Mais il avait une autre idée. Le matin de Noël, il y avait une demi-douzaine de boîtes sous l'arbre : un pull-over qu'Ariana avait tricoté pour Manfred, une série de poèmes qu'elle avait écrits pour lui et roulés dans un parchemin, une boîte de ses gâteaux favoris qu'elle avait confectionnés avec amour, des chocolats de toutes formes dont certains recouverts de magnifiques décorations en sucre. Manfred fut profondément touché de voir à quel point elle avait travaillé.

Les cadeaux de Manfred étaient un peu moins « faits maison » et elle les contempla avec ravissement.

— Lequel vais-je ouvrir en premier?

— Le plus gros.

En fait, il avait deux autres gros cadeaux qu'il avait cachés dans le placard du couloir mais il ne voulait pas tout lui donner en même temps. Dans le premier paquet, se trouvait une magnifique robe bleue qui, bientôt, dansa doucement sur sa peau nue. Elle avait un col montant et un décolleté en V dans le dos. Après les épaisses robes d'hiver, les grosses chaussures et les pull-overs, Ariana se pâmait de plaisir devant cette merveille.

— Oh! Manfred, je vais la porter ce soir au dîner.

C'était exactement ce qu'il avait souhaité.

Dans le deuxième paquet, elle découvrit un joli collier en aigue-marine et, dans le troisième, une paire de superbes escarpins argentés. Parée de ses atours, Ariana s'allongea sur le lit en sirotant son thé comme si c'était du champagne et en chantant d'une voix de contralto. Manfred éclata d'un rire joyeux en allant chercher les autres boîtes : une robe en cachemire blanc et une autre en laine noire aussi élégantes que celles qui garnissaient sa garde-robe autrefois. Il avait acheté également une paire de chaussures noires toutes simples, un sac en crocodile noir et un manteau en laine noire qu'elle enfila aussi, au comble de la joie.

– Je vais être tellement chic, fit-elle en étreignant Manfred.

– Tu es déjà élégante. Tu es même sensationnelle. Mais il manque quelque chose.

Il commença à fouiller dans la poche de sa robe de chambre à la recherche du dernier cadeau. Il trouva la toute petite boîte, la fit sauter dans les mains ouvertes d'Ariana et s'adossa contre le montant du lit.

– Qu'est-ce que c'est?

– Ouvre et regarde.

Elle l'ouvrit avec soin et son regard s'illumina de bonheur. C'était une très belle bague de fiançailles.

– Manfred, tu es fou!

– Vraiment? J'ai pensé que si tu voulais un bébé, ce ne serait pas une mauvaise chose de nous fiancer d'abord.

– Elle est absolument merveilleuse.

– Et toi aussi.

Il passa le diamant rond à son doigt. Elle se leva alors sur un coude.

– J'aimerais sortir pour exhiber toutes mes belles choses, fit-elle, pensive.

Les trois derniers mois, ils s'étaient contentés de promenades près de Wannsee ou le long des autres petits lacs. Ils étaient allés déjeuner parfois dans un petit restaurant mais en fait, ils avaient vécu comme des ermites et ils étaient beaucoup plus heureux tous les deux à la maison. Mais les cadeaux de Manfred avaient soudain donné l'envie à Ariana de refaire une sortie dans le monde.

– Tu aimerais vraiment sortir? demanda-t-il, prudemment.

– Oui, répondit-elle en hochant la tête avec excitation.

– Il y a un bal ce soir, tu sais, Ariana.

– Où?

En fait, il y en avait plusieurs. Dietrich von Rheinhardt donnait une réception. Le général Ritter en organisait une également dans la maison de Walmar; il y avait un bal au quartier général et deux autres grandes soirées chez des officiers. Ils pouvaient aller à l'un ou à l'autre, sauf celui de Ritter que Manfred préférait éviter.

– Je vais porter ma robe bleue, mon collier et ma bague de fiançailles, fit-elle avec un sourire extatique.

Elle se souvint tout à coup qu'il y avait quelque chose qu'elle ne lui avait jamais montré.

– Manfred? dit Ariana d'un ton hésitant.

– Quoi donc, mon amour?

Le visage de la jeune fille était devenu si sérieux soudain qu'il ne savait que penser.

– Qu'est-ce qui ne va pas?

– Est-ce que tu te mettrais en colère si je te montrais quelque chose?

– Cela dépend de ce que c'est.

– Mais si tu te mets en colère?

– Je vais me contrôler.

Elle alla à son ancienne chambre et rapporta le livre de son père.

– Tu vas me lire Shakespeare à présent? Le matin de Noël? rugit-il en se renversant dans le lit.

– Non, sois sérieux, Manfred. Ecoute-moi. J'ai quelque chose à te montrer. Tu te souviens que le jour où tu m'as emmenée à Grunewald, j'ai pris le livre de papa. Eh bien, le soir où mon père est parti avec Gerhard, il m'a laissé ceci au cas où j'en aurais besoin, au cas où quelque chose tournerait mal. Elles étaient à ma mère.

Sans attendre, elle ouvrit le compartiment secret et lui montra les deux bagues, la chevalière en diamant et l'émeraude. Elle n'avait pas osé inclure le petit revolver que son père lui avait donné. Quand elle avait pris le livre, elle avait poussé le revolver au fond de l'étagère. Etre prise avec une arme aurait signifié la mort immédiate. Mais les bagues étaient ses trésors – tout ce qui lui restait.

Manfred en eut le souffle coupé.

– Mon Dieu, Ariana! Est-ce que quelqu'un sait que tu as cela? (Elle secoua la tête.) Elles doivent valoir une fortune.

– Je ne sais pas. Papa m'a dit qu'elles pourraient m'aider si je devais les vendre.

– Ariana, je veux que tu les remettes dans leur cachette. Si nous perdons la guerre, ces bagues pourraient bien te sauver la vie, ou te permettre d'aller quelque part où tu serais libre.

– Tu parles comme si tu allais m'abandonner, fit-elle, les yeux agrandis par la tristesse.

– Bien sûr que non, mais tout peut arriver. Nous pouvons être séparés pour un temps. (Ou il pouvait être tué, mais il ne tenait pas à lui rappeler cela le matin de Noël.) Tu les conserves bien à l'abri et puis, comme tu es très experte à garder des secrets, je vais moi aussi te montrer quelque chose.

Il ouvrit un tiroir et montra à Ariana ce qui était caché derrière : de l'argent et un petit revolver.

– Si jamais tu en as besoin un jour, souviens-toi que c'est ici. Veux-tu y mettre les bagues également?

Elle acquiesça et s'assit en contemplant encore une fois son image, tout à fait heureuse. Ce matin de Noël 1944, Ariana Alexandra von Gotthard s'était fiancée au lieutenant Manfred Robert von Tripp.

21

Leur soirée commença sur le grand boulevard qu'Ariana aimait tant, Unter den Linden, avec sa gracieuse ligne d'arbres interrompue seulement par la porte de Brandebourg, tout au bout.

Manfred regarda avec plaisir la jeune femme descendre de la voiture. C'était la première fois depuis des mois qu'elle était habillée comme avant les tragédies de l'année passée.

Elle s'accrocha au bras de Manfred lorsqu'ils se frayèrent un chemin au milieu de la mer d'uniformes, pour aller saluer les officiers de haut rang avant d'aller rejoindre les autres pour le bal. Manfred la présenta cérémonieusement à deux généraux, plusieurs capitaines et une poignée de colonels qu'il connaissait. Ariana avait la tête haute, la main tendue; elle aurait fait honneur à n'importe quel homme, et Manfred était très fier de voir à quel point elle semblait sûre d'elle. C'était la première fois qu'elle était sous les yeux d'une demi-douzaine d'officiers supérieurs du Reich. Elle était une princesse captive et elle savait qu'ils étaient tous un peu intrigués. Seul Manfred devinait son appréhension au début de la soirée; il sentit sa main trembler quand il la conduisit sur la piste de danse pour une valse.

– Tout va bien, chérie, tu es toujours en sécurité avec moi.

Il lui sourit tendrement et le menton d'Ariana se redressa.

– J'ai l'impression qu'ils ont tous les yeux braqués sur moi.

– C'est seulement parce que tu es jolie, Ariana.

Mais elle savait qu'elle ne pourrait plus jamais se

sentir totalement en sécurité. Puis soudain, alors qu'ils tournoyaient sur la piste, elle se souvint de quelque chose et son regard s'illumina à nouveau.

– Tu sais que c'est ici même que je suis venue à mon premier bal? Avec mon père.

– Ah, devrais-je être jaloux, Fräulein?

– Absolument pas. J'avais à peine seize ans, fit-elle de façon impérieuse.

Il éclata de rire.

– Evidemment, que je suis bête. Tu es tellement plus vieille à présent.

Et c'était vrai, sur beaucoup de points. Elle avait vécu tant de choses depuis trois ans, depuis le jour où elle avait dansé dans cette même salle en robe d'organdi blanc avec des fleurs dans les cheveux. Elle était toute rêveuse quand soudain quelqu'un les prit en photo. Elle sursauta de surprise, et regarda Manfred.

– Qu'est-ce que c'était?

– On nous a pris en photo, Ariana. Tu y vois un inconvénient?

C'était l'habitude de faire des douzaines de photos des officiers et de leurs compagnes, à chaque réception, à chaque bal. Elles paraissaient dans les journaux, sur les murs des clubs d'officiers; elles étaient envoyées aux familles. Pendant un moment, le regard de Manfred refléta son désappointement. Six mois auparavant, il n'aurait pas apprécié du tout d'être pris en photo avec une femme mais, à présent, il tenait à cette photo comme si le fait de voir leurs deux visages sur le papier concrétisait davantage leur bonheur. Elle comprit son regard immédiatement et inclina la tête avec un petit sourire.

– Mais non, je n'y vois pas d'inconvénient. J'ai seulement été surprise. Je pourrai voir les photos?

Il fit un signe de tête affirmatif et elle sourit à nouveau.

Ils restèrent à l'Opéra environ une heure puis Manfred regarda sa montre et murmura quelque chose à l'oreille d'Ariana. L'Opéra n'était que la première étape. Le clou de la soirée était pour la suite. Manfred avait tenu d'abord à habituer la jeune fille aux uniformes, aux regards curieux, aux flashes des appareils-photos, car, à la prochaine étape, en tant que fiancée du lieutenant von Tripp, elle allait être encore plus remarquée et Manfred s'attendait également à la présence du Führer.

Quand ils arrivèrent au Palais-Royal, Manfred remarqua tout de suite la Mercedes noire d'Hitler. Le Palais était gardé par des douzaines d'hommes en uniforme et à l'intérieur de la splendide salle du trône ornée de glaces, il sentit Ariana lui serrer le bras. Il lui tapota doucement la main en lui adressant un chaleureux sourire. Il fit les présentations d'usage devant des généraux et leurs femmes ou leurs maîtresses. Tout à coup, ils se trouvèrent devant un visage familier; le général Ritter serra la petite main d'Ariana.

– Ah! Fräulein von Gotthard. Quelle merveilleuse surprise!

Il jubilait en la regardant puis son regard se porta sur Manfred.

– Lieutenant, fit-il avec une discrète désapprobation.

Manfred salua en faisant claquer ses talons.

– Fräulein, auriez-vous l'amabilité de vous joindre à nous, après? Il y aura un petit dîner chez moi.

« Chez moi. » Manfred vit les yeux d'Ariana flamber de colère contenue. Il accentua la pression sur sa main gauche et mit celle-ci sur son bras de façon que le général puisse voir la bague au diamant.

– Je regrette, général, fit-il d'une voix douce

comme le miel, ma fiancée et moi avons un rendez-vous ce soir, mais peut-être une autre fois.

– Bien sûr, lieutenant. Votre fiancée, avez-vous dit?

Il posait la question à Manfred mais ses yeux ne quittaient pas Ariana. La jeune fille se sentait déshabillée par son regard et sa peau frissonnait de dégoût.

Cette fois, ce fut Ariana qui répondit d'un ton poli mais froid, les yeux dans ceux du général.

– Oui, nous sommes fiancés maintenant, général.

– Comme c'est charmant! Votre père serait très content.

« Pas aussi content que de vous savoir dans sa maison, espèce de salaud. » Elle sourit devant ce visage qui lui répugnait, mais elle avait vraiment envie de le frapper.

– Puis-je me permettre de vous féliciter?

Manfred salua de nouveau et Ariana inclina la tête avec une modestie affectée. Puis ils s'éloignèrent.

– Nous nous sommes bien débrouillés, tu ne trouves pas?

– Je suis tout à fait de ton avis.

Manfred s'amusait beaucoup.

– Est-ce que cela te plaît? demanda-t-il avec intérêt, le regard brillant de fierté.

– Oh! oui, répondit-elle avec le même regard de satisfaction.

– Bon, alors, lundi, nous irons dans les magasins.

– Mon Dieu, pour quoi faire? Ce matin, tu m'as donné trois robes, un manteau, un collier, des chaussures et une bague de fiançailles.

Elle comptait sur ses doigts comme une enfant.

– Aucune importance, Fräulein. Je pense qu'il est temps que nous commencions à sortir.

Soudain, un étrange silence tomba sur la salle et

dans le lointain, ils entendirent les bombes. Même la nuit de Noël, la guerre était présente et Manfred se demanda quels monuments, quelles maisons avaient été détruits, quels enfants avaient été tués. Mais le bruit des bombardements s'éloigna et personne n'eut à courir à l'abri sous l'édifice. La musique reprit. Tout le monde recommença à danser en faisant semblant de croire que c'était un Noël comme les autres. Pourtant, les Alliés n'allaient pas lâcher prise et Manfred avait terriblement peur. Et si Berlin finissait comme Dortmund ? Si quelque chose arrivait à Ariana avant la fin de la guerre ? A côté de lui, Ariana devina ses sentiments et accentua la pression de sa main. Ses profonds yeux bleus cherchèrent les siens pour le rassurer. Manfred regarda la bouche si sensuelle et si douce.

— Ne t'inquiète pas, Manfred. Tout ira bien.

— Lundi, nous irons faire des courses, répondit-il en souriant lentement.

— D'accord, si vraiment tu y tiens.

Elle se dressa sur la pointe des pieds et lui murmura à l'oreille :

— Pouvons-nous rentrer maintenant ?

— Déjà ? s'exclama-t-il, surpris.

Et puis il fit une grimace et murmura à son tour :

— Vous n'avez pas honte, Fräulein ?

— Aucunement. Je préférerais être seule avec toi plutôt que d'attendre ici pour voir le Führer.

Mais il mit un doigt sur ses lèvres. Ils le virent de toute façon. Il arriva dans la salle, flanqué de ses gardes du corps, juste au moment où ils partaient. Un courant électrique parcourut l'assistance : les corps se raidirent, des voix s'élevèrent. Une frénésie s'empara de la foule. Manfred et Ariana attendirent que le calme soit revenu pour se frayer un chemin vers la sortie. Près de la porte, Ariana sentit quelqu'un la toucher, juste une petite pression sur son bras. Elle se retourna et vit Manfred au garde-à-vous. Elle comprit alors que c'était Hitler qui l'avait touchée. Il lui adressa un sourire et s'éloigna tout naturellement. Manfred et Ariana sortirent. Pendant un long moment, ils ne dirent rien et, une fois dans la voiture, elle parla enfin.

— Manfred, ils sont tous devenus fous.

— Je sais. C'est toujours ainsi. Tu ne l'avais jamais vu auparavant?

— Non. Papa me tenait à l'écart.

— Il avait raison. Et ton frère?

— Il le tenait à l'écart lui aussi. Mais je pense qu'il avait des craintes différentes en ce qui me concerne.

— Il n'avait pas tort. Est-ce que tu sais ce qu'ils vont faire à la réception du général Ritter, ce soir? Ils ont fait venir des stripteaseuses et des travestis pour distraire les invités. Hildebrand m'a dit que c'était la coutume.

— Qu'est-ce que c'est, des stripteaseuses et des travestis? fit-elle, les yeux emplis de curiosité.

— Je t'aime, mon innocent amour.

Dans ces moments-là, il se rappelait qu'elle n'avait que cinq ans de plus que n'en aurait sa fille aînée.

— Une stripteaseuse est une femme qui se déshabille en dansant, de façon suggestive, et un travesti est un homme généralement vêtu d'une robe du soir. Il danse et chante de façon également érotique.

Ariana riait en voyant le visage de Manfred.

— Ne sont-ils pas terriblement drôles?

— Quelquefois mais pas souvent. Ritter ne fait pas venir les « drôles », il fait venir les « bons ». Et quand la représentation est terminée, tout le monde... (Il se souvint soudain qu'il parlait à Ariana.) Peu importe, c'est plutôt dégoûtant. Je ne tiens pas à ce que tu sois mêlée à tout cela.

C'était une mode, ces derniers temps. Pas seulement chez Ritter. Comme si, à mesure que les jours passaient, la guerre s'éternisant, les gens devaient se livrer à leurs fantasmes les plus extravagants et commettre les plus grands excès.

— Tu n'es pas déçu de ne pas assister aux autres réceptions ce soir, Manfred?

Il secoua la tête d'un air ravi.

— Celle du Palais d'Eté à Charlottenburg aurait pu être agréable, mais celle de Wannsee va certainement être encore plus agréable.

Il la regardait amoureusement et elle sourit. Ils montèrent à l'étage et tombèrent dans les bras l'un de l'autre sur le grand lit moelleux.

Le lendemain matin, au petit déjeuner, Ariana était pensive. Manfred la contemplait paisiblement. C'était dimanche et il n'avait pas à aller travailler. Hildebrand était de service.

Ils allèrent se promener dans le Tiergarten. Manfred poussa Ariana à essayer les patins à glace sur le Neuer See et ensemble ils glissèrent sur la glace comme des enfants rieurs au milieu des jolies femmes et des hommes en uniforme. Il était difficile de croire qu'on était en guerre.

Ensuite, il la conduisit dans un café du Kurfürstendamm qui rappelait toujours à Ariana les Champs-Elysées à Paris, où elle était allée avec Gerhard et son père, avant la guerre. Ils s'assirent parmi les quelques artistes et écrivains qui étaient encore à Berlin. Il y avait beaucoup d'uniformes mais l'atmosphère était agréable. Ariana étouffa un petit bâillement.

— Fatiguée, chérie? demanda-t-il en souriant.

Soudain, au loin, ils entendirent le bruit familier des bombes. Ils partirent rapidement pour regagner la voiture. Sur le chemin du retour à Wannsee,

Ariana se rapprocha de Manfred et mit la main sur son bras.

– Tu vois cette église?

Elle montrait du doigt l'église commémorative de l'empereur Guillaume sur le Kurfürstendamm.

– Oui. Tu te sens l'âme religieuse ce soir? fit-il en la taquinant.

– Je voulais seulement que tu saches que c'est dans cette église que je veux me marier avec toi un jour.

– Vraiment?

– Oui, répondit-elle en regardant la jolie bague en diamant.

Il lui mit tendrement un bras autour des épaules.

– Je m'en souviendrai, mon amour. Tu es heureuse?

– Je n'ai jamais été aussi heureuse de ma vie.

Et, lorsqu'ils reçurent les photos des bals de Noël, il était facile de voir qu'elle disait vrai. Son visage rayonnait, ses yeux brillaient d'amour. Et, derrière elle, Manfred, dans son bel uniforme, fixait la caméra avec un orgueil non déguisé.

22

A la fin de la semaine de Noël, Manfred insista tellement qu'ils finirent par aller dans les magasins du centre de la ville. Il fallait qu'il lui achète d'autres vêtements. Le capitaine von Rheinhardt le pressait de sortir de sa retraite pour se joindre à ses camarades du Reich.

– Il n'était pas content? fit-elle, vaguement inquiète.

– Non, répondit Manfred en lui tapotant la main. Mais je suppose qu'il est temps d'en finir avec ma vie d'ermite. Nous n'aurons pas à sortir tous les soirs mais nous devrions commencer par accepter quelques invitations à dîner. Tu penses que tu le supporteras?

— Bien sûr. Pourrons-nous aller voir les travestis du général Ritter? demanda-t-elle d'un air malicieux.

Manfred ne put s'empêcher de rire.

— Ariana, voyons!

Trois heures plus tard, ils étaient tellement chargés de paquets et de boîtes qu'ils eurent du mal à regagner la voiture. Un autre manteau, une petite veste, une demi-douzaine de jolies robes en laine, trois robes de cocktail et une robe de bal, un adorable ensemble-smoking à jupe longue, étroite et fendue sur un côté. Et, en souvenir de sa mère, un fourreau lamé or.

— Mon Dieu, Manfred, où vais-je aller pour porter tout cela?

Il l'avait énormément gâtée. C'était comme s'il avait à nouveau une épouse, une femme à chérir, à habiller, à protéger, à sortir. Ils n'étaient plus des étrangers l'un pour l'autre et elle se sentait plus à l'aise avec Manfred qu'elle ne l'avait été avec personne.

Elle eut beaucoup d'occasions de s'habiller. Ils allèrent à plusieurs concerts à la Philharmonique, à une réception officielle au Reichstag en l'honneur du Parlement et de quelques officiers supérieurs en poste à Berlin. Il y eut une soirée au château de Bellevue et plusieurs petits dîners près de chez eux à Wannsee, où d'autres officiers avaient trouvé des logements plus calmes qu'en plein centre de Berlin. Peu à peu, le couple Manfred-Ariana fut accepté et il était entendu qu'ils se marieraient après la guerre.

— Pourquoi attendre, Manfred? Pourquoi ne pas

te marier maintenant? fit remarquer un de leurs amis assis à côté de Manfred à un dîner.

Manfred soupira en regardant la simple chevalière en or qu'il portait à la main gauche.

– Parce qu'elle est si jeune, Johann, c'est vraiment une enfant. Et nous vivons des temps si exceptionnels. Elle aura l'occasion de prendre cette décision à une époque normale, si nous avons la chance de connaître l'après-guerre...

– Tu as raison, Manfred. Les jours que nous vivons ne sont pas favorables. Mais c'est aussi pour cette raison que tu devrais te marier avec Ariana maintenant. (Il baissa la voix avant d'ajouter :) ... Nous n'allons pas tenir longtemps.

– Les Américains?

– Je suis beaucoup plus inquiet à propos des Russes. S'ils arrivent ici les premiers, nous sommes perdus. Dieu seul sait ce qu'ils feront de nous. Avec un peu de chance, nous serons envoyés dans des camps. Mariés, vous auriez quelque chance de rester ensemble. Et puis, les Américains seront peut-être plus cléments avec elle si elle est la femme légitime d'un lieutenant de l'Armée allemande plutôt que sa concubine.

– Tu penses que c'est imminent?

Johann détourna les yeux, sans répondre pendant un moment.

– Peut-être, Manfred. Même les proches d'Hitler sont de cet avis.

– Combien de temps pouvons-nous encore tenir?

Johann haussa les épaules.

– Deux mois... trois... quatre. Mais, à moins d'un miracle, la fin est proche. L'Allemagne ne sera plus jamais telle que nous l'avons connue.

Pendant les jours qui suivirent, Manfred mena une enquête discrète. La question n'était plus de savoir si Berlin allait tomber, mais quand. Manfred comprit alors qu'il fallait se préparer.

Après quelques questions posées à des personnes bien informées, il inscrivit le premier achat à faire sur sa liste. Il le rapporta à la maison deux jours plus tard et Ariana poussa des cris de joie.

– Manfred, je l'aime beaucoup. Mais tu ne gardes pas ta Mercedes?

Il s'agissait d'une horrible Volkswagen grise datant de trois ans. L'ancien propriétaire lui avait assuré qu'elle marchait bien et qu'elle était pratique. Il la vendait seulement parce qu'il n'en avait plus besoin, ayant perdu ses jambes l'année précédente, lors d'un raid aérien.

– Si, je la garde. Mais celle-ci est pour toi.

Ils firent le tour du pâté de maisons et Manfred fut satisfait de constater qu'elle conduisait assez bien. Depuis un mois, il lui avait appris à manier la Mercedes mais celle-ci était beaucoup plus facile à conduire. Quand ils s'arrêtèrent devant la maison, Ariana remarqua l'air sérieux de Manfred. Elle lui prit la main.

– Manfred, pourquoi l'as-tu achetée?

Elle devinait la vérité, mais elle voulait l'apprendre de sa bouche. Allaient-ils partir? Allaient-ils s'enfuir?

Quand il se tourna vers elle, son regard reflétait le chagrin et l'inquiétude. Il l'attira dans ses bras et la serra très fort.

– Ariana, je pense que la guerre va bientôt finir, ce qui sera un soulagement pour nous tous. Mais, d'ici là, ma chérie, les choses risquent d'être bien difficiles. Berlin va peut-être être pris. L'armée d'Hitler ne va pas abandonner facilement. Les Allemands vont se battre jusqu'à la mort, les Américains et les Russes aussi. La fin risque d'être une des plus sanglantes batailles de la guerre.

– Mais nous serons en sécurité ici tous les deux, Manfred.

Elle n'aimait pas quand il avait peur et il était évident qu'il avait peur.

– Ce n'est pas sûr. Et je ne veux pas prendre de risques. Si quelque chose arrive, si la ville tombe et est occupée, si quelque chose m'arrive, je veux que tu prennes cette voiture et que tu partes. Aussi loin que possible. Et lorsque tu ne pourras plus conduire, tu abandonneras la voiture et tu continueras à pied.

Il parlait avec une détermination implacable qui fit frémir d'horreur Ariana.

– Te laisser? Tu es fou? Pour aller où?

– N'importe où. Jusqu'à la frontière la plus proche. L'Alsace peut-être et, de là, tu pourrais passer en France. Tu dirais aux Américains que tu es alsacienne. Ils ne verront pas la différence.

– Au diable les Américains, Manfred. Et toi?

– Je viendrai te rejoindre quand j'aurai tout réglé ici. Je ne peux pas fuir, Ariana. J'ai un devoir à remplir. Quoi qu'il arrive, je suis officier.

Mais elle secoua la tête vigoureusement en s'accrochant à lui.

– Je ne te quitterai pas, Manfred. Jamais. Ça m'est égal qu'ils me tuent, que Berlin me tombe sur la tête, je ne te quitterai jamais. Je resterai jusqu'à la fin, ils pourront alors nous emmener ensemble.

– Ne dramatise pas, fit-il en lui tapotant la main.

Il savait qu'il l'effrayait mais il devait lui dire la vérité. Trois mois s'étaient écoulés depuis Noël, et la situation avait considérablement empiré. Les Britanniques et les Canadiens avaient atteint le Rhin et les Américains étaient à Arbrucken.

– Mais puisque tu es si décidée à ne pas me quitter, reprit-il, puisque tu es tellement têtue, es-tu toujours prête à te marier avec moi?

– Maintenant? s'exclama-t-elle.

– Oui, maintenant. Je suis fatigué d'attendre.

– Hourra!

Elle le serra très fort dans ses bras, puis elle s'écarta de lui, la tête inclinée, les yeux brillants et pleins d'une confiance enfantine, le sourire aux lèvres.

– Nous pourrions avoir un bébé tout de suite?

Manfred se mit à rire.

– Ariana chérie, tu ne trouves pas que cela peut attendre quelque temps? Mais peut-être penses-tu que je serai trop vieux pour être papa après la guerre? C'est pour cela, mon petit, que tu es si pressée?

Ils échangèrent un sourire.

– Tu ne seras jamais trop vieux, Manfred. Je t'aimerai toujours, jusqu'à la fin de mes jours, fit-elle en le serrant dans ses bras.

– Moi aussi, je t'aimerai toujours.

En disant ces mots, il pria pour qu'ils survivent tous les deux à l'épreuve qui les attendait.

23

Dix jours plus tard, le premier samedi d'avril, Ariana montait lentement l'allée menant à la petite église Maria Regina à quelque distance du Kurfürstendamm, au bras de Manfred Robert von Tripp. Il n'y avait ni demoiselles ni garçons d'honneur, seulement Johann qui servait de témoin.

Manfred sentait la légère pression de la petite main sur son bras quand ils s'avancèrent vers le vieux prêtre qui les attendait à l'autel. Ariana portait un ensemble blanc tout simple rembourré aux épaules, ce qui faisait paraître son buste moins

étroit. Ses cheveux dorés étaient relevés et enca-
draient son visage. La jeune fille avait habilement
fixé un voile derrière son chignon. Aux yeux de
Manfred, elle était plus jolie que jamais. Il avait
réussi par miracle à trouver un bouquet de gardénias : elle en portait deux sur les revers de sa
jaquette et un dans les cheveux. Et comme cela
n'était pas un jour comme un autre, elle avait mis à
la main droite la chevalière en diamant de sa mère
et la bague de fiançailles de Manfred à la main
gauche.

L'alliance qu'il lui avait achetée chez Louis Werner était un simple anneau d'or. A la fin de la
cérémonie, il le lui glissa au doigt et l'embrassa avec
un immense sentiment de soulagement. C'était une
bonne chose de faite. Ariana était devenue Frau
Manfred Robert von Tripp, et quoi qu'il arrive à
Berlin, cela lui garantissait une certaine protection.
Ce ne fut qu'alors qu'il repensa à sa première
femme, Marianna, qui semblait tellement plus âgée
et plus forte que cette frêle jeune fille. C'était
comme s'il s'agissait d'une autre vie. Il se sentait lié
à Ariana comme il ne l'avait été à personne d'autre
et lorsqu'il rencontra son regard, il devina qu'elle
ressentait la même chose.

– Je t'aime, chérie, dit-il tendrement en la rac-
compagnant à la voiture.

Le visage d'Ariana s'illumina. Ils firent un signe
d'adieu à Johann et s'éloignèrent en direction du
restaurant où Manfred avait promis d'emmener sa
femme pour leur « lune de miel », avant de rentrer
chez eux. Ariana jeta un dernier coup d'œil à l'église
par-dessus son épaule. Il y eut alors un énorme
coup de tonnerre suivi d'une explosion. La jeune
femme s'accrocha au bras de Manfred, morte de
peur, et se retourna juste au moment où l'église
explosait en mille morceaux. Manfred appuya à
fond sur l'accélérateur en criant à sa femme de se

coucher au cas où des débris des immeubles touchés feraient éclater le pare-brise.

– Reste couchée.

Il conduisait vite, en évitant de justesse les piétons et les voitures des pompiers. Ariana fut d'abord trop choquée pour réagir, puis lorsqu'elle comprit qu'ils venaient d'échapper à la mort, elle commença à pleurer doucement. Ils étaient presque arrivés à Charlottenburg lorsqu'il arrêta la voiture. Il attira alors Ariana contre lui.

– Mon amour, je suis désolé.

– Manfred, nous aurions pu... l'église.

Elle sanglotait désespérément.

– Tout va bien, chérie, c'est fini... C'est fini, Ariana.

– Mais, Johann? Est-ce que tu crois...

– Je suis sûr qu'il a réussi à s'éloigner, comme nous.

Mais, en fait, Manfred n'en était pas du tout certain. Et quand ils reprirent le chemin de la maison, une immense fatigue l'envahit. Il en avait assez de la guerre. Elle détruisait tout, les gens qu'il aimait, les endroits auxquels il tenait, les maisons, les monuments, les villes.

Ils firent le reste du trajet en silence. Ariana tremblait près de lui dans son joli petit ensemble blanc et les gardénias dégageaient un parfum exotique. L'odeur des gardénias lui rappellerait toujours cette nuit-là, la nuit de leur mariage, la nuit où ils avaient échappé de peu à la mort. Il eut soudain envie de pleurer de soulagement, de fatigue, de terreur, d'inquiétude pour cette fragile et belle femme qu'il venait de faire sienne. Mais il se contint et la souleva dans ses bras pour la porter dans la maison. Ils montèrent ainsi l'escalier jusqu'à leur chambre où, cette fois, ne pensant qu'à eux, ils abandonnèrent tout souci, toute pensée, toute réserve, toute prudence, pour ne faire qu'un.

24

– As-tu trouvé Johann? demanda Ariana d'un air inquiet quand Manfred rentra du bureau le lendemain.

– Oui, il va bien, répondit-il brièvement, effrayé à l'idée qu'elle pourrait découvrir son mensonge.

En fait, Johann était mort devant l'église, le soir précédent. Manfred était resté assis tout tremblant dans son bureau pendant une heure, incapable d'accepter la nouvelle perte d'un être qu'il aimait. Il se laissa tomber lourdement dans son fauteuil favori en soupirant.

– Ariana, je veux te parler sérieusement.

Elle avait envie de le taquiner, de faire disparaître un peu du sérieux qu'elle lisait dans son regard, mais elle comprit que ce n'était pas le moment. Par les temps qui couraient, la vie à Berlin n'avait rien de drôle. Elle s'assit alors calmement, les yeux dans les siens.

– Je t'écoute, Manfred.

– Je veux établir un plan pour toi, de façon que tu saches quoi faire si les choses tournent mal. Je veux que tu sois prête à n'importe quel moment. Ariana, je suis très sérieux... il faut que tu m'écoutes.

– D'accord.

– Tu sais où sont cachés l'argent et le revolver. En cas d'événements graves, je veux que tu les prennes, ainsi que les bagues de ta mère, et que tu partes.

– Partir où?

– Vers la frontière. Il y a une carte dans la Volkswagen. Et il faut que le réservoir soit toujours plein. Il y a également un bidon de secours dans le garage. Remplis-le avant de partir.

Elle fit un signe de tête affirmatif, mais elle n'aimait pas du tout ce genre d'instructions et d'explications. Elle ne partirait jamais. Elle ne le quitterait jamais.

– Tu penses vraiment que je m'enfuirais en te laissant ici?

– Ariana, il se peut que tu y sois contrainte. Si ta vie en dépend, je veux que tu partes. Tu ne peux pas savoir ce qui se passera ici si la ville est prise par les Alliés. Il y aura des pillages, des meurtres, des viols.

– Cela me paraît bien sinistre.

– Ariana, ce sera le moment le plus sinistre que cette ville ait jamais connu. Et tu seras complètement isolée ici si je n'arrive pas à te joindre. Il se peut que je sois bloqué au Reichstag par exemple pendant des semaines, ou du moins quelques jours.

– Et tu crois vraiment qu'ils me laisseront partir d'ici, dans cette ridicule petite voiture, avec les bagues de ma mère et ton revolver? Manfred, ne sois pas stupide.

– C'est toi qui dois arrêter de faire la sotte. Ecoute-moi donc, bon sang! Cours, marche, rampe, vole une bicyclette, cache-toi dans les buissons mais pour l'amour du ciel, sors de ce pays. Les Alliés sont déjà à l'ouest, entre ici et la frontière française : je pense que tu serais plus en sécurité en France. Tu peux passer les lignes alliées. Je ne crois pas que tu puisses encore aller en Suisse. Je veux que tu essaies d'aller à Paris.

– Paris? s'exclama-t-elle, étonnée. Mais c'est à neuf cents kilomètres d'ici!

– Je sais. Le temps que tu mettras n'a pas d'importance. L'essentiel est d'arriver. J'ai un ami à Paris, un ancien camarade d'école.

Il sortit son carnet et inscrivit l'adresse avec soin.

— Qu'est-ce qui te fait croire qu'il est toujours là-bas?

— J'ai eu des nouvelles de lui pendant les six dernières années. Il a eu la polio étant enfant, il a donc été dispensé de tout service dans l'armée. Il est l'adjoint du ministre de la Culture à Paris et il en a fait voir de toutes les couleurs à nos officiers.

— Penses-tu qu'il soit dans la Résistance?

— C'est possible, d'après ce que je sais de Jean-Pierre. Mais si c'est le cas, il est suffisamment intelligent pour être discret. Ariana, si quelqu'un peut t'aider, c'est bien lui. Je sais qu'il te gardera à l'abri jusqu'à ce que je vienne te rejoindre. Reste à Paris; s'il te le conseille, va où il te dira d'aller. Je lui fais entièrement confiance. Je te remets donc entre ses mains.

Il écrivit son nom et le tendit à sa femme. Jean-Pierre de Saint-Marne.

— Et ensuite? fit-elle, mal à l'aise, tout en pensant que Manfred n'avait peut-être pas tout à fait tort.

— Tu attendras. Pas très longtemps, je te le promets, répondit-il en souriant. (Puis son visage se durcit à nouveau.) Mais à partir de maintenant, j'exige que tu sois prête à n'importe quel moment. Le revolver, les bagues, l'argent, l'adresse de Saint-Marne, quelques vêtements chauds, de la nourriture, un réservoir plein d'essence.

— Oui, lieutenant.

Elle salua en souriant mais Manfred ne répondit pas à son sourire.

— J'espère que nous n'en aurons jamais besoin.

— Moi non plus... Après la guerre, je veux essayer de retrouver mon frère.

Elle pensait toujours que Gerhard avait réussi à s'en sortir. Elle avait fini par comprendre que les choses avaient pu être plus difficiles pour Walmar, mais il y avait une chance pour que Gerhard ait pu s'échapper.

— Nous ferons de notre mieux, répondit-il d'un ton compréhensif.

Peu de temps après, un matin, comme elle le lui avait promis avant qu'il parte travailler, elle rassembla toutes les choses qu'il lui avait dit de préparer et sortit vérifier que le réservoir était plein. Une fois dehors, dans le lointain, elle entendit des coups de feu. L'après-midi précédent, des bombes étaient tombées sur la ville. Manfred était revenu plus tôt à la maison. Comme toujours pendant les raids aériens, elle attendait dans la cave avec la radio et un livre.

— Que se passe-t-il? A la radio...

— Ne t'occupe pas de ce qu'ils disent à la radio. Tu es prête?

— Oui, fit-elle, terrifiée.

— Il faut que j'aille au Reichstag ce soir. Ils exigent la présence de tous les hommes disponibles pour défendre le bâtiment. Je ne sais pas quand je reviendrai. Il faut que tu te conduises comme une grande à présent. Tu attends ici mais, si la ville est prise, rappelle-toi ce que je t'ai dit.

— Comment pourrai-je sortir s'ils prennent la ville?

— Tu pourras. Ils laisseront sortir les réfugiés, spécialement les femmes et les enfants. Ils le font toujours.

— Et toi?

— Je te retrouverai après.

Il regarda sa montre, monta à l'étage chercher ses affaires puis redescendit lentement.

— Il faut que je parte.

Ils se serrèrent l'un contre l'autre un long moment sans rien dire. Ariana aurait voulu le supplier de ne pas partir. Au diable Hitler, l'armée, le Reichstag, tout. Elle voulait seulement être avec lui, dans un endroit sûr.

– Manfred...

Au son de sa voix, il savait ce qu'elle allait dire. Il la fit taire par un long et tendre baiser.

– Ne dis rien, chérie. Je dois partir, mais je reviendrai bientôt.

Les larmes coulaient sur ses joues lorsqu'elle l'accompagna jusqu'à la Mercedes. Il essuya ses larmes.

– Ne pleure pas, mon amour. Tout ira bien, je te le promets.

Elle se jeta alors à son cou.

– Si quelque chose devait t'arriver, Manfred, j'en mourrais.

– Rien n'arrivera, voyons!

Il enleva alors sa chevalière et la mit dans la paume d'Ariana.

– Prends-en soin jusqu'à mon retour.

Elle lui sourit tendrement et ils échangèrent un long baiser. Il monta dans la voiture, recula dans l'allée, salua une dernière fois et prit la direction de Berlin.

Jour après jour, elle entendit à la radio que les combats faisaient rage partout dans Berlin. Dans la nuit du 26 avril, elle apprit que tous les secteurs étaient touchés, Grunewald aussi bien que Wannsee. Elle n'avait pas quitté la cave depuis des jours. Elle avait entendu des coups de feu et des explosions et n'avait pas osé monter au rez-de-chaussée. Elle savait que les Russes avançaient dans la ville, mais ce qu'elle ignorait c'est que, partout dans Berlin, des gens comme elle étaient bloqués dans leurs caves, sans eau, sans nourriture, sans air. Rien n'avait été prévu pour l'évacuation. Les enfants étaient condamnés au même sort que leurs parents, piégés comme des rats, attendant la fin. Et ce qu'aucun d'eux ne savait, c'était que le haut commandement avait déjà fui Berlin.

La nuit du 1er mai, la mort d'Hitler fut annoncée à la radio. Les gens tapis dans leurs caves apprirent la nouvelle avec stupéfaction, alors que la bataille faisait rage et que la ville était en feu. La radio enchaîna ensuite sur un air de Wagner et sur la *Septième Symphonie* de Bruckner. Ariana entendit au loin des bruits de fusillades et elle se rappela que la dernière fois qu'elle avait écouté cette symphonie, c'était à l'Opéra avec Gerhard et son père, des années auparavant. Elle était assise dans sa cave, se demandant où était Manfred au milieu de Berlin en folie. Plus tard, cette nuit-là, elle apprit que la famille Goebbels tout entière s'était suicidée.

Le 2 mai, elle entendit en trois langues que le cessez-le-feu avait été ordonné. Pourtant cela n'avait pas de sens : à Wannsee, on se battait encore. Mais le ciel était tranquille. Les combats se déroulaient sur terre. Les maisons étaient pillées bien que, dans le centre de la ville, les Berlinois les aient quittées. A Wannsee, la guerre continua encore trois jours puis ce fut le silence. Pour la première fois depuis des semaines, aucun bruit, aucun cri. Ariana attendit, seule, jusqu'à ce que le jour se lève à l'aube du 5 mai.

Elle décida alors de partir à la recherche de Manfred. Si les Alliés avaient pris la ville, elle devait chercher où il était. Il n'avait plus à défendre le Reichstag – il n'y avait plus de Reich à défendre.

Pour la première fois depuis des jours, elle grimpa l'escalier jusqu'à sa chambre, mit une horrible jupe épaisse, des bas de laine et ses vieilles chaussures de marche. Elle enfila un pull-over, une veste, enfouit le revolver de Manfred au plus profond de sa poche avec un gant par-dessus. Elle n'avait pas l'intention de prendre autre chose. Elle allait seulement retrouver Manfred; après, si elle ne le retrouvait pas, elle reviendrait chez elle pour attendre. Quelques instants plus tard, elle respira profondément à l'air libre et prit soudain conscience de l'odeur âcre de fumée. Elle se glissa dans la petite Volkswagen et démarra.

Elle mit seulement vingt minutes pour atteindre le centre de la ville et là, elle eut le souffle coupé. Les rues étaient jonchées de débris et de pierres, il était impossible de passer. A première vue, il ne restait plus rien. En regardant de plus près, quelques bâtiments étaient encore debout mais eux aussi avaient été touchés. Ariana n'en croyait pas ses yeux. Elle comprit finalement qu'il était inutile d'essayer de conduire. Elle gara sa voiture en marche arrière dans une allée à l'écart, hors de vue, vérifia si le revolver était toujours dans sa poche et sortit de la voiture. Elle devait retrouver Manfred.

En direction du Reichstag, elle rencontra des groupes de soldats britanniques et américains et, ici et là, des Berlinois curieux qui regardaient le spectacle du pas de leur porte ou qui se dépêchaient de quitter la ville, effrayés à l'idée de ce qui allait suivre. En approchant du Reichstag, elle vit alors des hommes en uniforme allemand, serrés les uns contre les autres, sales, épuisés, attendant les bus qui devaient les emmener pendant que des Américains les surveillaient, le fusil à la main, eux aussi sales et fatigués. Près de cinq mille soldats avaient tenté de défendre le Reichstag et la moitié d'entre eux étaient morts. Elle était là, sur le trottoir défoncé, indécise, lorsqu'un deuxième groupe de soldats allemands passa près d'elle. Ariana eut la stupéfaction de reconnaître Hildebrand. Il avait un œil meurtri et enflé, sa tête saignait sous un bandage, son uniforme était déchiré, son regard était vide. Elle fit un geste désespéré dans sa direction et courut vers lui. Il saurait certainement où était

Manfred. Elle fut alors immédiatement arrêtée par deux Américains qui croisèrent leurs fusils devant elle. Elle les supplia en allemand de la laisser passer, mais il était évident que cela ne les touchait pas. Elle cria alors le nom d'Hildebrand jusqu'à ce qu'il se retourne.

– Où est Manfred, Hildebrand ?

Les yeux du lieutenant se tournèrent vers la gauche. Ariana suivit son regard et ce qu'elle vit alors la paralysa : un tas de corps déchiquetés qu'on n'avait pas encore enlevés. Les uniformes étaient méconnaissables, les visages figés par le rictus de la mort. Elle s'avança lentement et reconnut presque immédiatement le visage familier.

Elle resta pétrifiée, la bouche ouverte pour pousser un cri qui ne voulait pas sortir. Même le soldat américain ne réussit pas à la faire partir. Elle s'agenouilla près de Manfred et essuya la boue de son visage.

Elle resta là près d'une heure puis, terrifiée, elle comprit ce que cela signifiait et, après un baiser sur les yeux clos, elle toucha une dernière fois son visage et s'enfuit. Elle courut aussi vite qu'elle le put jusqu'à la voiture, et quand elle y arriva, elle vit deux hommes en train d'essayer de la faire démarrer sans clé. Elle sortit alors le revolver et le pointa sur ses compatriotes jusqu'à ce qu'ils reculent, les mains en l'air. Elle se glissa ensuite tranquillement dans sa voiture, bloqua les portes de l'intérieur, et démarra en trombe.

Elle n'avait plus rien à perdre à présent, plus de raison de vivre. Sur le chemin du retour, elle vit les pillards, des Allemands, des soldats – parmi eux des Russes. La ville allait à nouveau vivre des jours terribles. Peu lui importait d'être tuée, mais elle avait promis à Manfred d'essayer de partir.

Une fois à Wannsee, elle mit toutes ses affaires dans la voiture. Des provisions – quelques pommes de terre cuites, un peu de pain, de la viande bouillie – l'argent, l'adresse du Français, le livre où se trouvaient les bagues. Elle garda aux doigts sa bague de fiançailles, son alliance et la chevalière de Manfred. Elle tuerait ceux qui essaieraient de les lui prendre. Les yeux durs, la bouche serrée, elle démarra à nouveau. Elle jeta un dernier coup d'œil à la maison de Manfred et sa gorge se serra. Il était parti maintenant, l'homme qui l'avait sauvée, parti pour toujours. Cette pensée frappa son cœur avec une telle violence qu'elle crut mourir. Elle avait glissé parmi ses papiers la seule lettre qu'elle avait de lui, une lettre d'amour pleine de tendresse et de promesses qu'il avait écrite après leur première nuit d'amour. Elle avait également pris quelques photos : une photo d'eux à leur premier bal à l'Opéra; quelques-unes du bal du Palais-Royal, d'autres prises dans le Tiergarten, les photos des enfants et de Marianna. Ariana ne voulait pas que toutes ces photos tombent aux mains d'étrangers. Elles étaient à elle, comme l'était Manfred, pour le restant de sa vie.

25

Ariana quitta la ville en direction de l'ouest avec des milliers d'autres à pied, à bicyclette ou en voiture. Les Alliés n'essayaient pas d'arrêter les femmes, les enfants et les vieillards qui s'enfuyaient comme des rats apeurés. Ariana supportait mal le spectacle qui l'entourait; de temps à autre, elle s'arrêtait pour aider mais elle réalisa rapidement qu'elle ne devait plus le faire. Chaque fois, en effet, on essayait de lui prendre sa voiture. Elle finit pourtant par accepter deux femmes. Elles vivaient à

Dalhem et elles ne voulaient qu'une seule chose : quitter la ville. Leur magasin avait été détruit le matin même, leurs maris étaient morts et elles craignaient pour leurs vies.

– Les Américains vont tous nous tuer, Fräulein, dit la plus âgée en pleurant.

Ariana ne partageait pas son avis mais elle était trop lasse pour discuter. Elle était même trop angoissée pour parler. Si les Américains voulaient vraiment les tuer, ils n'auraient aucun mal : les réfugiés encombraient les routes.

Elle réussit à atteindre Kassel, à environ trois cents kilomètres de Berlin, avant de tomber en panne d'essence. Elle avait laissé ses passagères à Kalbe où des cousins les avaient reçues les bras ouverts et les larmes aux yeux. Kassel était à peu près à mi-chemin entre Berlin et Sarrebruck, la ville au nord de Strasbourg, là où Manfred lui avait conseillé de passer la frontière. Elle réfléchit un moment au volant de la voiture : elle n'était plus qu'un visage parmi d'autres, en route vers nulle part, sans amis, sans biens, sans but. Elle refoula ses larmes en regardant la petite voiture qui l'avait sauvée, puis elle prit ses paquets et entama sa longue marche vers la France.

Elle mit deux jours pour faire les soixante kilomètres jusqu'à Marburg et là, un vieux médecin de campagne accepta de l'emmener à Mayence. Le trajet dura trois heures et ils parlèrent peu. Une fois arrivés à Mayence, le docteur la regarda d'un œil amical et lui offrit de l'emmener jusqu'à Neunkirchen. C'était sur son chemin, après tout. Elle accepta avec reconnaissance.

A Neunkirchen, elle le remercia. Elle aurait voulu en dire davantage, mais les dernières heures qu'elle venait de vivre avaient gelé quelque chose au plus profond d'elle-même. C'était un sentiment de perte, de profond désespoir. Elle ne savait même plus très bien pourquoi elle s'enfuyait, sinon que Manfred le lui avait ordonné et qu'elle était sa femme. Il lui avait ordonné d'aller à Paris, elle y allait donc. Peut-être l'ami à Paris lui dirait-il que ce qu'elle avait vu à l'aube, trois jours avant, était un cauchemar. Peut-être Manfred serait-il là-bas, à l'attendre.

Il ne lui restait plus à parcourir que les trente kilomètres jusqu'à Sarrebruck, puis quinze jusqu'à la frontière française et elle serait en sécurité. Mais cette fois, personne ne l'emmena et elle mit trois jours pour faire le chemin. Ses jambes lui faisaient mal, elle était épuisée, elle avait faim et froid. Elle avait achevé ses réserves de nourriture le premier jour. Un fermier lui avait donné deux pommes. Elle atteignit enfin la frontière, six jours après son départ de Berlin. Elle avait réussi. Il ne lui restait plus qu'à ramper sous les barbelés. Ce qu'elle fit, lentement, le cœur battant, s'attendant à tout moment à être tuée sur place. Mais il semblait que la guerre fût vraiment finie : personne ne se souciait de la jeune femme sale et à bout de forces qui rampait en s'écorchant tout le corps. Ariana jeta autour d'elle un regard fatigué et murmura « Bonjour, la France » avant de tomber endormie.

Elle se réveilla six heures plus tard, un carillon de cloches dans la tête, le corps endolori et affreusement raide. Elle qui avait vécu à Grunewald, puis sous la protection de Manfred, n'était pas du tout préparée à ce genre d'épreuves. Elle recommença à marcher et ce n'est qu'une demi-heure plus tard qu'elle tomba évanouie. Une vieille femme la trouva deux heures plus tard et la crut morte. Seul le léger battement sous le pull-over la fit douter et elle alla chercher sa bru. Elles la ramenèrent chez elles et veillèrent sur la jeune femme qui fut prise de nausées incoercibles. Pendant deux jours, elle eut de la fièvre. Les deux femmes pensaient qu'elle allait mourir. La plus âgée savait qu'elle était allemande car elle avait trouvé sur elle le revolver et l'argent, mais elle ne lui était pas hostile. Son propre fils était parti travailler pour les nazis à Vichy, quatre ans auparavant. En temps de guerre, on n'avait pas tellement le choix et si cette fille fuyait, la vieille femme était prête à l'aider. La guerre était finie, après tout. Elles s'occupèrent d'elle encore deux jours et enfin Ariana déclara qu'elle allait assez bien pour partir. Elle s'adressait à elles dans leur langue; sa connaissance du français lui était très utile.

– Vous allez loin? demanda la vieille femme.

– Paris.

– C'est à plus de trois cents kilomètres. Vous ne pouvez pas marcher jusque là-bas, vous savez. Pas dans votre état.

Ariana montrait déjà des signes de malnutrition, elle avait dû avoir une commotion cérébrale en tombant, à en juger par ses vomissements et ses troubles visuels. De plus, elle paraissait de dix ans plus âgée qu'à son départ de Berlin.

– Je peux toujours essayer. Je vais peut-être trouver quelqu'un qui va m'emmener.

– Vous emmener comment? Les Allemands nous ont pris nos voitures et nos camions et ce qu'ils ont laissé, les Américains nous l'ont pris. Ils tiennent garnison à Nancy.

Mais sa bru se souvint d'un vieux prêtre qui devait aller à Metz le soir même. Il avait un cheval qu'il utilisait pour ses déplacements. Si Ariana avait de la chance, il l'emmènerait. Ariana eut de la chance car le prêtre accepta.

Ils atteignirent Metz le lendemain matin. Après les longues heures passées à être secouée sur les routes de campagne, Ariana se sentit à nouveau très mal, trop mal pour manger, trop mal pour bouger. Et pourtant, il le fallait. Il y avait soixante kilomètres jusqu'à Bar-le-Duc. Elle se mit en route, priant pour qu'un camion s'arrête et la prenne. Six kilomètres plus loin, ses prières furent exaucées : un homme passa avec une charrette. Il n'était ni jeune, ni vieux, ni hostile, ni amical. Elle lui offrit de l'argent français et monta près de lui. Pendant des heures, elle resta assise, le soleil de printemps tapant sur sa tête, à côté de l'homme qui conduisait son cheval en silence. Il ne s'arrêta qu'au crépuscule.

– Sommes-nous à Bar-le-Duc?

– Non, fit-il en secouant la tête. Mais mon cheval est fatigué et moi aussi. Je vais m'arrêter un moment pour me reposer. Après nous repartirons. Ça vous va?

Elle n'avait pas le choix. Il avait déjà posé sa veste par terre et se préparait à dévorer du pain avec du fromage. Il n'en offrit pas à Ariana qui se contentait de le regarder. Elle eût été incapable de manger, de toute façon. Elle s'allongea tranquillement dans l'herbe un peu plus loin, la tête sur son précieux paquet, et ferma les yeux. Elle sommeillait déjà quand elle sentit la main de l'homme se poser sur sa jupe. Sans perdre de temps, il se mit sur elle, releva sa jupe et tira sa culotte. Ariana essaya de le repousser en se débattant sauvagement et en le giflant à deux mains. Mais il se fichait du manque d'enthousiasme de sa victime. Elle sentit alors quelque chose de dur et de chaud entre ses jambes et, juste au moment où il allait la pénétrer, il y eut un remue-ménage, un cri et un coup de feu tiré en l'air. L'homme se rejeta en arrière, surpris, sa nudité complètement en évidence. Ariana se releva en hâte et trébucha, soudain prise de vertige. Deux mains puissantes la prirent aux épaules et la reposèrent par terre.

– Ça va?

Elle hocha la tête, les yeux obstinément baissés.

La voix s'était exprimée en anglais, elle était donc maintenant aux mains des Américains. Pensant qu'elle n'avait pas compris, il s'adressa à elle en un français approximatif. Elle leva alors les yeux en essayant de ne pas sourire. Elle trouvait amusant qu'on puisse si facilement la prendre pour une Française.

– Merci.

Il avait un visage sympathique et d'abondants cheveux bruns bouclés qui débordaient du casque. Plus loin, elle aperçut trois autres hommes et une jeep.

– Est-ce qu'il vous a fait mal?

Elle secoua la tête.

Sans autre explication, le jeune Américain assena au Français un violent coup de poing en plein visage.

– Voilà pour lui.

Ce qui le mettait en rage, c'était qu'on les accusait de violer les Françaises alors qu'en fait les salauds de Français s'en chargeaient eux-mêmes. Il regarda la petite blonde qui secouait l'herbe de ses cheveux dorés.

– Voulez-vous qu'on vous emmène quelque part?

– Oui, fit-elle avec un faible sourire. A Paris.

– Est-ce que Châlons-sur-Marne vous irait? C'est à cent cinquante kilomètres de Paris, et là-bas, je trouverai bien quelqu'un qui vous fera faire le reste du trajet.

Etait-il possible qu'il l'aide à gagner Paris? Elle le fixait, des larmes coulant sur ses joues.

– D'accord? Ça vous aiderait? demanda-t-il, avec un large sourire. Alors, venez!

Ariana suivit le soldat jusqu'à la jeep. Pendant le trajet, les quatre jeunes gens bavardèrent et chantèrent; de temps en temps, ils jetaient un coup d'œil du côté de la jeune femme assise, silencieuse, au milieu d'eux. Le jeune homme qui l'avait sauvée des mains du Français s'appelait Henderson et ce fut lui qui trouva deux soldats pour l'emmener à Paris, une heure après leur arrivée à Châlons.

– Vous serez en sécurité avec eux, mademoiselle, fit-il pour la rassurer.

Elle lui tendit la main.

– Merci, monsieur.

– A votre service.

Elle suivit les deux soldats qui se rendaient en mission à Paris. Lorsque Henderson la vit s'éloigner, il repensa à l'expression de désespoir qu'il avait lue sur le petit visage pâle. Il connaissait cette expression. Mais il y avait autre chose derrière ces yeux bleus enfoncés, cette peau tendue, ces cernes noirs. Cette fille était bien malade.

26

Les deux jeunes Américains expliquèrent à Ariana qu'ils allaient rue de la Pompe. Savait-elle où elle allait? Elle sortit le papier que Manfred lui avait donné. L'adresse du Français était rue de Varenne.

– Je pense que c'est sur la rive gauche mais je n'en suis pas sûre.

La ville avait également souffert de la guerre mais le spectacle n'était pas aussi affligeant qu'à Berlin. Paris avait surtout subi l'occupation des Allemands qui avaient pillé de nombreux trésors pour les envoyer à la Pinacothèque de Berlin.

Un vieil homme à bicyclette expliqua aux jeunes soldats comment se rendre à l'adresse d'Ariana et offrit même de les accompagner. C'était la première fois que la jeune femme revoyait Paris depuis son voyage avec son père et son frère. Mais elle était trop lasse pour apprécier les monuments et la beauté de la ville. L'Arc de Triomphe, la place de la Concorde, le pont Alexandre-III défilèrent devant elle. Elle finit d'ailleurs par fermer les yeux, écoutant seulement le vieil homme crier de brèves instructions et le jeune Américain au volant qui le remerciait. Ils arrivèrent enfin et Ariana rouvrit les yeux. Elle n'avait pas le choix : il fallait qu'elle descende de la voiture. L'homme qu'elle cherchait était peut-être mort à présent. Il lui semblait que tout le monde l'était. Debout devant l'énorme porte sculptée, la petite maison de Wannsee lui manqua terriblement. Mais c'était fini, elle devait se souvenir qu'elle n'avait plus rien du tout, que Manfred était parti pour toujours.

– Oui, mademoiselle?

Une vieille femme corpulente aux cheveux blancs ouvrit la porte qui donnait sur une belle cour intérieure. Au fond, se dressait un magnifique hôtel particulier du dix-huitième siècle avec un petit escalier en marbre. Les lumières brillaient amicalement dans l'obscurité.

– Vous désirez?

– M. Jean-Pierre de Saint-Marne, répondit Ariana en français.

Pendant un long moment, la femme la regarda, comme si elle ne voulait pas comprendre. Mais Ariana insista.

– Il est chez lui?

– Non, fit la femme en secouant lentement la tête. Mais la guerre est finie. Il n'y a plus de raison de déranger M. de Saint-Marne.

Elle était fatiguée de tous ces gens qui venaient implorer depuis si longtemps. Qu'ils aillent voir les Américains à présent. Ils allaient tuer Monsieur avec leurs histoires épuisantes, leurs terreurs, leurs émotions. Ariana ne comprenait pas l'expression de son visage.

– Je suis désolée. Mon mari et M. de Saint-Marne étaient de vieux amis. Il m'a suggéré de venir voir M. de Saint-Marne quand j'arriverais ici.

La voix d'Ariana tremblait et la vieille femme secoua à nouveau la tête.

– Ils disent tous cela.

Et celle-ci ne paraissait pas en meilleur état que les autres. L'air maladif, maigre, mortellement pâle, vêtements et chaussures dans un état lamentable, un seul petit paquet à la main. Mon Dieu, elle n'avait sûrement pas pris de bain depuis au moins une semaine. Ce n'est pas parce que Monsieur avait de l'argent que tous ces réfugiés devaient venir mendier ici.

– Je vais voir si Monsieur est chez lui. Attendez ici.

Mais la belle Rolls garée dans la cour prouvait que son maître était bien là. Ariana s'effondra sur un banc étroit, frissonnant légèrement dans l'air frais de la nuit. Elle était habituée au froid pourtant, ainsi qu'à la faim et à la fatigue. Elle n'arrivait même plus à se rappeler si elle avait connu autre chose. Le temps lui parut long avant que quelqu'un ne vienne la secouer. Elle leva les yeux et vit la vieille femme hocher la tête d'un air désapprobateur.

– Il va vous recevoir maintenant.

La jeune femme se sentit soulagée, non pas à l'idée de le voir, mais à la pensée qu'elle n'aurait pas à aller plus loin cette nuit-là. Du moins l'espérait-elle. Peu lui importait d'avoir à dormir dans un grenier, mais elle ne se sentait pas la force de faire un pas de plus avant le lendemain matin. Elle souhaitait désespérément qu'il lui permette de rester.

Elle suivit la vieille femme, gravit l'escalier de marbre. Un domestique d'aspect sévère ouvrit la porte. Il lui rappela un peu Berthold, avec des yeux plus doux. Il jeta un coup d'œil à Ariana puis se retourna et disparut.

– Il est parti prévenir le maître. On viendra vous chercher dans un instant. Je m'en vais, murmura la vieille femme.

– Merci.

Mais la femme ne se souciait absolument pas des remerciements d'Ariana.

Le domestique revint. Elle le suivit le long d'un somptueux couloir tapissé de velours et orné de portraits des ancêtres Saint-Marne. Puis il ouvrit une porte et ce qu'elle vit lui rappela le Palais-Royal de Berlin, avec des chérubins, des panneaux dorés, des glaces, des cheminées en marbre blanc. Au milieu de cette splendeur, se tenait un homme de l'âge de Manfred mais d'aspect plus fragile, avec deux rides profondes entre les yeux. Il était assis au milieu de la pièce, dans son fauteuil roulant, et la regardait avancer.

– Monsieur de Saint-Marne?

Elle se sentait trop lasse pour les cérémonies qu'imposaient les circonstances et la pièce.

– Oui, fit-il sans bouger, mais son visage était accueillant, son regard chaleureux. C'est moi. Et vous, qui êtes-vous?

– Ariana... Mme Manfred von Tripp. Manfred m'a dit que si Berlin était pris, je devais venir ici. Je suis désolée, j'espère que...

Le fauteuil roula vers elle rapidement. Il s'arrêta tout près et tendit la main.

– Soyez la bienvenue, Ariana. Asseyez-vous, je vous en prie.

Le visage de Saint-Marne ne s'était pas illuminé car il sentait qu'elle n'avait pas encore tout dit, et il devinait qu'elle n'était pas porteuse de bonnes nouvelles.

Ariana s'assit, les yeux fixés sur le Français. D'une certaine façon, il était presque beau, bien que si différent de Manfred qu'il était difficile d'imaginer qu'ils avaient été amis.

– Combien de temps avez-vous mis pour arriver jusqu'ici? demanda-t-il, en contemplant ce visage blême, fatigué, brisé, effrayé.

– Neuf jours, répondit-elle en soupirant.

– Comment êtes-vous venue?

– En voiture, à cheval, à pied, en jeep...

« J'ai rampé sous les barbelés, j'ai prié, j'ai failli être violée par un homme répugnant... » Elle fixait Saint-Marne de ses yeux vides. Et puis il posa la question qui lui brûlait les lèvres.

– Et Manfred?

Elle baissa les yeux et sa voix ne fut plus qu'un murmure dans l'immense pièce.

– Il est mort. Il a été tué... lors de la chute de Berlin. Mais il m'avait dit de venir vous voir. Je ne sais pas pourquoi j'ai quitté l'Allemagne, si ce n'est que je n'ai plus rien. Il fallait que je parte.

– Et votre famille?

Les yeux de Saint-Marne indiquaient qu'il avait déjà surmonté le choc. Elle soupira.

– Je pense que mon père est mort. Ma mère était morte avant la guerre. Quant à mon frère, il est peut-être encore en vie. En Suisse. Mon père l'a emmené là-bas en août dernier pour éviter l'incorporation. Mon père n'est jamais revenu de Suisse et je n'ai pas eu de nouvelles de Gerhard.

– Gerhard devait rester là-bas?

Elle fit oui de la tête.

– Et votre père était supposé revenir?

– Oui, revenir me chercher. Mais notre nurse – bref, ils ont appelé les nazis qui m'ont emmenée et gardée dans l'espoir d'une rançon. Ils pensaient que mon père allait revenir. Au bout d'un mois ils m'ont laissée partir. Manfred et moi...

Elle s'interrompit pour contenir ses larmes. Jean-

Pierre soupira et posa une feuille de papier sur son bureau.

– Je suppose que c'est pour cela que Manfred vous a envoyée à moi?

– Je pense qu'il m'a envoyée uniquement parce que vous étiez son ami et qu'il pensait que je serais en sécurité ici.

Jean-Pierre de Saint-Marne eut un sourire las.

– Manfred était effectivement un très bon ami. Et très sage, également. Il sait ce que j'ai fait pendant la guerre. Je suis resté en contact avec lui. Discrètement bien sûr. (Il montra alors son fauteuil roulant.) Comme vous le voyez, je suis un peu... handicapé, mais je me débrouille quand même. Disons que je suis devenu une sorte de philanthrope. Je réunis des familles, quelquefois même à l'étranger, je m'arrange pour offrir des « vacances » sous des climats plus chauds.

– En d'autres termes, vous avez aidé des réfugiés à s'enfuir?

– C'est à peu près cela. Et maintenant, je vais essayer pendant les années qui vont suivre de réunir des familles. Cela devrait m'occuper pendant quelque temps.

– Et pouvez-vous m'aider à retrouver mon frère?

– Je vais essayer. Donnez-moi toutes les informations que vous possédez et je verrai ce que je peux faire. Mais j'ai bien peur que vous n'ayez à vous préoccuper d'autre chose, Ariana. Qu'allez-vous devenir? Où comptez-vous aller? Chez vous en Allemagne?

– Je n'ai plus personne là-bas, fit-elle en secouant lentement la tête, les yeux vides.

– Vous pouvez rester ici un moment.

Elle savait que cela ne pouvait être que temporaire. Et ensuite, où irait-elle? Elle n'y avait pas pensé.

Saint-Marne hocha la tête d'un air compréhensif et prit quelques notes.

– Bon, demain matin, je verrai ce que je peux faire pour vous. Vous devez me dire tout ce que vous savez pour m'aider à retrouver Gerhard. Si vous le souhaitez. D'ici là, il n'y a qu'une chose à faire.

– Laquelle?

Elle essaya de lui rendre son sourire mais le regarder et ne pas dormir dans son confortable fauteuil exigeait d'elle un trop gros effort.

– Ma chère Ariana, il faut vous reposer. Vous semblez totalement épuisée.

– Oui, en effet.

Elle se sentira mieux dans un ou deux jours, pensa-t-il. Quelle jolie petite! Cela ne ressemblait guère à Manfred de s'être marié avec quelqu'un d'aussi fragile, d'aussi jeune. Marianna était tellement plus forte. D'abord, il ne s'attendait pas que Manfred se remarie. Il avait été si désespéré par la mort de sa femme et de ses enfants. Enfin, Ariana était là et il comprenait aisément la passion de Manfred. Elle était si adorable, malgré ses vêtements déchirés et sales. Il aurait aimé la voir avec Manfred en des temps meilleurs. Seul à nouveau dans la pièce, il se mit à penser à son vieil ami et aux raisons qui l'avaient poussé à lui envoyer Ariana.

Dans sa chambre, Ariana était déjà profondément endormie.

27

Le lendemain matin, Ariana rejoignit Jean-Pierre après le petit déjeuner. Il était évident, à la lumière du jour, qu'elle était malade. Elle s'assit dans son bureau, le teint verdâtre.

– Etiez-vous malade avant de quitter Berlin?

– Non.

– Votre état est peut-être dû alors à la fatigue du voyage et à la récente tragédie qui vous a frappée.

Il avait déjà vu si souvent les ravages causés par le chagrin. Transpiration, vomissements, vertiges. Il avait vu des hommes en pleine force s'évanouir de soulagement au seul fait de se retrouver en sécurité chez lui. Pourtant, l'état physique d'Ariana l'inquiétait moins que son état émotionnel.

– Je vais faire venir un médecin mais je veux tout d'abord réunir tous les renseignements que vous possédez sur votre frère. Son aspect, sa taille, son poids. L'endroit où il allait, ce qu'il portait, ses projets exacts, les personnes qu'il connaissait.

Elle répondit à toutes ses questions, expliquant en détail le plan que son frère entendait suivre.

– Et à Zürich, que devait-il faire?

– Rien, sinon attendre.

– Et après, où deviez-vous aller tous les trois?

– A Lausanne, chez des amis de mon père.

– Ces amis savaient-ils que vous veniez?

– Je l'ignore. Papa a pu hésiter à les appeler de la maison ou du bureau. Il avait peut-être prévu de les appeler de Zürich.

– Est-ce qu'il a laissé leur numéro à votre frère?

– J'en suis certaine.

– Et vous n'avez entendu parler ni de votre père, ni de votre frère, ni des amis?

– Personne. Manfred était convaincu que mon père était mort.

Il sentit au son de sa voix qu'elle avait surmonté cette épreuve. C'était la perte de Manfred qu'elle ne pouvait supporter.

– Mais mon frère... fit-elle avec un regard suppliant.

– Nous verrons. Je vais donner quelques coups de fil. Pourquoi ne retournez-vous pas vous coucher? Je vous dirai si j'ai des nouvelles.

– Vous viendrez me réveiller?

– Je vous le promets.

En moins d'une heure, il sut tout ce qu'il pouvait apprendre et cela ne valait pas la peine de réveiller Ariana. Elle dormit donc jusqu'au soir et, quand Lisette lui dit qu'elle était assise dans son lit, en meilleure forme, il poussa son fauteuil roulant jusqu'à sa chambre.

– Bonsoir, Ariana, comment vous sentez-vous?

– Mieux.

Mais sa mine prouvait le contraire. Elle était plus pâle que jamais et maîtrisait à peine ses violentes nausées.

– Vous avez des nouvelles? demanda-t-elle.

Il ne répondit pas immédiatement et elle interpréta aussitôt ce silence.

– Ariana, je n'ai aucune nouvelle, en fait, fit-il en tendant une main vers elle. Je vais vous dire ce que j'ai appris mais c'est moins que rien. Le garçon a disparu.

– Il est mort? demanda-t-elle, d'une voix tremblante.

Elle avait toujours espéré que son frère était vivant. Malgré le pessimisme de Manfred.

– Peut-être. Je ne sais pas. J'ai appelé l'homme dont vous m'aviez donné le nom. Lui et sa femme ont été tués dans un accident de voiture deux jours exactement avant que votre père et votre frère ne quittent Berlin. Le couple n'avait pas d'enfants, la maison a été vendue et ni les nouveaux propriétaires ni les collègues de banque de cet homme n'ont entendu parler de votre frère. Il est possible que votre père ait laissé le garçon, soit revenu vous chercher et ait été tué sur le chemin du retour. Dans ce cas, votre frère aurait appelé vos amis et aurait découvert qu'ils étaient morts. En réalisant qu'il était seul, il lui aurait fallu trouver un travail pour survivre. Mais il n'y a aucune trace de lui, Ariana, ni à Zürich, ni à la police, ni chez les banquiers de Lausanne. Il n'y a pas non plus trace de Max Thomas. J'ai utilisé toutes les filières habituelles et mes meilleurs contacts. Personne n'a vu ce garçon. Cela peut être bon ou mauvais signe.

— Qu'en pensez-vous, Jean-Pierre?

— Que lui et votre père sont morts entre Lörrach et Bâle.

Elle garda le silence et il continua de parler seulement pour garder le contact avec elle. Pour la maintenir à la surface.

— Ariana, nous devons continuer.

— Pourquoi? Pour quoi faire? sanglota-t-elle. Je ne veux pas continuer. Je n'ai plus personne. Je n'ai plus que moi.

— C'est suffisant. C'est tout ce que j'ai, moi aussi.

— Ah bon?

Elle se moucha, les yeux fixés sur lui. Il hocha la tête.

— Ma femme était juive. Quand les Allemands ont occupé Paris, ils l'ont prise, ainsi que notre petite fille.

Ariana ferma les yeux. Elle se sentit alors très mal. Elle ne pouvait en supporter davantage. Les pertes innombrables, l'immense chagrin. La pièce tourna autour d'elle. Elle s'allongea pour trouver un point d'appui. Il s'avança alors et lui caressa doucement les cheveux.

– Je sais, ma petite, je sais.

Après un long silence, Jean-Pierre reprit :

– J'ai une idée. Si vous êtes assez courageuse. Cela dépend de vous. Mais si j'étais jeune, c'est ce que je ferais. Partir, loin de ces pays qui ont été détruits, brisés, bombardés. Je partirais et recommencerais à zéro. C'est ce que vous devriez faire.

Elle leva la tête et s'essuya les yeux.

– Et où?

Cela la terrifiait. Elle ne voulait pas partir. Elle voulait seulement s'accrocher au passé.

– Aux Etats-Unis, répondit-il très vite. Il y a un bateau de réfugiés qui part demain. C'est un voyage organisé de New York. Des Américains accueilleront les réfugiés et les aideront à trouver un point de chute.

– Et la maison de mon père à Grunewald? Ne pensez-vous pas que je pourrais la récupérer?

– Le désirez-vous vraiment? Pourriez-vous revivre là-bas?

La justesse de ces mots la frappa avec violence. Jean-Pierre comprit alors tout à coup pourquoi Manfred lui avait envoyé Ariana. Il savait que Jean-Pierre trouverait une solution. Et c'était la bonne solution.

Il restait un problème : était-elle capable de faire le voyage? Il savait par expérience qu'elle ne retrouverait pas ses forces avant des mois. Elle avait été trop éprouvée et les neuf jours de voyage pour fuir l'Allemagne l'avaient achevée. Pourtant, il risquait de ne pas y avoir d'autre bateau avant longtemps.

– Voulez-vous aller aux Etats-Unis? Ce serait une vie entièrement nouvelle.

– Et Gerhard? Vous ne pensez pas qu'il soit finalement allé à Lausanne? Ou qu'il soit resté quelque part à Zürich? Si j'y allais, je pourrais peut-être le retrouver.

Son regard, d'où l'espoir était absent, démentait ses paroles.

– Je ne pense pas. Il y aurait des traces. Je pense qu'il est mort ainsi que votre père.

Puisqu'elle les avait tous perdus, elle pouvait se laisser mourir elle aussi – ou bien continuer son chemin. Luttant contre le vertige et la nausée, elle regarda Jean-Pierre.

– D'accord, j'irai.

Elle ne reconnut pas sa propre voix mais les mots qu'elle prononça venaient du plus profond d'elle-même.

28

La grande Rolls noire de Jean-Pierre s'arrêta en douceur dans le port du Havre. Ariana était assise, très pâle, au fond de la voiture. Ils avaient à peine parlé pendant le trajet. Les routes étaient encombrées de camions, de jeeps et de petits convois transportant du matériel de Paris jusqu'au port. Mais la situation s'était assez bien rétablie et, à part la couleur grise des véhicules militaires, les routes semblaient presque normales.

Jean-Pierre l'avait observée pendant le trajet et, pour la première fois depuis qu'il aidait les réfugiés, il ne savait que dire pour la réconforter. Son regard indiquait clairement que rien ne pourrait soulager son terrible fardeau. La veille, elle s'était évanouie deux fois, mais, ce jour-là, elle paraissait plus forte. Jean-Pierre priait pour qu'elle supportât ce voyage jusqu'à New York. Si elle survivait, ils la laisseraient entrer aux Etats-Unis.

– Ariana? fit-il d'une voix douce, pour la tirer de ses pensées.

– Oui.

– Combien de temps avez-vous vécu avec Manfred?

– Presque un an.

– Je suppose qu'en ce moment cette année-là doit vous paraître une vie. A vingt ans, une année semble longue. Dans vingt ans, cela vous semblera moins long.

Le petit sourire de Jean-Pierre essayait de lui redonner espoir.

– Voulez-vous dire que je vais l'oublier? répondit-elle d'une voix glaciale.

– Non, mon petit, vous n'allez pas l'oublier. (Pendant un instant, il pensa à sa femme et à sa fille, perdues trois ans auparavant, et la douleur lui déchira le cœur.) Vous ne l'oublierez pas, mais le chagrin s'atténuera. Il sera plus supportable. Rendez grâces au ciel d'être encore jeune, Ariana. Pour vous, rien n'est perdu.

Il passa un bras autour de ses épaules pour tenter de la réconforter mais il ne lut aucun espoir dans les grands yeux bleus.

Dans le port, il ne sortit pas de la voiture pour l'accompagner jusqu'au bateau. C'était trop compliqué à cause du fauteuil roulant. Il ne pouvait plus rien pour elle, à présent. Il avait arrangé son voyage pour New York où elle serait accueillie par les membres de la Women's Relief Organization(1).

Il lui tendit la main par la vitre baissée. Ariana tenait sa petite valise en carton où la femme de charge avait plié quelques vêtements ayant appartenu à la femme de Jean-Pierre et qui ne lui iraient probablement pas. Elle était si petite, si fragile. Il fallait absolument qu'elle tienne le coup pendant la semaine qu'elle allait passer en mer. Cela mettrait une certaine distance entre elle et le cauchemar.

(1) Comité de soutien *(N.d.T.)*.

– Vous me donnerez de vos nouvelles, n'est-ce pas?

Il avait l'impression d'être un père qui envoyait son enfant adoré dans une école à l'étranger.

Un petit sourire triste éclaira les yeux bleus.

– Oui, Jean-Pierre. Merci pour tout ce que vous avez fait.

– J'aurais tellement voulu que la situation soit différente.

– Moi aussi.

– Au revoir, Ariana. Faites un bon voyage.

Elle le remercia du regard une dernière fois puis se tourna vers la passerelle du bateau. Elle salua de loin et murmura « adieu ». Les larmes ruisselaient sur son visage.

TROISIÈME PARTIE

Ariana-New York

29

Le *Pilgrim's Pride* (1) était bien nommé. Ce bateau était petit, étroit, sombre et sentait le moisi, mais il était sûr. Et il était plein à craquer. Il avait été acheté par plusieurs organisations de secours américaines et était utilisé principalement par la New York Women's Relief Organization. Il y avait déjà eu quatre traversées de cette nature, et un millier de réfugiés de l'Europe déchirée avaient gagné New York. Chaque réfugié trouvait là-bas un protecteur.

Les gens, sur le bateau, étaient tous dans un piteux état; ils venaient de tous les pays et de toutes les régions de France. Quelques-uns avaient voyagé à pied pendant des semaines et des mois. D'autres, certains enfants par exemple, n'ayant plus de foyer, avaient erré pendant des années. Aucun d'eux n'avait mangé à sa faim depuis bien longtemps et beaucoup n'avaient encore jamais vu la mer.

Il n'y avait pas de médecin à bord, seulement une jeune infirmière extrêmement compétente. A chaque traversée, ses services avaient été appréciés. Elle avait déjà mis au monde neuf bébés, assisté

(1) Orgueil du pèlerin (*N.d.T.*).

plusieurs fausses couches, quatre attaques cardiaques et six morts. Nancy Townsend, c'était son nom, devait faire face à la dépression, à la fatigue, à la faim, à la privation et aux besoins désespérés de gens qui avaient trop longtemps souffert de la guerre. Chaque fois qu'elle voyait des passagers embarquer, elle savait qu'ils n'atteindraient pas tous New York. Elle reconnaissait aisément les plus forts et ceux qui n'auraient pas dû entreprendre le voyage. Mais, souvent, certains qui semblaient résistants s'abandonnaient complètement dans la dernière étape de leur fuite. La petite femme blonde, sur le pont inférieur, dans la cabine qu'elle partageait avec neuf autres femmes, faisait partie de cette dernière catégorie.

Une jeune fille des Pyrénées vint trouver Nancy en criant que quelqu'un était en train de mourir juste en dessous de sa couchette. Quand Nancy vit la fille, elle sut immédiatement qu'elle mourait de mal de mer, de faim, de déshydratation, de douleur, de délire – il était impossible de dire ce qui l'avait fait basculer de l'autre côté mais ses yeux étaient révulsés et son front était brûlant de fièvre.

L'infirmière s'agenouilla pour lui prendre le pouls et demanda aux autres de s'écarter. Ses compagnes étaient en effet en train de dévisager Ariana, se demandant si elle n'allait pas mourir ici cette nuit. C'était déjà arrivé deux jours auparavant, quatre jours après le départ du Havre. Il s'agissait alors d'une petite juive qui avait fait le voyage de Bergen-Belsen à Paris et qui n'avait pas supporté cette dernière épreuve.

Vingt minutes plus tard, l'infirmière fit amener Ariana dans l'une des deux cabines isolées. La fièvre montait et la jeune femme se plaignait de crampes douloureuses dans les bras et les jambes. Nancy craignait des convulsions mais, le dernier jour de la traversée, la fièvre finit par tomber. Ariana vomissait continuellement et, chaque fois qu'elle essayait de s'asseoir dans le lit, sa tension baissait brutalement et elle s'évanouissait. Elle n'arrivait même plus à se rappeler son anglais et elle s'adressait à l'infirmière en un allemand désespéré, effrayé, que celle-ci ne comprenait pas, à part les noms qui revenaient continuellement : Manfred, papa, Gerhard, Hedwig. Elle sanglotait éperdument et semblait inconsolable. Nancy Townsend se demandait si Ariana n'avait pas perdu tout désir de vivre. Elle n'aurait pas été la première.

Le dernier matin, Ariana la regarda, les yeux vides.

– J'espère que vous vous sentez mieux, dit Nancy avec un gentil sourire.

Ariana hocha la tête d'un air vague puis se rendormit. Elle ne vit même pas le bateau accoster dans le port de New York, ni la statue de la Liberté dont le bras levé brillait au soleil. Elle ne vit pas non plus les passagers fous de joie qui pleuraient et s'embrassaient. Elle entendit seulement un officier de l'immigration descendre après l'arrivée. Il salua l'infirmière et lut ses rapports. Généralement, les réfugiés étaient envoyés directement à leurs protecteurs, mais Ariana faisait partie de ceux qui devaient attendre. Après son délire et sa fièvre, ils voulaient être sûrs qu'elle n'était pas atteinte d'une maladie grave. L'officier félicita l'infirmière de l'avoir isolée des autres.

– D'après vous, que peut-elle avoir ? demanda-t-il en levant un sourcil.

L'infirmière lui fit signe de sortir dans le couloir pour la laisser dormir.

– Je ne sais pas exactement mais elle a peut-être été torturée, ou elle a séjourné dans un camp. Je ne sais pas. Il va falloir la surveiller.

Il hocha la tête, d'un air amical.

– Pas de blessures ouvertes, pas d'infection, pas de lésions?

– Non. Mais elle a vomi pendant toute la traversée. Elle a peut-être des lésions internes. Je suis désolée. Je ne peux rien diagnostiquer.

– Ne vous inquiétez pas, mademoiselle Townsend. Nous la prenons en charge. Elle a dû vous donner du mal.

L'infirmière sourit.

– Oui, mais elle a réussi. Je pense qu'elle va vivre maintenant. Pourtant, pendant un certain temps encore...

– Je suppose, en effet.

Il alluma une cigarette et regarda les autres débarquer. Deux infirmiers transportèrent en douceur la jeune femme sur un brancard. Ariana bougea légèrement et elle quitta le bateau après un dernier regard à l'infirmière qui l'avait aidée à survivre. Elle ne savait absolument pas où on l'emmenait et, d'ailleurs, cela lui importait peu.

30

– Ariana?... Ariana... Ariana...

La voix semblait l'appeler de très loin et Ariana n'arrivait pas à distinguer si c'était la voix de sa mère ou celle de Fräulein Hedwig, mais qui que ce fût, elle ne pouvait se décider à répondre. Elle se sentait terriblement lasse et lourde, elle était en route pour un long voyage et c'eût été trop pénible de retourner en arrière.

– Ariana?

La voix se faisait insistante. Elle fronça les sourcils dans son sommeil et eut la sensation de revenir de très loin. Il fallait répondre. Mais elle n'en avait pas envie. Que lui voulait-on?

– Ariana?

La voix ne cessait d'appeler et, après un long moment, Ariana ouvrit les yeux. Elle vit alors une grande femme aux cheveux gris, vêtue d'une jupe et d'un pull-over noirs. Ses cheveux étaient tirés en un lourd chignon. Elle caressait les cheveux d'Ariana avec des mains fortes et fraîches. Quand elle retira la main, la jeune femme vit une bague en diamant à sa main gauche.

– Ariana?

Ariana hocha la tête, incapable de parler. Elle ne se souvenait plus de rien. Où était-elle? Qui était cette femme? Etait-elle sur le bateau? A Paris? A Berlin?

– Savez-vous où vous êtes?

Le sourire était aussi doux que les mains, et la voix s'exprimait en anglais. Ariana pensait se souvenir à présent.

– Vous êtes à New York, dans un hôpital. On vous a amenée ici pour savoir si tout allait bien.

Cela pouvait paraître étrange mais elle semblait bien.

– Est-ce que vous vous sentez mieux?

Le médecin avait dit à Ruth Liebman qu'il n'avait pas trouvé d'explication à l'épuisement, au sommeil profond, à la faiblesse, au delà des vomissements et de la fièvre de la traversée. Maintenant, il était urgent qu'on fasse sortir cette fille de sa léthargie. Elle se laissait apparemment mourir et il fallait la ramener à la vie avant qu'il ne soit trop tard. En tant que chef de l'organisation, Ruth Liebman était venue voir la malade personnellement. C'était sa deuxième visite. La première fois, Ariana n'avait pas bougé. Ruth avait alors cherché des chiffres tatoués à l'intérieur du bras droit. Mais rien. Cette fille faisait partie des chanceuses qui avaient échappé aux camps. Elle avait peut-être été cachée par une famille ou elle était une de leurs victimes spéciales, une de celles qu'ils ne marquaient pas mais qu'ils utilisaient différemment. De cette belle petite femme blonde, ils ne savaient que deux choses : son nom et le fait qu'elle avait été envoyée par Saint-Marne. Ruth avait vaguement entendu parler de cet homme : un handicapé qui avait perdu sa femme et ses enfants pendant la guerre.

Ruth elle-même avait eu sa part de tragédies depuis que Pearl Harbor avait entraîné l'Amérique dans le conflit. Avant la guerre, elle avait quatre beaux enfants éclatants de santé. Maintenant, il lui restait deux filles et un fils. Simon était mort à Okinawa et ils avaient failli perdre Paul à Guam. Quand elle avait reçu le télégramme concernant ce dernier, elle avait éprouvé un choc qui s'était bientôt changé en soulagement. Paul était seulement blessé et reviendrait chez lui dans quelques semaines. Quand elle avait appelé Sam, son mari, ils avaient tous deux hurlé de joie. Pour eux, la guerre était finie. La joie de Ruth avait donné une vigueur nouvelle à ses actions, à ses pensées. Elle avait été désespérée en apprenant les horreurs qui s'étaient passées en Allemagne, et frappée par un curieux sentiment de culpabilité : les juifs américains n'avaient pas souffert comme ceux d'Europe. Elle se jeta alors corps et âme dans le travail bénévole. Elle aidait les gens à trouver leurs protecteurs inconnus, elle les mettait dans des trains pour le Sud ou le Midwest et, maintenant, elle rendait visite à cette petite jeune femme terrorisée. Ariana la fixa un instant puis referma les yeux.

— Pourquoi suis-je ici?

— Parce que vous avez été très malade sur le bateau. On voulait savoir s'il n'y avait pas quelque chose de grave.

Ariana sourit alors un peu ironiquement. Comment pourraient-ils savoir? Tout allait mal.

Avec l'aide de Ruth, elle s'assit lentement dans le lit et but un peu de bouillon chaud que l'infirmière avait laissé, puis retomba épuisée sur l'oreiller. Même ce petit effort avait été trop pour elle. Ruth Liebman tapota doucement l'oreiller et regarda les yeux bleus troublés. Elle comprit les paroles des médecins : Ariana avait abandonné tout espoir.

– Vous êtes allemande, Ariana?

Elle fit un signe de tête affirmatif et ferma les yeux. Qu'est-ce que cela signifiait « être allemande », à présent? Elle était une réfugiée comme les autres, échappée de Berlin trois semaines auparavant. Ruth lui prit la main. Peut-être cette petite avait-elle besoin de parler à quelqu'un, peut-être avait-elle besoin de tout raconter pour se libérer des fantômes qui la hantaient?

– Avez-vous quitté l'Allemagne seule, Ariana?

Même signe de tête.

– Vous avez été très courageuse, dit Ruth en essayant de parler aussi clairement que possible.

L'infirmière avait dit qu'elle parlait anglais, mais elle ignorait son niveau.

– Vous avez fait un long voyage?

Ariana regarda le visage sympathique d'un œil soupçonneux, et se décida enfin à répondre. Si cette femme appartenait à l'armée ou à la police, cela n'avait pas d'importance, de toute façon. Deux grosses larmes roulèrent sur ses joues.

– J'ai parcouru neuf cents kilomètres jusqu'en France.

Neuf cents kilomètres? Et d'où était-elle partie? Ruth n'osa pas le lui demander. Il était évident que les souvenirs l'angoissaient encore terriblement.

Ruth Liebman était le genre de femme qui ne perdait jamais espoir. Et son optimisme était communicatif; c'est pourquoi elle excellait dans ce genre de travail. Elle avait voulu être assistante sociale, dans sa jeunesse, mais en tant que femme de Samuel Liebman, elle avait dû abandonner l'idée pour s'adonner à d'autres tâches.

– Et votre famille, Ariana? demanda-t-elle d'un ton très doux.

Ariana s'assit à nouveau et secoua la tête en laissant ses larmes ruisseler librement.

– Ils sont tous morts, tous... mon père... mon frère... mon...

Elle avait été sur le point de dire « mon mari » mais elle fut incapable de continuer. Sans réfléchir, Ruth prit la jeune femme dans ses bras.

– Tous... je n'ai plus personne... plus rien.

Ariana ne désirait plus qu'une seule chose : que sa vie à elle aussi se termine rapidement.

– Il ne faut plus regarder en arrière, Ariana, fit Ruth en la tenant toujours enlacée. (Ariana eut l'impression d'avoir trouvé une mère. Elle se laissa alors aller dans les bras de la femme en sanglotant.) Il faut regarder en avant. C'est une nouvelle vie qui s'ouvre devant vous, un nouveau pays. Et, dans cette nouvelle vie, les gens que vous avez aimés ne vous quitteront jamais.

Simon non plus ne quitterait jamais Ruth. Elle y croyait ferme et Ariana reprit un peu d'espoir dans cette grande femme dont l'optimisme et la force étaient presque tangibles.

– Qu'est-ce que je vais faire à présent?

– Que faisiez-vous avant?

Mais Ruth comprit sur-le-champ que c'était une question stupide. En dépit de son regard lourd et cerné, il était évident que cette fille n'avait pas plus de dix-huit ans.

– Si du moins vous avez travaillé, corrigea Ruth.

– Mon père était banquier, soupira-t-elle. Je devais aller à l'université après la guerre.

Mais elle savait bien qu'elle n'aurait jamais utilisé ses diplômes. Elle se serait mariée, elle aurait eu des enfants, elle aurait donné des réceptions et joué aux cartes, comme toutes les autres femmes. Même avec Manfred, elle n'aurait rien fait d'autre, excepté aller et venir entre leur maison de Wannsee et le château pour les week-ends et les vacances. Et puis il y aurait eu les enfants... Mais tout cela faisait partie du passé. Cela n'avait plus d'importance maintenant.

– Quel âge avez-vous, Ariana?

– Vingt ans.

Paul n'avait que deux ans de plus et Simon aurait eu vingt-quatre ans. Pouvait-elle n'avoir que vingt ans et avoir déjà tant vécu? En la regardant, Ruth crut trouver les réponses aux questions qu'elle se posait sur Ariana. Celle-ci était si extraordinairement jolie malgré sa pâleur et la tristesse de son regard qu'il était certain qu'elle avait été utilisée par les nazis. C'était donc la raison pour laquelle ils ne l'avaient pas tuée, ils n'avaient pas marqué son corps, tatoué ses bras. Ruth fut touchée de compassion et dut lutter pour retenir ses larmes. S'ils avaient pris une de ses filles et s'en étaient servis comme ils s'étaient servis d'Ariana? Cette pensée lui donna la nausée.

Un silence passa entre les deux femmes et Ruth prit gentiment la main d'Ariana.

– Vous devez oublier tout ce qui est derrière vous. Tout. Vous devez vous construire une nouvelle vie.

Autrement, elle serait marquée à jamais. Il était évident qu'elle avait reçu une bonne éducation, mais si elle se laissait faire, le cauchemar nazi la détruirait. Elle en arriverait à boire, à se prostituer, à perdre la tête et finirait dans un asile; ou bien elle pouvait rester dans son lit à l'hôpital Beth David et choisir de mourir. En tenant la main d'Ariana, Ruth se fit une promesse : donner à cette pauvre enfant une nouvelle chance.

– A partir d'aujourd'hui, Ariana, tout est nouveau. Une nouvelle maison, un nouveau pays, de nouveaux amis, un nouveau monde.

– Et mes protecteurs? demanda Ariana d'un air sinistre.

– Il va falloir les appeler. Nous voulions d'abord être sûrs que vous alliez bien.

En fait, on les avait appelés. C'était une famille juive du New Jersey. Ils faisaient leur devoir mais n'étaient guère enthousiasmés. Une jeune fille allait créer des difficultés. Ils avaient un commerce et elle ne pourrait pas beaucoup les aider. De plus, ils détestaient les Allemands. Ils auraient préféré une Française. Et qu'allaient-ils faire d'une malade? Les gens avaient été secs et désagréables et Ruth n'était pas sûre qu'ils la prendraient. A moins que – une idée traversa l'esprit de Ruth – à moins qu'elle réussisse à convaincre Sam d'accueillir Ariana chez eux.

– Je dois les voir en fin de matinée. Je suis sûre que tout va s'arranger.

– Combien de temps vais-je rester ici? demanda Ariana en regardant les murs nus de la petite chambre.

On l'avait laissée dans le service des isolés, en grande partie à cause de ses atroces cauchemars, mais elle ne pouvait rester là indéfiniment. Ruth avait entendu dire qu'on allait la transférer en salle commune.

– Vous allez rester à l'hôpital encore quelques jours. Jusqu'à ce que vous vous sentiez plus forte. Si vous sortiez trop tôt, Ariana, vous risqueriez une rechute. Profitez bien de vos derniers jours ici.

Ruth était sur le point de partir quand elle vit l'angoisse dans les yeux d'Ariana.

– Mon Dieu! mes affaires – où sont-elles?

– Elles sont en sécurité, la rassura Ruth avec un chaud sourire. L'infirmière du bateau a donné votre valise au chauffeur de l'ambulance et ils l'ont mise sous clé ici. Je suis certaine que vous retrouverez toutes vos affaires, Ariana. Ne vous tourmentez pas.

Mais elle se tourmentait – les bagues de sa mère! Elle regarda alors ses mains. Son alliance, sa bague de fiançailles et la chevalière de Manfred n'y étaient plus. Elle leva des yeux désespérés vers Ruth qui comprit aussitôt.

– L'infirmière a mis tous vos bijoux dans le coffre. Faites-nous un peu confiance! La guerre est finie, mon enfant. Vous êtes en sécurité à présent.

Vraiment? Ariana en doutait.

Quelques minutes plus tard, elle sonna l'infirmière qui accourut aussitôt, pressée de voir la fille dont tout le monde parlait. Celle qui avait échappé aux camps d'Allemagne et qui avait dormi pendant quatre jours consécutifs.

Ariana attendit, anxieuse, que la femme apporte la valise.

– Où sont mes bagues? On me les a enlevées. (Son anglais était un peu hésitant car elle n'avait pas eu de cours depuis la guerre.) Excusez-moi... Je portais des bagues.

– Ah bon?

L'infirmière n'avait pas l'air d'être au courant et alla se renseigner. Elle revint peu de temps après avec une petite enveloppe qu'Ariana ouvrit lorsqu'elle fut seule. Les trois bagues se trouvaient à l'intérieur. Elle les glissa à ses doigts, les larmes aux yeux, et réalisa alors à quel point elle avait maigri : quand elle baissa les mains, les bagues tombèrent sur ses genoux. Elle tint les bagues serrées dans sa paume gauche et sanglota en ouvrant la valise.

Les vêtements que Jean-Pierre lui avait donnés étaient toujours aussi soigneusement pliés. Après les deux premiers jours de traversée, elle avait été trop malade pour bouger ou se changer. Sous les vêtements se trouvaient une paire de chaussures et le petit paquet qu'elle cherchait désespérément : l'enveloppe contenant les photos, le petit livre en cuir avec les bagues de sa mère. Elle les sortit pour les contempler. Elles étaient ses seuls biens, sa seule sécurité, ses seuls souvenirs tangibles du passé. C'était tout ce qui lui restait d'un monde disparu.

31

A la porte du bureau privé de Sam Liebman, dans Wall Street, la secrétaire montait la garde tel un ange exterminateur. Personne, pas même sa femme et ses enfants, n'avait la permission d'entrer à moins qu'il ne les ait envoyé chercher. Quand il était à la maison, il était tout à eux mais, au travail, il considérait son bureau comme un monde sacré. Toute la famille le savait et spécialement Ruth, qui y venait rarement sauf pour des raisons exceptionnelles, ce qui était le cas, ce jour-là.

— Mais cela va peut-être durer des heures.

Rebecca Greenspan regardait la femme de son patron avec une légère exaspération. Ruth Liebman était déjà assise là depuis deux heures. Et M. Liebman avait ordonné de ne le déranger sous aucun prétexte.

— S'il ne va pas déjeuner aujourd'hui, Rebecca, il va finir par sortir pour manger quelque chose. Et pendant qu'il mangera, je lui parlerai.

— Cela ne peut pas attendre ce soir?

— Si c'était le cas, je ne serais pas ici, n'est-ce pas? fit-elle avec un sourire plaisant mais ferme à la fille qui avait à peu près la moitié de son âge et de sa taille. Ruth Liebman était imposante d'aspect, grande, large d'épaules, mais elle était quand même très féminine. Elle avait un chaleureux sourire et des yeux pleins de bonté. Elle paraissait petite à côté de son géant de mari. Samuel Julius Liebman mesurait près de deux mètres, il avait une forte carrure, des sourcils broussailleux et une crinière de lion qui provoquait les taquineries de ses enfants. Ses cheveux étaient d'un roux flamboyant. Avec l'âge, la couleur avait viré au bronze cuivré avec des touches de gris. Son fils Simon avait hérité de la chevelure de son père, au contraire des autres enfants, bruns comme leur mère.

C'était un homme sage, charitable, aimable et, dans le monde de la banque, il occupait une place importante. La maison Langendorf & Liebman avait survécu à la crise de 1929 et s'était acquis, en vingt ans, la confiance générale. Un jour, Paul succéderait à son père. C'était le rêve de Sam. Au départ, il s'agissait de Simon et de Paul. Mais maintenant, toute la responsabilité tomberait sur les jeunes épaules de Paul dès qu'il serait rétabli.

Enfin, à trois heures, la porte du sanctuaire s'ouvrit et le géant à la crinière de lion apparut dans un costume sombre à rayures, les sourcils froncés, et son attaché-case à la main.

– Rebecca, je vais à une réunion.

C'est alors qu'il eut la surprise d'apercevoir Ruth qui l'attendait patiemment dans un fauteuil. L'inquiétude s'empara de lui. Que se passait-il?

Elle sourit malicieusement à son mari pour dissiper son inquiétude. Il sourit à son tour et l'embrassa tendrement. La secrétaire s'éclipsa.

– Des personnes âgées et respectables comme nous ne devraient pas se conduire ainsi à trois heures de l'après-midi.

Elle passa ses bras autour de son cou et lui donna un baiser.

– Et si on faisait comme s'il était plus tard?

– Alors, je rate la réunion pour laquelle j'étais déjà en retard. D'accord, madame Liebman, qu'est-ce que vous avez en tête? (Il s'assit et alluma un cigare.) Je te donne dix minutes exactement. Alors essaie de faire le tour de la question rapidement. C'est possible?

Le visage de Ruth devint sérieux et elle décida d'aller droit au but.

– Je veux servir de protectrice à une fille qui a été amenée ici, il y a quelques jours, Sam. Notre organisation l'a fait venir par bateau. Depuis son arrivée, elle est à l'hôpital Beth David et la famille qui devait l'accueillir n'en veut plus. (Les yeux de Ruth étaient empreints de colère et d'amertume.) Elle voulait une Française. Une soubrette française sortant d'un film d'Hollywood peut-être, ou une putain?

– Ruth! s'exclama-t-il d'un ton désapprobateur. (Il était rare que Ruth emploie des mots aussi crus.) Qui est cette fille?

– Une Allemande, répondit Ruth d'un ton calme.

– Pourquoi est-elle à l'hôpital? Est-elle très malade?

– Pas vraiment. Je ne sais pas exactement, Sam. Je crois qu'elle n'a plus de ressort. Les médecins ne trouvent aucun symptôme bien déterminé et certainement rien de contagieux. Oh! Sam, elle est si désemparée. Elle a vingt ans et elle a perdu toute sa famille. Cela fend le cœur.

Elle le regardait d'un air suppliant.

– Mais ils sont tous ainsi, Ruth. (Il soupira doucement. Depuis un mois, ils apprenaient jour après jour les horreurs des camps.) Tu ne peux pas tous les amener à la maison.

En fait, c'était la première fois depuis qu'elle

faisait ce travail bénévole qu'elle exprimait le désir d'amener un des réfugiés à la maison.

– Sam, je t'en prie...

– Et Debbie et Julia?

– Et alors?

– Comment vont-elles réagir en voyant une étrangère débarquer chez elles?

– Que ressentiraient-elles si elles avaient perdu toute leur famille? Si elles ne sont pas capables d'avoir de la compassion envers les autres, je pense alors que nous avons échoué dans notre rôle de parents. Il y a eu la guerre, Sam. Il faut qu'elles le comprennent. Nous devons tous en partager les conséquences.

– Elles ont déjà subi les conséquences de cette guerre. (Sam Liebman pensait évidemment à son fils aîné.) Nous en sommes tous là. Tu exiges beaucoup de nous, Ruth. Que dira Paul, lorsqu'il va revenir? Cela pourrait être dur pour lui de trouver une inconnue alors qu'il a encore des problèmes avec sa jambe. La réadaptation risque de ne pas être facile, Ruth, tu le sais. Ce sera encore moins facile s'il y a cette fille à la maison.

Ruth sourit à son mari.

– Cela peut avoir l'effet inverse. Je crois même que cela lui fera du bien. Là n'est pas le problème. Il s'agit de la fille. Nous avons une pièce pour elle. Ce que je veux savoir, c'est si tu me permets de l'amener à la maison pour un temps.

– Combien de temps?

– Je ne sais pas. Six mois, un an. Elle n'a pas de famille, elle n'a plus rien, mais elle semble avoir eu une bonne éducation et elle parle très bien anglais. Quand elle sera remise de ses émotions, elle sera en mesure de trouver un travail et de se débrouiller par elle-même.

– Et si elle n'en est pas capable, que fera-t-on d'elle? On la gardera pour toujours?

– Bien sûr que non. On pourra en discuter avec elle. On peut lui offrir de l'héberger pour six mois, prolongés éventuellement de six autres mois, mais on lui dira clairement qu'après un an, elle devra partir.

Sam savait qu'elle avait gagné. D'une certaine façon, elle gagnait toujours.

– Madame Liebman, je vous trouve infiniment persuasive. Je suis heureux que vous ne travailliez pas pour nos concurrents.

– Est-ce que cela veut dire que tu acceptes?

– Cela veut dire que je vais y réfléchir. Où est-elle?

– A l'hôpital Beth David. Quand vas-tu la voir? demanda Ruth en souriant.

Sam soupira et posa son cigare.

– Je vais essayer d'y aller avant de rentrer à la maison, ce soir. Est-ce qu'elle se souviendra du nom si je lui dis qui je suis?

– Je le pense, oui. J'ai passé la matinée avec elle. Dis-lui seulement que tu es le mari de la dame appelée Ruth.

Elle remarqua alors qu'il semblait inquiet.

– Qu'y a-t-il?

– Est-elle défigurée?

Ruth toucha tendrement sa joue.

– Bien sûr que non. Elle est même très jolie. Mais elle est... si désespérément seule. Tu comprendras quand tu la verras. Elle est totalement désespérée.

– C'est normal après les épreuves qu'elle a traversées. Pourquoi croirait-elle encore en quelque chose ou en quelqu'un? Après tout ce qu'ils ont fait à ces gens...

Les yeux de Sam Liebman lançaient des éclairs. Cela le rendait fou de penser à ces salauds. Quand il avait lu les premiers rapports sur Auschwitz, il était resté prostré dans son bureau à prier et à pleurer toute la nuit.

– Est-ce qu'elle a confiance en toi? demanda-t-il.

– Je pense, répondit Ruth après un moment de réflexion. Dans la mesure où elle peut faire encore confiance à quelqu'un.

– Bon, j'irai la voir.

Ils s'avancèrent vers l'ascenseur.

– Je t'aime, Ruth Liebman. Tu es une femme formidable et je t'aime.

Elle l'embrassa tendrement et ajouta avant que les portes s'ouvrent devant eux :

– Je t'aime moi aussi, Sam. Alors, quand me donneras-tu ta réponse définitive?

Il leva les yeux au ciel et ils pénétrèrent dans l'ascenseur.

– Ce soir, quand je rentrerai. Cela te convient? demanda-t-il en souriant.

Elle acquiesça d'un air heureux. Lui s'en alla à sa réunion, elle monta dans sa nouvelle Chevrolet et rentra chez elle.

32

Dans sa chambre d'hôpital, Ariana resta assise dans son lit toute la matinée à regarder les rayons du soleil par la fenêtre ou sur le sol de sa chambre. Une infirmière vint la voir et lui conseilla de faire quelques pas. Elle obéit bravement en s'agrippant aux barreaux du lit et aux montants de la porte mais elle revint finalement à son lit. Après le déjeuner, on lui annonça qu'elle allait changer de lit et en fin d'après-midi, elle se retrouva dans un service bourdonnant d'activité. On pensait que cela lui ferait du bien de voir d'autres gens. Pourtant, Ariana demanda rapidement que l'on mette un grand paravent autour de son lit : les rires, le bruit, les odeurs de nourriture lui donnaient des nausées. Elle tenait d'ailleurs une serviette sur sa bouche quand on frappa contre le paravent. Paniquée, elle écarta la serviette et leva les yeux.

– Qui est là?

Cela n'avait pas d'importance, de toute façon – elle ne connaissait personne. Ses yeux s'agrandirent lorsqu'elle vit apparaître un géant. Elle ne s'était encore jamais sentie aussi petite et aussi désemparée. Quand Samuel Liebman la regarda, elle commença à trembler et dut se retenir pour ne pas pleurer. Qui était-il? Que lui voulait-il? Il paraissait si officiel avec son costume et son chapeau qu'il faisait sûrement partie de l'immigration ou de la police. Est-ce qu'on allait la renvoyer en France?

Pourtant, ses yeux étaient tendres et chaleureux.

– Mademoiselle Tripp?

C'était le nom inscrit sur les papiers. Saint-Marne avait délibérément laissé tomber le « von ».

– Oui, murmura-t-elle.

– Comment allez-vous?

Elle n'osait pas répondre, et elle tremblait tellement que Sam hésita. Elle était malade, folle de peur, seule, et il comprenait maintenant pourquoi le cœur de Ruth s'était attaché à cette fille. C'était une enfant adorable. Pour lui, il était clair qu'elle n'était qu'une enfant.

– Mademoiselle Tripp, je suis le mari de Ruth Liebman.

Il ne lui tendit pas la main, craignant qu'elle ne fît un bond de côté. Il continua :

– Vous connaissez Ruth Liebman. C'est la dame qui est venue ce matin.

La lumière revint lentement dans les yeux d'Ariana. Le nom de Ruth lui rappelait quelque chose.

– Oui... oui... je sais... elle était ici... ce matin.

L'anglais d'Ariana semblait très correct mais elle parlait si doucement que Sam avait du mal à entendre.

– Elle m'a demandé de passer vous voir. Et je suis venu avant de rentrer à la maison.

« Ah bon? Pourquoi? Est-ce une visite de charité? Est-ce que les gens ici font des choses comme cela? » Ariana le fixait avec des yeux étonnés et vides et puis, se rappelant les bonnes manières, elle articula un « merci » en tendant une toute petite main.

– C'est un plaisir pour moi, répondit Sam pour la rassurer.

La salle était épouvantablement bruyante; les cris et les hurlements semblaient croître en intensité. Elle lui fit signe de s'asseoir près du lit, d'un air gêné.

– Est-ce que je peux faire quelque chose pour vous? Avez-vous besoin de quelque chose? demanda-t-il.

Elle se contenta de secouer la tête et il se reprocha cette question stupide. Ses besoins n'étaient pas faciles à contenter.

– Ma femme et moi tenons à ce que vous sachiez que nous aimerions pouvoir vous aider, soupira-t-il. Il est difficile pour nous de comprendre vraiment ce qui s'est passé là-bas mais nous compatissons. Et le fait que vous ayez survécu est un miracle qui nous réjouit. Maintenant, vous devez vivre, pour vous-même et pour les autres.

Il se leva et s'approcha d'elle. Ariana écoutait les paroles qu'il prononçait avec tant de difficulté. A quoi pensait-il réellement? Savait-il qu'elle s'était échappée de Berlin? Et de quels « autres » parlait-il? Voulait-il seulement parler des Allemands qui avaient survécu? Quoi qu'il en soit, il était évident que cet homme n'était pas indifférent à tout ce qui s'était passé. Avec sa grande taille et sa chevelure fauve, il était si différent de son père et pourtant elle se sentait attirée par lui comme par un vieil ami. C'était un homme digne, compatissant, un homme respectable. Elle se pencha en avant, posa ses mains sur les larges épaules et déposa un baiser sur sa joue.

– Merci, monsieur Liebman. Je suis contente d'être ici maintenant.

– C'est ainsi que cela doit être, fit-il avec un sourire tendre. C'est un grand pays, Ariana. Vous allez le découvrir. C'est un nouveau monde, une nouvelle vie, vous allez rencontrer des gens nouveaux, vous faire des amis. Ruth et moi, nous sommes vos amis maintenant. C'est pour cela que je suis venu vous voir.

Elle comprit alors ce qu'il voulait dire et elle sourit à travers ses larmes.

– Merci, monsieur Liebman.

Lui aussi devait se retenir pour ne pas pleurer. Il se leva en tenant toujours la petite main.

– Il faut que je parte à présent, Ariana. Ruth reviendra vous voir demain. Et moi, je vous reverrai bientôt.

Elle inclina la tête en essayant de sourire. Samuel Liebman ne put alors s'empêcher de la prendre dans ses bras. Ils restèrent ainsi enlacés pendant près d'une demi-heure et Ariana se laissa aller à sangloter éperdument. Elle s'arrêta enfin et il lui prêta son mouchoir pour qu'elle s'essuie le visage.

– Excusez-moi... je ne l'ai pas fait exprès... c'était plus fort que moi.

– Chut! fit-il en lui caressant les cheveux. Vous n'avez pas besoin de donner des explications, Ariana. Je comprends.

Il la contemplait en se demandant comment elle

avait réussi à survivre. Elle semblait si fragile et, pourtant, il sentait que, derrière la délicate silhouette, les jolis traits, la faible constitution, se cachait une femme capable de résister à n'importe quoi. Il y avait quelque chose de dur, d'invincible, chez cette fille qui était devenue la troisième fille de Samuel Liebman.

33

Les préparatifs pour l'arrivée d'Ariana se firent dans la joie et aussi dans l'appréhension. Quand Sam était revenu chez lui, il avait prié Ruth de faire sortir l'enfant de l'hôpital dès le lendemain. Puisque les médecins affirmaient qu'elle n'avait aucune maladie contagieuse, il tenait à ce qu'Ariana s'installe le plus vite possible dans leur maison de la 5e Avenue. Sam convia ses filles dans son bureau après le dîner et il leur expliqua qu'Ariana allait vivre avec eux, qu'elle était allemande, qu'elle avait perdu toute sa famille et qu'elles devaient être très gentilles avec elle pendant un certain temps.

Comme leurs parents, Julia et Debbie avaient bon cœur. Elles aussi avaient été choquées par les nouvelles qui arrivaient jour après jour à propos de l'Allemagne. Elles voulaient apporter leur contribution. Le lendemain matin, elles supplièrent Ruth d'accepter qu'elles l'accompagnent à l'hôpital. Mais les Liebman restèrent fermes sur leur position. Les filles auraient bien le temps de voir Ariana à la maison. Etant donné l'état d'épuisement de celle-ci, Ruth craignait que les visites ne la fatiguent. Elle avait même l'intention de garder Ariana au lit la première semaine, suivant le conseil du médecin. Après, si elle se sentait plus forte, elle pourrait sortir avec eux pour déjeuner ou dîner, ou aller au cinéma. Mais il fallait d'abord qu'elle retrouve ses forces.

A l'hôpital, Ruth s'assit sur le lit d'Ariana en prenant ses deux petites mains.

– M. Liebman et moi aimerions que vous veniez vivre avec nous. Aussi longtemps que vous le désirerez.

Après sa visite, c'était Sam qui avait changé les six mois en un an.

– Chez vous?

Pourquoi cette femme agissait-elle ainsi? Ariana avait déjà un protecteur et Mme Liebman avait déjà pris tellement de son temps pour venir la voir. Elle regarda sa bienfaitrice avec crainte.

– Oui, chez moi avec nos filles, Deborah et Julia. Dans quelques semaines, notre fils va revenir à la maison, lui aussi. Paul est dans le Pacifique, il a été blessé au genou mais il va bientôt être rapatrié.

Elle ne lui parla pas de Simon. Cela n'était pas nécessaire. Elle se contenta de bavarder un peu sur ses enfants, pour laisser à Ariana le temps de s'habituer à l'idée.

– Madame Liebman, je ne sais que dire.

Elle s'était exprimée en allemand mais Ruth Liebman connaissait le yiddish et comprit.

– Ne dites rien, Ariana. Mais si vous voulez dire quelque chose, essayez de le dire en anglais, autrement mes filles ne comprendront rien, dit Ruth en souriant.

– J'ai parlé en allemand? Excusez-moi.

Ariana rougit et, pour la première fois depuis des semaines, elle regarda Ruth et se mit à rire.

– Vous allez vraiment m'emmener chez vous? Mais pourquoi faites-vous cela? Pour quelle raison? Cela va vous compliquer beaucoup la vie, à vous et à votre mari.

Et soudain, elle se rappela Max Thomas pendant

les deux jours où il était resté chez eux. Il était dans le même état qu'elle à présent. Mais il y avait pourtant une différence : Max avait été un ami très proche. Et son père ne lui avait pas offert l'hospitalité pour toujours. Il aurait pu cependant...

— Ariana, dit Ruth d'un air sérieux, nous tenons à faire cela parce que nous sommes désolés pour tout ce qui est arrivé.

— Mais cela n'est pas votre faute, madame Liebman, répondit Ariana d'un air triste. C'est à cause de... la guerre.

Ruth mit un bras autour de ses épaules et caressa la douce chevelure blonde.

— Même ici, nous en avons senti l'injustice, la cruauté, l'horreur, l'angoisse.

Elle pensait alors à Simon qui était mort pour son pays et pour quoi en réalité? Elle continua :

— Mais nous n'avons jamais connu ce que vous avez vécu là-bas, en Europe. Nous pouvons maintenant essayer de vous aider pour que vous puissiez prendre un nouveau départ dans la vie. Ariana, vous êtes encore tellement jeune.

— Plus maintenant, répondit Ariana en secouant la tête lentement.

Quelques heures plus tard, Ariana arriva à la maison de la 5e Avenue dans la voiture de Sam Liebman conduite par son chauffeur. C'était une belle matinée de juin et Ariana voyait New York pour la première fois. Elle ressemblait à une enfant entre Ruth et Samuel.

Sam avait quitté son bureau pour aller à l'hôpital et c'est lui qui avait porté la petite valise en carton jusqu'à la voiture. Ariana y avait entassé ses quelques trésors et avait sorti les vêtements qu'elle avait l'intention de mettre. Mais Ruth s'était arrêtée chez Best & Co ce matin-là, et la boîte qu'elle tendit fièrement à Ariana contenait une jolie robe d'été bleu pâle, de la même couleur que ses yeux, serrée à la taille, avec une ample jupe à volants. Ainsi vêtue, Ariana ressemblait plus que jamais à une princesse de conte de fées, et Ruth la contempla avec ravissement. Elle lui avait également acheté des gants blancs, un gilet, un petit chapeau en paille naturelle. Les escarpins allaient parfaitement aux petits pieds d'Ariana. Quand elle sortit de l'hôpital, elle était tout à fait différente, et, assise dans la superbe voiture de Sam Liebman, elle avait davantage l'air d'une touriste que d'une réfugiée.

Le chauffeur sortit pour ouvrir la portière. C'était un Noir d'aspect distingué, vêtu d'un uniforme noir, d'une casquette noire, d'une chemise blanche et d'un nœud papillon.

Il mit la main à sa casquette quand Sam sortit de la voiture et offrit son bras à Ruth. Elle déclina l'offre avec un gentil sourire et aida Ariana à s'extraire de la voiture. Celle-ci était encore faible et, en dépit du joli chapeau et de la robe, elle paraissait extrêmement pâle.

– Ça va, Ariana?

– Oui, merci, je vais bien.

Ruth et Sam ne la quittaient pas des yeux. Pendant qu'elle s'habillait, elle s'était sentie si faible qu'elle avait dû s'asseoir et c'était une chance que Ruth fût là pour l'aider. Mais Sam avait remarqué autre chose : sa finesse, son maintien, son calme lorsqu'elle était montée dans la voiture. Elle se sentait parfaitement à l'aise dans ce monde. Ariana n'était pas seulement une fille de bonne éducation, elle était de la classe supérieure, un pur diamant. Ce qui rendait encore plus tragique son total dénuement. Mais Sam se consolait en pensant qu'Ariana était avec eux. Ariana contempla un moment le lac avec émerveillement. Cela lui rappela Grunewald, les arbres, les bateaux. Pourtant, c'était comme si elle était sur une autre planète, si loin de chez elle.

– Vous êtes prête à entrer chez vous?

Ariana acquiesça et Ruth la conduisit lentement à l'intérieur, dans le vestibule, drapé de riches velours et d'antiquités rapportées de leurs voyages en Europe avant la guerre. Peintures médiévales, statues équestres, une petite fontaine en marbre et un grand piano, tout au fond. Au milieu de l'entrée s'élevait un escalier en spirale où se tenaient deux filles brunes aux grands yeux.

Elles regardaient tour à tour Ariana et leur mère, sans mot dire, semblant attendre un signal, puis soudain elles dévalèrent l'escalier et se jetèrent au cou d'Ariana à grand renfort de cris et de rires, en bondissant de joie.

– Sois la bienvenue, Ariana! Tu es ici chez toi!

Ruth Liebman en eut les larmes aux yeux. La solennité des aînés était bien dépassée. Les filles avaient même réussi à dissiper la nostalgie d'Ariana pour transformer l'événement en une véritable fête. Elles avaient fait un gâteau, mis des ballons et des serpentins; Debbie avait cueilli un gros bouquet de roses dans le jardin. Elles avaient fait des courses le matin pour acheter tout ce dont une jeune dame de l'âge d'Ariana pouvait avoir besoin : trois bâtons de rouge à lèvres, plusieurs boîtes de poudre, du rouge à joues, des broches, des épingles à cheveux et un drôle de petit filet bleu pour les cheveux qui, d'après Debbie, allait faire fureur à l'automne. Elles avaient tout enveloppé dans de petits paquets qu'elles avaient empilés sur la coiffeuse de la chambre d'amis que Ruth avait préparée pour Ariana, la veille au soir.

Quand Ariana pénétra dans sa chambre, les larmes lui montèrent aux yeux. D'une certaine façon, elle lui rappelait la chambre de sa mère à Grunewald. C'était un paradis de soie et de satin rose. Le lit était surmonté d'un grand baldaquin en organdi blanc, le couvre-lit était en satin rose et blanc. Un bureau couvert de dessins et de fleurs en trompe l'œil, une énorme armoire rustique pour les vêtements, une cheminée de marbre blanc surmontée d'une belle glace dorée, des chaises élégantes recouvertes de satin rose. A côté de la chambre, un petit cabinet de toilette et une baignoire en marbre rose. Partout des roses et, sur la table préparée pour cinq personnes, trônait le gâteau de Julia.

Ariana fut incapable d'articuler un mot et elle serra les deux filles dans ses bras en riant et pleurant à la fois. Puis elle embrassa Sam et Ruth. Quel miracle pour elle de tomber dans une telle maison! Elle était de retour dans le monde luxueux où elle avait grandi. Pourtant le visage qu'elle voyait dans la glace ne ressemblait guère à celui qu'elle avait connu. C'était le visage fatigué et creux d'une étrangère qui n'appartenait pas vraiment à cette maison. Elle acceptait leur gentillesse, elle leur en était reconnaissante, mais elle resterait pour jamais étrangère à ce monde aux salles de bains en marbre rose.

Ils s'assirent solennellement pour manger le superbe gâteau tout décoré. Julia avait écrit « Ariana » sur la glace avec des pétales de rose. Ariana sourit en essayant de contenir la nausée qui lui montait aux lèvres à l'idée d'avaler la tranche qu'ils venaient de lui couper. Elle eut de la peine à la manger et, malgré la gentillesse des filles, elle bénit Ruth intérieurement lorsque celle-ci les poussa dehors. Sam devait retourner au bureau, les filles devaient aller voir leur grand-mère pour le déjeuner et Ruth voulait qu'Ariana se mette au lit rapidement. Il était temps qu'elle se repose. Ruth sortit une robe de chambre et une des quatre chemises de nuit qu'elle lui avait achetées chez Best le matin; satin et dentelle blanche, dentelle rose, satin bleu, tout était si merveilleusement familier et, cependant, si nouveau.

– Tout va bien, Ariana? demanda Ruth quand Ariana se laissa tomber sur le lit.

– Tout va bien, madame Liebman... et vous avez tous été si gentils avec moi... Je ne sais pas comment vous dire...

– Ne dites rien. Soyez heureuse ici.

Elle marqua un temps d'arrêt puis elle ajouta :

– C'est notre façon à nous de vivre avec notre mauvaise conscience.

– Quelle mauvaise conscience?

– Le fait d'être en sécurité ici alors que vous, en Europe... Vous n'étiez pas différents de nous et, pourtant, vous avez payé le prix pour être juifs.

Ariana comprit alors et demeura assommée. Ils pensaient qu'elle était juive. C'était pour cette raison qu'ils l'avaient amenée chez eux comme leur propre enfant. C'était pour cela qu'ils étaient si bons avec elle. Elle fixait Ruth d'un regard angoissé et désespéré. Il fallait qu'elle le lui dise. Elle ne pouvait pas les laisser croire... mais que pouvait-elle leur dire? Qu'elle était une Allemande, une vraie, qu'elle était de la race de ceux qui avaient tué les juifs? Que penseraient-ils alors? Qu'elle était une nazie. Mais cela n'était pas vrai. Ni elle, ni son père, ni son frère. Ils ne comprendraient jamais, ils la remettraient sur le bateau. Un sanglot lui noua la gorge et Ruth Liebman la prit dans ses bras.

– Mon Dieu, excusez-moi, Ariana. Il ne faut plus parler de tout cela.

Il fallait pourtant qu'elle le lui dise. Mais une petite voix à l'intérieur d'elle-même lui intimait de garder le silence. « Pas maintenant. Quand ils te connaîtront mieux, ils pourront peut-être comprendre. » Et elle était trop fatiguée pour lutter avec cette voix. Elle se laissa border et s'endormit.

Quand elle se réveilla, elle pensa immédiatement

au problème qui la tourmentait. Mais Debbie lui avait déjà écrit un poème et Julia frappa doucement à sa porte pour lui apporter une tasse de thé et un morceau de gâteau. Il était impossible de leur avouer. Elle faisait déjà partie de la famille. Il était déjà trop tard.

34

– Qu'est-ce que vous fabriquez, toutes les trois? demanda Ruth.

Les trois filles étaient en train de s'amuser comme des folles dans la chambre d'Ariana. Ariana leur montrait comment mettre du rouge aux joues.

– Mon Dieu! Des femmes maquillées!

Ruth regarda les trois visages et fit la grimace. Ariana avait l'air encore plus sotte que les deux autres avec son beau visage de camée et ses longs cheveux blonds tombant sur ses épaules. Le rouge à joues ne lui allait pas du tout.

– Est-ce qu'on peut sortir Ariana demain? supplia Julia.

C'était une jeune pouliche sensuelle avec de longues jambes et d'immenses yeux bruns qui la faisaient paraître plus âgée que ses seize ans. Elle était presque aussi grande que sa mère mais son visage était plus délicatement modelé. Ariana la trouvait très jolie, avec un charme un peu exotique. De plus, elle était si merveilleusement honnête et ouverte, si intelligente et d'esprit si vif.

Debbie, elle, était plus douce, plus calme, mais très jolie également. Elle était plutôt rêveuse et, au contraire de Julia, elle n'était pas du tout intéressée par les garçons. Il n'y avait que son frère adoré qui la passionnait et, dans une semaine, il devait rentrer. A ce moment-là, Ruth avait promis qu'Ariana pourrait sortir avec les filles chaque jour si elle le désirait. D'ici là, elle voulait qu'Ariana demeure au calme et elle se rendait compte qu'en dépit des protestations d'Ariana, celle-ci était heureuse de rester seule, allongée dans sa chambre.

– Ariana, êtes-vous malade, mon petit, ou seulement très fatiguée?

Ruth se tourmentait beaucoup pour elle, et elle se demandait si la jeune fille n'avait pas été marquée pour la vie. Par moments, elle était pleine de vie et participait aux activités de la famille, mais Ruth se rendait compte qu'elle n'était pas complètement remise. Elle lui avait fait promettre de retourner voir le médecin si elle ne se sentait pas mieux la semaine suivante.

– Ce n'est rien, je vous jure. Je suis un peu fatiguée. C'est seulement dû au mal de mer que j'ai eu sur le bateau.

Pourtant, Ruth savait que cela n'était pas une conséquence du mal de mer. C'était une maladie du cœur. Mais Ariana ne se laissait jamais aller, elle ne se plaignait jamais. Elle aidait les filles à faire leurs devoirs de vacances, elle rangeait sa chambre, elle faisait de la couture pour Ruth et, à deux reprises, Ruth l'avait trouvée en bas en train d'aider la femme de chambre à ranger les placards de linge. Ruth l'avait renvoyée rapidement dans sa chambre pour qu'elle se repose. Et elle avait fini par la retrouver dans la chambre de Paul en train de coudre les rideaux que Ruth n'avait jamais eu le temps de finir. Il était évident qu'Ariana voulait faire partie de la maison.

Assise dans la chambre de Paul, Ariana se demandait à quoi il pouvait ressembler. Elle savait combien ses parents l'aimaient mais c'était tout. Il était à peu près de son âge et les photos du collège épinglées aux murs le montraient comme un grand

garçon souriant, bien bâti, avec une lueur mali-
cieuse dans les yeux. Il lui plaisait et elle allait
bientôt faire sa connaissance. Il devait revenir
samedi et Ariana comprenait combien la famille
était impatiente de le revoir, surtout après la mort
du fils aîné. Ruth lui avait dit également que le
retour de Paul n'allait pas être facile pour une autre
raison.

Deux années auparavant, lorsque Paul était parti,
sa plus grande ambition était de ressembler à son
frère aîné. Par exemple, Simon s'était fiancé. Aussi,
avant de s'embarquer, Paul se fiança-t-il lui aussi. A
une fille qu'il connaissait depuis toujours.

– Elle est adorable, avait soupiré Ruth. Mais ils
avaient tous les deux vingt ans et, d'une certaine
façon, Joan était beaucoup plus mûre que lui. Il y a
six mois, Joan s'est mariée avec un autre. Ce n'est
pas la fin du monde évidemment, du moins, cela ne
devrait pas l'être. Elle ne l'a pas dit à Paul. On
pensait qu'elle allait lui écrire mais elle ne l'a pas
fait.

– Il ne le sait toujours pas ? fit Ariana d'un ton
compatissant. Mon Dieu, il va falloir que vous lui
annonciez vous-même la nouvelle ?

– Oui. Et cela ne m'enthousiasme pas.

– Et la fille ? Ne pensez-vous pas qu'elle accepterait de venir le lui dire ? Elle n'a pas à lui dire
qu'elle est mariée. Elle peut se contenter de rompre
ses fiançailles.

– Ce serait parfait, fit Ruth en souriant. Mais elle
est enceinte de huit mois. Alors, la tâche revient à
moi et à son père.

Voilà donc ce qui attendait la famille. Comment
Paul allait-il prendre la chose ? Elle avait déjà
entendu parler de son violent caractère et de son
comportement excessif. Ariana se demandait aussi
comment il prendrait sa présence. Elle était une
inconnue pour lui. Lui n'était déjà plus un inconnu

pour elle : elle savait tout sur son enfance, ses blagues, ses bêtises. Elle le considérait déjà comme un ami.

Elle avait tellement besoin de la confiance de cette famille, de se sentir acceptée qu'elle avait fini, après des jours d'indécision, par décider de taire qu'elle n'était pas juive. Si elle le leur disait, cela détruirait tout. Ils ne comprendraient jamais qu'une Allemande non juive puisse être un être humain comme les autres. Ils étaient trop aveuglés par la douleur et le dégoût devant ce que les Allemands avaient fait. Cela n'avait plus d'importance à présent. Ils ne découvriraient jamais la vérité. Elle espérait seulement que Paul l'accepterait lui aussi et qu'il ne lui poserait pas trop de questions.

Ruth voyait les choses de façon différente. Le fait d'avoir une fille aussi jolie qu'Ariana dans son entourage distrairait Paul. En dépit de sa fatigue, elle s'était épanouie pendant ces deux semaines. Ruth n'avait jamais vu un aussi joli teint : sa peau avait le velouté de la pêche. Ses yeux ressemblaient à de la bruyère humide de rosée. Son rire éclatait comme un soleil, son corps était souple et gracieux, son esprit vif. Cette fille était le rêve de toutes les mères.

Ruth se rappela soudain quelque chose.

– Dites-moi, jeune dame, pourquoi ne m'avez-vous pas dit que vous vous étiez évanouie, hier matin ? Je vous ai vue au déjeuner et vous m'avez dit que vous alliez bien.

– J'allais bien à ce moment-là, répondit-elle en souriant.

Mais Ruth était fâchée.

– Je veux que vous me disiez quand cela ne va pas. Vous comprenez, Ariana ?

– Oui, tante Ruth.

C'était le nom qui leur avait semblé le plus approprié.

– Cela vous est arrivé souvent?

– Une ou deux fois. Cela m'arrive quand je suis fatiguée ou que je ne mange pas.

– Ce qui, d'après ce que j'ai pu voir, est fréquent. Vous ne mangez pas suffisamment.

– C'est vrai.

– Si vous vous évanouissez à nouveau, je tiens à ce que ce soit vous qui me le disiez et non les domestiques. C'est clair?

– Oui, excusez-moi. Je ne voulais pas vous inquiéter, c'est tout.

– Je préfère être un peu inquiète. Cela me tourmente davantage si je sais que vous me cachez quelque chose. (Son visage s'adoucit alors et Ariana sourit.) Je vous en prie, ma chérie. Je me fais beaucoup de souci pour vous. Il est important de prendre grand soin de votre santé dans les premiers mois. Si vous vous remettez bien, le passé se dissipera beaucoup plus rapidement.

– Vous avez raison, tante Ruth.

– Faites attention à vous et si vous continuez à vous évanouir, retournez voir le médecin. D'accord?

– D'accord. Je vous promets de vous en parler la prochaine fois. Et puis, vous allez être très occupée avec Paul, la semaine prochaine. Devra-t-il garder le lit?

– Non. Je pense qu'il pourra se débrouiller s'il est prudent. Il va falloir que je vous aie à l'œil tous les deux pour être sûre que vous prenez soin de vous.

Ruth n'eut pas beaucoup l'occasion de surveiller son fils après son retour. Quand il apprit la nouvelle du mariage de Joanie, il fut si bouleversé qu'il s'enferma dans sa chambre pendant deux jours. Personne n'avait le droit d'entrer, pas même ses sœurs, et ce fut finalement son père qui réussit à le convaincre de sortir. Il était alors dans un état épouvantable, épuisé, pas rasé. Et le reste de la famille n'était guère plus brillant. Après des années de terreur et d'angoisse à son sujet, le fait de le voir si désemparé à cause de ses fiançailles rompues les faisait tous souffrir. Mais lorsque son père s'emporta enfin, en lui reprochant de se laisser aller à des bouderies enfantines, sa propre colère finit par le faire sortir de sa coquille. Le lendemain matin, il parut au petit déjeuner, rasé de près, pâle, les yeux rouges. Il s'adressa brièvement aux personnes présentes mais, au moins, il était là. Il jetait des regards furibonds à tout le monde, sauf à Ariana qu'il n'avait pas remarquée. Soudain, comme si quelqu'un lui avait frappé sur l'épaule, il la découvrit de l'autre côté de la table et la dévisagea avec étonnement.

Ariana ne savait pas si elle devait lui sourire. Le regard qu'il portait sur elle la transperçait, l'interrogeant silencieusement. Que faisait-elle à cette table? Qui était-elle? Elle détourna les yeux mais elle sentit le regard de Paul qui continuait à la fixer.

– De quelle partie de l'Allemagne venez-vous?

Il ne mentionna pas son nom et la question tombait étrangement au milieu de la conversation de ses parents.

– Berlin, répondit-elle, en le regardant droit dans les yeux.

– Avez-vous vu la ville après la chute? fit-il, les sourcils froncés.

– Oui, mais très peu de temps.

Ruth et Samuel échangeaient des regards gênés, mais Ariana se comportait bien. Seules ses mains tremblaient en beurrant le toast.

– Comment était-ce? demanda-t-il avec un intérêt croissant.

Dans le Pacifique, ils avaient entendu vaguement parler de la chute de Berlin.

La question évoqua immédiatement pour Ariana la vision du corps de Manfred et des autres cadavres entassés devant le Reichstag. Elle ferma alors les yeux comme pour dissiper l'horrible souvenir. Un silence terrible se fit autour de la table et Ruth se hâta d'intervenir.

– Je ne pense pas qu'il soit souhaitable de parler de cela. Du moins pas maintenant, pas au petit déjeuner.

Elle regarda avec anxiété du côté d'Ariana qui avait les yeux ouverts à présent mais brillants de larmes. Ariana secoua lentement la tête et ne put s'empêcher de tendre la main vers Paul en travers de la table.

– Je suis désolée... c'est si... cela me fait encore très mal... de repenser... J'ai tant perdu...

Ce fut au tour de Paul d'avoir des larmes aux yeux. Il tendit lui aussi les mains et serra très fort celles d'Ariana.

– C'est ma faute. Je suis vraiment stupide. Je ne vous poserai plus jamais de questions de ce genre.

Il se leva alors, se dirigea vers elle et essuya les larmes d'Ariana avec sa serviette, dans un silence total. Puis le reste de la famille se remit à manger. Mais un lien s'était établi entre Paul et Ariana. Elle sentait qu'elle s'était fait un ami.

Il était aussi grand que son père mais avait encore la carrure étroite du jeune homme. Il avait les profonds yeux bruns de sa mère et des cheveux presque noirs comme ses sœurs, mais Ariana savait d'après les photos que son sourire était unique. Il étincelait tout à coup dans un visage par ailleurs sérieux.

Elle souriait en pensant à la scène du petit déjeuner. Elle était en train d'enfiler une robe en coton blanc et des sandales à semelles de liège achetées avec Julia quelques jours auparavant. Ruth avait insisté pour qu'elle aille faire des courses.

Mais Ariana était gênée face à cette générosité constante de leur part. La seule solution était de tenir des comptes serrés; lorsqu'elle se sentirait assez bien pour travailler, elle les rembourserait. L'armoire de sa chambre débordait littéralement de vêtements.

Quant aux bagues qu'elle tenait cachées, elle ne pouvait se résoudre à les vendre. Pas maintenant. Elle touchait de temps en temps aux bagues de sa mère, et elle avait même été tentée de les montrer à Ruth mais elle avait eu peur de paraître ridicule. Les bagues de Manfred étaient encore trop grandes pour ses doigts amaigris. Elle aurait aimé les porter cependant. Elle aurait aimé parler de Manfred aux Liebman mais c'était trop tard. De toute façon, leur expliquer qu'elle avait été mariée et que son mari était mort lui aurait été insupportable.

– Pourquoi as-tu l'air si sérieuse, Ariana?

Julia s'était glissée dans la chambre avec un petit sourire. Elle avait la même paire de sandales. Ariana regarda ses pieds et sourit à son tour.

– Je n'ai rien de spécial. J'aime nos nouvelles chaussures.

– Moi aussi. Tu veux venir avec nous? Nous sortons avec Paul.

– Vous ne préférez pas être seuls?

– Non, il n'est pas comme Simon. Paul et moi, nous nous chamaillons sans cesse. Lui, il taquine toujours Debbie et alors nous commençons à hurler tous les trois. (Elle faisait une grimace engageante.) Cela te tente?

– Tu sais, tu te fais peut-être des idées sur son comportement. Il a fait la guerre pendant deux ans, Julia, il a peut-être énormément changé.

Mais Julia leva les sourcils.

– Pas à en juger par son attitude vis-à-vis de Joanie. Seigneur, elle n'était pas si bien que cela. Ce qui l'a rendu le plus furieux, c'est qu'elle soit partie avec un autre. Il faudrait que tu la voies maintenant qu'elle est enceinte. Elle ressemble à un éléphant. Maman et moi, nous l'avons vue la semaine dernière.

– Vraiment? fit une voix glaciale à la porte. Je te prierais de ne pas en parler. Ni avec moi ni avec quiconque dans cette maison.

Paul pénétra dans la chambre, il était livide. Julia rougit de confusion d'avoir été surprise à cancaner sur ses affaires sentimentales.

– Excuse-moi. Je ne savais pas que tu étais là.

– Apparemment, fit-il d'un air hautain.

Ariana comprit soudain le rôle qu'il jouait. Ce n'était qu'un garçon qui voulait faire croire qu'il était un homme. Et il avait été blessé. C'est peut-être pour cela qu'il avait essayé de la réconforter. D'une certaine façon, il ressemblait à Gerhard. Elle ne put s'empêcher de sourire doucement en le regardant et il sourit à son tour.

– Je suis désolé d'avoir été grossier, Ariana. J'ai été grossier avec tout le monde depuis mon retour.

Leurs regards se rencontrèrent.

– Vous aviez de bonnes raisons. Je suis certaine qu'il est très difficile de revenir chez soi après si longtemps. Beaucoup de choses ont changé.

– Il y a même des choses qui changent en bien! fit-il d'une voix douce, avec un sourire.

Ils allèrent à Sheepshead Bay dans Brooklyn pour manger des huîtres, puis ils se dirigèrent vers le sud de Manhattan pour qu'Ariana puisse enfin voir la statue de la Liberté. Ils remontèrent ensuite la 5e Avenue pour que Paul puisse faire la course sous le métro aérien. Pendant la course sur les pavés, Ariana devint tout à coup très pâle.

– Excusez-moi, ma poulette.

– Cela n'est rien, répondit-elle, mal à l'aise.

Paul lui adressa un joyeux sourire.

– Ça n'aurait pas été rien si vous aviez été malade dans la voiture neuve de maman.

Même Ariana rit à cette remarque. Ils arrivaient à Central Park. C'est là qu'ils pique-niquèrent près de l'étang. Ils allèrent ensuite rendre visite aux animaux du zoo. Les singes faisaient des bonds dans leurs cages, le soleil était haut et chaud, c'était un merveilleux après-midi de juin. Pour la première fois depuis qu'elle avait perdu Manfred, Ariana se sentit heureuse.

– Au fait, qu'est-ce qu'on va faire cet été? On reste à New York?

Ce fut Paul qui lança le sujet au dîner, ce soir-là. Les parents échangèrent un coup d'œil rapide. C'était toujours Paul qui prenait des initiatives. Il leur faudrait se réhabituer à sa présence à la maison.

– Chéri, on ne savait pas exactement ce que tu allais projeter de faire, fit Ruth en souriant. J'avais envisagé de louer quelque chose dans le Connecticut ou à Long Island mais ton père et moi, nous n'avons encore rien décidé.

Après la mort de Simon, ils avaient vendu leur vieille maison de campagne au nord de l'État de New York. Les souvenirs y étaient trop cruels.

– Tu as d'ailleurs d'autres décisions à prendre d'abord, fit remarquer son père. Mais il n'y a pas urgence. Tu viens seulement de rentrer.

Il faisait allusion au bureau qu'il avait fait refaire entièrement pour son fils, à la banque.

– Il est vrai que nous avons beaucoup de choses à discuter, répondit Paul à son père.

Sam sourit.

– Dans ce cas, pourquoi ne viendrais-tu pas déjeuner avec moi demain?

Il demanderait à sa secrétaire de monter deux plateaux.

– D'accord.

Ce que Sam Liebman ignorait, c'est que son fils voulait obtenir une Cadillac et qu'il désirait s'accorder un dernier été de vacances avant de commencer à travailler pour son père à l'automne. Il n'avait que vingt-deux ans et s'il était sorti de l'université, cela aurait été la même chose. Il avait droit à une dernière escapade, un été, et la voiture n'était pas une si grosse affaire. Ils étaient tellement contents qu'il soit rentré.

A quatre heures de l'après-midi, Paul se dirigea vers la chambre d'Ariana : la porte était ouverte.

– Voilà, j'ai réussi! s'exclama-t-il d'un ton calme mais victorieux.

– Qu'avez-vous réussi, Paul? Venez vous asseoir et racontez-moi.

– Mon père a accepté de me laisser partir en vacances cet été avant de travailler pour lui en automne. Et il va me donner une belle Cadillac. Qu'est-ce que vous en dites?

– C'est merveilleux! (Elle avait vu une seule Cadillac en Allemagne avant la guerre et elle ne s'en souvenait plus très bien.) Comment est-elle, cette Cadillac?

– De toute beauté. Vous savez conduire, Ariana?

– Oui, répondit-elle, le front plissé.

Il ne savait pas ce qui s'était passé mais il avait conscience d'avoir réveillé une vieille douleur. Il lui prit doucement la main et ainsi, il lui rappela plus que jamais Gerhard. Elle essayait de ne pas pleurer.

– Je suis navré. Je n'aurais pas dû vous poser cette question. J'oublie quelquefois qu'il ne faut pas vous interroger sur le passé.

– Ne soyez pas stupide, fit-elle en lui serrant la main.

Elle tenait à ce qu'il sache qu'il ne lui avait pas fait mal.

– Vous ne pouvez pas toujours me traiter comme un colis fragile, continua-t-elle. Il ne faut pas craindre de me poser des questions. Avec le temps, cela s'atténuera. Maintenant, Paul, c'est encore un peu frais dans mon esprit. La douleur est là.

Il hocha la tête en pensant à Joanie et à son frère – c'était les deux seules personnes qu'il avait vraiment perdues. Ariana le regarda ainsi, la tête penchée, et sourit.

– Quelquefois, vous me rappelez mon frère.

Il leva les yeux; c'était la première fois qu'elle parlait d'elle-même de son passé.

– Comment était-il?

– Infernal par moments. Une fois, il a provoqué une explosion dans sa chambre en faisant des expériences de chimie! Une autre fois, il a pris la nouvelle Rolls de mon père alors que le chauffeur ne regardait pas et il est entré dans un arbre.

Paul entendait déjà les larmes dans sa voix. Elle ferma les yeux, un moment, comme si elle ne pouvait supporter la douleur que lui causaient ses souvenirs.

– Je me disais qu'un garçon comme lui ne pouvait pas être mort. Qu'il trouverait un moyen de survivre...

Quand elle rouvrit les yeux, les larmes ruisselaient sur ses joues en silence, et Paul lut dans son regard plus d'angoisse et de chagrin qu'il n'en avait vu jusqu'alors en deux ans de guerre.

– Maintenant, je finis par croire ce que les autres m'ont dit, qu'il fallait que j'abandonne tout espoir. (Sa voix n'était plus qu'un faible murmure.) Il faut que je croie maintenant qu'il est mort, en dépit de sa beauté, de sa jeunesse, de sa force, de l'amour que je lui portais. En dépit de tout cela, il est mort.

Paul prit Ariana dans ses bras et la serra contre lui tandis qu'elle pleurait. Après un long moment, il lui essuya doucement les yeux avec son mouchoir. Malgré les mots taquins et gais, les yeux de Paul prouvaient que la douleur d'Ariana le bouleversait.

– Vous étiez donc si riches que cela ? Suffisamment riches pour avoir une Rolls ?

– Je ne sais pas si nous étions très riches, Paul. Mon père était banquier. Les Européens ne parlent pas beaucoup de ces choses-là. (Elle essaya alors d'évoquer le passé sans pleurer.) Ma mère avait une voiture américaine quand j'étais très jeune. Je crois que c'était une Ford.

– Un coupé ?

– Je ne sais pas, fit-elle en haussant les épaules en signe d'ignorance. Je suppose. Elle vous aurait plu. Elle est restée au garage pendant des années.

Mais cela lui rappela Max, puis Manfred et la Volkswagen qu'elle avait utilisée dans la première partie de sa fuite... Chaque souvenir en appelait un autre. C'était encore un jeu dangereux.

– Ariana, à quoi pensez-vous, à l'instant ?

Elle le regarda franchement. Il était son ami à présent. Autant que possible, elle serait honnête avec lui.

– Je pensais à tout ce qui n'était plus... les gens... plus rien, les lieux... tout le monde est mort, tout a été bombardé.

– Pas vous. Vous êtes ici. Et je tiens à ce que vous sachiez combien je suis heureux que vous soyez ici.

– Merci.

35

Une semaine plus tard, Paul revint à la maison avec sa Cadillac vert foncé. Pour sa première sortie, il invita Ariana. Il dut ensuite emmener Julia et Debbie, puis sa mère et enfin Ariana une nouvelle fois. Ils firent le tour de Central Park. Les sièges en cuir crème étaient moelleux et la voiture dégageait une agréable odeur de neuf.

– Paul, elle est merveilleuse.

– N'est-ce pas? Elle est à moi. Mon père dit qu'il me la prête jusqu'à ce que je travaille mais je sais bien que c'est un cadeau.

Il souriait fièrement et Ariana s'amusait beaucoup.

La semaine précédente, il avait convaincu sa mère de louer quelque chose à Long Island. Elle était donc à la recherche d'une maison pouvant les accueillir tous pendant un mois ou deux.

– Et ensuite, je vais m'installer, fit-il en souriant.

– Quoi? Vous allez vous chercher un appartement?

– Probablement. Je suis un peu trop vieux pour vivre chez mes parents.

Ariana hocha lentement la tête. Il était aussi beaucoup trop mûr.

– Ils vont être déçus si vous les quittez. Surtout votre mère et vos sœurs.

Il la regarda alors d'un air étrange. Ariana se sentit trembler intérieurement. Il arrêta la voiture et se gara.

– Et vous, Ariana? Est-ce que je vous manquerai?

– Bien sûr, Paul, répondit-elle d'une voix calme.

Il l'émouvait profondément. Cela lui ferait mal de le perdre maintenant.

– Ariana, si je quitte la maison, est-ce que nous nous verrons de temps en temps?

– Évidemment.

– Vous ne comprenez pas, fit-il en la regardant avec intensité. Je ne veux pas que nous ne nous voyions qu'en amis.

– Paul, que voulez-vous dire?

– Je tiens beaucoup à vous, Ariana. Je tiens énormément à vous. J'ai été attiré par vous dès le premier jour.

Ariana repensa au premier petit déjeuner quand il l'avait fait pleurer au sujet de Berlin. Elle aussi s'était sentie attirée par lui, mais elle savait qu'elle devait résister à cet élan qui la poussait vers lui. C'était beaucoup trop tôt.

– Je sais à quoi vous pensez, dit Paul en s'adossant à son siège, les yeux toujours fixés sur Ariana, plus belle que jamais dans son chemisier en soie blanche. Vous pensez que je vous connais à peine, qu'il y a encore deux semaines, j'étais fiancé à une autre fille. Vous pensez que c'est trop tôt...

– Ce n'est pas vraiment cela, répondit Ariana avec un doux sourire.

– Mais un peu, quand même.

Elle hocha la tête.

– Vous ne me connaissez pas, Paul.

– Mais si. Vous êtes drôle, sympathique, aimante. Et vous n'êtes pas du tout amère en dépit de tout ce que vous avez vécu. Je me fiche que vous soyez allemande et moi américain. Nous venons du même monde, nous avons eu des enfances similaires et nous sommes tous les deux juifs.

Ariana eut mal. Chaque fois que l'un d'eux y faisait allusion, cela lui rappelait son mensonge. Cela semblait très important pour eux qu'elle soit juive. Elle devait donc être juive pour mériter leur amour. Tous les gens qu'ils connaissaient, tous leurs amis étaient juifs. C'était essentiel, évident. L'idée qu'Ariana puisse ne pas être juive ne les effleurait même pas.

Sam et Ruth haïssaient les Allemands, ceux qui n'étaient pas juifs. Pour eux, tous les Allemands non juifs étaient des nazis. Ariana aurait donc été une nazie à leurs yeux, s'ils avaient appris la vérité.

Elle détourna son visage, désemparée.

– Je vous en prie, Paul, n'insistez pas.

– Pourquoi? s'exclama le jeune homme en lui touchant l'épaule. Est-ce vraiment trop tôt? Ne ressentez-vous pas la même chose que moi?

Les mots étaient pleins d'espoir mais elle ne répondit pas. Pour elle, ce serait toujours trop tôt. Au fond de son cœur, elle était encore mariée. Si Manfred avait vécu, ils auraient eu leur premier enfant. Elle ne voulait pas penser à un autre homme. Pas maintenant, pas avant longtemps.

Elle se tourna alors vers Paul, le regard triste.

– Paul, il y a certaines parties de mon passé... Je ne serais peut-être jamais prête... Ce ne serait pas bien de vous le laisser croire.

– Est-ce que vous m'aimez en ami?

– Bien sûr que oui.

– Bon, alors, accordons-nous un peu plus de temps. (Leurs regards se rencontrèrent et elle sentit envers lui un élan qui l'effraya.) Faites-moi confiance, c'est tout ce que je vous demande.

Il l'embrassa tendrement sur la bouche. Elle voulut résister mais elle réalisa qu'elle n'en avait pas vraiment envie et lorsqu'il retira sa bouche, elle était rouge et respirait plus rapidement.

– Ariana, je saurai attendre. Et d'ici là (il l'embrassa sur la joue et mit la voiture en marche), je serai heureux d'être votre ami.

– Paul, fit-elle en mettant gentiment sa main sur son épaule, je dois vous dire que j'apprécie beaucoup les sentiments que vous me portez. Moi, je vous considère comme un frère mais...

– Vous ne m'avez pas embrassé comme une sœur.

Elle rougit.

– Vous ne comprenez pas. Je ne peux pas... être vraiment une femme.

Il ne put supporter de rester dans le doute et avant d'atteindre la maison où les autres attendaient, il se tourna vers elle, le regard douloureux.

– Ariana, est-ce qu'ils vous ont fait mal? Les nazis, est-ce qu'ils...

Les yeux d'Ariana s'emplirent de larmes et elle se serra contre lui en secouant la tête.

– Non, Paul, les nazis ne m'ont pas fait ce à quoi vous pensez.

Mais, la nuit suivante, Paul eut la confirmation qu'elle n'avait pas dit la vérité, quand il l'entendit pousser un cri déchirant. Il l'avait déjà entendue crier certaines nuits mais, cette fois-ci, il alla pieds nus jusqu'à sa chambre et la trouva assise au bord du lit; une petite lumière brillait. Elle avait la tête dans les mains et sanglotait doucement, un petit livre en cuir sur les genoux.

– Ariana?

Il s'approcha et, quand elle tourna son visage vers lui, il y lut les tourments de l'angoisse. Il ne dit rien et s'assit près d'elle jusqu'à ce que les sanglots s'apaisent.

Dans son rêve, elle avait revu Manfred... mort devant le Reichstag. Elle ne pouvait expliquer cela à ce jeune homme. Il prit le petit livre et regarda le titre.

– Shakespeare? Ma chère, lire cela à cette heure de la nuit! Je ne m'étonne plus de vous voir pleurer. Shakespeare aurait le même effet sur moi.

Elle sourit à travers ses larmes.

– Ce n'est pas un vrai livre. C'est tout ce que j'ai pu sauver des mains des nazis. C'est tout ce qui me reste. (Elle ouvrit le compartiment secret devant les yeux ahuris de Paul.) C'étaient les bagues de ma mère. C'est tout ce que je possède.

Ariana avait eu la présence d'esprit de glisser les photos de Manfred dans la doublure de son porte-monnaie, mais cela la rendait encore plus triste de devoir les cacher ainsi.

– Ariana, arrêtez de pleurer. Mon Dieu, ce sont des bagues splendides. Vous avez réussi à les emporter à l'insu des nazis?

Elle acquiesça et Paul prit la grosse bague en émeraude.

– C'est un bijou extraordinaire.

– N'est-ce pas? Je crois qu'elle a appartenu d'abord à ma grand-mère mais je n'en suis pas certaine. Ma mère la portait toujours. (Ariana prit la chevalière en diamant.) Et celle-ci aussi. Ce sont les initiales de ma grand-mère.

Mais le motif était tellement compliqué qu'il était impossible de déchiffrer les lettres.

– C'est une chance que personne ne vous les ait volées sur le bateau.

Il avait dû lui falloir beaucoup d'ingéniosité pour rapporter ce petit livre de si loin. De l'ingéniosité et de l'aplomb. Paul savait déjà qu'elle possédait les deux.

– Je n'aurais laissé personne y toucher. Il aurait fallu me tuer d'abord, fit-elle avec conviction.

– Il n'y a rien qui vaille le sacrifice de la vie, Ariana. J'ai au moins appris cela.

Elle hocha la tête. Manfred aussi en était arrivé à la même conclusion. Elle leva vers Paul des yeux sombres et elle ne le repoussa pas lorsqu'il l'embrassa.

– Il faut dormir à présent.

Il la recouvrit et la borda. Elle se reprochait déjà

de l'avoir laissé l'embrasser. Ce n'était pas bien. Et quand Paul quitta la chambre, les pensées d'Ariana revinrent à ce qu'il avait dit à propos de la guerre, à propos de lui-même. C'étaient des choses que Manfred aurait pu dire lui aussi. Paul était jeune mais, aux yeux d'Ariana, il devenait peu à peu un homme.

36

– Ariana, est-ce que vous vous sentez bien ce matin?

Ruth la regardait et la trouvait étrangement pâle. Elle avait mis des heures à se rendormir après le départ de Paul, la nuit précédente. Elle se sentait coupable de l'encourager. Elle savait que son admiration pour elle passerait, mais pour l'instant il était tout dévoué et elle ne voulait pas le heurter. Elle s'en voulait mais il avait été si gentil avec elle quand elle avait eu son cauchemar, et elle était humaine après tout. Elle regardait avec de grands yeux tristes sa protectrice qui, inquiète, fronçait les sourcils.

– Il y a quelque chose qui ne va pas?

– Non, je crois que je suis seulement un peu fatiguée, tante Ruth. Ce n'est rien. Je vais me reposer et cela ira mieux.

Mais Ruth était suffisamment inquiète pour décrocher le téléphone une demi-heure plus tard et, à la fin de la matinée, elle apparut dans la chambre d'Ariana.

Ariana leva la tête de l'oreiller avec un pâle sourire. La nuit sans sommeil l'avait terriblement éprouvée. Après le petit déjeuner, elle était retournée dans sa chambre pour vomir. Ruth s'assit près du lit.

266

– Je pense que ce serait une bonne idée d'aller voir le Dr Kaplan aujourd'hui.

– Mais je vais bien, je vous assure.

– Allons, Ariana, fit-elle d'un ton de reproche.

– Bon, mais je ne veux pas aller voir le docteur, tante Ruth. Je n'ai rien d'anormal.

– Vous me faites penser à Debbie ou à Julia... ou à Paul après tout. (Elle décida alors de se jeter à l'eau.) A-t-il cherché à exercer une pression sur vous, Ariana?

– Bien sûr que non.

– Je me le demandais. Il a le béguin pour vous, vous savez.

Ariana ne comprenait pas vraiment le mot « béguin » mais elle comprenait l'idée.

– Je l'avais senti, tante Ruth. Mais je n'ai pas l'intention de l'encourager. Il est comme un frère pour moi et mon frère me manque tellement... Et je ne ferai jamais quelque chose qui risquerait de vous déplaire.

– C'est bien pour cela que je vous en parle, Ariana. Cela ne me déplairait pas du tout.

– Ah bon! s'exclama Ariana, abasourdie.

– Sam et moi, nous en parlions l'autre jour. Nous savons que Paul est encore sous le coup de sa rupture avec Joanie, mais c'est un brave garçon. Je ne veux vous influencer en aucune façon, mais je tiens beaucoup à ce que vous sachiez que, quoi qu'il arrive, nous vous aimons beaucoup.

– Tante Ruth! fit Ariana en se jetant à son cou. Moi aussi je vous aime tant.

– Nous voulons que vous vous sentiez libre de faire ce qui vous plaît. Vous faites partie de la famille. Vous devez voir ce qui est préférable pour vous. Si Paul continue à se consumer d'amour pour vous, ne le laissez pas vous harceler si cela ne correspond pas à vos sentiments. Je sais combien il est têtu.

Ariana éclata de rire.

– Je ne pense pas qu'on en arrivera à ce genre de situation.

– Je me demandais seulement si vous repoussiez Paul à cause d'un sentiment de culpabilité vis-à-vis de nous.

– Non. Mais il est vrai que Paul m'a dit quelque chose l'autre jour.

– Suivez les élans de votre cœur quels qu'ils soient, dit Ruth avec un sourire.

– Est-ce que les mères doivent jouer le rôle de Cupidon?

– Je ne sais pas. C'est la première fois que je le fais. (Leurs regards se rencontrèrent.) Je ne connais personne d'autre que vous qui me conviendrait en tant que bru, Ariana. Vous êtes une fille si adorable.

– Merci, tante Ruth.

Elle se leva et alla vers l'armoire prendre une robe à rayures roses et des sandales blanches. Le soleil de juin était chaud. Elle était sur le point de dire à Ruth combien il était ridicule d'aller voir le médecin quand soudain elle se sentit prise de vertige et tomba lentement sur le sol.

– Ariana! s'écria Ruth en se précipitant vers elle.

37

Le cabinet du Dr Stanley Kaplan était au coin de la 53e Rue et de Park Avenue. Ruth laissa Ariana devant la porte et alla garer la voiture.

– Eh bien, jeune dame, comment vous sentez-vous? Mais je pense que ma question est stupide.

Vous n'allez certainement pas bien, autrement vous ne seriez pas ici.

Le vieil homme lui souriait derrière son bureau. La dernière fois qu'il l'avait vue, elle était blême, apeurée, maigre. Maintenant, c'était une belle fille. Enfin, presque. Son regard reflétait encore la douleur, le chagrin, le deuil. A part cela, le teint était frais, les yeux brillants. Ses longs cheveux blonds tombaient en rouleaux sur ses épaules. Dans sa robe fraîche aux rayures multicolores, elle ressemblait à la fille de n'importe lequel de ses malades et non pas à la jeune femme qui avait fui l'Europe déchirée par la guerre, quelques semaines auparavant.

– Alors, dites-moi, qu'est-ce qui ne va pas? Vous avez toujours des cauchemars, des nausées, des étourdissements?

Il avait un sourire chaleureux.

– Oui, je fais des cauchemars, mais pas aussi souvent. Maintenant, au moins, j'arrive à dormir.

– Oui, vous semblez plus reposée.

Elle acquiesça mais lui avoua qu'après chaque repas pratiquement elle avait mal au cœur. Il parut ennuyé.

– Est-ce que Ruth est au courant?

Ariana fit signe que non.

– Il faut le lui dire. Vous devriez suivre un régime. Vous vomissez après tous les repas, m'avez-vous dit?

– Presque.

– Cela ne m'étonne pas que vous soyez si mince. Est-ce que vous aviez des problèmes digestifs avant?

– Non, seulement depuis que j'ai tant marché pour venir à Paris. Une fois, j'ai dû rester deux jours sans manger et deux fois, j'ai essayé de manger de la terre dans un champ.

– Et les évanouissements?

– Cela m'arrive encore souvent.

Il posa son stylo et la regarda longuement avec intensité. C'était un regard plein de tendresse et de compassion. Elle comprit alors que cet homme était son ami.

— Ariana, il faut que vous sachiez que vous pouvez tout me dire. Je veux que vous me racontiez tout ce que j'ai besoin de savoir sur votre passé. Il m'est impossible de vous aider si je ne sais pas ce que vous avez vécu. Je suis un médecin et je suis donc tenu au secret professionnel. Tout ce que vous me direz restera entre nous. Je n'en parlerai ni à Ruth, ni à Sam, ni aux enfants. A personne, Ariana. Je suis votre médecin et votre ami. Je suis vieux à présent et j'ai l'expérience de la vie. Mon expérience n'est peut-être pas la même que la vôtre mais rien ne pourra me choquer. A présent, vous devez tout me dire. Vous a-t-on fait subir des traitements qui auraient pour conséquences votre état actuel?

— Je ne le pense pas, docteur Kaplan, soupira-t-elle. J'ai été enfermée dans une cellule et j'étais nourrie de soupe de pommes de terre, de pain rassis et d'eau. Une fois par semaine, j'avais droit à des bouts de viande. Mais c'était il y a longtemps, presque un an.

— Est-ce que les cauchemars ont commencé à ce moment-là?

— Certains. J'étais... terriblement inquiète au sujet de mon père et de mon frère. Je ne les ai jamais revus depuis.

— Et les maux d'estomac, ils ont commencé à cette époque également?

— Non, pas vraiment.

— Ariana, je pense que nous nous connaissons un peu mieux maintenant.

Il abordait le sujet lentement. La première fois qu'il l'avait vue, il n'avait pas osé lui en parler. Il hésitait sur la façon de formuler la question.

— Est-ce que... on a abusé de vous?

270

A en juger par sa beauté délicate, il avait été certain que cela avait dû être le cas. Mais elle secoua la tête et le médecin se demanda si elle n'avait pas tout simplement peur de dire la vérité.

– Jamais?

– Une fois. Dans la cellule. Presque.

– Alors, il faudrait peut-être que je vous examine.

Il sonna l'infirmière pour qu'elle l'aide à se déshabiller.

Il examina Ariana, les sourcils froncés. Il lui demanda d'autres informations puis, à regret, suggéra qu'il faudrait lui faire un examen gynécologique. Il pensait qu'elle allait prendre cela comme une épreuve. Mais elle semblait préparée au pire et elle fut étrangement calme pendant cet examen. Le docteur finit par découvrir ce qu'il soupçonnait : l'utérus avait deux fois la taille normale.

– Ariana, vous pouvez vous asseoir à présent.

C'est ce qu'elle fit et il la regarda tristement. Elle avait donc menti. Non seulement ils avaient abusé d'elle mais ils l'avaient engrossée.

– Ariana, j'ai quelque chose à vous dire, nous pourrons ensuite en discuter.

– Quelque chose ne va pas, docteur? demanda-t-elle, effrayée.

– J'en ai bien peur, mon petit. Vous êtes enceinte.

Il s'attendait au chagrin et à l'horreur. Mais le regard d'Ariana exprima la surprise la plus complète et elle se mit à sourire.

– Vous ne vous y attendiez pas?

Elle secoua la tête et son sourire s'accentua.

– Et vous êtes contente? fit-il, abasourdi à son tour.

Ariana semblait avoir reçu un cadeau inestimable, inespéré, et elle regarda le Dr Kaplan avec de grands yeux bleus pleins d'amour et de respect. C'était arrivé juste après leur mariage, à peu près à la fin d'avril, peut-être la dernière fois avant qu'il ne parte défendre le Reichstag, ce qui mettait sa grossesse à sept semaines. Ariana regarda le médecin d'un air incrédule.

– Vous êtes bien sûr de ce que vous dites?

– Je peux faire un test si vous le voulez, mais franchement je suis certain de ce que j'avance. Ariana, est-ce que vous savez...

Elle leva les yeux vers lui, en souriant doucement.

– Oui, je sais. Le bébé est de mon mari. Il est le seul homme que j'aie jamais... connu.

– Et où est votre mari, maintenant?

Deux larmes coulèrent sur les joues d'Ariana.

– Il est mort, comme tous les autres. Il est mort.

– Mais vous allez avoir son bébé, fit Kaplan d'une voix douce, en se réjouissant pour elle. Vous l'aurez toujours. N'est-ce pas?

Elle se laissa aller alors à penser à Manfred, à revoir son visage, à se souvenir de ses caresses. C'était comme si elle avait la permission à présent de le faire revivre. Jusque-là, elle avait lutté contre ses souvenirs, maintenant, elle pouvait s'en bercer. Ce fut le moment le plus heureux de toute sa vie.

Quand elle rejoignit le docteur dans son cabinet, il la regarda sérieusement.

– Ariana, qu'allez-vous faire? Vous allez devoir en parler à Ruth.

Il y eut un long moment de silence. Ariana n'avait pas encore pensé à cela. Pendant un moment, les Liebman lui étaient complètement sortis de l'esprit. Maintenant, il lui fallait le leur dire et elle connaissait leur réponse. Comment accueilleraient-ils ce bébé? Le bébé de qui? L'enfant d'un officier nazi? Elle devait défendre cet enfant à naître. Qu'allait-elle faire? Elle pensa alors aux bagues de sa mère. S'il le fallait, elles l'aideraient à vivre jusqu'à la naissance du bébé. Elle ne pouvait plus rester chez eux à présent. Elle partirait dans quelques mois.

– Je ne veux pas en parler à Mme Liebman, docteur.

– Et pourquoi pas? fit-il, consterné. C'est une femme bonne, aimable, compréhensive.

– Je ne peux pas lui demander plus que ce qu'elle a déjà fait pour moi. Elle a déjà tant fait.

– Il faut penser au bébé, Ariana. Vous lui devez une vie décente, des chances convenables, autant de chances que vous en avez eu, que les Liebman vous en ont donné.

Ces paroles pesèrent sur l'esprit d'Ariana toute la soirée. Elle avait fait promettre au médecin de ne pas le dire à Ruth. Il avait simplement mentionné un peu de fatigue, mais rien de grave. Elle devait se reposer, bien manger, bien dormir. A part cela, elle était en forme.

– Je me sens rassurée d'entendre cela, dit Ruth sur le chemin de la maison.

Elle était encore plus gentille que d'habitude et cela déchirait le cœur d'Ariana d'avoir à la tromper au sujet de l'enfant. Mais il fallait pourtant qu'elle s'occupe seule de cet enfant. Il était à elle et à Manfred. C'était le bébé qu'ils avaient tant voulu, conçu au milieu des cendres de leurs rêves. Il devait naître à la fin de janvier ou début février. Souvent, les premiers bébés arrivent plus tard. Le docteur avait également dit que cela commencerait à se voir en septembre, ou peut-être octobre, si elle faisait attention à ce qu'elle portait. Alors, à cette époque, elle devrait quitter la famille. Une fois partie, une fois qu'elle aurait trouvé un travail, elle le leur dirait.

– Pourquoi avez-vous l'air si heureuse, Ariana?

Paul était à côté d'elle. Elle ne l'avait pas entendu entrer.

– Je ne sais pas. Je réfléchissais.

– A quoi?

Il s'assit par terre près d'elle et regarda le petit visage parfait.

– A rien de spécial, fit-elle en souriant.

Son bonheur était presque impossible à cacher et il touchait Paul.

– Savez-vous à quoi j'ai pensé aujourd'hui? A notre été. Cela va être merveilleux à la campagne. On peut jouer au tennis, se baigner. On peut s'allonger au soleil, danser le soir. Cela vous plaît?

Cela lui plaisait mais maintenant elle avait autre chose en tête. Elle regarda son jeune ami d'un air grave.

– Paul, je viens de prendre une décision.

– Laquelle?

– En septembre, je vais me trouver un travail et un logement.

– Moi aussi. Voulez-vous que nous habitions ensemble?

– Très drôle. Je suis sérieuse.

– Moi aussi. Et quel genre de travail désirez-vous faire, au fait?

– Je ne sais pas encore, mais je vais y penser. Votre père pourra peut-être me donner des idées.

– J'en ai une meilleure. (Il se pencha et embrassa les doux cheveux blonds.) Ariana, vous ne m'écoutez pas.

– Parce que vous êtes trop jeune pour être raisonnable.

Elle était très heureuse et il rit en guise de réponse. Il sentait qu'elle était de bonne humeur.

– Vous savez, si vous voulez vraiment travailler en septembre, alors cela va être pour vous aussi le « dernier été ». Notre dernière escapade avant de nous établir dans la vie.

– C'est exact.

– Alors, profitons-en, Ariana. Ce sera le plus bel été que nous ayons jamais eu.

Ariana lui sourit, elle planait.

38

Une semaine plus tard, ils partirent tous pour la grande maison d'East Hampton. Il y avait six chambres, trois chambres de bonne, une salle à manger suffisamment grande pour recevoir une armée, un grand salon imposant, un petit bureau et, en bas, une pièce commune pour toute la famille. La cuisine était immense et accueillante. Derrière, se trouvaient la maison des hôtes et une cabine de plage où l'on pouvait se changer. Dans la maison des hôtes, il y avait cinq chambres, que les Liebman avaient l'intention de remplir tout l'été d'amis et de membres de la famille. Les vacances avaient bien commencé jusqu'à ce que Ruth entende dire un jour de la bouche de Paul qu'Ariana avait l'intention de les quitter et de trouver un travail à l'automne.

– Mais pourquoi, Ariana? Ne soyez pas stupide. Nous ne voulons pas que vous nous quittiez.

Ruth la regardait d'un air sidéré.

– Je ne peux pas vous imposer ma présence indéfiniment.

– Vous n'imposez pas votre présence. Vous êtes une de nos enfants, Ariana, c'est absurde. Et si vous voulez absolument travailler, pourquoi ne pas continuer à vivre à la maison? (Elle semblait bouleversée par la perspective de perdre Ariana.) Allez à l'université si cela vous chante, vous m'avez dit un jour que vous vouliez le faire. Vous pouvez faire toutes sortes de choses mais il n'y a aucune raison de nous quitter.

Un peu plus tard, Ariana rapporta cette conversation à Paul.

– Oh! Paul, elle a eu l'air tellement blessée.

Ariana jeta vers lui un regard désespéré. Ils descendaient alors en ville en Cadillac faire des courses pour Ruth. Deux maillots de bain supplémentaires pour Debbie, des médicaments pour Julia, un dossier que Ruth avait oublié sur son bureau à New York. Ils eurent rapidement fini ce qu'ils avaient à faire et Ariana consulta la petite montre en or que Ruth lui avait donnée.

– Est-ce que vous croyez que j'ai le temps de faire une course de plus?

– Bien sûr. C'est quoi?

– J'ai promis au Dr Kaplan de m'arrêter prendre quelques vitamines si j'avais le temps.

– Absolument, fit-il d'un ton sévère. Vous auriez dû commencer par là.

– Bien, monsieur.

Elle éclata de rire. C'était bon d'être jeune et de pouvoir ainsi profiter de l'été. Le soleil brillait et Ariana s'étira de bonheur dans la voiture.

– Vous voulez essayer de conduire?

– Votre précieuse Cadillac? Paul, vous avez bu?

Il éclata de rire à son tour, heureux de voir combien elle était en forme.

– Je vous fais confiance. Vous m'aviez dit que vous saviez conduire.

– Je suis très flattée que vous me laissiez conduire votre voiture.

Elle était touchée par son offre, car elle savait combien il y tenait.

– Je vous confierais tout ce que j'ai de plus précieux au monde, Ariana. Même ma voiture neuve!

– Merci.

Ils arrivèrent au cabinet du Dr Kaplan et elle se prépara à entrer. Mais il bondit de la voiture pour l'aider. Il portait un pantalon en coton blanc et un blazer : il semblait ainsi très jeune et très élégant à

276

la fois avec son doux sourire et ses longues enjambées.

– Je vais entrer avec vous une minute. Je n'ai pas vu le docteur depuis un bon moment.

Il n'avait plus de raisons de le voir, son genou étant presque guéri. On s'apercevait à peine qu'il boitait et, avec l'exercice de l'été, le genou serait à l'automne complètement remis.

Le Dr Kaplan fut ravi de le voir et ils bavardèrent tous les trois un moment jusqu'à ce que le docteur demandât à voir Ariana seule. Paul alla s'asseoir dans la salle d'attente.

Dans le cabinet, Ariana fixa le médecin de ses grands yeux.

– Comment vous sentez-vous, Ariana?

– Bien, merci. Dans la mesure où je fais attention à ce que je mange, ça va.

Elle lui sourit et le médecin pensa qu'il ne l'avait jamais vue si calme. Ce jour-là, elle portait une robe d'été avec une jupe large serrée à la taille, un grand chapeau de paille retenu sous le menton par des rubans bleus de la même couleur que ses yeux.

– Vous êtes merveilleuse. (Puis, après un silence embarrassé, il la regarda plus intensément.) Vous ne leur en avez pas parlé, n'est-ce pas?

– Non. J'ai pris une décision. Comme vous m'avez dit que cela commencerait à se voir en septembre, quand nous rentrerons de Long Island, j'irai vivre ailleurs et je trouverai un travail. Ce n'est qu'après que je le leur dirai. Je suis sûre qu'ils comprendront. Mais je refuse de leur imposer ma présence plus longtemps ou de leur imposer la présence de mon enfant.

– C'est très noble de votre part, Ariana. Mais savez-vous comment vous allez faire pour vivre et élever votre bébé? Avez-vous pensé à lui ou seulement à vous?

Le médecin avait un ton sévère tout à fait inhabituel chez lui et Ariana fut à la fois furieuse et blessée.

– Bien sûr que j'ai pensé au bébé. Je ne pense qu'à lui. Que voulez-vous dire?

– Vous avez vingt ans, vous n'avez pas de métier, et vous allez vous retrouver seule dans un pays que vous ne connaissez pas, où les gens ne voudront pas vous employer tout simplement parce que vous êtes allemande. La guerre avec l'Allemagne vient juste de finir et les gens n'oublient pas si vite. Vous ne donnez pas toutes les chances à votre bébé. Pourtant, vous pourriez le faire si vous n'attendiez pas trop longtemps, si vous faisiez quelque chose dès maintenant.

– Et quoi?

– Ariana, il faut vous marier, fit-il d'une voix adoucie. Donnez-vous et donnez au bébé le maximum de chances. Je sais que cela n'est pas facile mais, depuis que je vous ai vue la dernière fois, cela m'a tourmenté. Je pense que c'est la seule solution. Je connais Paul depuis sa plus tendre enfance. Je sais ce qu'il éprouve pour vous. Je sais que c'est terrible pour la conscience de suggérer cela, mais qui en serait blessé? Si vous vous mariez avec ce garçon, vous garantissez votre avenir et celui de votre bébé.

– Je ne me soucie pas de mon avenir! s'exclama-t-elle, choquée par sa proposition.

– Mais vous vous préoccupez de celui du bébé. Alors?

– Je ne peux pas faire cela. Ce serait malhonnête.

– Ne pensez-vous pas que des tas de filles font la même chose? Des filles qui ont de moins bonnes raisons que vous. Ariana, votre bébé ne va pas naître avant sept mois. Je pourrais dire qu'il est né avant terme. Personne ne le saura. Personne. Pas même Paul.

– Vous ne me croyez pas capable de pourvoir seule aux besoins du bébé?

– Evidemment non. Depuis quand avez-vous vu une femme enceinte travailler? Qui vous emploie-rait? Et à quelle tâche?

Elle resta assise un long moment sans dire un mot, en hochant la tête, pensive. Il avait peut-être raison. Elle avait pensé être capable d'obtenir un travail dans un magasin. Mais quelle déception! Paul ne méritait pas cela. Comment pourrait-elle lui mentir ainsi? Il était son ami et, d'une certaine façon, elle l'aimait. Du moins, elle avait beaucoup de tendresse pour lui.

– Comment pourrais-je faire une chose pareille, docteur? Cela n'est pas bien.

Elle se sentait coupable et honteuse à cette idée.

– Vous pouvez le faire pour le bien de votre enfant à naître.

– Il va falloir que j'y réfléchisse.

– D'accord, mais pas trop longtemps. Autrement, il sera trop tard. Si vous vous décidez rapidement, le bébé viendra à sept mois et j'expliquerai facile-ment cette naissance prématurée par votre santé fragile, le voyage d'Europe, tout cela.

– Vous pensez vraiment à tout.

Elle comprit qu'il était en train de lui donner le coup de fouet dont elle avait besoin. Il lui ensei-gnait les règles d'un jeu qu'elle commençait à maîtriser. Au fond d'elle-même, elle savait qu'il avait raison. Mais comment cela finirait-il?

– Si vous le faites, Ariana, le secret sera bien gardé.

– Merci, docteur, pour ma vie, et pour la vie de mon bébé.

Il lui donna les vitamines et lui toucha doucement l'épaule avant qu'elle ne parte.

— Décidez-vous rapidement, Ariana.

— Entendu.

39

— Ariana, tu viens te baigner? demanda Julia de
la porte de la chambre.

Il était neuf heures du matin. Ariana ouvrit des
yeux ensommeillés.

— Si tôt? Je ne suis même pas levée.

— Paul ne l'était pas non plus. Et il vient.

— C'est exact, assura Paul en apparaissant à l'entrée de la chambre. Et si j'ai dû me lever pour aller
me baigner avec ces deux petits monstres, pourquoi
n'en feriez-vous pas autant?

— Je dois vraiment?

Elle s'étira paresseusement et sourit. Paul s'assit
près d'elle et posa un baiser sur les cheveux blonds
défaits qui recouvraient son visage.

— Bien sûr. Autrement je vais vous sortir de ce lit
et vous traîner jusqu'à la plage en dépit de vos
cris.

— Comme c'est gentil à vous, Paul.

— N'est-ce pas?

Ils échangèrent un sourire.

— Au fait, vous aimeriez aller danser à Southamp-
ton, ce soir? Mes parents emmènent les filles quelque part pour la nuit.

— En quel honneur?

— C'est le week-end du 4 Juillet, ma chère. Le jour
de l'Indépendance pour les Américains. Vous allez
voir — c'est quelque chose.

Ce fut effectivement une journée bien remplie. Le

matin, ils allèrent se baigner avec les filles et, l'après-midi, toute la famille fit un pique-nique. Ensuite, Ruth et Sam emmenèrent les filles en excursion et Ariana disparut dans sa chambre pour se reposer. Mais, à sept heures, elle était habillée pour la soirée et lorsqu'elle descendit l'escalier de la grande maison, Paul siffla d'admiration.

– Eh bien, belle dame, le bronzage vous va divinement bien!

Elle portait une robe en soie turquoise qui faisait ressortir sa peau brunie par le soleil. Paul, lui aussi, était éblouissant dans son costume blanc, sa chemise blanche et sa cravate bleu marine à pois blancs. Ils montèrent immédiatement dans la Cadillac.

D'humeur joyeuse, il laissa Ariana conduire et, une fois arrivés à destination, il lui fit immédiatement apporter un gin-fizz. Elle se méfiait des réactions possibles à l'alcool, et n'en but que quelques gorgées. Le bal battait déjà son plein. Il y avait deux orchestres, un dans la maison et un autre dehors sur la pelouse. Plusieurs yachts s'étaient amarrés pour l'occasion le long du bassin, gardés par une douzaine de marins. La pleine lune d'été brillait dans le ciel.

– Voulez-vous danser, Ariana? demanda-t-il avec un tendre sourire.

Elle glissa dans ses bras. C'était la première fois qu'ils dansaient ensemble, et, à la lueur de la lune, Ariana n'avait pas de mal à s'imaginer qu'elle dansait avec Manfred, ou son père...

– Est-ce qu'on vous a déjà dit que vous dansiez divinement?

– Pas récemment, fit-elle avec un rire doux, ravie du compliment.

Après la danse, ils se promenèrent le long de la jetée d'où ils pouvaient voir les bateaux se balancer doucement sur l'eau. Paul regarda alors Ariana d'un air très sérieux.

– Je suis si heureux quand je suis avec vous, Ariana. Je n'avais encore jamais connu quelqu'un comme vous.

Elle voulut le taquiner en lui parlant de Joanie mais le moment était mal choisi.

– Ariana, il faut que je vous dise quelque chose. (Il prit ses deux mains et déposa un baiser sur chacune d'elles.) Je vous aime. Je ne peux pas vous le dire autrement. Je vous aime. Je ne supporte pas de ne pas être avec vous. Avec vous, je me sens bien, tellement heureux, fort. C'est comme si je pouvais tout faire, tout réussir. Je ne tiens pas à laisser passer un tel bonheur. Si vous partez toute seule de votre côté après l'été, et si je pars du mien, on va perdre cette chance. Ariana, je ne veux pas vous perdre.

– Paul, vous n'allez pas me perdre, murmura-t-elle. Je...

Comme par magie, les feux d'artifice explosèrent au-dessus d'eux. Il fouilla dans sa poche et en sortit une bague avec un gros diamant. Il la glissa sans attendre au doigt d'Ariana et il l'embrassa avec une passion longtemps contenue. Ariana s'accrocha à lui presque désespérément, répondant à son baiser tout en combattant encore l'élan qui la portait vers lui.

Quand leurs lèvres se séparèrent, Ariana lui dit qu'elle était fatiguée et ils retournèrent à la maison des parents à East Hampton. Elle luttait encore contre sa conscience. Comment allait-elle se sortir de cette situation? Le problème n'était pas qu'elle ne l'aimait pas. Elle l'aimait bien, au contraire, mais elle trouvait que c'était mal de profiter de l'amour qu'il lui portait, de lui attribuer un enfant qui n'était pas de lui. Quand ils arrivèrent devant l'entrée, Paul mit un bras autour d'elle et la conduisit à l'intérieur. Dans le vestibule, il posa sur elle un regard triste.

– Je sais ce que vous pensez. Vous ne voulez ni de la bague, ni de ce qu'elle représente, ni de moi. D'accord, Ariana, je comprends.

Il ajouta avec des larmes dans la voix :

– Mais je vous aime tant. Je vous en prie, permettez-moi de rester avec vous ici, juste pour une nuit. Laissez-moi rêver, laissez-moi imaginer que cette maison est la nôtre, que nous sommes mariés...

– Paul, fit-elle en s'écartant doucement de lui.

Mais elle vit alors le beau visage du jeune homme baigné de larmes. Elle ne pouvait plus supporter de le voir ainsi. Elle l'attira à elle et, approchant son visage du sien, elle lui témoigna une tendresse qu'elle ne pensait plus être capable de donner à quiconque. Quelques instants plus tard, ils montèrent dans sa chambre et, avec une douceur infinie, Paul enleva la robe de soie. Ils restèrent ainsi dans le clair de lune, serrés l'un contre l'autre, meublant le silence de caresses, de baisers, de rêves. Enfin, quand leur passion s'épuisa aux premières lueurs du jour, ils s'endormirent dans les bras l'un de l'autre.

40

– Bonjour, ma chérie.

Ariana clignait les yeux, éblouie par la lumière du soleil. Paul avait posé le plateau du petit déjeuner sur le lit. Il était en train d'ouvrir les tiroirs et de mettre leur contenu dans une petite valise qu'il avait posée sur le lit.

– Qu'est-ce que tu fais?

Elle s'assit dans le lit, luttant contre l'envie de

vomir. Le café avait un goût âcre et la nuit avait été longue.

– Je fais ta valise, répondit-il en lui adressant un sourire par-dessus son épaule.

– Et où allons-nous? Tes parents reviennent ce soir. Ils vont être inquiets s'ils ne nous trouvent pas ici.

– Nous serons revenus ce soir.

– Alors, pourquoi faire la valise, Paul? Je ne comprends pas. (Elle se sentait complètement désorientée, assise là toute nue à regarder cet homme en robe de chambre bleu marine, qui faisait ses bagages.) Paul, arrête-toi et explique-toi.

Il y avait un peu d'effroi dans sa voix.

– Attends une minute.

Quand il eut terminé, il s'assit sur le lit et prit dans sa main la main qui portait encore la grosse bague en diamant.

– Bon, je vais te le dire maintenant. Ce matin, nous allons dans le Maryland, Ariana.

– Dans le Maryland? Quoi faire?

Il la regarda dans les yeux. C'était comme s'il était devenu un homme.

– Nous allons dans le Maryland pour nous marier, parce que j'en ai marre de jouer et de faire comme si nous avions tous les deux quatorze ans. Ce n'est pas le cas, Ariana. Je suis un homme, tu es une femme, et si ce qui s'est passé cette nuit peut arriver une fois, alors cela peut arriver à nouveau. Je ne veux pas jouer avec toi, je ne veux pas non plus te supplier. Je t'aime et je pense que tu m'aimes aussi. Est-ce que tu veux bien m'épouser, Ariana? Chérie, je t'aime de tout mon cœur.

– Oh, Paul!

Elle se jeta dans ses bras en pleurant. Etait-ce possible qu'elle puisse le rendre heureux? Si elle l'épousait, elle serait toujours bonne avec lui. Mais elle n'arrivait pas à se décider. Elle ne pouvait que pleurer.

— Vas-tu arrêter de pleurer et me répondre? (Il lui embrassait le cou, le visage, les cheveux.) Ariana, je t'aime tant.

Elle le regarda alors bien en face et hocha lentement la tête. Elle tendit une main vers lui comme si elle lui tendait à la fois son cœur et son âme. Et elle se jura de ne jamais trahir leur amour.

— Eh bien? fit-il en la regardant tout tremblant.

Il avait peur de prendre sa main, peur de bouger. Mais elle prit ses deux mains dans les siennes et les approcha de sa bouche. Elle ferma alors les yeux et embrassa ses doigts. Quand elle ouvrit à nouveau les yeux, son regard tendre pénétra jusqu'au plus profond de lui-même.

— Oui, répondit-elle en souriant. Oui, mon chéri. Oui. La réponse est oui. (Elle enfouit sa tête dans le creux de son épaule.) Comme je vais t'aimer, Paul Liebman! Tu es tellement merveilleux.

— Mon Dieu, je crois que tu es devenue folle. Mais reste ainsi, moi, je me charge du reste.

C'est ce qu'il fit. Une heure plus tard, ils étaient sur la route du Maryland, leurs valises sur le siège arrière, les papiers d'identité temporaires d'Ariana dans la poche de Paul. Quelques heures plus tard, à Baltimore, la femme d'un juge de paix prenait leur photo pendant que le mari murmurait en hochant la tête.

— Vous pouvez embrasser la mariée.

— Maman... Papa...

La voix de Paul tremblait et il prit doucement la main d'Ariana dans la sienne. Il sourit alors fièrement à ses parents.

— Ariana et moi, nous avons fait une fugue. J'ai presque dû la forcer, c'est pourquoi je n'ai pas voulu perdre de temps à attendre pour en discuter

avec vous. Puis-je vous présenter Mme Paul Liebman?

Il s'inclina vers Ariana et elle lui fit la révérence.
Elle se releva en un éclair et embrassa Paul avant
de se jeter dans les bras de Ruth. Celle-ci la serra
longtemps contre elle, se souvenant de la fille
terriblement malade qu'on avait descendue du
bateau et qu'elle avait sauvée. Sam les contempla
un moment puis tendit les bras vers son fils.

41

Comme prévu, Paul et Ariana restèrent à East
Hampton jusqu'en septembre ensuite, ils regagnèrent New York pour se mettre à chercher un
appartement. Paul commença à travailler avec son
père au bureau et Ruth aida Ariana dans sa recherche de la maison idéale. Une toute petite maison se
trouva alors disponible et Paul décida rapidement
de la prendre. Ils seraient d'abord locataires, mais
le propriétaire était disposé à la leur vendre à la fin
du bail. Paul et Ariana trouvèrent cet arrangement
tout à fait convenable. Ils auraient ainsi le temps de
voir si la maison leur plaisait vraiment.

Ils avaient seulement besoin de meubles. Les
filles ayant repris leurs cours, Ruth avait davantage
de temps libre. D'un autre côté, elle était moins
occupée avec son organisation de réfugiés. Elle
passait donc beaucoup de temps avec Ariana et
constata à regret que la jeune femme paraissait à
nouveau en mauvaise santé.

– Ariana, êtes-vous retournée voir Kaplan? lui
dit-elle un jour d'un air inquiet.

Ariana était en train de choisir un tissu assorti à
leur nouveau tapis.

– Oui, jeudi dernier.

Elle évita d'abord le regard de Ruth puis décida de la regarder dans les yeux.

– Qu'a-t-il dit?

– Que les évanouissements et les petits ennuis digestifs allaient continuer pendant un certain temps.

– Pense-t-il donc que vous allez devoir vivre ainsi?

Ariana secoua la tête.

– Pas du tout. En fait, il ne se fait plus aucun souci. Avant, c'était dû à l'épreuve de mon voyage jusqu'ici. Maintenant, c'est le prix que je dois payer pour ce que j'ai fait depuis que je suis ici.

– Qu'est-ce que cela veut dire?

Et puis, elle comprit tout à coup l'allusion. Ses yeux s'agrandirent et elle regarda Ariana avec un grand sourire.

– Vous voulez dire que vous êtes enceinte?

– Oui.

– Ariana!

Elle traversa rapidement la pièce pour serrer la jeune femme dans ses bras. Puis elle jeta sur Ariana un regard à nouveau inquiet.

– Est-ce que le docteur pense que cela va bien se passer? Ce n'est pas trop tôt après votre maladie? Vous êtes si frêle – comparée à moi.

Elle pétrissait la main d'Ariana, tellement elle était heureuse de cette nouvelle. Cela lui rappelait la joie qu'elle avait éprouvée lorsqu'elle avait appris qu'elle attendait son premier enfant.

– La seule chose que le docteur a exigée, c'est de voir un spécialiste un peu plus tard, quand la date de la naissance approchera.

– Cela me paraît sensé. Et c'est prévu pour quand?

– Début avril.

Dans son for intérieur, Ariana souffrit de ce

287

mensonge, priant pour que Ruth n'apprît jamais la vérité au sujet du bébé. Elle se promit qu'un jour il y aurait un vrai enfant Liebman. Elle le devait à Paul. Dès qu'elle en serait capable, elle en aurait un autre et puis d'autres encore, s'il le désirait. Elle lui devait tout car il allait protéger l'enfant de Manfred.

A mesure que les mois passèrent, Paul mûrit et devint de plus en plus paternel. Il aida Ariana à préparer la chambre du bébé et souriait lorsqu'il la regardait le soir tricoter la layette. Ruth avait également apporté des piles de boîtes de vêtements ayant été portés par ses enfants dans leur premier âge. Partout où Paul portait son regard, il y avait de minuscules bonnets, des chaussettes, des robes, des pulls.

— Eh bien, à en juger par l'état de la maison, madame Liebman, il semble que nous attendions la venue d'un bébé.

Dans deux semaines, ce serait Noël. Paul pensait qu'elle n'était enceinte que de cinq mois et demi. En fait, la naissance du bébé était attendue dans six semaines. Mais personne ne semblait trouver anormal que la jeune femme ait tellement grossi. Son ventre paraissait d'autant plus volumineux qu'elle était de petite taille. Paul aimait ce ventre; il lui donnait des noms drôles et le frottait deux fois avant de partir au bureau le matin, prétendant que cela lui portait chance.

— Ne fais pas cela, criait Ariana. Il va me donner des coups de pied.

— Ce doit être un garçon, fit-il un soir qu'il avait l'oreille collée au ventre. Il essaie de jouer au football.

Ariana éclata de rire.

— Cela, c'est sûr. Il joue au football avec mes reins.

Le matin suivant, après le départ de Paul, Ariana se sentit soudain envahie par la nostalgie de sa vie passée. Elle s'assit dans un fauteuil et se mit à penser à Manfred. Elle sortit alors sa boîte à bijoux et essaya les bagues. Quel prénom aurait choisi Manfred? Paul avait décidé qu'il s'appellerait Simon, comme son frère tué à la guerre. Ariana était d'accord, elle lui devait bien cela.

Elle tomba alors sur l'enveloppe contenant les photos d'elle et de Manfred, qu'elle avait cachée dans un livre placé au fond d'un tiroir fermé à clé de son bureau. Elle sortit les photos et les étala sur ses genoux. Elle avait du mal à croire que les photos des bals de Noël n'avaient été prises qu'une année auparavant. Elle contempla ces photos et deux grosses larmes coulèrent sur ses joues, jusqu'à son ventre énorme. Elle n'entendit pas son mari entrer. Il resta un moment derrière elle, et regarda les photos, d'abord avec incrédulité, puis avec horreur lorsqu'il aperçut l'insigne de l'uniforme.

– Mon Dieu, qui est-ce? s'exclama-t-il, furieux, en voyant le visage souriant d'Ariana au côté de l'homme.

Ariana sursauta de peur quand elle l'entendit.

– Que fais-tu ici?

Les larmes s'arrêtèrent immédiatement mais elle avait encore les photos à la main quand elle se leva.

– Je suis revenu à la maison pour voir comment allait ma femme et lui demander si cela lui ferait plaisir de venir déjeuner avec moi quelque part. Mais je vois que j'ai interrompu quelque chose de très mystérieux et de privé. Dis-moi, Ariana, tu fais cela tous les jours ou seulement certains jours?

Il y eut un silence glacial. Il ajouta alors :

– Cela ne te dérangerait pas de me dire qui c'était?

– C'était un officier allemand.

Elle regardait Paul d'un air désespéré. Ce n'était pas ainsi qu'elle aurait souhaité lui apprendre la vérité.

– Je l'avais déjà deviné au brassard. Tu n'as rien d'autre à me dire? Par exemple, combien de juifs a-t-il tués? De quel camp s'occupait-il?

– Il n'a pas tué de juifs et il ne s'est occupé d'aucun camp. En fait, il m'a sauvé la vie. C'est grâce à lui que je n'ai pas été violée par un lieutenant et que je ne suis pas devenue la poule d'un général. Sans lui, je serais probablement morte maintenant.

Ariana se mit à sangloter et Paul regretta un instant ce qu'il venait de lui dire, mais lorsqu'il regarda la photo qu'elle tenait toujours à la main, il se sentit à nouveau envahi par la colère.

– Explique-moi alors, sapristi, pourquoi tu es là souriante sur cette photo si ta vie était réellement en danger?

Il prit les photos et s'aperçut avec fureur qu'Ariana était en train de danser à un bal avec cet officier nazi.

– Ariana, qui est cet homme?

Il comprit soudain comment elle avait fait pour survivre aux camps. Sa mère avait eu raison. Et il n'avait pas le droit de lui en vouloir pour ce qu'elle avait fait. Elle n'avait pas eu le choix. Il l'attira tendrement contre lui, complètement ébranlé.

– Je suis désolé, chérie. J'avais oublié ton passé. Mais ce visage, cet uniforme paraissaient si allemands, j'ai perdu la tête.

– Mais je suis allemande, moi aussi, Paul, répondit-elle en pleurant et sanglotant dans ses bras.

– Oui, mais tu n'es pas comme eux. Et si, pour survivre, tu as dû devenir la maîtresse de cet homme, je m'en fiche.

Elle s'écarta alors de lui et s'assit.

– C'est donc ce que tu penses, Paul? Tu crois que

290

je me suis prostituée à cet homme pour sauver ma peau? Eh bien, ce n'est pas vrai, et je tiens à ce que tu saches la vérité. Après la mort de mon père et de mon frère, lui – Manfred – m'a emmenée chez lui et il n'attendait rien de moi, rien. Il ne m'a pas violée, il ne m'a pas touchée, il ne m'a fait aucun mal. Il m'a seulement offert sa protection et il est devenu mon seul ami.

– C'est une histoire touchante mais c'est un uniforme nazi, n'est-ce pas, Ariana? demanda-t-il d'une voix glaciale.

– Oui, Paul, en effet. Mais il y avait des hommes bien portant des uniformes nazis et celui-là en était un. Il n'y a pas que des bons ou des mauvais. La vie n'est pas aussi simple que cela.

– Merci pour la leçon, ma chère. Bien franchement, je trouve un peu difficile à avaler qu'alors que je rentre à la maison, je trouve ma femme en train de pleurer devant les photos d'un de ces maudits nazis. Je découvre alors qu'il était son « ami ». Les nazis n'étaient les amis de personne, Ariana. Tu ne comprends donc pas? Comment peux-tu dire des bêtises pareilles? Tu es juive!

Elle se leva alors pour lui faire face et secoua la tête.

– Non, Paul, je ne suis pas juive. Je suis allemande.

Il fut tellement choqué qu'il ne dit mot. Ariana se hâta de poursuivre pendant qu'elle le pouvait encore.

– Mon père était un bon Allemand et un banquier. Il était à la tête de la banque la plus importante de Berlin. Mais quand mon frère a été mobilisé à seize ans, mon père a refusé qu'il aille à l'armée. Mon père n'avait jamais aimé les nazis et quand ceux-ci ont essayé de prendre Gerhard, il a compris que nous devions fuir. Il avait conçu un plan d'évasion vers la Suisse, il y a accompagné mon frère et devait revenir me chercher. Il n'est jamais revenu. Nos domestiques m'ont dénoncée – ces gens qui m'ont vue grandir –, les nazis sont venus me chercher. Ils m'ont enfermée dans une cellule pendant un mois, Paul, pour obtenir une « rançon », dans le cas où mon père reviendrait. Pendant un mois, j'ai donc vécu dans une petite cellule puante et sale; j'étais affamée et à demi folle, dans une pièce moitié moins grande que l'un des cagibis des domestiques de ta mère. Ensuite, ils m'ont laissée partir parce que je ne leur étais plus utile. Ils m'ont jetée à la rue après m'avoir emmenée dans la maison de mon père pour récupérer quelques affaires. Le général qui occupait ma maison avait jeté son dévolu sur moi. Alors Manfred m'a sauvée de lui. Il m'a gardée sous sa protection jusqu'à la fin de la guerre. Jusqu'à la chute de Berlin au cours de laquelle il a trouvé la mort.

Elle leva les yeux vers Paul mais son visage était dur comme du roc.

– Et vous avez été amants, toi et ce fumier de nazi?

– Tu ne comprends donc pas? Il m'a sauvée! Tu t'en fiches, alors!

– Je ne me fiche pas que tu aies été la maîtresse d'un nazi.

– Tu es ridicule. C'est pour cela que je suis encore en vie, bon sang!

– Et tu tenais à lui? demanda-t-il d'un ton froid.

Autant elle s'était mise à aimer Paul, autant elle le haïssait à ce moment-là. Elle voulait lui faire mal autant qu'il lui faisait mal.

– Enormément. C'était mon mari et il le serait encore s'il n'était pas mort.

Ils restèrent en face l'un de l'autre, à se regarder, puis Paul regarda alternativement le ventre et le visage d'Ariana.

– De qui est le bébé? demanda-t-il d'une voix tremblante.

Elle aurait voulu lui mentir, pour le bien de l'enfant, mais ce n'était plus possible.

– De mon mari, répondit-elle d'une voix forte et fière, comme si elle allait ainsi faire revivre Manfred.

– Je suis ton mari, Ariana.

– Il est de Manfred, fit-elle doucement, comprenant soudain ce qu'elle avait fait à Paul.

– Merci, murmura-t-il.

Il tourna les talons et claqua la porte derrière lui.

42

Le lendemain matin, Ariana reçut un paquet de lettres envoyé par l'avocat de Paul. On lui signalait que M. Paul Liebman avait l'intention de demander le divorce. On lui signalait également que, quatre semaines après la naissance du bébé, elle devrait quitter la maison mais que, d'ici là, elle pouvait y rester. Jusqu'à la naissance, Ariana continuerait à recevoir de l'argent pour ses besoins personnels et, ensuite, après la naissance, un chèque de cinq mille dollars lui serait envoyé. Il n'y aurait pas de pension alimentaire pour le bébé puisque, apparemment, l'enfant n'était pas de M. Liebman, et pas non plus de pension alimentaire pour elle étant donné les circonstances de leur mariage bref et frauduleux, qui plus était. Dans le paquet se trouvaient une lettre de son beau-père confirmant les arrangements financiers et une note de sa belle-mère qui la condamnait pour sa trahison. Comment avait-elle osé se faire passer pour une juive? Ariana avait vu juste, c'était la pire trahison que de ne pas avoir avoué qu'elle était enceinte d'un « quelconque nazi ». La guerre avait été dure. « Un quelconque nazi » – Ariana fut choquée par ces mots. De plus, Ruth Liebman interdisait à Ariana de s'approcher de la 5e Avenue, et de revoir un membre de la famille. Si jamais elle s'avisait de contacter Debbie ou Julia, Ruth n'hésiterait pas à appeler la police.

En lisant toutes ces lettres, Ariana eut désespérément envie d'entrer en contact avec Paul. Mais il avait cherché refuge chez ses parents et il ne répondrait en aucun cas à ses appels téléphoniques. Au lieu de cela, il lui parlait par l'intermédiaire de son avocat, tous les arrangements étaient faits, le dossier de divorce était complet, les Liebman l'avaient répudiée. Le 24 décembre, peu après minuit, un mois exactement avant terme, Ariana était seule lorsqu'elle éprouva les premières douleurs.

Tout son courage, tout son aplomb disparurent alors. Elle était paralysée de peur – peur de l'inconnu, de la solitude. Mais elle réussit à avertir le médecin et se rendit à l'hôpital en taxi.

Douze heures plus tard, Ariana était encore en plein travail et la douleur lui faisait presque perdre l'esprit. Choquée par tout ce qui venait d'arriver avec Paul et la famille Liebman, elle n'arrivait pas à faire face et criait le nom de Manfred. On lui donna enfin quelque chose pour calmer sa souffrance. A dix heures, dans la nuit de Noël, le bébé fut finalement mis au monde par césarienne. Et, en dépit des difficultés de la naissance, la mère et le bébé se portaient aussi bien que possible. On lui montra son fils rapidement, un petit paquet de chair ridée avec des mains et des pieds minuscules.

Il ne ressemblait ni à elle, ni à Manfred, ni à

Gerhard, ni à son père. Il ne ressemblait à personne.

– Comment allez-vous l'appeler ? demanda doucement l'infirmière en tenant la main d'Ariana.

– Je ne sais pas.

Elle était si fatiguée et il était si petit – était-ce normal qu'il soit si petit ? Mais malgré la douleur et l'anesthésie, elle se sentait follement heureuse.

L'infirmière eut une idée.

– C'est Noël, aujourd'hui. Vous pourriez l'appeler Noel (1) ?

– Noel ? (Ariana réfléchissait en souriant dans un demi-sommeil artificiel.) Noel, c'est joli... Noel von Tripp.

Elle eut un sourire paisible et s'endormit.

43

Quatre semaines exactement après la naissance du bébé, Ariana était dans l'entrée de la maison avec ses valises. Comme convenu, elle évacuait la maison et le bébé était déjà installé dans le taxi. Ils allaient à un hôtel qu'une infirmière de l'hôpital lui avait recommandé. Il était confortable, bon marché et la propriétaire servait des repas. Si peu de temps après une césarienne, Ariana n'aurait pas dû être debout. Elle avait essayé une fois encore de joindre Paul à son bureau et même chez ses parents. Mais en vain. Il ne voulait pas lui parler. Tout était fini. Il lui avait envoyé cinq mille dollars. Il désirait seulement qu'elle lui rende les clés.

Elle referma la porte doucement derrière elle et

_____

(1) Nous avons conservé aux prénoms leur orthographe anglaise. (N.d.T.)

partit avec ses vêtements, son bébé, les photos de Manfred, le volume de Shakespeare contenant les bagues; elle commençait une nouvelle vie. Elle avait déjà renvoyé le gros diamant que Paul lui avait donné et elle portait maintenant les bagues de Manfred. Elles ne glissaient plus de ses doigts et Ariana savait à présent qu'elle ne les enlèverait plus jamais. Elle serait Ariana von Tripp pour toujours. Si c'était plus avisé de laisser tomber le « von » aux Etats-Unis, elle le ferait mais elle ne renierait plus jamais sa vie passée, elle ne mentirait plus ou ne ferait plus jamais semblant d'être une autre. Elle ne trahirait plus jamais Manfred.

C'était lui le mari qu'elle chérirait toute sa vie. C'était l'homme dont elle parlerait à son fils. L'homme qui avait servi son pays avec tant de bravoure. Elle parlerait à son fils de son grand-père et du gentil Gerhard. Elle lui dirait même peut-être qu'elle s'était mariée avec Paul mais cela n'était pas certain. Elle savait qu'elle avait eu tort d'essayer de le tromper mais elle avait payé sa faute très cher. Enfin, elle aurait toujours son fils.

44

Quand Noel avait eu deux mois, Ariana avait répondu à une annonce parue dans le journal et obtenu ainsi un travail dans une librairie spécialisée dans les livres étrangers. On l'autorisait à amener le bébé et on lui octroyait un petit salaire qui lui permettait au moins de survivre.

– Ariana, tu devrais vraiment essayer.

La jeune femme regardait intensément Ariana tandis que cette dernière suivait de l'œil son enfant qui vagabondait dans le magasin. Elle travaillait à la librairie depuis plus d'un an et Noel avait appris à marcher tôt. Il était d'ailleurs déjà fasciné par les beaux livres rangés sur les étagères du bas.

– Je ne pense pas pouvoir accepter quoi que ce soit d'eux, Mary.

– Oui, d'accord. Mais pour le bébé? Tu veux continuer à faire ce genre de travail jusqu'à la fin de ta vie?

Ariana la regarda d'un air hésitant. Mary continua :

– Cela ne coûte pas de demander. Et tu ne leur demandes pas la charité, tu leur demandes seulement ce qui t'appartient.

– Ce qui m'appartenait. C'est différent. Quand je suis partie, tout était aux mains des nazis.

– Va au moins au consulat et demande-leur.

Mary se faisait insistante et Ariana décida d'essayer, peut-être lors de son prochain jour de congé. Le gouvernement allemand avait institué un système grâce auquel les gens qui avaient été spoliés de leurs biens et de leurs propriétés par les nazis pouvaient maintenant demander une compensation. Ariana n'avait aucune preuve à fournir sur ce qui lui avait appartenu, que ce soit la maison de Grunewald ou le château de famille de Manfred, qui, en fait, devait lui revenir de droit.

Deux semaines plus tard, un jeudi, elle roula la poussette de Noel jusqu'au consulat. C'était un jour de mars froid et venteux et elle avait hésité à sortir, craignant qu'il ne neige. Mais le bébé était bien emmitouflé. Elle poussa l'impressionnante porte en bronze.

– Que puis-je faire pour vous? demanda une voix en allemand.

Ariana était tellement surprise d'entendre sa propre langue, de voir un Européen qu'elle ne sut quoi dire pendant un moment. C'était comme si, en un instant, elle s'était retrouvée transportée chez elle.

A son grand étonnement, lorsqu'elle commença à expliquer la raison de sa venue, elle fut traitée avec le plus grand respect et la plus grande courtoisie; on lui donna les informations qu'elle désirait, une série de papiers à remplir. Enfin, elle fut priée de revenir la semaine suivante.

Quand elle revint, une foule impressionnante attendait dans la salle. Ariana avait tous ses papiers remplis dans sa poche et elle n'avait plus qu'à attendre d'être reçue par un employé du consulat qui ferait le nécessaire. Ensuite, qui savait combien de temps cela prendrait? Des années peut-être, si toutefois elle obtenait jamais quelque chose. Mais cela valait la peine d'essayer.

Debout ainsi dans la file d'attente, Noel dormant dans la poussette, elle ne put résister au désir de fermer les yeux et de s'imaginer à nouveau chez elle. Autour d'elle, tout le monde parlait allemand; à leurs accents, elle devinait qu'ils étaient de Bavière, de Munich, de Leipzig, de Francfort, de Berlin. C'était si doux, si familier, et si douloureux aussi. Parmi toutes ces paroles, ces accents, ces mots, elle n'entendait aucune voix connue. Tout à coup, comme dans un rêve, elle sentit quelqu'un lui agripper le bras avec une petite exclamation. Quand elle regarda autour d'elle, des yeux bruns familiers la fixaient. C'étaient des yeux qu'elle avait déjà vus quelque part. Elle les reconnaissait, elle les avait vus pour la dernière fois trois ans auparavant.

– Mon Dieu! Oh, mon Dieu! s'exclama-t-elle en pleurant.

C'était Max, Max Thomas. Elle se jeta alors dans ses bras. Ils restèrent ainsi enlacés un long moment, riant et pleurant à la fois. Il l'étreignait, il l'embrassait. Puis il tint le bébé dans ses bras. Pour tous les deux, c'était la réalisation inespérée de leurs rêves. Ariana lui parla alors de la disparition de son père et de Gerhard, de la perte de leur maison. Puis elle lui raconta son mariage avec Manfred; sans peur ni honte, elle dit à Max combien elle avait aimé son mari et que Noel était son fils. Elle découvrit alors qu'à part l'existence de Noel, Max était en fait au courant de tout. Après la guerre, il avait cherché Ariana et son père dans tout Berlin.

– Avez-vous essayé de les retrouver après la guerre, Ariana?

Elle hésita un moment puis secoua la tête.

– Je ne savais pas exactement comment m'y prendre. Manfred affirmait que mon père devait être mort. Ensuite, avant de quitter l'Europe, j'ai rencontré à Paris un ami de mon mari qui s'occupait des réfugiés. Il a essayé de retrouver leur trace, mais il n'y avait aucune trace.

Soudain, les paroles qu'elle venait de prononcer la frappèrent. Il n'y avait eu aucune trace de Max et pourtant il était vivant. Il pouvait en être de même pour Gerhard. Pendant un moment, cette idée s'imposa à elle, mais Max prit doucement son visage dans ses mains.

– Ne vous bercez pas d'illusions, Ariana. Ils ont disparu. Moi aussi, j'ai cherché. Après la guerre, je suis retourné à Berlin et j'ai voulu rencontrer votre père. Les hommes de la banque m'ont dit ce qui s'était passé.

– Que vous ont-ils dit?

– Qu'il avait disparu. Ils se doutaient que Walmar avait cherché à soustraire Gerhard à la mobilisation. Mais en tout cas, aucune trace de votre père et de votre frère. Je suis alors retourné en Suisse et j'ai enquêté pendant trois mois. (Il soupira et s'appuya contre le mur.) Je crois que les gardes-frontières les ont pris, Ariana. S'ils avaient été vivants, ils auraient fini par réapparaître à Berlin. Et comme je suis resté en contact avec la banque, je sais que ce n'est pas le cas.

Ariana sentit son cœur se serrer de nouveau en

entendant ces nouvelles. Max mit un bras autour de ses épaules et caressa ses beaux cheveux dorés.

– C'est vraiment étonnant. Je savais que vous étiez venue aux Etats-Unis, Ariana, mais j'étais loin de penser que j'allais vous revoir.

– Comment avez-vous su que j'étais ici?

– Comme je vous l'ai dit, je vous ai cherchés tous les trois à Berlin. Il fallait que je vous retrouve. Je devais ma vie à votre père, et je n'ai jamais oublié la nuit où je vous ai embrassée. Vous vous souvenez?

– Pensez-vous réellement que je pourrais l'oublier? fit-elle en le regardant tristement.

– Vous pourriez. Cela fait si longtemps. Nous avons fait du chemin depuis, tous les deux. Mais enfin, vous vous souvenez. Moi aussi.

– Et alors, comment saviez-vous que j'étais aux Etats-Unis?

– C'était une intuition. Si vous aviez survécu à la chute de Berlin, il était évident que vous n'étiez pas restée sur place. En tant que femme d'officier allemand... Dites-moi, avez-vous été forcée de vous marier avec lui?

– Non, Max. C'était un homme merveilleux. Il m'a sauvé la vie.

Elle venait de se souvenir de Hildebrand, du général Ritter, de von Rheinhardt et de ses interminables interrogatoires...

Il y eut un long silence entre eux, puis Max l'attira lentement dans ses bras.

– J'ai entendu dire qu'il avait été tué. (Elle confirma tristement d'un signe de la tête.) Alors, j'ai essayé plusieurs possibilités et la France en était une. Le bureau d'immigration à Paris avait la preuve qu'il vous avait été fourni des papiers de voyage temporaires. J'ai su ainsi à quelle date vous aviez quitté la France. Je suis alors allé trouver Saint-Marne.

Ariana était touchée au delà de toute expression.

– Jean-Pierre vous a certainement dit que j'étais partie pour New York?

– C'est vrai. Savez-vous qu'il est mort?

– Jean-Pierre? Mort? s'exclama Ariana, atterrée.

– Il est mort dans un accident de voiture près de Paris. Il m'a donné le nom des gens qui devaient vous accueillir là-bas. Je leur ai écrit à leur adresse dans le New Jersey. Ils m'ont répondu qu'ils ne vous avaient jamais vue car ils avaient changé d'avis. De plus, ils ne savaient pas qui s'était alors chargé de vous. Mes recherches ont piétiné pendant plusieurs mois quand, un jour, quelqu'un de la Women's Relief Organization m'a parlé de la famille Liebman. Je suis allé les voir mais cela n'a servi à rien.

Le cœur d'Ariana se mit à battre et elle eut l'air étrangement inquiète.

– Qu'ont dit les Liebman?

– Ils m'ont répondu qu'ils ne vous avaient jamais vue, eux non plus, et qu'ils ne savaient pas du tout où vous étiez. Mme Liebman se souvenait de votre nom mais ne pouvait me donner aucune autre information.

Ariana hocha lentement la tête. Elle imaginait tout à fait Ruth dans cette situation. Elle en voulait tellement à Ariana qu'elle était prête maintenant à tout nier en bloc, surtout son mariage avec son fils. Ariana leva les yeux vers Max et celui-ci comprit que la famille Liebman n'avait pas tout dit.

– J'avais donc perdu votre trace.

– Cela n'a plus d'importance, Max, dit Ariana en posant tendrement sa main sur son bras. Vous m'avez retrouvée après tout.

Elle hésita et puis décida de lui dire la vérité. Pourquoi pas?

– Ruth Liebman vous a menti. J'ai été mariée avec son fils.

Elle lui raconta alors toute l'histoire; Max l'écoutait, les larmes aux yeux, la main d'Ariana serrée dans la sienne.

– Et maintenant?

– J'attends le divorce officiel. Il sera prononcé en juillet.

– Je suis navré pour vous, Ariana, vraiment navré.

– Tout cela a été ma faute. C'était stupide de ma part; c'était une énorme bêtise. Ce qui me navre le plus à présent, c'est de les avoir tous perdus. Ils étaient très gentils. Ruth m'a sauvé la vie – et celle de Noel.

– Ils changeront peut-être d'avis un jour.

– J'en doute.

– Et le petit? Pourquoi l'avez-vous appelé Noel?

Max sourit d'un air pensif, se souvenant de ses propres enfants au même âge.

– Parce qu'il est né le jour de Noël.

– Quel beau cadeau pour vous! Il y avait quelqu'un près de vous? demanda Max en la regardant avec tendresse.

Elle secoua la tête.

– Et vous, racontez-moi ce qui vous est arrivé?

Il lui avoua alors que la vente des peintures de Walmar lui avait permis de vivre pendant la guerre. Non seulement, grâce à cela, il avait pu manger mais aussi aller à la faculté de droit pour exercer le métier d'avocat une fois arrivé aux Etats-Unis.

Il était resté en Suisse jusqu'à la fin de la guerre; il avait exercé différents métiers, avait attendu patiemment, puis, après avoir vendu le dernier tableau, il était venu aux Etats-Unis. Il y avait deux ans de cela.

Maintenant, il était officiellement avocat. C'était la raison pour laquelle il était au consulat. Il avait l'intention de réclamer ce qu'on lui devait et de faire en sorte qu'on le charge de s'occuper des réclamations du même ordre. Il espérait que le consulat appuierait sa demande, étant donné que son diplôme était reconnu à la fois en Allemagne et aux Etats-Unis.

— Cela ne va pas m'enrichir mais pourra me permettre de gagner ma vie. Et vous? Avez-vous réussi à sauver quelque chose?

— Oui, ma peau, quelques bijoux, et les photos de Manfred.

Max hocha la tête en se souvenant de la splendeur de la maison de Walmar à Grunewald. Cela semblait incroyable qu'il ne reste plus de tout cela que des souvenirs, des rêves, des babioles.

— Ariana, est-ce que vous pensez retourner là-bas un jour?

— Non, vraiment. Je n'ai plus rien là-bas. Ici, je n'ai rien non plus, mais j'ai au moins Noel. Et la vie sera bien pour lui en Amérique.

— Je l'espère.

Max sourit doucement à l'enfant. Il le prit des bras de sa mère et lui caressa les cheveux. Tous les trois, ainsi, ils ressemblaient à une famille heureuse et unie. Et personne, excepté ceux qui avaient connu le même passé, n'aurait cru qu'ils avaient parcouru un si long chemin.

QUATRIÈME PARTIE

Noel

45

La cérémonie eut lieu par un beau matin enso-
leillé dans la cour de Harvard (1) entre la bibliothèque Widener et la chapelle Appleton. Une foule de
grands jeunes gens au visage radieux et au corps
mince vêtus d'une tunique noire et d'un chapeau
attendaient de recevoir les diplômes qui récompen-
seraient un travail acharné. Ariana et Max étaient
assis côte à côte sur des chaises pliantes et sou-
riaient. Maintenant, elle portait toujours à la main
que tenait Max la grosse émeraude qui étincelait au
soleil.

— Ne trouves-tu pas qu'il est beau, Max?

Ariana s'était penchée tendrement vers le vieux
monsieur distingué aux cheveux blancs qu'il était
devenu. Il lui tapota la main en souriant.

— Comment peux-tu le voir au milieu de toute
cette foule?

Ils se parlaient à l'oreille comme deux enfants
rieurs. Max était le compagnon fidèle d'Ariana
depuis presque vingt-cinq ans et ils étaient toujours
aussi heureux ensemble, après tout ce temps.

Elle lui sourit. Sa beauté dorée ne s'était pas

(1) Célèbre université américaine située à Cambridge, Massachusetts
(N.d.T.)

fanée; les traits étaient encore parfaits, les cheveux d'un or un peu plus pâle, les yeux toujours aussi grands et d'un bleu aussi profond. Max, lui, avait changé davantage. Il était toujours grand, très maigre, mais ses cheveux épais avaient blanchi complètement. Il avait dix-neuf ans de plus qu'Ariana, ce qui lui faisait soixante-six ans.

– Max, je suis si fière de lui.

Cette fois, Max passa son bras autour des épaules d'Ariana.

– Tu as raison de l'être. C'est un garçon bien et un homme de loi compétent. C'est dommage qu'il veuille travailler pour ces gens prétentieux. J'aurais été heureux de le prendre comme associé.

Bien que les affaires de Max se soient bien développées à New York, il ne faisait pas le poids en face de la firme qui avait offert un emploi à Noel l'été d'avant. Noel y avait travaillé comme simple employé pour une saison d'été et on lui avait proposé un poste dès qu'il aurait fini ses études de droit à Harvard. Il en était là, il attendait son diplôme.

A midi, tout fut terminé; Noel vint serrer sa mère dans ses bras et échanger une poignée de main avec l'oncle Max.

– Alors, qu'est-ce que vous devenez tous les deux? Vous devez être complètement cuits par le soleil.

Il regardait sa mère de ses immenses yeux bleus. Ariana était toujours autant frappée par sa ressemblance avec Manfred. Il avait hérité de sa haute stature, de ses larges épaules, de ses belles mains. Et pourtant, il y avait en lui un air, une expression, quelque chose de Gerhard qui la ravissait.

– Chéri, ce fut une très belle cérémonie. Nous sommes tous les deux fiers de toi.

– Moi aussi, je suis très fier, vous savez.

Il s'était penché pour parler à Ariana et elle

effleura son visage de la main qui portait la chevalière en diamant de Cassandra et la bague de
Manfred. Depuis que Paul l'avait quittée, elle n'avait
jamais abandonné ses précieuses bagues. Elles
étaient tout ce qui lui restait du passé. De plus, Max
avait obtenu qu'on lui restitue la maison de Grunewald et une partie de ce qu'elle contenait, ainsi que
le château de Manfred. L'ensemble n'atteignait pas
un montant très élevé mais la somme, bien investie,
était suffisante pour fournir à Ariana et à son enfant
un revenu décent, au moins jusqu'à la mort
d'Ariana. Elle n'en demandait pas plus. Pour elle, les
jours de gloire étaient passés. Elle avait pu quitter
la librairie, s'acheter une petite maison dans l'East
Side, et passer tout son temps à s'occuper de son
unique enfant.

Pendant les premières années, Max avait essayé
de la convaincre de l'épouser, puis il y avait renon-
cé. Ni lui ni elle ne voulaient plus d'enfants et, d'une
certaine façon, ils étaient encore tous les deux trop
attachés à ceux qu'ils avaient aimés dans le passé.
Pendant un temps, Max loua un appartement mais
Ariana finit par le persuader d'acheter une petite
maison juste en face de la sienne. Ils allaient à
l'Opéra, au théâtre, au restaurant. Ils disparaissaient
parfois pour les week-ends mais ils finissaient toujours par regagner leurs maisons respectives. Pendant une longue période, Ariana se conduisit ainsi à
cause de Noel et puis cela devint une habitude.
Même pendant les sept années que Noel passa à
Harvard, Ariana passa chez elle la plupart de son
temps.

— Quand vas-tu commencer à travailler, Noel?
demanda Max.

— Tu plaisantes! Je ne vais certainement pas
commencer à travailler maintenant, oncle Max. Je
vais prendre des vacances.

– Vraiment? Où vas-tu? s'exclama Ariana, à la fois surprise et ravie.

Il ne lui avait encore rien dit. Mais il était un homme, à présent. Elle ne s'attendait pas qu'il lui fasse part de tous ses projets. Elle avait sagement relâché son emprise sur lui quand il était parti pour Harvard à l'automne de 1963.

– Je pense à l'Europe.

– Ah bon?

Ensemble, ils étaient allés en Californie, en Arizona, dans le Grand Canyon, à La Nouvelle-Orléans, en Nouvelle-Angleterre... partout sauf en Europe car ni Max ni elle n'avaient eu le courage d'y retourner. Ils avaient même décidé de ne jamais y remettre les pieds. A quoi bon?

– Et où irais-tu en Europe? demanda Ariana, un peu pâle.

– Je n'ai pas encore décidé, mais je m'arrêterai probablement en Allemagne. Maman, il le faut. J'en ai envie. Tu comprends cela?

Elle sourit tendrement à son fils.

– Oui, chéri, je comprends.

Pourtant, elle fut surprise de constater que cela lui faisait mal. Elle avait tant fait pour qu'il soit américain, pour lui créer un monde où il n'y aurait plus de place pour l'Allemagne, un monde qui le satisferait si complètement qu'il n'aurait pas envie de connaître le passé de sa mère.

– N'aie pas l'air aussi malheureuse, Ariana, fit Max alors que Noel était parti leur chercher quelque chose à manger. Pour lui, cela n'est pas un retour en arrière. Il veut seulement connaître lui-même ce dont il a entendu parler.

– Tu as peut-être raison.

– C'est une saine curiosité de sa part. Et puis, l'Allemagne n'est pas seulement ton pays. C'est aussi celui de son père.

Et ils savaient tous les deux qu'aux yeux de Noel,

Manfred avait toujours représenté quelque chose de sacré. Ariana lui avait tant parlé de son père, de sa bonté, de son courage, de l'amour qu'ils avaient éprouvé l'un pour l'autre. Noel avait vu les photos de Manfred en uniforme. Rien ne lui avait été caché.

– Tu l'as bien élevé, tu sais, dit Max en lui souriant.

– Tu crois? répondit Ariana en lui lançant un coup d'œil malicieux par-dessous son chapeau.

– J'en suis persuadé.

– Et tu n'y es pour rien, bien sûr?

– Oh, si peu!

– Max Thomas, tu es impossible! Il est autant ton fils que le mien.

Max garda le silence puis déposa un tendre baiser dans le cou d'Ariana.

– Merci, chérie.

Ils sursautèrent tous les deux de surprise quand Noel se planta devant eux avec ses deux plateaux.

– Franchement, tout le monde va savoir que vous n'êtes pas mariés si vous continuez à flirter ainsi.

Ils éclatèrent de rire tous les trois et Ariana rougit.

– Noel, comment oses-tu?

– Ne me regarde pas comme cela, maman. C'est formidable de vous voir tous les deux aussi heureux.

– Nous l'avons toujours été, n'est-ce pas? fit Ariana en regardant successivement Max et son fils.

– Oui, c'est étonnant. C'est plutôt rare.

Il leur sourit et Ariana embrassa Max.

– Peut-être.

Ils s'installèrent tous les trois pour déjeuner. Tout à coup, Noel se leva et fit signe à une amie. Il se rassit ensuite en souriant et regarda sa mère et Max avec un air triomphant.

– Elle arrive.

– Elle? fit Max taquin.

Cette fois-ci, ce fut au tour de Noel de rougir. Un moment plus tard, une jeune fille les rejoignit. Noel se leva sur-le-champ. Elle était étonnamment grande et gracieuse et aussi brune que Noel était blond. Elle avait de grands yeux verts, un teint olivâtre et de longs cheveux brillants. Ses jambes étaient longues et fines et Ariana remarqua qu'elle portait des sandales.

– Max, maman, je vous présente Tamara. Tammy, je te présente maman et oncle Max.

Les présentations étaient sans cérémonie et la jeune fille sourit, découvrant des dents parfaites.

– Je suis heureuse de faire votre connaissance.

Elle serra les mains poliment en rejetant une mèche de cheveux noirs par-dessus son épaule, puis elle regarda Noel. Ce regard échangé était un secret, un message. Max leur sourit. Ce genre de regard entre deux personnes ne pouvait signifier qu'une seule chose.

– Vous êtes également à la faculté de droit, Tamara? demanda Ariana poliment, en essayant de ne pas se laisser impressionner par la présence de cette fille dans la vie de son fils.

Mais Tamara n'était pas impressionnante. Elle semblait très ouverte et sympathique.

– Oui, madame Tripp.

– C'est vrai, mais elle n'en est qu'à ses premiers pas, dit Noel pour la taquiner en caressant une boucle de ses cheveux.

Les yeux de Tamara lancèrent des éclairs.

– J'ai encore deux années à faire, expliqua-t-elle à Max et Ariana. Noel est content de lui aujourd'hui.

Quand Tamara et Noel se parlaient, c'était comme s'il y avait un accord entre eux, comme si Noel appartenait davantage maintenant à la jeune fille qu'à sa mère.

– Nous sommes tous fiers de lui, Tamara. Mais

votre tour viendra. Allez-vous terminer vos études à Harvard?

– Je pense que oui, répondit-elle en échangeant un rapide regard avec Noel.

– Vous la verrez probablement à New York de temps en temps. Si elle vient à bout de ses devoirs. N'est-ce pas, mon chou?

– Oh, tu peux parler! Qui a fini d'écrire ton dernier papier? Qui a tapé à la machine tout ton travail pendant les six derniers mois?

Ariana et Max étaient oubliés par les deux jeunes gens qui riaient. Noel mit un doigt sur les lèvres de Tamara.

– Chut, c'est un secret, bon sang, Tammy! Tu veux donc qu'ils me retirent mon diplôme?

– Non. Je veux seulement qu'ils me le donnent pour que je puisse partir d'ici moi aussi.

Juste à ce moment, l'invité d'honneur de la cérémonie commença son discours. Noel fit taire Tamara qui serra une nouvelle fois les mains de Max et d'Ariana avant d'aller rejoindre ses amis.

– C'est une très jolie fille, murmura Max à Noel. C'est même une beauté.

Noel hocha la tête.

– Et un jour, elle sera une sacrément bonne avocate.

Ariana sourit en regardant son fils si jeune, si grand, si blond, si parfait.

46

Ce soir-là, ils dînèrent chez Locke Ober, mais ils étaient tous les trois épuisés et ils n'évoquèrent pas Tamara dans la conversation. Max et Noel parlèrent de droit pendant qu'Ariana les écoutait d'une oreille distraite. Elle regardait les gens autour d'elle et pensa une ou deux fois à la fille. Elle avait la vague impression de l'avoir déjà vue. Mais peut-être Noel avait-il une photo d'elle quelque part dans l'appartement, à New York. Enfin, cela n'avait pas une grande importance. Quels que fussent les sentiments qu'ils se portaient, leurs chemins allaient prendre des directions différentes à présent.

– Tu ne trouves pas, Ariana? (Max la regarda avec un sourcil levé puis se mit à rire.) Vous flirtez avec des hommes plus jeunes, chérie?

– Mon Dieu, j'ai été démasquée! Excuse-moi, chéri. Que disais-tu?

– Je te demandais si, à ton avis, il n'allait pas préférer la Bavière à la Forêt-Noire.

– Peut-être. Mais franchement, Noel, je trouve que tu devrais plutôt aller en Italie.

– Pourquoi? s'exclama Noel en regardant sa mère bien en face. Pourquoi pas l'Allemagne? De quoi as-tu peur, maman?

En son for intérieur, Max était content que Noel aborde le sujet.

– Je n'ai peur de rien. Ne sois pas stupide.

– Si, tu as peur.

Elle hésita un moment, regarda Max puis baissa les yeux. Ils ne s'étaient jamais rien caché tous les trois, mais maintenant Ariana souffrait de dire ce qu'elle avait sur le cœur.

– J'ai peur que tu te sentes chez toi là-bas.

– Et alors? Tu penses que j'aurai envie d'y rester?

Noel sourit tendrement à sa mère et lui prit la main.

– Peut-être, soupira-t-elle. Je ne m'explique pas vraiment cette peur, si ce n'est que je suis partie de ce pays depuis si longtemps, à une époque si horrible. Pour moi, ce pays me rappelle les gens que j'ai aimés et perdus.

– Tu ne crois pas que j'ai le droit moi aussi d'en savoir plus sur eux? De voir le pays où ils ont vécu? Où tu as vécu quand tu étais jeune? Voir la maison où tu vivais avec ton père, où mon père a vécu avec ses parents?

Il y eut un long silence à la table et ce fut Max qui le rompit.

– Le garçon a raison, Ariana. Il a le droit de connaître tout cela. C'est un beau pays, mon fils. Il l'a toujours été et le restera. C'est peut-être une des raisons qui nous empêchent d'y retourner : nous l'aimons encore tellement que cela nous fait mal de savoir ce qui est arrivé.

– Je comprends, Max. Maman, cela ne va pas me faire mal, à moi. Je ne l'ai jamais connu, ce pays, avant. Je vais aller le voir, c'est tout, et puis je reviendrai dans mon pays, et je serai alors en mesure de mieux vous comprendre, toi et Max.

– Vous êtes tous les deux si éloquents! Vous devriez être avocats.

Ils éclatèrent de rire. Puis ils avalèrent leurs cafés et Max demanda l'addition.

L'avion de Noel devait décoller de Kennedy Airport deux semaines plus tard, et le jeune homme prévoyait de séjourner en Europe environ six semaines. Il voulait être revenu à New York vers la mi-août pour avoir le temps de trouver un appartement avant de commencer à travailler en septembre.

Les semaines qui précédèrent son départ furent bien remplies. Il avait des amis à voir, il allait à des « parties », et presque chaque jour, il discutait de ses projets de voyage avec Max. Ce voyage ennuyait toujours autant Ariana mais elle s'y était résignée. L'agitation continuelle de Noel l'amusait. En vingt ans, les jeunes n'avaient pas tellement changé, après tout.

– A quoi pensais-tu? demanda Max en remarquant un peu de nostalgie dans le regard d'Ariana.

– Je pensais que rien ne change vraiment, répondit-elle en souriant tendrement à l'homme qu'elle aimait.

– Tu trouves? Moi, je pensais justement le contraire. C'est peut-être parce que j'ai presque vingt ans de plus que toi... J'ai quelque chose à te dire, Ariana, ou plutôt quelque chose à te demander.

Elle devina immédiatement ce qu'il allait dire. Etait-ce possible après tout ce temps?

– Oui, Ariana, c'est très important. Pour moi. Est-ce que tu veux bien m'épouser?

Sa voix était excessivement douce, ses yeux amoureux la suppliaient. Elle ne répondit pas tout de suite, puis elle le regarda, la tête inclinée.

– Max, pourquoi maintenant, mon amour? Qu'est-ce que cela changerait?

– Noel est parti à présent. C'est un homme. Quand il reviendra d'Europe, il aura son appartement. Et nous? Nous allons sauver les apparences, comme toujours? Pour qui? Pour mon concierge et ta domestique? Pourquoi ne pas vendre nos maisons et nous marier? C'est à notre tour maintenant. Tu as consacré vingt-cinq ans de ta vie à Noel. A présent, il nous reste vingt-cinq ans pour nous.

Elle ne put s'empêcher de rire. D'une certaine façon, elle savait qu'il avait raison et cette idée lui plaisait.

– Et nous avons vraiment besoin de nous marier pour cela ?

– Ne veux-tu pas être respectable, à ton âge?

– Mais, Max, je n'ai que quarante-six ans.

Elle lui sourit et Max sut qu'il avait gagné. Il l'embrassa alors, vingt-huit ans après leur premier baiser dans la chambre de Cassandra à Grunewald.

Ils annoncèrent la nouvelle à Noel le lendemain matin et celui-ci fut enchanté.

– Je vais me sentir mieux pour partir. Et aussi pour déménager en septembre. Tu vas garder la maison, maman?

– Nous n'avons pas encore réfléchi à cela, répondit Ariana.

– Tu te rends compte, tous les couples ne se marient pas pour célébrer leurs noces d'argent!

– Noel!

Ariana n'arrivait pas à s'habituer à l'idée de se marier à son âge. Pour elle, on se marie à vingt-deux ou vingt-cinq ans, pas vingt ans plus tard quand on a déjà un fils adulte.

– Et c'est pour quand, le mariage?

– Nous n'avons pas décidé, fit Max. Mais nous attendrons ton retour.

– Je l'espère. Alors, on va fêter ça?

Ils n'avaient fait que cela depuis qu'il avait quitté Harvard, et il partait pour l'Europe le lendemain.

Max les emmena dîner à la Côte Basque. Ce fut un repas somptueux et un grand événement. Ils célébraient à la fois le retour de Noel aux sources du passé et l'avenir commun de Max et d'Ariana. Comme à l'habitude, Ariana versa quelques larmes.

Noel découvrit le Paris qu'il avait imaginé. Il visita la Tour Eiffel, le Louvre, il s'arrêta dans les cafés, lut les journaux, envoya une carte postale « aux chers fiancés ». Ce soir-là, avant le dîner, il appela une amie de Tammy, Brigitte Goddard, fille du célèbre marchand de tableaux et propriétaire de la galerie Gérard Goddard. Noel avait connu Brigitte au cours du stage qu'elle avait fait à Harvard. C'était une fille mystérieuse dont la famille était bizarre : une mère qu'elle détestait, un père obsédé par son passé et un frère un peu cinglé. Elle plaisantait continuellement. Elle était belle et drôle.

Mais il y avait en elle aussi un côté tragique, comme si quelque chose lui manquait. Noel lui avait sérieusement posé la question un jour.

– Tu as raison. C'est ma famille qui me manque, Noel. Mon père vit dans son monde. Aucun de nous n'a de l'importance pour lui. Il n'y a que le passé, les autres, les gens qu'il a perdus. Nous, les vivants, nous ne comptons pas.

Elle avait ensuite enchaîné sur un mot cynique et drôle, mais Noel n'avait jamais oublié l'expression de son regard – un mélange de chagrin, de détresse et de désespoir qui ne correspondait pas à son âge. Maintenant, Noel avait bien envie de la revoir et il fut amèrement déçu quand il apprit qu'elle n'était pas à Paris.

Pour se consoler, il alla boire un verre à la Tour d'Argent et dîna chez Maxim's. Il prit beaucoup de plaisir à contempler les élégantes Parisiennes et les hommes tirés à quatre épingles. Il remarqua combien les styles étaient différents, combien les gens semblaient plus cosmopolites. Il aimait les femmes, leur façon de marcher, leurs vêtements, leurs coiffures. D'une certaine façon, elles lui rappelaient sa mère. Il aimait leur finesse, leur délicatesse de fleur, leur érotisme discret.

Le lendemain matin, il prit très tôt un avion pour Berlin et atterrit à l'aéroport de Tempelhof, le cœur battant d'excitation. Il laissa ses affaires à l'hôtel Kempinski, où il avait retenu une chambre, et alla contempler le Kurfürstendamm. C'était la rue dont Max lui avait tant parlé, là où les écrivains, les artistes, les intellectuels s'étaient réunis pendant des dizaines d'années. Maintenant, elle était pleine de cafés, de boutiques et d'une foule de gens marchant bras dessus bras dessous.

Muni d'une carte et au volant d'une voiture de

location, il commença son excursion : l'église Maria Regina, le Tiergarten, la Colonne de la Victoire, le château de Bellevue. Berlin ne montrait plus ses cicatrices, tous les dégâts avaient été réparés. Soudain Noel s'arrêta : le Reichstag se dressait devant lui, dans le soleil. Cela avait été le quartier général des nazis, c'était là que son père était mort. Autour de lui, d'autres touristes regardaient l'édifice en silence.

Aux yeux de Noel, ce n'était pas un monument à la mémoire des nazis. Rien à voir avec l'histoire, la politique, Hitler. C'était le lieu où son père avait trouvé la mort, ce père à qui il ressemblait tant, ce père qui avait tant aimé sa mère. Il se souvenait de la description d'Ariana : les explosions, les soldats, les réfugiés, les bombes, les corps parmi lesquels celui de Manfred. Mon Dieu, comment avait-elle pu survivre à cela ?

Grâce à la carte, il trouva le chemin pour sortir du centre de la ville en direction de Charlottenburg. Il s'arrêta un moment près du lac et contempla le château. Il ne savait pas que, trente-cinq ans plus tôt, exactement à cet endroit, sa grand-mère Cassandra von Gotthard s'était trouvée là avec l'homme qu'elle aimait, Dolff Sterne.

Après Charlottenburg, il traversa Spandau et arriva à Grunewald. Il regarda en détail toutes les maisons, cherchant l'adresse que Max lui avait donnée. Il lui avait indiqué le chemin à suivre et lui avait même fait une brève description de la maison du temps où il l'avait connue.

D'abord, Noel crut l'avoir dépassée, mais, soudain, il vit les grilles. Elles n'avaient pas changé. Noel descendit de la voiture et un jardinier lui fit un signe.

– *Bitte ?*

L'allemand de Noel était un peu sommaire. Il n'avait retenu que ce qu'il avait appris à Harvard en trois semestres, plusieurs années auparavant. Enfin, il parvint à expliquer au vieil homme qu'autrefois cette maison avait appartenu à son grand-père.

– *Ja?* fit le jardinier en le regardant avec intérêt.

– Oui. Walmar von Gotthard, répondit Noel avec fierté.

Le vieil homme sourit en haussant les épaules. Il n'avait jamais entendu ce nom. Une vieille femme apparut et son mari lui expliqua la raison de la présence de Noel. La femme hésita tout d'abord puis hocha la tête de mauvais gré.

– Elle va vous faire visiter, dit le jardinier avec un sourire en prenant le bras de Noel.

– L'intérieur?

– Oui.

Le vieil homme trouvait sympathique que ce jeune Américain s'intéressât suffisamment au pays de son grand-père pour y revenir. Tant de gens oublient leurs origines. D'une certaine façon, la maison lui parut différente de ce qu'il avait imaginé mais, d'un autre côté, elle correspondait exactement aux souvenirs d'Ariana du temps de sa jeunesse, souvenirs qu'elle avait fait partager à son fils au cours des années. Il visita l'intérieur de fond en comble et remercia chaleureusement le vieux couple avant de les quitter. Il prit même une photo de la maison. Tammy accepterait peut-être de faire un dessin d'après la photo et il pourrait ainsi l'offrir à sa mère.

Dans le cimetière de Grunewald, il mit du temps avant de trouver le caveau de famille. Il y lut alors beaucoup de noms inconnus. Le seul nom qui lui fut familier fut celui de sa grand-mère : Cassandra von Gotthard. Il se rappela alors qu'elle était morte à trente ans, mais il ignorait comment. Il y avait des choses que sa mère ne lui avait pas dites, des choses qu'il n'avait pas besoin de savoir : le suicide de

Cassandra, son propre mariage avec Paul Lieb-man...

Noel flâna encore un peu dans le cimetière puis s'en alla à Wannsee. Cette fois-ci, il fut déçu, la maison n'existant plus. A la place, des rangées d'immeubles modernes. L'endroit où Ariana avait été si heureuse avec Manfred avait disparu.

Noel séjourna encore trois jours à Berlin puis partit pour Dortmund. Le château qui avait appartenu à son père servait maintenant de musée. Le jour de sa visite, il n'y avait personne d'autre qu'un gardien endormi. Il eut alors la même sensation qu'à Grunewald. C'était à la fois étrange et excitant de toucher les murs que son père avait touchés quand il était jeune, de regarder par les mêmes fenêtres, de respirer le même air. Noel aurait très bien pu passer ici sa jeunesse s'il n'avait pas habité dans la 77e rue Est de New York. Quand il quitta le château, le gardien lui sourit.

– *Auf Wiedersehen*.

Sans réfléchir, Noel lui sourit et murmura :
– Adieu.

Toutes ces visites ne l'avaient absolument pas déprimé. Au contraire, il se sentait enfin libre. Tout cela faisait maintenant partie de sa vie et il le comprenait mieux à présent.

Il descendit de l'avion à Kennedy Airport, reposé et heureux. Il serra longtemps sa mère dans ses bras. En dépit de ce qu'il avait vu, et malgré les émotions qui l'avaient étreint, il n'y avait aucun doute dans son esprit, il était ici chez lui.

47

A son retour, Noel avait trouvé un appartement, près de la 50e Rue Est, avec vue sur l'East River et entouré de quelques petits bars fort sympathiques. Noel aimait boire en compagnie de ses amis de faculté, et son premier travail ne lui fit pas perdre le goût de la fête. Mais, après tout, il n'avait pas encore vingt-six ans et Max et Ariana savaient bien qu'il avait encore du temps devant lui avant de s'établir.

– Alors, à quand le mariage? Vous avez fixé une date?

C'était leur premier dîner ensemble depuis que Noel avait déménagé et la robe de chambre de Max était de plus en plus souvent derrière la porte de la chambre d'Ariana.

– Eh bien, nous avons pensé nous marier à Noël. Qu'en penses-tu?

– Merveilleux. On pourra faire cela avant mon anniversaire. Est-ce que ce sera une grande cérémonie?

– Bien sûr que non, fit Ariana en secouant la tête. Pas à notre âge. Juste quelques amis.

En disant cela, son regard se fit lointain. C'était la troisième fois qu'elle se mariait et les souvenirs de sa famille perdue lui traversèrent le cœur et l'esprit. Noel la regarda et crut deviner ses pensées. Depuis son voyage en Europe, ils s'étaient encore rapprochés.

– Est-ce que tu me permettras d'amener une amie à ton mariage, maman?

– Evidemment, chéri. Je la connais?

– Oui. Tu l'as rencontrée cet été, à la cérémonie de remise des diplômes. Elle s'appelle Tammy.

Noel essayait désespérément de prendre un ton

détaché mais, en fait, sa nervosité était si évidente que Max ne put s'empêcher de rire.

– La superbe créature aux longs cheveux noirs. Je ne me trompe pas? Tamara, n'est-ce pas?

– Oui, c'est cela, répondit Noel en remerciant Max au fond de son cœur.

Ariana sourit.

– Je me souviens d'elle également. C'était une jeune étudiante en droit, elle venait de finir sa première année.

– C'est exact. Comme elle vient voir ses parents à Noël, j'ai pensé... je veux dire... elle aimerait beaucoup assister à votre mariage.

– Bien sûr, Noel, bien sûr.

Max abrégea le supplice du jeune homme en changeant la conversation mais l'expression du visage de son fils n'avait pas échappé à Ariana.

Ce soir-là, avant de se coucher, Ariana se tourna vers Max.

– Tu crois que c'est sérieux? demanda-t-elle d'un air inquiet.

Max sourit doucement en s'asseyant sur le bord du lit.

– Peut-être mais j'en doute. Je ne pense pas qu'il soit prêt à s'établir.

– J'espère que non. Il n'a que vingt-six ans.

– Et quel âge avais-tu quand il est né?

– C'était différent, Max. Je n'avais peut-être que vingt ans mais c'était la guerre et...

– Tu crois vraiment que tu aurais attendu d'avoir vingt-six ans pour te marier si cela n'avait pas été la guerre? Au contraire, je pense que tu te serais mariée aussi rapidement.

– Max, c'était un autre monde, une autre vie!

Ils gardèrent le silence puis elle se glissa dans le lit près de lui et le prit dans ses bras. Elle avait besoin de lui maintenant, pour maintenir à bonne distance les souvenirs et le chagrin.

– Dis-moi, Ariana. Es-tu vraiment prête à prendre mon nom?

– Bien sûr que oui. Qu'est-ce qui t'en fait douter?

– Je ne sais pas. De nos jours, les femmes sont si indépendantes. Peut-être préférerais-tu rester Ariana Tripp.

– Je préfère être ta femme, Max, et devenir Mme Thomas. Le moment est venu.

Max caressait le corps d'Ariana sous les draps.

– Ce que j'aime chez toi, c'est que tu te décides rapidement. Cela n'a pris que vingt-cinq ans.

Elle éclata de rire. C'était le même rire cristallin de sa jeunesse. C'était aussi la même passion entre eux. L'intensité du désir de Max correspondait à l'amour qu'Ariana lui portait.

48

A la fin du premier trimestre, Tammy avait déjà pris sa décision. Elle avait depuis longtemps rempli son dossier de transfert pour la faculté de droit de Columbia et il ne lui restait plus qu'à faire ses valises et libérer le petit appartement qu'elle avait loué à Cambridge avec quatre autres filles. Noel arriva tôt un samedi matin et ils firent ensemble le bref trajet pour New York.

Chez lui, dans son appartement, il avait libéré quelques placards; il y avait des fleurs et du champagne dans le réfrigérateur. Cela s'était passé trois mois auparavant, sans complications, sauf une. Ni les parents de Tammy ni Ariana ne savaient qu'ils vivaient ensemble. Cela ne ressemblait d'ailleurs pas du tout au jeune homme de cacher quoi que ce soit à sa mère. Tammy avait installé son propre téléphone sur le bureau et quand il sonnait, Noel savait qu'il ne devait pas décrocher. Ce devait être son père qui appelait pour savoir si elle était chez elle.

Mais un jour de la fin mai, le jeu prit fin abruptement lorsque Ariana vint déposer du courrier qui avait été adressé chez elle par erreur. Elle était sur le point de le donner au concierge quand Tammy sortit de l'immeuble pour aller à son cours, du linge sale sous un bras et des livres de droit sous l'autre.

– Oh! bonjour, madame Tripp. Je veux dire madame Max... Madame...

Elle rougit violemment et Ariana répondit à son bonjour d'un ton un peu froid.

– Vous êtes venue voir Noel?

– Je... oui... Il fallait que je vérifie quelque chose dans ses vieux livres de droit.

Elle aurait voulu mourir sur place. Noel avait raison. Ils auraient dû les mettre au courant il y a des mois. A présent, Ariana était déçue et avait l'impression d'avoir été trompée.

– Je suis sûre que Noel va pouvoir vous aider.

– Oui, oui... absolument. Et vous, comment allez-vous?

– Très bien, merci.

Ariana prit congé poliment et se précipita dans la cabine la plus proche pour appeler son fils. En fin de compte, il était soulagé que cela soit arrivé. Il était grand temps que tout le monde sache. Et si Tamara ne voulait pas en informer son père, Noel avait décidé de le faire pour elle. Il appela le bureau de Paul Liebman et prit un rendez-vous pour trois heures moins le quart.

Le bureau dans lequel Noel pénétra, confiant, à longues enjambées, était celui où Sam Liebman s'était assis pendant si longtemps. C'était dans ce bureau que Ruth avait supplié son mari d'accueillir la petite Allemande blonde chez eux. Maintenant, c'était le domaine de Paul Liebman, le père de Tamara.

— Nous connaissons-nous, monsieur Tripp?

Paul Liebman se demandait si le jeune homme était là pour affaires ou pour une raison privée. Sa carte professionnelle l'avait en effet annoncé comme homme de loi dans une compagnie très réputée.

— Nous nous sommes rencontrés une fois, monsieur Liebman. L'année dernière.

— Excusez-moi, fit-il en souriant. Ma mémoire n'est plus ce qu'elle était.

— J'étais avec Tamara. J'ai fini mes études à Harvard l'an dernier.

— Ah! je vois. (La mémoire lui revint alors et le sourire commença à s'estomper lentement.) Je suppose cependant, monsieur Tripp, que vous n'êtes pas ici pour parler de ma fille. Que puis-je faire pour vous?

— Vous vous trompez, monsieur. Je suis venu ici justement pour parler de votre fille. Et de moi. C'est très difficile à dire mais je préfère être franc avec vous.

— Tamara a des ennuis? demanda Paul Liebman en pâlissant.

Il se souvenait bien de ce garçon à présent. Tout à fait bien. Et il le haïssait profondément.

— Non, monsieur, répondit Noel. Elle n'a pas d'ennuis du tout. Ce qui lui arrive est même plutôt bien. Nous nous aimons depuis déjà un certain temps, monsieur Liebman.

— J'ai du mal à le croire, monsieur Tripp. Elle n'a pas parlé de vous depuis des mois.

— Je pense que c'est parce qu'elle craint votre réaction. Mais, avant toute chose, je dois vous dire ceci...

Il détourna le regard et hésita un moment. Après

tout, il avait peut-être eu tort de venir. C'était fou. Il reprit :

– Il y a vingt-sept ans, votre mère s'occupait d'une organisation d'aide aux réfugiés, ici, à New York. Elle se lia d'amitié avec une jeune femme, une Allemande réfugiée de Berlin. Je ne connais pas les raisons de votre mariage mais en tout cas, vous avez épousé la jeune femme et vous avez découvert peu de temps après qu'elle attendait un enfant de son mari qui était mort lors de la chute de Berlin. Vous l'avez alors abandonnée et vous avez divorcé. Je suis son fils.

Une onde électrique traversa la pièce. Paul Liebman se leva.

– Sortez de mon bureau! cria-t-il en pointant un doigt vers la porte.

Noel ne bougea pas.

– Pas avant de vous avoir dit que j'aime votre fille, monsieur, et qu'elle aussi m'aime. (Il se leva alors, dominant Paul Liebman de toute sa hauteur.) Et mes intentions à son égard sont tout à fait honorables.

– Osez-vous insinuer que vous désirez l'épouser?

– Oui, monsieur, c'est exact.

– Jamais. Vous entendez? Jamais. Est-ce votre mère qui a arrangé cela?

– Absolument pas, monsieur.

Les yeux de Noel s'embrasèrent un instant mais Paul reprit son calme. Ariana devait rester en dehors de cette histoire.

– Je vous interdis de revoir Tamara.

Il y avait en lui une très vieille douleur qu'il n'avait jamais pu tout à fait guérir.

– Je peux vous dire maintenant bien en face que ni elle ni moi ne vous obéirons. Vous n'avez pas le choix, il faudra accepter cette idée.

Noel se dirigea alors vers la porte et sortit. Il

entendit un grand bruit sur le bureau mais la porte était déjà refermée.

Quand Tamara en vint à connaître mieux la mère de Noel, elle se prit à l'aimer comme sa propre mère. A la fin de cette année-là, quand Noel annonça leurs fiançailles, Ariana offrit à Tammy un cadeau qui la toucha profondément. Noel pressentait déjà ce que cela allait être et il échangea avec sa mère un sourire complice pendant que la jeune fille dépliait le papier doré. La bague tomba soudain dans sa main. C'était la chevalière en diamant qui avait appartenu à Cassandra tant d'années auparavant.

– Mon Dieu! Oh, non!

Tamara regarda tour à tour Noel, Ariana, Max, et elle finit par se jeter dans les bras de son fiancé en pleurant.

– C'est ta bague de fiançailles, ma chérie. Maman l'a fait mettre à ta taille. Allons, essaie-la.

Elle connaissait si bien l'histoire de cette bague maintenant... et voilà qu'après avoir été portée par quatre générations, elle était à elle. Elle lui allait parfaitement. Les diamants scintillaient de tous leurs feux.

– Ariana, merci beaucoup.

Elle serra la main de la mère de Noel, et des larmes ruisselèrent à nouveau sur ses joues.

– Elle est à vous, ma chérie. C'est normal. J'espère qu'elle vous apportera beaucoup de joie.

Ariana regarda tendrement la jeune fille. Elle était conquise et elle avait décidé de prendre elle-même les choses en main.

Trois jours plus tard, c'est d'une main tremblante qu'elle composa le numéro. Elle se présenta comme Mme Thomas et demanda un rendez-vous. Elle ne dit rien à Noel ni à Max. Ils n'avaient pas besoin de savoir. Il était temps cependant qu'elle se retrouve en face de lui.

Elle prit un taxi. La secrétaire l'annonça. Ariana portait une robe noire et un manteau de vison sombre. Elle entra d'un pas lent dans la pièce.

– Madame Thomas?

Paul Liebman se leva pour l'accueillir, mais ses yeux s'agrandirent de surprise. Et il constata combien elle avait peu changé.

– Bonjour, Paul. (Elle s'était armée de tout son courage et attendait seulement qu'il veuille bien la prier de s'asseoir.) J'ai pensé qu'il valait mieux que je vienne te voir. Au sujet de nos enfants. Puis-je m'asseoir? (Il lui montra un fauteuil et s'assit lui-même à son bureau.) Mon fils est déjà venu te voir une fois.

– En vain. Et ta visite ne servira à rien, non plus.

– Peut-être. Il ne s'agit pas de ce que *nous*, nous ressentons mais de ce que nos enfants ressentent l'un pour l'autre. Moi aussi au début, j'ai été violemment opposée à leur union. Mais, que nous le voulions ou non, c'est ce qu'ils veulent.

– Et puis-je te demander pourquoi tu étais contre, au début?

– Parce que je supposais que tu m'en voulais et donc que tu en voudrais à Noel. (Elle s'arrêta et sa voix se fit plus douce.) J'ai commis envers toi une faute grave. Je l'ai compris après mais, sur le coup, j'étais tellement désespérée, tellement inquiète pour le bébé... Que puis-je dire d'autre, Paul? J'ai eu tort.

Il la regarda alors un très long moment.

– Est-ce que tu as eu d'autres enfants, Ariana?

– Non. Je ne me suis remariée que l'année dernière, fit-elle avec un petit sourire.

– Pas parce que tu en pinçais encore pour moi, je présume.

Sa voix semblait plus calme et il y avait même un soupçon de chaleur dans son regard.

– Non, soupira-t-elle. J'avais déjà été mariée. J'avais mon fils et je ne voulais pas me remarier.

– Qu'est-ce qui t'a fait changer d'avis?

– Un vieil ami. Mais toi, tu t'es remarié très vite.

– Dès que le divorce a été prononcé. C'était une camarade d'école. (Il soupira en regardant Ariana.) Au fond, c'est mieux comme cela. C'est pour cette raison que je m'oppose tant à l'union de Tamara et de ton fils. Ce n'est pas parce que c'est ton fils. Il est même plutôt bien. Il a eu le courage de venir me voir, de me raconter toute l'histoire. Je respecte cela chez un homme. Tamara n'en a pas fait autant. Le problème ici n'est pas que nous ayons ou non été mariés mais qui ils sont, eux. Regarde d'où vient ton fils, considère ton passé. Et ta famille, Ariana. Nous, nous sommes juifs. Tu envisagerais de réunir deux mondes si opposés?

– Oui, si nos enfants l'envisagent. Je ne crois pas que ce soit important que je sois allemande et toi juif. Cela paraissait probablement beaucoup plus important après la guerre. J'espère que cela a changé maintenant.

Paul Liebman secoua la tête d'un air déterminé.

– Non. Ces choses ne changent jamais, Ariana. Même après nous, ce sera ainsi.

– Tu ne veux même pas leur donner une chance?

– Pour quoi faire? Pour essayer de me convaincre que j'ai tort? Ils feront rapidement trois enfants et reviendront dans cinq ans pour me dire qu'ils divorcent, que j'avais raison, que cela ne peut pas marcher.

– Est-ce que tu penses vraiment pouvoir empêcher cela?

– Peut-être.

– Tu ne comprends donc pas que ta fille fera ce

qu'elle voudra, de toute façon? Elle se mariera avec qui bòn lui semblera et vivra sa vie comme elle l'entendra. Elle vit avec Noel depuis un an, sans se soucier de ce que tu en penses. Le seul qui va se retrouver perdant à la fin, c'est toi, Paul. Il est peut-être temps pour toi d'en finir avec cette guerre qui nous divise et de regarder d'un autre œil la nouvelle génération. Mon fils ne veut même pas être allemand et ta fille, après tout, ne tient peut-être pas à proclamer qu'elle est juive.

– Que veut-elle être, alors?

– Une personne, une femme, une avocate. La nouvelle génération est beaucoup plus indépendante, beaucoup plus libre d'esprit. Mon fils me dit que la guerre dont nous parlons est notre guerre, pas la leur. Pour eux, elle fait partie de l'histoire.

– J'ai bien regardé ton fils, Ariana, et je me suis souvenu des photos que tu tenais ce jour-là. Je l'imaginais en uniforme, un uniforme nazi comme celui de son père. Il lui ressemble, n'est-ce pas?

Ariana sourit doucement et hocha la tête.

– Mais Tamara ne te ressemble pas beaucoup.

– Je sais, elle ressemble à sa mère. Sa sœur ressemble un peu à Julia, et mon fils, lui, me ressemble.

– J'en suis ravie.

Et après un long silence, elle ajouta :

– Tu as été heureux?

Il fit oui de la tête.

– Et toi? Je me demandais quelquefois ce que tu devenais, où tu étais. J'avais parfois envie d'entrer en contact avec toi, seulement pour te dire que je pensais toujours à toi, mais j'avais peur.

– Peur de quoi?

– De paraître stupide. J'ai été tellement blessé au début. Je pensais que tu t'étais moquée de moi sur toute la ligne. C'est ma mère qui a fini par te comprendre. Elle savait que tu l'avais fait pour le bébé, mais qu'après tout, tu m'aimais peut-être aussi.

Au souvenir de Ruth, les yeux d'Ariana s'emplirent de larmes.

– Je t'aimais, Paul.

– Je te crois, à présent.

Après un instant de silence, ce fut Paul qui domina le premier son émotion.

– Que fait-on, Ariana, à propos des enfants?

Elle sourit et se leva, hésitante, en lui tendant la main. Paul fit le tour de son bureau et au lieu de prendre cette main tendue, il serra Ariana dans ses bras.

– Excuse-moi pour ce qui s'est passé il y a si longtemps. J'étais trop jeune pour te comprendre ou te permettre de t'expliquer.

– Ça devait arriver ainsi, Paul.

Elle posa un baiser sur sa joue et le laissa à ses propres pensées, les yeux fixés sur Wall Street.

49

Le mariage était prévu pour l'été suivant, quand Tamara aurait achevé ses études de droit. Ils trouvèrent un appartement qui leur plaisait. Et Tamara décrocha même un travail pour l'automne.

– Mais nous allons d'abord en Europe, annonça-t-elle à Ariana et à Max avec un sourire heureux.

– Où, en Europe? demanda Max.

– A Paris, sur la Riviera, en Italie et ensuite Noel veut m'emmener à Berlin.

– C'est une ville merveilleuse. Du moins ça l'était, fit Ariana.

Elle avait vu les photos que Noel avait prises lors de son voyage deux ans auparavant, et elle avait particulièrement apprécié celle de la maison de Grunewald. Noel lui avait même donné celle du château de Manfred, qu'elle n'avait jamais connu.

– Combien de temps resterez-vous absents?

– Environ un mois, fit Tamara en soupirant de bonheur. C'est mon dernier été de liberté et Noel a dû vraiment se battre pour obtenir quatre semaines de vacances.

– Qu'allez-vous faire sur la Riviera?

– Nous allons voir une amie que j'ai connue au collège. (Ils avaient en effet décidé de voir Brigitte.) Mais d'abord, il va falloir survivre au mariage.

– Cela va être formidable.

Depuis des mois, Ariana entendait parler de ces projets. Paul avait finalement cédé : il avait dû admettre qu'il aimait bien Noel et, dès février, tout le monde avait commencé à penser au mariage fixé pour juin.

Quand le jour arriva enfin, Tamara était particulièrement belle dans une robe d'un blanc crème ornée d'une splendide dentelle Chantilly. Un bonnet de dentelle recouvrait ses cheveux noirs sauf son chignon et les nuages de voile qui flottaient autour d'elle créaient une impression de splendeur éthérée. Même Ariana en eut le souffle coupé.

– Max, elle est absolument ravissante!

– Evidemment, fit-il en souriant fièrement à sa femme. Mais Noel n'est pas mal non plus.

Vêtu d'une jaquette et d'un pantalon rayé, il semblait plus élégant que jamais avec ses yeux bleus scintillants et sa chevelure blonde. Ariana dut reconnaître qu'il avait l'air très allemand. Paul Liebman souriait avec douceur en direction du jeune couple. Il avait dépensé une fortune dans ce mariage pour répondre aux rêves les plus extravagants de sa femme. Ariana avait d'ailleurs fini par rencontrer celle-ci : une femme agréable qui avait probablement été une bonne épouse pendant toutes ces années.

Debbie était mariée à un producteur de Hollywood. Julia était la plus jolie et la plus spirituelle, et ses enfants semblaient avoir hérité de son intelligence et de son humour. Pourtant, les deux femmes n'échangèrent que de brèves paroles avec Ariana. Elles avaient été trop profondément blessées dans le passé. Pour toute la famille Liebman, Ariana avait cessé d'exister le jour où Paul l'avait quittée.

Paul regarda de son côté une ou deux fois pendant la cérémonie et une fois, pendant un long moment, le regard qu'ils échangèrent témoigna qu'ils s'étaient autrefois aimés. Ariana sentit son cœur se serrer en pensant que Ruth et Sam n'étaient plus.

— Voilà, madame Tripp, c'est fini.

Noel sourit à Tammy qui lui déposa un doux baiser dans le cou.

— Je t'aime, Noel.

— Moi aussi, mais si tu continues à m'embrasser comme ça, je vais commencer notre lune de miel ici même, dans l'avion.

Elle sourit timidement à son mari et se rassit dans son fauteuil en soupirant de bonheur. Elle regarda la magnifique chevalière en diamant à son doigt. Elle n'arrivait pas encore à croire qu'Ariana la lui ait donnée comme bague de fiançailles. Elle aimait vraiment beaucoup la mère de Noel et elle savait que cette affection était réciproque.

— Je veux acheter quelque chose de particulièrement beau pour ta mère à Paris.

— Quoi par exemple ? demanda-t-il en la regardant par-dessus son livre.

Le fait d'avoir vécu deux ans ensemble avant leur mariage avait supprimé toute sa tension à la cérémonie. Ils étaient à l'aise ensemble, où qu'ils soient.

– Je ne sais pas exactement. Un tableau ou une robe de chez Dior.

– Seigneur! Et pourquoi?

En réponse, elle lui montra la bague. Il comprit.

Le père de Tammy leur avait offert en cadeau un séjour au Plaza-Athénée, dans un appartement excessivement luxueux. Après le premier dîner aux chandelles de leur lune de miel, servi dans leur appartement, ils descendirent au célèbre bar où ils devaient rencontrer Brigitte. Le Relais Plaza était plein à craquer d'une foule excentrique. Les hommes avaient des chemises ouvertes et des sautoirs, les femmes portaient des tuniques de satin rouge ou de petites vestes de vison et des jeans.

Tammy eut de la peine à reconnaître sa camarade de Harvard dans cette fille aux lèvres très rouges, aux cheveux frisés et en désordre encadrant un visage blême. Mais les yeux bleus étaient toujours aussi malicieux. Elle était délicieusement menue et portait un haut-de-forme, un ample smoking et, en dessous, seulement un soutien-gorge en satin rouge.

– Ma chère, je ne savais pas que tu étais devenue aussi classique.

Ils sourirent tous les trois. Brigitte Goddard était encore plus provocante qu'autrefois.

– Tu sais, Noel, tu es beaucoup mieux maintenant, toi aussi, répondit Brigitte, d'un air malicieux.

– Il est trop tard, vous deux, nous sommes mariés, ne l'oubliez pas, fit Tammy en souriant.

Noel regarda sa femme amoureusement et Brigitte éclata de rire.

– Il est trop grand pour moi de toute façon. Ce n'est pas mon genre.

– Fais attention. Il va se vexer.

Ils passèrent tous trois une soirée agréable et pendant la semaine qui suivit, Brigitte les emmena d'un bout à l'autre de Paris : déjeuner au Fouquet's, dîner à la brasserie Lipp au Quartier Latin, soirée chez Castel et chez Régine, aux Halles pour le petit déjeuner, et dîner chez Maxim's. Dans les bars, les restaurants, les night-clubs, tout le monde connaissait Brigitte et elle connaissait tout le monde. Les hommes surtout essayaient d'attirer son attention. Noel et Tammy en étaient béats d'admiration.

– Elle est vraiment divine, tu ne trouves pas? murmura Tammy à Noel alors qu'ils flânaient dans la boutique Courrèges.

– Oui, et un peu folle. Je pense que je te préfère à elle.

– Quelle bonne nouvelle!

– Je ne suis pas pressé de rencontrer sa famille.

– Oh! elle est tout à fait convenable.

– Je ne tiens pas à rester longtemps avec eux. Deux jours suffiront, Tammy. Je veux être un peu seul avec toi. C'est notre lune de miel, après tout.

Il la regarda avec amour. Tammy l'embrassa alors en riant.

– Je suis désolée, chéri.

– Il ne faut pas. Promets-moi seulement que nous ne resterons que deux jours chez eux sur la Riviera. Ensuite, nous irons en Italie. D'accord?

– Bien, monsieur, répondit-elle en saluant.

Brigitte les rejoignit pour les entraîner chez Balmain, Givenchy et Dior.

Chez Dior, Tammy trouva exactement ce qu'elle cherchait pour Ariana : une jolie robe de cocktail en soie mauve qui ferait ressortir à merveille ses grands yeux bleus. Tammy acheta également une écharpe assortie et une paire de boucles d'oreilles. Le tout coûta la bagatelle de quatre cents dollars et Noel faillit se trouver mal.

– Je vais travailler en septembre, Noel. Ne fais pas cette tête.

– Tu as intérêt si tu as l'intention de faire ce genre de cadeaux.

Mais ils savaient tous deux que ce cadeau-là était spécial. C'était un remerciement pour la bague. Brigitte avait remarqué cette bague le premier soir où elle les avait rencontrés au Plaza. Elle avait dit à Tammy combien elle la trouvait belle. Apparemment, la galerie de son père avait un rayon de bijoux anciens mais aucun pouvant rivaliser avec la chevalière.

Pendant leur dernier après-midi à Paris, Brigitte les entraîna à la galerie Gérard Goddard dans le faubourg Saint-Honoré et, pendant près d'une heure, ils admirèrent les Renoir, les Picasso, les boîtes Fabergé, les inestimables bracelets en diamants, les petits bustes et les statues. Noel fut émerveillé.

– C'est un véritable petit musée, en beaucoup mieux! s'exclama-t-il.

– Papa a quelques belles pièces, dit Brigitte fièrement.

C'était sous-estimer sans indulgence ce qu'ils venaient de voir et derrière son dos, Noel et Tammy sourirent. C'est la raison qui avait poussé son père à l'envoyer à Harvard, espérant ainsi qu'elle acquerrait des connaissances solides en histoire et en art, mais Brigitte avait d'autres penchants : le football, les « parties », les étudiants en médecine et le haschisch. Après deux années de désastre, son père l'avait rappelée en France à des distractions plus simples. Maintenant, elle parlait vaguement d'étudier la photographie ou de faire un film, mais il était évident qu'elle n'avait pas beaucoup d'ambition. Elle était très agréable à vivre. Elle folâtrait dans toutes les directions, mais ne restait jamais longtemps au même endroit. Son agitation incessante devenait rapidement d'ailleurs le « mal du siècle ».

– Ce qui est étrange, c'est qu'elle ne semble pas vieillir, fit remarquer Tammy.

Noel haussa les épaules.

– Je sais. Il y a des gens comme cela. Est-ce que son frère lui ressemble?

– Oui. En pire.

– Comment se fait-il?

– Je ne sais pas. Il a été trop gâté ou il est malheureux. Il faut voir les parents pour les comprendre mieux. Madame Mère est une maîtresse femme plutôt déplaisante et son père est très effacé, hanté par des souvenirs.

50

Le vol pour Nice dura à peine une heure et Bernard Goddard les attendait à l'arrivée. Aussi blond et aussi beau que sa sœur, il était nu-pieds et portait une chemise et un pantalon en soie. Il avait l'air complètement absent, comme si on l'avait mis là sans qu'il s'en rendît compte. Il sembla revenir sur terre quand sa sœur lui jeta les bras autour du cou. Le grand coffret d'argent plein de marijuana placé dans la boîte à gants de sa Ferrari pouvait servir d'explication à son état second.

Quand Tammy et Noel essayèrent de lui parler, il parut s'animer un peu.

– J'ai l'intention d'aller à New York en novembre. (Il sourit et Noel eut alors l'impression qu'il ressemblait à des photos qu'il avait vues quelque part, il y a très longtemps.) Est-ce que vous y serez à cette époque?

– Oui, bien sûr, répondit Tammy.

– Tu y vas quand? fit Brigitte en regardant son frère d'un air surpris.

– En novembre.

– Je croyais que tu allais au Brésil.

– Cela, c'est pour plus tard et je ne pense pas que j'irai au Brésil de toute façon. Mimi veut aller à Buenos Aires.

Brigitte hocha la tête d'un air entendu. Tammy et Noel échangèrent un regard un peu inquiet. Tammy ne se souvenait pas que cette famille était aussi « fantaisiste » et elle regretta soudain d'avoir prévu cette halte à Saint-Jean-Cap-Ferrat avant leur départ pour Rome.

– Tu veux partir demain matin ? murmura-t-elle à l'oreille de Noel, quand ils pénétrèrent enfin, derrière le frère et la sœur, dans la vaste demeure.

– D'accord. Je leur dirai que je dois voir un client de l'entreprise où je travaille.

Tammy hocha la tête discrètement. Leur chambre était immense, très haute de plafond, avec un lit italien ancien, et vue sur la mer. Le sol était en marbre beige et sur la terrasse trônait une étonnante chaise à porteurs dans laquelle Brigitte avait posé le téléphone.

Le déjeuner fut servi dans le jardin et, en dépit de leur vie quelque peu extravagante, Brigitte et Bernard furent des hôtes tout à fait agréables. Depuis qu'ils avaient décidé de partir le lendemain, Tammy et Noel se sentaient plus à l'aise, comme des invités et non comme des prisonniers dans une étrange communauté de science-fiction.

Le soir au dîner, ils furent présentés aux parents. Mme Goddard était une femme un peu lourde mais encore étonnamment belle avec ses grands yeux verts scintillants. Elle avait un sourire étincelant et de belles jambes longues, mais il y avait quelque chose de rude en elle, comme si elle était habituée à commander, comme si elle n'en avait toujours fait qu'à sa tête. Elle n'avait pas l'air de trouver ses enfants amusants; par contre, Noel et Tammy semblaient lui plaire et elle se montra avec eux d'une extrême amabilité, tout en ayant l'œil à tout, même à son mari qui était un grand et bel homme blond aux yeux bleus tranquilles mais tristes. Pendant toute la soirée, Noel ne cessa de jeter des coups d'œil du côté de cet homme. Il avait l'impression de l'avoir déjà vu, mais il finit par déduire que c'était à cause de sa ressemblance avec son fils.

Après le dîner, quand Mme Goddard emmena Tammy voir un petit Picasso, Gérard Goddard se tourna vers Noel et celui-ci remarqua son accent pour la première fois. Il ne ressemblait pas aux autres. Il n'était pas aussi français. Noel se demanda même s'il n'était pas suisse ou belge. De plus, les rides douloureuses qui marquaient son visage l'intriguaient particulièrement.

Quand Tammy revint, le groupe recommença à parler de choses et d'autres, jusqu'à ce que Tammy mît sa main sur la table. La chevalière en diamant scintilla alors dans la lumière. Gérard Goddard s'arrêta alors au beau milieu d'une phrase. Puis, sans demander la permission, il prit la main de Tammy et contempla la bague.

— Elle est jolie, n'est-ce pas, papa? fit Brigitte.

Mme Goddard, elle, ne parut pas intéressée et se remit à bavarder avec son fils.

— Elle est effectivement très jolie, dit M. Goddard. Me permettez-vous de la regarder de plus près?

Tammy la fit glisser lentement de son doigt et la lui tendit avec un sourire.

— C'est ma bague de fiançailles.

— Vraiment? Où l'avez-vous achetée? En Amérique?

— Elle vient de ma mère, répondit Noel. Elle lui appartenait.

— Ah bon?

— Cette bague a une longue histoire et ma mère

pourrait vous la raconter mieux que moi, si vous veniez à New York.

— Oui, oui. Je n'y manquerai pas. J'aimerais m'entretenir avec elle.

Il ajouta vivement :

— Vous savez, nous venons d'ouvrir un rayon de bijoux anciens à la galerie et si elle avait d'autres trésors de ce genre, cela m'intéresserait beaucoup.

Noel lui sourit aimablement. L'homme insistait tant. Il était si désespéré, si triste.

— Je ne crois pas qu'elle ait l'intention de vendre quoi que ce soit, monsieur Goddard, mais elle possède une autre bague de ma grand-mère.

— Ah?

Les yeux de Gérard Goddard s'agrandirent.

— Oui, précisa Tammy. Elle a une émeraude fabuleuse.

— Il faut décidément que vous me disiez comment la joindre.

— Bien sûr.

Noel prit un papier et un crayon et commença à écrire. Il nota l'adresse et le numéro de téléphone.

— Je suis sûr qu'elle sera ravie de vous connaître lorsque vous irez à New York.

— Est-ce qu'elle est là-bas cet été?

Noel lui répondit affirmativement et le père de Brigitte sourit.

La conversation roula alors sur d'autres sujets et enfin, il fut l'heure d'aller se coucher. Tammy et Noel désiraient se retirer tôt pour être en forme pour le long trajet du lendemain. Ils allaient louer une voiture à Cannes. Brigitte et Bernard devaient aller à une réception qui, selon eux, ne commencerait pas avant minuit ou une heure du matin. Aussi, Gérard et sa femme restèrent face à face dans le salon, les yeux dans les yeux.

— Tu ne vas pas recommencer avec tes stupidités? fit-elle d'une voix dure. Je t'ai bien vu regarder la bague de cette fille.

– Ce serait une belle pièce pour la galerie. Et sa belle-mère en a peut-être d'autres. Il faut que j'aille à New York cette semaine.

– Ah? Pour quoi faire? Tu n'en avais pas parlé jusqu'à présent.

– Il y a un collectionneur qui vend un très beau Renoir. Je veux le voir avant qu'il ne le mette officiellement en vente.

Elle approuva d'un mouvement de tête. Quels que soient ses défauts, il s'était bien débrouillé en ce qui concernait la galerie, beaucoup mieux débrouillé que son père à elle. C'est pourquoi elle avait finalement accepté que Gérard change le nom de la galerie pour lui donner le sien. Mais cela avait été un arrangement dès le début quand ils l'avaient accueilli, lui avaient donné un toit, un travail, une éducation dans le monde de l'art. Cela se passait à Zürich où son père et elle avaient trouvé refuge pendant la guerre. Quand ils étaient ensuite retournés à Paris après la guerre, ils avaient emmené Gérard avec eux. Giselle était alors enceinte et le vieil homme n'avait pas laissé le choix à Gérard. Pourtant, en fin de compte, ce fut lui qui prit l'ascendant sur les deux roublards de Parisiens, lui qui apprit si bien le métier que la galerie devint rapidement célèbre. Depuis vingt-quatre ans maintenant, il jouait le jeu. Il avait eu un toit, une vie, le succès, l'argent et les moyens dont il avait besoin pour ses recherches. Mais c'étaient ses recherches qui lui avaient donné la force de vivre pendant toutes ces années.

Depuis vingt-sept ans, il cherchait son père et sa sœur et, bien qu'il sache qu'il ne les retrouverait jamais, il continuait à chercher, suivant la moindre piste. Il avait été plus de soixante fois à Berlin. En vain. Au fond de son cœur, Gérard savait qu'ils étaient morts. S'ils n'étaient pas morts, il les aurait trouvés, ou eux l'auraient trouvé. Son nom n'était pas très différent. De Gerhard von Gotthard, il était devenu Gérard Goddard. Porter le nom d'un Allemand, en France, après la guerre, eût été une provocation ridicule à l'agression, à la colère : le père de Giselle lui avait suggéré de changer de nom et, à cette époque, cela paraissait sage. Maintenant, de toute façon, il était plus français qu'allemand. Et puis ses rêves s'étaient enfuis.

Le lendemain matin, Tammy et Noel firent leurs adieux à Brigitte et à son frère. Ils allaient partir quand Gérard descendit en hâte l'escalier. Il plongea son regard dans celui de Noel, se demandant si... mais c'était fou... il ne pouvait pas être... mais peut-être que cette Mme Max Thomas saurait. C'était le genre de folie qui faisait vivre Gérard Goddard depuis presque trente ans.

— Merci beaucoup, monsieur Goddard.

— De rien. Noel, Tamara, j'espère vous revoir bientôt ici.

Il ne parla pas de l'adresse qu'ils lui avaient donnée et se contenta de faire un signe de la main quand ils s'éloignèrent.

— J'aime bien tes amis de New York, Brigitte, dit-il en souriant.

Pour une fois, elle répondit à son sourire. Lui qui était toujours si lointain, si malheureux. Il n'avait pas vraiment été un père pour elle.

— Moi aussi, je les aime bien. Ils sont très sympathiques.

Elle le regarda se diriger pensivement vers sa chambre et plus tard dans la matinée, elle l'entendit téléphoner à Air France. Elle entra dans sa chambre. Sa mère était déjà partie.

— Tu pars, papa?

— Oui, à New York, ce soir.

– Pour affaires?

– Oui.

– Je peux venir avec toi?

Il fut surpris. Elle avait l'air soudain aussi seule que lui. Mais il devait absolument faire ce voyage sans elle. Peut-être la prochaine fois, si...

– Tu viendras avec moi la prochaine fois. Cette fois-ci, c'est un peu spécial. J'ai à traiter une affaire difficile. Et puis, je ne pense pas être absent longtemps.

– Tu m'emmèneras vraiment avec toi la prochaine fois?

– Oui, je te le promets.

Il fut évasif lorsqu'il parla à Giselle, ce matin-là. Puis il s'en alla tranquillement dans sa chambre faire sa valise. Il ne prévoyait pas d'être absent plus d'un jour ou deux. Après avoir embrassé sa femme et ses enfants, il se rendit en hâte à l'aéroport. Nice-Paris d'abord, puis Paris-New York. A Kennedy, il prit un taxi puis il le fit arrêter près d'une cabine téléphonique proche de l'adresse indiquée.

– Madame Thomas?

– Oui.

– Vous ne me connaissez pas, mais ma fille est une amie de Tammy.

– Il s'est passé quelque chose? demanda-t-elle, soudain effrayée.

La voix ne sonnait pas familièrement à l'homme qui écoutait. C'était probablement à nouveau une fausse piste. Une de plus.

– Non, pas du tout. Ils sont partis pour l'Italie ce matin. Tout allait bien. Comme je suis à New York pour affaires – un Renoir – j'ai pensé que... j'ai été très impressionné par la bague de votre belle-fille. Elle m'a dit que vous en possédiez une autre, une émeraude. Comme j'avais un moment de libre, je pensais que peut-être...

Il hésita, se demandant pourquoi il avait fait tout ce chemin.

— Mon émeraude n'est pas à vendre.

— Evidemment, je comprends cela.

Pauvre homme. Il semblait si timide. Elle comprit alors qu'il s'agissait du Gérard Goddard dont Tammy lui avait parlé et elle eut honte, soudain, d'être si peu accueillante, si peu aimable.

— Mais si vous voulez la voir, vous pouvez toujours venir chez moi un moment.

— Cela me ferait très plaisir, madame Thomas. Dans une demi-heure? Ce serait parfait.

Il n'avait même pas une chambre d'hôtel. Juste un taxi et une valise, et il avait une demi-heure à tuer. Il demanda au chauffeur de le promener un peu dans Madison Avenue, puis dans la 5e Avenue et enfin dans Central Park. C'était l'heure. Il descendit du taxi, les jambes tremblantes.

— Vous désirez que j'attende? offrit le chauffeur.

Le Français secoua la tête, lui tendit un billet de cinquante dollars et prit ses bagages. Il pressa la sonnette près du heurtoir en cuivre et attendit ce qui lui parut être une éternité. Son costume gris bien coupé tombait bien sur sa mince silhouette et il portait une cravate Dior bleu nuit. Sa chemise blanche avait un peu souffert du voyage — ses chemises et ses chaussures étaient faites sur mesure à Londres. Malgré toute son élégance, Gérard se sentait comme un petit garçon.

— Oui? Monsieur Goddard?

Ariana ouvrit la porte avec un doux sourire. L'émeraude était à son doigt. Leurs yeux se rencontrèrent — ils avaient les mêmes yeux d'un bleu profond. Sur le coup, elle ne le reconnut pas et elle ne comprit pas, mais lui sut immédiatement qu'il venait de retrouver l'un des deux. Il se mit alors à pleurer doucement, sans proférer un son. C'était la même fille qui avait hanté sa mémoire, le même visage, les mêmes yeux bleus rieurs.

– Ariana?

Ce n'était qu'un murmure mais le mot résonna dans son esprit et lui rappela des sons lointains, des cris, des hurlements dans l'escalier – au laboratoire, les jeux auxquels ils se livraient dehors... Ariana – elle entendait encore cette voix – Ariana! Ariana! C'était comme un écho. Un sanglot lui monta à la gorge et elle se jeta dans ses bras.

– Mon Dieu, mon Dieu! c'est toi... Oh, Gerhard!

Ils restèrent accrochés l'un à l'autre, à sangloter, à pleurer, pendant un long moment. Puis quand, enfin, elle fit entrer son frère, elle lui adressa un merveilleux sourire. Il sourit, lui aussi. Ils avaient porté leur fardeau en solitaire, pendant la moitié d'une vie, mais ils avaient fini par se retrouver et ils étaient libres, enfin.

Grands romans

La littérature conjuguée au présent, pour votre plaisir. Des œuvres de grands romanciers français et étrangers, des histoires passionnantes, dramatiques, drôles ou émouvantes, pour tous les goûts...

ADLER PHILIPPE
Bonjour la galère !
1868/1
Les amies de ma femme
2439/3

Mais qu'est-ce qu'elles veulent ces bonnes femmes ? Elles passent des heures au téléphone, boudent ou pleurent des amants qui les ignorent. Quand il rentre chez lui, Albert aimerait que Victoire s'occupe de lui mais rien à faire : les copines d'abord. Jusqu'au jour où Victoire se fait la malle et où ce sont ses copines qui consolent Albert.

Qu'est-ce qu'elles me trouvent ?
3117/3

ANDREWS™ VIRGINIA C.
Fleurs captives

Dans un immense et ténébreux grenier, quatre enfants vivent séquestrés. Pour oublier leur détresse, ils font de leur prison le royaume de leurs jeux, le refuge de leur tendresse, à l'abri du monde. Mais le temps passe et le grenier devient un enfer. Et le seul désir de ces enfants devenus adolescents est désormais de s'évader... à n'importe quel prix.

- Fleurs captives
1165/4
- Pétales au vent
1237/4
- Bouquet d'épines
1350/4
- Les racines du passé
1818/4
- Le jardin des ombres
2526/4

La saga de Heaven
- Les enfants des collines
2727/5

Les enfants des collines, c'est l'envers de l'Amérique : la misère à deux pas de l'opulence. Dans la cabane sordide où elle vit avec ses quatre frères et sœurs, Heaven se demande comment ses parents ont eu l'idée de lui donner ce prénom : «Paradis». Un jour, elle apprendra le secret de sa naissance, si lourd que la vie de son père en a été brisée, mais si beau qu'elle croit naître une seconde fois.

- L'ange de la nuit
2870/5
- Cœurs maudits
2971/5
- Un visage du paradis
3119/5
- Le labyrinthe des songes
3234/6
Ma douce Audrina
1578/4
Aurore
- Aurore
3464/5
- Les secrets de l'aube
3580/6

ATTANÉ CHANTAL
Le propre du bouc
3337/2

AVRIL NICOLE
Après des études de lettres, elle s'est imposée dès ses premiers livres. D'autres ont suivi qui furent autant de succès.

Monsieur de Lyon
1049/2

La disgrâce
1344/3

Un père doux et bon, une mère si belle, une grande maison face à l'océan : Isabelle est heureuse. Jusqu'au jour où elle découvre qu'elle est laide. A cette disgrâce qui la frappe comme une malédiction, elle survivra, lucide, dure, hostile, adulte soudain.

Jeanne
1879/3

Don Juan aujourd'hui pourrait-il être une femme ? La belle Jeanne a appris à jouir d'une existence qu'elle sait toujours menacée. D'homme en homme, elle poursuit sa quête de l'éternel masculin.

L'été de la Saint-Valentin
2038/1
La première alliance
2168/3
Sur la peau du Diable
2707/4
Dans les jardins de mon père
3000/2
Il y a longtemps que je t'aime
3506/3

L'amour impossible entre Antoine, 14 ans, et Pauline, sa belle-mère.

BACH RICHARD
Jonathan Livingston le goéland
1562/1 Illustré
Illusions/Le Messie récalcitrant
2111/1
Un pont sur l'infini
2270/4
Un cadeau du ciel
3079/3

Grands romans

Grands romans

CONROY PAT
Le Prince des marées
2641/5 & 2642/5

Dans une Amérique actuelle et méconnue, au cœur du Sud profond, un roman bouleversant, qui mêle humour et tragédie.

CORMAN AVERY
Kramer contre Kramer
1044/3

Un divorce et des existences se brisent : celle du petit Billy et de son père, Ted Kramer. En plein désarroi, Ted tente de parer au plus pressé. Et puis un jour, Joanna réapparaît...

DENUZIÈRE MAURICE
Helvétie
3534/9

À l'aube du XIXᵉ siècle, le pays de Vaud apparaît comme une oasis de paix au milieu d'une Europe secouée par de furieux soubresauts. C'est cette joie de vivre oubliée que découvre Blaise de Fonsalte, soldat de l'Empire, déjà las de l'épopée napoléonienne. De ses amours clandestines avec Charlotte, la femme de son hôte, va naître une petite fille aux yeux vairons. Premier volume d'une nouvelle et passionnante série romanesque de l'auteur de *Louisiane*.

La trahison des apparences
3674/1 (Mai 94)

DHÔTEL ANDRÉ
Le pays où l'on n'arrive jamais
61/2

DICKEY JAMES
Délivrance
531/3

DIWO JEAN
Au temps où la Joconde parlait
3443/7

1469. Les Médicis règnent sur Florence et Léonard de Vinci entame sa carrière, aux côtés de Machiavel, de Michel-Ange, de Botticelli, de Raphaël... Une pléiade de génies vont inventer la Renaissance.

DJIAN PHILIPPE
Né en 1949, sa pudeur, son regard à la fois tendre et acerbe, et son style inimitable, ont fait de lui l'écrivain le plus lu de sa génération.

37°2 le matin
1951/4

Se fixer des buts dans la vie, c'est s'entortiller dans des chaînes... Oui, mais il y a Betty et pour elle, il irait décrocher la lune. C'est là qu'ils commencent à souffrir. Car elle court derrière quelque chose qui n'existe pas. Et lui court derrière elle. Derrière un amour fou...

Bleu comme l'enfer
1971/4

Zone érogène
2062/4

Maudit manège
2167/5

50 contre 1
2363/2

Echine
2658/5

Dan a sacrifié ses jours, ses amis, ses amours à l'écriture. Il avait du talent, du succès. Et puis plus rien : la source est tarie. Depuis, Dan écrit des scénarios pour la télévision, sans honte et sans passion. Mais il y a son fils Herman, la bière mexicaine et les femmes, toujours belles, qui s'en vont parce qu'on les aime trop, ou trop mal...

Crocodiles
2785/2

Cinq histoires qui racontent le blues des amours déçues ou ignorées. Mais c'est parce que l'amour dont ils rêvent se refuse à eux que les personnages de Djian se cuirassent d'indifférence ou de certitudes. Au fond d'eux-mêmes, ils sont comme les crocodiles : «des animaux sensibles sous leur peau dure.»

DORIN FRANÇOISE
Elle poursuit avec un égal bonheur une double carrière. Ses pièces (La facture, L'intoxe...) dépassent le millier de représentations et ses romans sont autant de best-sellers.

Les lits à une place
1369/4

Pour avoir vu trop de couples déchirés, de mariages ratés (dont le sien !), Antoinette a décidé que seul le lit à une place est sûr. Et comme elle a aussi horreur de la solitude, elle a partagé sa maison avec les trois êtres qui lui sont les plus chers. Est-ce vraiment la bonne solution ?

Les miroirs truqués
1519/4

Les jupes-culottes
1893/4

Les corbeaux et les renardes
2748/5

Baron huppé mais facile à duper, Jean-François de Brissandre trouve astucieux de prendre la place de son chauffeur pour séduire sa dulcinée. Renarde avisée, Nadège lui tient le même langage. Et voilà notre corbeau pris au piège, lui qui croyait abuser une ingénue.

Nini Patte-en-l'air
3105/6

Grands romans

DORIN FRANÇOISE (SUITE)
Au nom du père
et de la fille
3551/5

Un beau matin, Georges Vals aperçoit l'affiche d'un film érotique, sur laquelle s'étale le corps superbe et intégralement nu de sa fille. De quoi chambouler un honorable conseiller fiscal de soixante-trois ans ! Mais son entourage est loin de partager son indignation. Que ne ferait-on pas, à notre époque, pour être médiatisé ?

DUBOIS JEAN-PAUL
Les poissons me regardent
3340/3
Une année sous silence
3635/3 (Mars 94)

DUNKEL ELIZABETH
Toutes les femmes
aiment un poète russe
3463/7

DUROY LIONEL
Priez pour nous
3138/4 (Février 94)

EDMONDS LUCINDA
En coulisse
3676/6 (Mai 94)

FOSSET JEAN-PAUL
Chemins d'errance
3067/3
Saba
3270/3

FOUCHET LORRAINE
Jeanne, sans domicile fixe
2932/4
Taxi maraude
3173/4

FREEDMAN J.-F.
Un coupable sur mesure
3658/9 (Avril 94)

FRISON-ROCHE
Né à Paris en 1906, l'alpinisme et le journalisme le conduisent à une carrière d'écrivain. Aujourd'hui il partage son temps entre de grands reportages, les montagnes du Hoggar et Chamonix.

La peau de bison
715/2
La vallée sans hommes
775/3
Carnets sahariens
866/2
Premier de cordée
936/3

Le mont Blanc, ses aiguilles acérées, ses failles abruptes, son pur silence a toujours été la passion de Jean Servettaz, l'un des meilleurs guides de Chamonix. C'est aussi pour cela qu'il a décidé d'en écarter son fils. Pierre s'est incliné, la mort dans l'âme. Mais lorsque la montagne vous tient, rien ne peut contrarier cette vocation.

La grande crevasse
951/3
Retour à la montagne
960/3
La piste oubliée
1054/3
La Montagne
aux Écritures
1064/2
Le rendez-vous
d'Essendilène
1078/3
Le rapt
1181/4

Djebel Amour
1225/4

En 1870, une jolie couturière, Aurélie Picard, épouse un prince de l'Islam. A la suite de Si Ahmed Tidjani, elle découvre, éblouie, la splendeur du Sahara. Décidée à conquérir son peuple, elle apprend l'arabe, porte le saroual et prend le nom de Lalla Yamina. Au pied du djebel Amour se dresse encore le palais de Kourdane où vécut cette pionnière.

La dernière migration
1243/4
Les montagnards de la
nuit
1442/4

Frison-Roche, qui a lui-même appartenu aux maquis savoyards, nous raconte le quotidien de ces combattants de l'ombre.

L'esclave de Dieu
2236/6
Le versant du soleil
3480/9

GEDGE PAULINE
La dame du Nil
2590/6

L'histoire d'Hatchepsout, qui devint reine d'Egypte à quinze ans. Les splendeurs de la civilisation pharaonique et un destin hors série.

GEORGY GUY
La folle avoine
3391/4
Le petit soldat de
l'Empire
3696/4 (Juin 94)

GOLDSMITH OLIVIA
La revanche
des premières épouses
3205/7

Grands romans

GOLON ANNE ET SERGE
Angélique
Marquise des Anges
2488/7

Lorsque son père, ruiné, la marie contre son gré à un riche seigneur toulousain, Angélique se révolte. Défiguré et boiteux, le comte de Peyrac jouit en outre d'une inquiétante réputation de sorcier. Derrière cet aspect repoussant, Angélique va pourtant découvrir que son mari est un être fascinant...

Le chemin de Versailles
2489/7
Angélique et le Roy
2490/7
Indomptable Angélique
2491/7
Angélique se révolte
2492/7
Angélique et son amour
2493/7
Angélique et le Nouveau Monde
2494/7
La tentation d'Angélique
2495/7
Angélique et la Démone
2496/7
Le complot des ombres
2497/5
Angélique à Québec
2498/5 & 2499/5
La route de l'espoir
2500/7
La victoire d'Angélique
2501/7

GROULT FLORA
Après ses études à l'Ecole des arts décoratifs, elle devient journaliste et romancière. Elle écrit d'abord avec sa sœur Benoîte, puis seule.

Maxime ou la déchirure
518/1
Un seul ennui, les jours raccourcissent
897/2
A quarante ans, Lison épouse Claude, diplomate à Helsinki. Elle va découvrir la Finlande et les trois enfants de son mari. Jusqu'au jour où elle se demande si elle n'a pas commis une erreur.

Ni tout à fait la même, ni tout à fait une autre
1174/3
Une vie n'est pas assez
1450/3
Mémoires de moi
1567/2
Le passé infini
1801/2
Le temps s'en va, madame...
2311/2
Belle ombre
2898/4
Le coup de la reine d'Espagne
3569/1

HARVEY KATHRYN
Butterfly
3252/7 Inédit
A deux pas d'Hollywood, un monde réservé aux femmes riches en mal d'amour, qui s'y choisissent des compagnons à la carte. Pendant ce temps, une vague de puritanisme déferle sur l'Amérique. Le vice et la vertu vont s'affronter.

TERROIR
Romans et histoires vraies d'une France paysanne qui nous redonne le goût de nos racines.

CLANCIER G.-E.
Le pain noir
651/3

GEORGY GUY
La folle avoine
3391/4
Orphelin, Guy-Noël vit chez sa grand-mère, une vieille dame qui connaît tout le folklore et les légendes du pays sarladais. Dans ce merveilleux Périgord, où la forêt ressemble à une cathédrale, l'enfant s'épanouit comme la folle avoine.

JEURY MICHEL
Le vrai goût de la vie
2946/4
Le soir du vent fou
3394/5
Un soir de 1934, alors que souffle le vent fou, un feu de broussailles se propage rapidement et détruit la maison du maire. La toiture s'effondre sur un vieux domestique. Lolo avait si mauvaise réputation que les gendarmes ne cherchent pas plus loin...

LAUSSAC COLETTE
Le sorcier des truffes
3606/1   (Février 94)

MASSE LUDOVIC
Les Grégoire/
Le livret de famille
3653/5 (Avril 94)

VIGNER ALAIN
L'arcandier
3625/4

Grands romans

HEBRARD Frédérique

Auteur de nombreux livres portés avec succès à l'écran; son œuvre reçoit la consécration avec Le Harem, Grand Prix du Roman de l'Académie française 1987.

Un mari, c'est un mari
823/2

Chaque année la famille Marten se retrouve à Foncoude, une grande maison un peu délabrée mais pleine de charme, entourée de platanes et de vignes. Viennent aussi les cousins, les amis... Et Ludovique passe l'été à astiquer et à cuisiner. Jusqu'au jour où elle décide de faire une fugue.

La vie reprendra au printemps
1131/3

La chambre de Goethe
1398/3

Un visage
1505/2

La Citoyenne
2003/3

Le mois de septembre
2395/1

Le Harem
2456/3

La petite fille modèle
2602/3

La demoiselle d'Avignon
2620/4
avec Louis Velle

C'est une princesse, perdue au cœur de Paris, incognito, sans argent, à la recherche de l'homme qu'elle aime. Lui, c'est un diplomate. Il croit aimer une étudiante et ignore qu'elle porte une couronne. Une histoire d'amour pleine de charme, de rebondissements et de quiproquos.

Le mari de l'Ambassadeur
3099/6

Sixtine est ambassadeur. Pierre-Baptiste est chercheur à l'Institut Pasteur. Ils n'auraient jamais dû se rencontrer. L'aventure les réunit pourtant, au beau milieu d'une révolution en Amérique centrale. Et l'amour va les entraîner jusqu'au Kazakhstan, en passant par Beyrouth et le Vatican !

Félix, fils de Pauline
3531/2

Le Château des Oliviers
3677/7 (Mai 94)

Entre Rhône et Ventoux, au milieu des vignes, se dresse le Château d'Estelle, son paradis. Lorsqu'elle décide de le ramener à la vie, elle ne sait pas encore que son domaine est condamné. Aidée par l'amour des siens et surtout celui d'un homme, Estelle se battra jusqu'au bout pour préserver son univers.

HOFFMAN Alice

L'enfant du hasard
3465/4

La maison de Nora Silk
3611/5 (Mai 94)

HUBERT Jean-Loup

Le grand-chemin
3425/3

JAGGER Brenda

Les chemins de Maison Haute
2818/8

A dix-sept ans, Virginia hérite de la fortune et des filatures des Barthforth. Mais dans cette Angleterre victorienne, une femme peut-elle choisir son destin ? Contrainte d'épouser un homme qu'elle n'aime pas, Virginia se révolte. C'est dans les bras d'un autre homme qu'elle découvrira l'amour et la tendresse.

La chambre bleue
2838/7

JEAN Raymond

La lectrice
2510/1

Elle a une voix chaude et claire, et une ambition : lire à domicile des textes dont elle pourra exalter les beautés. Mais insensiblement tout bascule. Ce n'est plus seulement sa voix, c'est elle qui est désirée et Marie se sent piégée.

JEKEL Pamela

Bayou
3554/9

En 1786, les Doucet s'installent au bayou Lafourche, en Louisiane. Quatre femmes exceptionnelles vont traverser, en un siècle et demi, l'histoire de cette famille, qu'elles feront vibrer du bruit et de la fureur de leurs passions. Une saga inoubliable.

JULIET Charles

L'année de l'éveil
2866/3

KANE Carol

Une diva
3697/6 (Juin 94)

KAYE M.M.

Pavillons lointains
1307/4 &1308/4

Dans l'Inde coloniale, un officier britannique reçoit l'ordre d'accompagner dans le Rajputana le cortège nuptial des sœurs du maharadjah de Karidkote. Il est loin de s'imaginer que cette mission va décider de toute sa vie.

KENEALLY Thomas

La liste de Schindler
2316/6

Venu en Pologne avec l'armée nazie, l'industriel allemand Schindler a vite prospéré, en faisant fabriquer de la vaisselle émaillée : la main-d'œuvre est bon marché, à Cracovie, en 1943. Mais en faisant travailler des juifs, Schindler les sauve de l'extermination, car Auschwitz-Birkenau est à deux pas.

Grands romans

KOSINSKI JERZY
L'oiseau bariolé
270/3

Au début de la guerre, un jeune garçon trouve refuge à la campagne. Mais dans ces pays d'Europe de l'Est où tous sont blonds aux yeux bleus, on persécute l'enfant aux cheveux noirs. Bohémien ou juif, il ne peut que porter malheur. Lui, du haut de ses dix ans, essaie de comprendre et de survivre.

KONSALIK HEINZ G.
Amours sur le Don
497/5
La passion du Dr Bergh
578/4
Dr Erika Werner
610/3

Lorsque le célèbre Pr Bornholm rencontre Erika Werner, une jeune assistante en chirurgie, une passion folle les lie immédiatement. A tel point que, le jour où son amant commet une tragique erreur professionnelle, Erika s'accuse à sa place...

Mourir sous les palmes
655/4
Aimer sous les palmes
686/3
L'or du Zephyrus
817/2
Les damnés de la taïga
939/4
Une nuit de magie noire
1130/2
Le médecin de la tsarine
1185/2
Bataillons de femmes
1907/6
Coup de théâtre
2127/3
Clinique privée
2215/3
L'héritière
1653/2
La guérisseuse
2314/6

Conjuration amoureuse
2399/1
La jeune fille et le sorcier
2474/3
Le sacrifice des innocents
2897/3
La saison des dames
2999/4 Inédit
Le pavillon des rêves
3122/5 Inédit
La vallée sans soleil
3254/5 Inédit
La baie des perles noires
3413/5 Inédit

Un beau jour, Rudolph abandonne tout pour aller s'installer au bout du monde, sur un atoll du Pacifique Sud. En compagnie de la belle Tana'Olu, il apprend à récolter les fameuses perles noires, au plus profond des eaux turquoise. Mais à chercher leur secret, il risque de tout perdre.

LACAMP YSABELLE

Coréenne par sa mère, cévenole par son père, elle revendique sa double appartenance. Egalement comédienne et chanteuse, elle conjugue tous les talents.

La Fille du Ciel
2863/5

Dans la Chine décadente et raffinée du Xᵉ siècle la trop belle Shu-Meï, fragile mais rebelle, a décidé de prendre en main son destin.

L'éléphant bleu
3209/5
Une jeune fille bien comme il faut
3513/3

L'histoire d'une jeune fille en apparence comblée par la vie, qui tombe amoureuse du meilleur ami de son père. Alors rien ne va plus. Sarah se ronge de culpabilité et devient anorexique. Peut-être parce qu'elle n'a pas d'autre moyen de se révolter ou de s'affirmer.

LEFEVRE FRANÇOISE
Le petit prince cannibale
3083/3

Sylvestre, c'est un peu le Petit Prince. Il habite une autre planète, s'isole dans son monde, écoute le silence, officiellement catalogué comme autiste. Il dévore littéralement sa mère. Et elle, tout en essayant de le sortir de cette prison, tente de poursuivre son œuvre d'écrivain. Un livre tragique et superbe.

McCULLOUGH COLLEEN
Les oiseaux se cachent pour mourir
1021/8 & 1022/4

Lorsque les Cleary s'installent en Australie, sur un immense domaine où paissent des troupeaux innombrables, la petite Meggie sait déjà qu'un seul homme comptera pour elle. Beau comme un prince, intelligent et doux, Ralph est prêtre et donc inaccessible. Rien n'est vraiment possible entre eux. Mais l'amour ne transgresse-t-il pas tous les interdits ?

Tim
1141/3
Un autre nom pour l'amour
1534/4

Un hôpital dans une île du Pacifique. Et là, le pavillon X, où sont regroupés les soldats que les horreurs de la guerre ont rendu fous. Infirmière, Honora s'occupe avec un dévouement admirable de ces hommes hantés par des images atroces. Jusqu'au jour où l'arrivée de Mike Wilson fait du pavillon X un enfer.

La passion du Dr Christian
2250/6
Les dames de Missalonghi
2558/3
L'amour et le pouvoir
3276/7 & 3277/7
La couronne d'herbe
3583/6 & 3584/6

Achevé d'imprimer en Europe (France)
par Brodard et Taupin à La Flèche (Sarthe)
le 25 avril 1994. 1896J-5
Dépôt légal avril 1994. ISBN 2-277-21808-1
1er dépôt légal dans la collection : avril 1985
Éditions J'ai lu
27, rue Cassette, 75006 Paris
Diffusion France et étranger : Flammarion